文学理论基础

南 帆 刘小新 练暑生 著

图书在版编目(CIP)数据

文学理论基础/南帆,刘小新,练暑生著. —北京:北京大学出版社,2008.7
(普通高校中文学科基础教材)
ISBN 978-7-301-13749-9

Ⅰ.文… Ⅱ.①南…②刘…③练… Ⅲ.文学理论-高等学校-教材 Ⅳ.I10

中国版本图书馆 CIP 数据核字(2008)第 063086 号

| 书　　　　名：文学理论基础
| 著作责任者：南帆　刘小新　练暑生　著
| 责 任 编 辑：张雅秋
| 封 面 设 计：奇文云海
| 标 准 书 号：ISBN 978-7-301-13749-9/I·2040
| 出 版 发 行：北京大学出版社
| 地　　　　址：北京市海淀区成府路 205 号　100871
| 网　　　　址：http://www.pup.cn　电子邮箱：pkuwsz@yahoo.com.cn
| 电　　　　话：邮购部 62752015　发行部 62750672　出版部 62754962
　　　　　　　编辑部 62752022
| 印 　刷 　者：三河市北燕印装有限公司
| 经 　销 　者：新华书店
　　　　　　650mm×980mm　16 开本　21 印张　340 千字
　　　　　　2008 年 7 月第 1 版　2012 年 6 月第 2 次印刷
| 定　　　　价：32.00 元

未经许可,不得以任何方式复制或抄袭本书之部分或全部内容。
版权所有,侵权必究
举报电话:010-62752024　电子邮箱:fd@pup.pku.edu.cn

《普通高校中文学科基础教材》总序

温儒敏

中文学科本科的教材很多,其中有些使用面还比较大。但是,这些年高校扩招,本科的培养目标在调整,大多数高校都在压缩课时课量,逐步往通识教育和素质教育方向靠拢,教材也就不能不作调整。现有的多种本科基础课教材质量不错,在综合性大学较受欢迎,但对普通高校特别是地区性高校的学生来说,相对就显得比较深,课时与课量也过大,不太适应教学的需求。许多普通高校中文系老师都希望能够组织编写一套新的中文学科基础教材。教育部中文学科教学指导委员会很支持这一想法。近几年每年全国大学中文系本科招生六、七万人(属于前五名的学科),其中综合大学大概还不到一万人,其他大都属于一般教学型、应用型的大学,包括许多师范学院、地区学院和大专,他们都必选中文系的七门基础课。此外,相当多的专科中文系,以及有些相关学科(如外语、新闻、艺术等等)也要求学生选修中文系的某些基础课程,中文学科每门基础课的教材需求量很大,特别是普及型、应用型的中文基础教材,仍然有相当大的发展空间。因此,出版这套教材,无论对学科建设还是人才培育来说,都很有必要。

这套教材的设计意图主要是:

(1)第一批主要以本科基础课为主,包括中国古代文学、现代文学、当代文学、文学理论、语言学、古代汉语、现代汉语、古典文献学、外国文学、中国文化史10种,以后再逐步扩充,继续编写出版选修课教材(总计划大约30种),形成完整的中文系本科教材系列。

(2)这套教材主要由北大、南开、吉林大学等重点院校的著名学者牵头,同时充分整合全国各大学包括一般教学型和应用型大学的教学资源,每一本教材的主编都是所属领域的权威专家,有的还邀请一些地方院校的一线教员参与。

(3)新教材和已经有影响的同类教材相比,特色是充分考虑扩招之后一般教学型和应用型大学、地区学院以及师范学院中文系教学调整的需要,减少课时课量,突出基础性、应用性,适合教学,同时又能体现各个研究领域新的研究水平,有前沿性、开放性。如文学史教材,就减少了"史"的叙述,重点放在作家作品的分析鉴赏;文学理论则注意从文学生活及基本文学现象中提出问题。

(4)为帮助普通大学的教师备课,将为各基础课教材设计配套教参,必要时也可以配套光盘。

(5)这套教材的总编委会由刘中树(原吉林大学校长)、陈洪(教育部中文学科教学指导委员会主任,南开大学副校长)、温儒敏(北大中文系系主任)三位教授组成,负责物色各教材的主编与编者队伍,设计教材体例、框架,审读教材,从整体上监督和保证全套教材的编写质量。

(6)这套教材大部分正式出版并投入使用后,由编委会和出版社负责组织全国相关教学人员短期培训,北大中文系(或其他主编所在单位)可以协办。

我们诚挚希望广大师生和学者对这套教材提出改进意见,通过教学实践使之不断完善,最终成为高质量而又适合教学需求的教材。

2008 年 6 月 23 日

目录

《普通高校中文学科基础教材》总序　温儒敏/1

上篇　文学是什么

引言　文学与世界/3

第一部分　文学的构成

第一章　文学的功能与机制/13
　一　文学的再现/13
　二　文学的功能/17
　三　文学的机制/22

第二章　作者/26
　一　作者的个性/26
　二　文学的想象/30
　三　无意识/35

第三章　文本/40
　一　从作品到文本/40
　二　互文性/43
　三　作为话语的文本/45

第四章　文类/49
　一　什么是文类/49
　二　文类的划分/53
　三　文类的变迁/57

目录

第五章　叙事话语/62
　　一　叙事话语/62
　　二　故事与情节/66
　　三　叙事功能/70
　　四　叙事声音/73

第六章　抒情话语/79
　　一　抒情话语与抒情诗/79
　　二　诗歌的语言组织/83
　　三　诗意/87

第七章　修辞/94
　　一　什么是修辞/94
　　二　修辞与文类/97
　　三　修辞中的权力和意识形态/101

第八章　传播媒介/106
　　一　电子媒介与文化/106
　　二　文字与影像/110
　　三　电子时代的文学/114

第二部分　文学与文化

第九章　文学与历史/121
　　一　文学与历史的交融/121
　　二　作为野史的小说/125
　　三　文学与历史的想象/129

第十章　文学与宗教/133
　　一　原始宗教与文学的起源/133
　　二　宗教文学与艺术宗教/135
　　三　宗教象征与文学象征/139
　　四　佛禅思维与超现实主义/142
　　五　宗教与文学价值的构成/145

目 录

第十一章　文学与民族/148
　　一　民族与民族主义/148
　　二　文学的民族性与民族主义文学/150
　　三　"越是民族的,越是世界的"?/156
　　四　后殖民批评与民族主义文论/160

第十二章　文学与地域/164
　　一　地域与文学风格/164
　　二　地域及其超越/168
　　三　"批判的地域主义"/172

第十三章　文学与道德/175
　　一　道德的批评/175
　　二　道德与审美/179
　　三　道德与历史/183

第十四章　文学与性别/187
　　一　性别的文化属性/187
　　二　文学与性别/190
　　三　女性文学或女性写作/194
　　四　性别观点的超越/198

下篇　如何研究文学

引言　文学性与开放的研究/203

第一部分　文学史与文学理论

第十五章　文学史与经典/217
　　一　文学史的兴起/217
　　二　经典、经典化与权力/220
　　三　压抑与反叛/223

目录

　　四　经典、文学教育与文化认同/227

第十六章　文学史与大众文学/230

　　一　经典体系与大众文学/230

　　二　大众文学的传播/232

　　三　大众文学的两种涵义/234

　　四　批判与肯定/237

第十七章　古典主义与浪漫主义/242

　　一　西方术语的引入/242

　　二　广义的古典主义与浪漫主义/244

　　三　文学史中的古典主义与浪漫主义/245

　　四　从古典主义到浪漫主义的范式转换/247

第十八章　现实主义/253

　　一　现实主义概念的缘起/253

　　二　现实主义的理论涵义/254

　　三　现实主义的泛化/257

　　四　被质疑的现实主义/259

第十九章　现代主义/263

　　一　现代主义的历史/263

　　二　现代主义与现实主义的分歧/265

　　三　现代主义的理论难点/271

第二十章　后现代主义/273

　　一　后现代主义概念之源/273

　　二　从现代主义到后现代主义/277

　　三　后现代主义的理论难点/280

第二部分　批评与阐释

第二十一章　文学批评的功能/285

　　一　文学批评与文学理论/285

目录

　　二　中国古代文学理论资源与"现代转换"/288
　　三　判断的意义/290
　　四　20世纪的文学批评/295

第二十二章　文学批评与作家中心传统/299
　　一　作家中心的观念/299
　　二　批评的挑战/301
　　三　精神分析学与作家研究/302
　　四　对话关系/305

第二十三章　文学批评与作品的研究/308
　　一　现实主义文学批评的视野/308
　　二　典型环境与典型人物/310
　　三　从新批评到结构主义/313
　　四　作品形式分析的层面/315

第二十四章　文学批评与接受理论/318
　　一　接受理论与阐释学/318
　　二　读者的积极意义/321
　　三　问题与展望/324

后　记/327

上篇　文学是什么

引言　文学与世界

一个著名作家曾经回忆起当初阅读福楼拜《一颗纯朴的心》时的奇怪情景——这篇小说仿佛"隐藏着一种不可思议的魔术,我不是捏造,曾经有好几次,我像野人似的,机械地把书页对着光亮反复细看,仿佛想从字里行间找到猜透魔术的方法"[①]。许多读者承认,这个世界上存在一批富有魔力的作品:或许是一首短诗,或许是一台戏剧,或许是煌煌数卷的长篇小说。这些作品可能令人涕泗滂沱,也可能令人乐不可支;可能催促人们重新思索人类的历史和命运,也可能成为启蒙一代人的号角。这些文字印刷符号的背后究竟隐藏了什么?为什么一篇哲学论文、一本物理学著作或者一份公文没有这种魔力?文学阅读制造的审美欢悦通常被称之为"美感"。这是文学理论持续研究的文化之谜。哈罗德·布鲁姆在他的名著《西方正典》之中抱怨,"文化研究"名义之下众多时髦的学派正在放弃审美欢悦而仅仅关注阶级、性别、民族以及国家利益这些远离文学的外围问题。也许,必须重申一个简单的事实:无视美感的存在不啻于无视文学之为文学的特征。文学并非社会学或者历史结论的简单翻版——尽管这两者无一不是文学研究的参考资料。但是,现今的多数文学理论不再倾向于认为,美感来自某种浪漫主义天才的特殊能力,或者是某些神秘的心灵才可能拥有的异常秉赋。相反,美感制造的内心震撼以及随之而来的社会能量必须而且可能得到多维度的解释。考察诸多因素如何成为美感内部的文化密码,

---

[①] 高尔基:《谈谈我怎样学习写作》,见高尔基《论文学》第182—183页,戈宝权译,人民文学出版社1978年。

处理文学与社会、历史、意识形态之间的复杂关系，这是现今文学理论的重要使命。

许多理论家业已意识到，文学提供的生动形象肯定是攫住读者的首要原因。当然，这些形象不是孤立零散的碎片。从各个人物的肖像、言行举止到山川草木、街道楼宇，种种形象逐渐汇成了一个自足的世界。这个自足的世界如此迷人，以至于众多读者心甘情愿地被一步一步诱入，如痴如醉而不能自拔。无论是意象、境界、气韵还是人物性格、曲折的命运、一波三折的故事情节，活跃在文学内部的形象独一无二，栩栩如生，仿佛有自己的生命。某些时候，文学人物会执拗地按照自己的性格一意孤行，做出一些"民族"、"国家"、"阶级"这些社会学的大概念无法清晰地解释的举动；另一些时候，读者还可能遇到一些超出常识的描述，例如"白发三千丈，缘愁是个长"，或者"只恐双溪舴艋舟，载不动许多愁"。文学的奇异之处不仅带来了读者的美感，而且，形象的特殊、个别、感性时常突破了各种观念对于生活的固定阐述，显示出另一些被忽视、被压抑、被遮蔽的内容。古往今来，文学由于不可替代的价值从而成为长盛不衰的文化门类。

通常，读者不可能在马路上遇到林黛玉或者哈姆雷特。他们如此熟悉的人物是作家虚构出来的，仅仅存活于文学著作之中。鲁迅谈论自己的小说时说："所写的事迹，大抵有一点见过或听到过的缘由，但决不全用这事实，只是采取一端，加以改造，或生发开去，到足以几乎完全发表我的意思为止。人物的模特儿也一样，没有专用过一个人，往往嘴在浙江，脸在北京，衣服在山西，是一个拼凑起来的角色。"[①]虚构是作家的巨大特权。根据雷蒙·威廉斯的考证，英文"虚构"（fiction）一词包含了双重涵义：一方面是想象，一方面是纯然虚构——有时是刻意的欺骗。[②] 生活之中的谎言常常遭受严厉的谴责，然而，文学想象的虚构享有道德豁免权。作家可以虚构一个奇特的人物，虚构一次罕见的

---

① 鲁迅：《我怎么做起小说来》，《鲁迅全集》第4卷第513页，人民文学出版社1998年。
② 参见雷蒙·威廉斯：《关键词》第181页，刘建基译，三联书店2005年。

遭遇,也可以虚构明月清风或者烟雨空濛的诗意。虚构显然是真实的反面,但是,虚构并未破坏真实感——虚构的人物和故事可以得到感官和常识的证实。尽管《红楼梦》的大观园纯属乌有,但是,这里的每一个生活细节都经得起推敲。某些时候,读者也可能遇到《西游记》或者《百年孤独》这些具有魔幻风格的作品。有趣的是,读者的真实感并未被摧毁。那些高踞云端勾心斗角的神魔以及种种奇异的事迹没有产生难以置信的陌生。必须承认,虚构是文学征服读者的重要手段。

　　读者之所以拒绝谎言而欣然接受文学的虚构,肯定是因为后者保存了某些重要的内容。谎言伪造世界,文学的虚构企图显现隐藏于各种琐碎表象背后的世界。首先,虚构可能使文学形象更为饱满、精粹。无论是堂·诘诃德、安娜·卡列尼娜还是阿Q,这些人物的强烈性格以及他们曲折的人生遭遇,均超过了同类人的平均数。如果作家仅仅会一笔一笔地给日常生活记流水账,各种生活真谛或者命运的奥秘就只能混杂在尘世无数微不足道的事务之间。虚构就是打破所见所闻的局限,进一步想象另一个浓缩的世界。虚构的权力赋予想象巨大的自由。作家不再按部就班地爬行在生活的表象。他们可以"观古今于须臾,抚四海于一瞬",也可以潜入一个人的内心,揣测那里发生了什么。虚构不能凭空而行,既有的生活材料提供了虚构的契机;想象启动之后,形象按照作家的意愿开始重新组织。如同一种奇特的炼金术,成功的文学虚构制造出的形象体系远比日常生活集中、凝练、扣人心弦。所以,读者常常发现,几百页的文学作品可能演绎了一代乃至几代人的悲欢离合,甚至短短的几行诗句就托住了生活的重心。如果说,许多历史著作已经不乏人物和形象,那么,文学所提供的人物和形象更富于活力,更善于打动人,而且表述了更多的历史内容——因为虚构。所以,亚里士多德的《诗学》提出了一个著名的观点:"诗人的职责不在于描述已发生的事,而在于描述可能发生的事,即按照可然律或必然律可能发生的事。""因此,写诗这种活动比写历史更富于哲学意味。"①

---

① 亚里士多德:《诗学》第9章,罗念生译,人民文学出版社1981年。

当然必须承认,虚构在人们的日常生活具有某种心理学的意义。一个失意者可能短暂地虚构某些故事或者某些场面来安抚自己,从而在坚硬的生活缝隙喘一口气。只要他没有愚蠢地将虚构认定为现实,各种小小的想象似乎无损于身心。然而,对于那些勤奋的作家说来,他们沉溺于想象的时间甚至远远超过了对于日常生活的注视。日夜与一大批虚构出来的人物为伍可能发生什么?这显然是心理学兴致勃勃地关注的状况。亚里士多德认为悲剧导致怜悯和恐惧,可以陶冶情感,歌德因为写作《少年维特之烦恼》而解脱了自己的烦恼,福楼拜声称包法利夫人就是他自己,普鲁斯特用小玛德兰点心作为记忆的引子,这些均已成为人们津津乐道的心理学案例。自从精神分析学派出现之后,虚构以及想象获得了另一种奇异的同时又影响广泛的解释。这个学派的理论家强调,许多人——作家尤其如此——的成长就是压抑的历史。他们的个人欲望不断地遭到被称之为"超我"的文明规范的清剿。这些欲望最初是恋母情结,后来可能泛化为对异性的渴求,某些理论家可能还愿意添上死亡本能——总之,理性必须阻挡种种可能危及社会文明的欲望,维持正常的生活秩序。然而,精神分析学派发现,这些被压抑的欲望并未真正消亡;它们潜伏在无意识深处,成为主体内部奔涌不息的能量。人们的意识稍有松懈,这些能量就会伺机逸出,它们的表现形式可能是梦,可能是口误或者笔误,也可能是机智的俏皮话。精神分析学派认为,过于强大的压抑可能诱发精神疾病,相反,这种能量的升华也可能转移成为创造性活动的原动力。阐述这个观点时,作家理所当然地被视为重要例证。精神分析学派领袖弗洛伊德将作家的虚构和想象形容为"白日梦"。按照他的观点,文学毋宁说是未经满足的野心和性欲想象性的实现,文学形式无非是这些野心和性欲的乔装打扮。无论是对于作家还是对于读者,这些伪装都有效地摆脱了表露野心和性欲产生的羞耻感。尽管从诞生的第一天开始,围绕精神分析学派的争议从未停止,但是,这个学派仍然声誉日隆,并且逐渐成为阐释文学与心理学的首选模式。

　　虚构、想象、欲望——作家的活跃内心必须凝定于哪一种具体的形式?研究表明,语言体系是意识活动的组织。没有语言,亦即没有心灵,二者是一枚硬币的两面。对于作家说来,特殊的语言秉赋与强大的想象力形影相随。没有人可能读到甩开了语言结构的飘渺的想象。结构主义以来的理论倾向于认为,语言体系提供了同时也限制了想象的空间——心灵可以无拘无束地飞翔是一种错误的幻象,语言体系是心灵越不过的地平线。19世纪末至20世纪,从心理学转移到语言学是文学理论内部的一个重要动向。文学理论甚至出现了一种企图——将文学确认为一种专门的语言学。尽管这种企图在后结构主义出现之后就已式微,但是,文学存在某些独特的语言特征是一个不争的事实。从叙事、修辞、押韵、文类到众多作家纷呈的风格,文学研究对于语言倾注了许多心血。概括的意义上,乔纳森·卡勒总结了文学的五个重要的语言特征:第一,"文学是语言的'突出'"。换一句话说,"这种语言结构使文学有别于用于其他目的的语言";第二,"文学是语言的综合"——"文学是把文本中各种要素和成分都组合在一种错综复杂的关系中的语言"。文学语言之中的声音和意义之间、语法结构和主题模式之间均可能产生和谐、紧张、呼应、不协调等各种关系;第三,"文学是虚构"。无论是陈述人、角色、事件,还是时间和空间,虚构的语境导致许多微妙的变异;第四,"文学是美学对象"。这意味了文学语言的目的就在于自身——"认定一个文本为文学,就需要探讨一下这个文本各个部分为达到一个整体效果所起的作用,而不是把这部作品当成一个旨在达到某种目的的东西,比如认为它要向我们说明什么,或者劝我们去干什么";第五,"文学是文本交织的或者叫自我折射的建构"。这就是说,一个文本之中回响着许多其他文本的声音,例如一批骑士小说之于《堂·吉诃德》,或者,一批浪漫小说之于《包法利夫人》。后继的文学之中永远包含了已有文学的折射。① 如果说虚构是一种炼金术,那么,文学语言的五种特征就如同形式的保证。在《结构主义诗

---

① 参见乔纳森·卡勒:《文学理论》第29—36页,李平译,辽宁教育出版社、牛津大学出版社1998年。

学》之中,乔纳森·卡勒阐述了人们的"文学能力"。在他看来,作家与读者均具有一种"内含的知识"。这是他们文学经验的基础。这种"内含的知识"之于变幻莫测的文学犹如有限的语法之于无限的语句。乔纳森·卡勒认为,所谓"内含的知识"来自一批相对固定的文学程式。① 具体地说,从文学语言的五种特征到叙事模式或者抒情文类结构,种种形式因素的持续训练规范了文学经验的潜在框架。虚构、想象、欲望的纵情表演无法逾越这些框架。

巴尔扎克的巴黎无法入住,《水浒传》里的英雄侠客无法降服街头恶少,唐诗宋词里的良辰美景如同镜花水月,阖上书本就消失了。总之,文学提供的种种虚构的形象又有什么用?实用价值常常是实利主义社会的首要准则。当然,实利主义价值观曾经遭到嘲笑。一些理论家觉得,没有理由提出如此庸俗的问题来打扰文学。康德主张将纯粹的审美与实利主义分开,世俗的灰尘不该蒙上纯洁的美。另一些理论家宣称为艺术而艺术,现实城堡上的旗帜颜色与艺术无关。人们可以从这些主张之中觉察艺术信徒的虔诚,也可以从这些主张之中觉察贵族的优越感——那些养尊处优的人不必依靠文学争取什么。一些人以"无用之用"为文学辩护,但是,为什么不能改变问题的焦点呢?重要的不是文学是否"有用",而是现今语境之中何谓"有用"。足球或者篮球比赛肯定不能生产面包、钢铁,或者守卫边疆、增添企业的利润,为什么还有那么多人为之痴狂呢?的确,文学没有增添这个世界的物质,但是,文学阅读带来的美感改变了这个世界。

远在古希腊的时候,柏拉图就已强烈地意识到美感的作用,只不过他表达的是显而易见的厌恶。在他看来,诗人可能挑逗读者诸如哀怜癖之类畸形的情绪,亵渎理性原则,摧毁男人的阳刚之气,这对于健全的灵魂和合理国度是一个重大的危害。因此,柏拉图威胁要将诗人逐出理想国。无独有偶,中国古代的理论家同样小心翼翼地防范美感的能量。儒家强调的"诗教"是"温柔敦厚",《毛诗序》用"发乎情,止乎

---

① 参阅乔纳森·卡勒:《结构主义诗学》第6章,盛宁译,中国社会科学出版社1991年。

礼义"来评判《诗经》之中的"风"。这些观点无不显示了对于美感的抑制。通常的观念之中，骚人墨客的浅吟低唱仅仅被视为雕虫小技，宋朝理学家甚至提出"作文害道"之说。① 这种抑制在20世纪初期终于被打破了。谈论"小说与群治"的关系时，梁启超把美感概括为"熏"、"浸"、"刺"、"提"四个特征——小说既"可以福亿兆人"，也"可以毒万千载"。五四新文化运动的主将陈独秀、胡适、鲁迅等人将文学作为开启民智、改造国民性的利器。他们对于文学以及美感寄予了批判、动员和号召的巨大期望。法兰克福学派的著名理论家马尔库塞进一步期待美感塑造出主体的"新感性"。在他看来，不合理的社会强行限定了主体的感官活动，人们的感性持久地被封闭在指定的经验模式中而无法自知。因此，与不合理的社会决裂，首先必须与这种感性决裂。"今天的反抗，就是想用一种新的方式去看、去听、去感受事物"——这即是"新感性"的意义。② 尽管上述理论家对于美感的评价截然相反，但是，他们无不承认文学对于世道人心的潜移默化。显然，这种力量是机枪、大炮或者种种雄辩的理论语言无法代替的。

亚里士多德意味深长地将文学写作与历史写作相提并论。如果说，"历史"是一个民族文化的超级主题，那么，文学写作与历史写作往往从不同方面卷入了人们的历史认识。许多时候，文学与历史著作同源，甚至不分彼此，例如荷马史诗或者司马迁的《史记》。迄今为止，一大批长篇小说以历史故事为素材，许多人的历史知识启蒙来自《三国演义》或者《说岳全传》；另一方面，一些理论家——诸如海登·怀特——的研究表明，大量历史著作沿用了文学的叙事和修辞技术。因此，文学与历史著作时常互相参证阐释。杜甫由于"善陈时事，律切精深"，因而被誉为"诗史"；③恩格斯在致玛·哈克奈斯的一封信中曾经表示，巴尔扎克小说提供给他的历史和经济细节甚至比历史学家、经济

---

① 程颐：《语录》，见郭绍虞主编：《中国历代文论选》第2册第284页，上海古籍出版社1979年。
② 参阅马尔库塞：《论新感性》，《审美之维》第118页，李小兵译，三联书店1989年。
③ 参见《新唐书·杜甫传》。

学家和统计学家还要多。① 鉴于二者的密切呼应,历史学家曾经提出"以诗证史"的命题。

然而,一段时间以来,人们开始关注文学与历史著作的另一种关系。愈来愈多的人看到,历史著作并非客观的、中性的记录。历史写作是由胜利者和掌权者严格地控制的,无论这些胜利者和掌权者是压迫阶级、文化精英还是入侵的殖民主义者。因此,历史著作往往刻意地保存着什么,聚焦着什么,同时隐藏着什么,回避着什么。鲁迅的《狂人日记》曾经借用"狂人"的胡言乱语对于历史著作的伪饰做出严厉的指控:尽管历史的每一页都写上了"仁义道德",但是,隐在字里行间的真正涵义是"吃人"。通常,藏匿于历史著作背后的那一部分幽暗的内容成为被"禁声"的历史。由于失败者以及草根阶层既缺少资料保存条件,又没有专业的历史人才,他们的历史往往在正统观念的压抑之下成为一幅扭曲的图景,甚至是一片空白。这时,文学的虚构常常成为解放或者恢复"禁声"历史的想象性重建。例如,广泛流传于民间的传奇故事逐渐汇聚成了《水浒传》,这一段反抗的历史终于浮出了时间之渊。某种程度上,加西亚·马尔克斯的《百年孤独》同样是一部哥伦比亚的"非官方"历史。民间神话、传统故事以及各种迷信活动构成的魔幻现实主义成为民族意识的重现。资本主义、现代性以及随之而来的现代政权正在书写它们的历史,这时,"魔幻"和"奇迹"顽强地挽留了失败者的历史。这个意义上,虚构、想象、创造性与历史奇妙地统一起来了。亚里士多德认为写诗比写历史更富于哲学意味——当历史不断地被形容为民族的栖居地时,还有什么比这个论断更能证明文学的伟大意义呢?

---

① 参见恩格斯:《恩格斯致玛·哈克奈斯》,《马克思恩格斯选集》第4卷,人民出版社1972年。

第一部分　文学的构成

第一章 文学的功能与机制

一 文学的再现

当我们翻开一篇小说、朗读一首诗时,一个很简单但又很基本的问题就会迎面而来,作品里面有什么?作者通过它向我们呈现了什么?这个看似简单的问题,却是几千年来文学理论聚讼不休的话题。有一种说法,大家可能最为熟悉:文学是对现实生活的反映。坚持这一文学观念的作家和理论家时常把研究的中心放在文学与外在环境,包括自然环境和社会环境的关系上。

古往今来,这方面的研究在文学理论史上留下了大量的文献记载。比如,中国古人认为,外在环境的变迁会在文艺作品中表现出来,"治世之音安以乐,其政和"、"亡国之音哀以思,其民困"。① 《左传》还记载了一则故事,相传吴国公子季札出使鲁国,鲁人随便朗诵《诗经》中的一首诗,季札可以说出这首诗写于什么时代,什么地方。西方文艺理论史上,古希腊的柏拉图和亚里士多德认为,艺术作品是对现实事物的模仿。"模仿论"的影响非常巨大,两千多年来的西方文艺史不仅给我们留下了大量形象逼真、注重细部刻画的雕塑、绘画和文学作品,而且19世纪以来的现实主义、自然主义等思潮也与它有着很深的渊源关系。法国作家巴尔扎克就把自己称做"时代的书记员",他对19世纪

---

① 《毛诗序》,见郭绍虞主编:《中国历代文论选》(第1册)第63页,上海古籍出版社2001年。

初的法国社会进行了精细的描绘,恩格斯甚至还称赞巴尔扎克,说从他的作品中学到的东西"要比从当时所有职业的历史学家、经济学家和统计学家那里学到的全部东西还要多"①。

但是,无论把事物描绘得多么形象、多么真实,不可否认的是,这些文学作品中的形象都是作家主观体验后的产物,而不能等同于现实本身。作者的内心世界并不是一面平坦的镜子,它不可能做到对现实的如实复制。面对同样的事物,不同人会做出不同的反应。18世纪以来,随着西方资产阶级主体观念的兴起,浪漫主义文学运动强烈冲击着古老的"模仿论"。浪漫主义强调诗人心灵的作用,认为艺术不是对自然的模仿,而是用自己的心灵之光照耀自然,夸张的风格、澎湃的激情和主体的张扬,是浪漫主义文学的基本特征,这些都是文学逐渐从模仿外在事物转向主观心灵的结果。在中国古典文学理论里,除了强调政治教化作用的儒家"诗教"传统之外,也存在着一种提倡表达个人精神世界的倾向。西晋诗人陆机的"诗缘情而绮靡"②,被称为中国文学"走向自觉"的标志之一,明代的公安派更是明确地提出"独抒性灵,不拘格套"③的创作主张。

作品中呈现的事物,是经过作者心灵体验的产物,那么,是否意味着文学作品中呈现的内容就等于作者的心灵世界?答案没有那么简单。无论是古典主义和现实主义所强调的客观现实,还是浪漫主义所强调的主观意识,都仅仅是文学作品中的现实和意识,它们以语言的形式呈现在我们面前,也就是说,当我们面对一部作品的时候,首先看到的是一组文字,是作家经过精心组织的文字。比如"感时花溅泪,恨别鸟惊心",我们所能看到的"花"和"鸟"仅仅是语言中的"花"和"鸟",

---

① 恩格斯:《致玛·哈克奈斯》,见米海伊尔·里夫希茨编著:《马克思恩格斯论艺术》第10页,曹葆华译,人民文学出版社1960年。
② 陆机:《文赋》,见郭绍虞主编:《中国历代文论选》(第1册)第171页,上海古籍出版社2001年。
③ 袁宏道:《序小修诗》,见郭绍虞主编:《中国历代文论选》(第3册)第211页,上海古籍出版社2001年。

而不是它们的图像或画面。我们正是通过这些文字,感受到杜甫内心的痛楚。如果说文学是通过有组织的语言形式来呈现事物或表达主观情感,那么这个观点对于理解文学来说究竟意味着什么呢?

很长一段时间以来,一种比较常见的看法是:文学的语言组织是作家的表达工具,它的意义在于是否精确或者优美,作家在创作时用各种技巧锤炼语言,是为了能够更好地描绘事物或表达情感。唐朝贾岛"推敲"文字的故事已经成为一个千古佳话,后人普遍认为,"僧敲月下门"相比于"僧推月下门",由于有夜晚叩门声音的加入,所以能更好地传达月夜的宁静、空灵和悠远。但是,另一种观点则强烈反对把文学的语言组织看做一种工具。俄国形式主义理论家什克洛夫斯曾明确宣布:"艺术永远是独立于生活的,它的颜色从不反映飘扬在城堡上空的旗帜的颜色。"[①]这句话引申出来的观点是,语言是独立自足的,其本身就是目的而并非再现世界的工具。在形式主义理论家看来,一部文学作品仅仅是艺术家用技巧加工语言的结果,而这部作品表现了什么并不重要。确实,正如我们上文曾经提到的那样,文学直接呈现在我们面前的仅仅是一系列文字,一种特殊的语言组织形式,至于我们的阅读会产生何种感受,并不重要。很难根据客观的事物或者作家主观的情感,来衡量文学语言组织的好坏。反之亦然——我们也无法通过文学的语言组织,探求现实事物和作家情感的本来面貌。

文学作品呈现出来的东西首先是一种语言组织。这里必须强调的是:这种观点不是否认作品中事物和情感的存在,在文学作品中,我们无疑可以看到众多栩栩如生的人物形象,感受到各种动人心魄的情感,但是这些形象和情感是一种文学的事实,我们不能把它们等同于现实中的事物或作家情感。在西方现代文学理论里,通过文学的语言、形式把事物或情感呈现出来,被称为"represnentation"。它的原义有符号、代表等含义,即用某个东西代表另外一个东西;它的动词"represnent"

[①] 什克洛夫斯基:《文艺散论·沉思和分析》,见《俄国形式主义文论选》"前言",方珊等译,三联书店1989年。

的本义有"使出现、呈现"等含义。因此，文学的"reprensentation"指的是，用文学的语言、形式把作者所要表达的东西呈现出来，有时译为"表现"、"呈现"，现在比较通行的翻译是"再现"。它的含义包含了过去中国现代文学理论中的"再现"、"表现"双重含义。"文学的再现"这一观念的提出，超越了传统"模仿论"和"表现论"的主客观二分法，有助于我们从文学的语言、技巧、修辞等再现形式出发，观察文学作品所呈现的东西，从中思考文学相对独特的运作规律。

因此，根据西方形式批评的理论，一部文学作品的艺术效果，主要取决于它与特定时代的文学传统或惯例的关系，而不是以现实事物或作家主观情感为参照。按照西方形式批评的观点，这种文学传统或惯例独立于文化环境之外，有自己独立的运作规律。但是，20世纪中后期兴起的文艺理论却让我们认识到，这种超脱于文化环境之外的纯粹的文学形式，其实并不存在，文学的语言及其形式要素与历史文化经验始终息息相关。比如，"明月"这个名词，就不单纯是对一个自然事物的指称，生活在中国文化环境中的人们看到这个词语，会很自然地联想起人生的分离聚合，世事的盛衰荣枯。和语言词汇一样，文学的形式要素同样包含着丰富的历史文化信息。福楼拜在他的东方游记中，描写了拐卖女人的贩子、偷东西的商人和光天化日下的男女交合等景象。福楼拜的叙述客观冷静，但这种置身其外的叙述方式，却包含着根深蒂固的西方中心主义意识。后殖民主义批评家赛义德在分析这段游记时指出：东方时常被欧洲作家当成被观赏的怪异风景。[1]

必须指出的是，这里重新强调文学与外在环境的关系，并不是传统"反映论"的简单重复。各种各样的历史文化信息就保存在文学的语言及其形式系统中，或公开或隐蔽地作用于作家的创作和读者的阅读过程。比如，假如一名诗人企图歌唱长江，一系列与"长江"有关的文化历史信息——古老的三峡传奇、赤壁英雄的往事，还有孤帆远影碧空尽的典故等等——这些积淀在名词"长江"上的典故或往事会极大地

---

[1] 赛义德：《东方学》第135页，王宇根译，三联书店1999年。

激发作家的情感体验,牵动他的想象。而成长于另一种文化环境中的诗人,他对长江的想象和情感和前者相比,无疑会有很大的不同。同样,我们对一部文学作品的阅读感受,也与文学语言及其形式中所包含的历史文化信息息息相关。回到"鸟宿池边树,僧敲月下门"这个例子。考察这句诗的阅读效果,除了要考虑近体诗的韵律等形式要素外,还必须充分考虑鸟、池、树、僧、月、门、宿、敲等词语的历史文化信息,它们组合在一起,形成一个信息系统。我们今天对这句诗的阅读感受,在很大程度上是由这个信息系统所激发的阅读联想。比如,如果把诗句改为"兵敲月下门",由于"僧"和"兵"背后的文化信息不一样,同样使用"敲"这个动词,韵律、对仗也没有改变,但整句诗的阅读效果却发生了很大改变。

二 文学的功能

美国作家爱伦·坡在谈论小说创作时,曾说道:"聪明的艺术家不是将自己的思想纳入他的情节……他所做的一切都将最大限度地有利于实现预先构思的效果。"[1]在爱伦·坡看来,一名作家只要运用各种文学形式技巧,达到了特定的艺术效果,他的目的就已经实现。比如,如果一部恐怖小说能够让读者产生恐怖的感觉,一首感伤诗可以让读者获得感伤体验,那么这个作家的创作就已经成功。

这是爱伦·坡著名的效果至上理论,后来的唯美主义、象征主义等文艺流派都有着这一倾向,它的源头可以追溯到康德关于美的无功利本性的判断。有着这一倾向的文艺理论认为,文学创作的目的就在于文学自身,至于这部作品有什么现实意义,会产生什么样的社会政治效果,则不在文学家考虑的范围之内。不过,不管坚持艺术至上的诗人们多么不屑于谈论文学的外在功用,古往今来依然有无数的理论家、诗人

---

[1] 转引自盛宁:《二十世纪美国文论》第17页,北京大学出版社1994年。

期望文学能够承担社会政治功能。在中国文艺史上,儒家的"诗教"传统就非常强调文学的政治教化作用,西汉时代的《诗大序》明确指出:《诗经》是用来"经夫妇,成孝敬,厚人伦,美教化,移风俗"①。注重文学与政治的关系,在西方同样历史悠久。古希腊的柏拉图认为诗歌不真实、滥情,不利于"理想国"的政治建设,因此,他声称要"首先应该审查做故事的人们,做的好,我们就选择;做的坏,我们就抛弃"。②

孔子和柏拉图之类的人物通常是站在国家政治的高度,强调文学的社会功能。在人类的文学史上,还有很多诗人、作家则是从底层出发,强调文学的历史责任。这些诗人、作家满怀着强烈的社会责任感,用他们的创作关心民生疾苦,批判社会现实。这种文学传统无论在中国还是在西方都非常深厚。"长太息以掩涕兮,哀民生之多艰",从屈原到杜甫、白居易,无数的中国古典诗人用他们的笔记下了社会动荡、百姓流离失所的景象,期望以此促进社会现实的改良。用文学批判社会现实,关怀普通人的生存景况,最有代表性的是 19 世纪欧洲的批判现实主义文学。雨果、司汤达、托尔斯泰、屠格涅夫、契科夫等一大批作家,满怀着人道主义精神,用悲悯的眼光审视着社会的黑暗、人世间的苦难。他们的创作代表着 19 世纪欧洲文学的成就,《悲惨世界》、《安娜卡列林娜》、《死魂灵》等作品为人类文学、文化史留下光辉的篇章,并深刻影响了后来的人们对文学的理解和认知。

从政治教化或批判现实的角度来讨论文学的功能,主要是从外在环境出发思考问题,而还有一种观点则认为:作为审美文化的一个组成部分,文学的审美特性本身就有重要的文化功能,而无需着眼于文学与外在环境的关系。18 世纪德国浪漫主义诗人席勒的审美教育思想就是其中比较有代表性的理论。席勒认为,人有两种冲动,一种是感性的,另一种是理性的,两者都是人类主体性的组成部分,但都有自身的

---

① 《毛诗序》,见郭绍虞主编:《中国历代文论选》(第 1 册)第 64 页,上海古籍出版社 2001 年。

② 柏拉图:《理想国》,见伍蠡甫、胡经之主编:《西方文艺理论名著选编》第 18 页,北京大学出版社 1985 年。

片面性。比如,理性的冲动虽然代表着人类追求秩序的要求,使人们摆脱了感性冲动的盲目,但人却因此付出了失去生命体验丰富性的代价。在席勒看来,只有"美"才能弥合两者的分裂,解决理智与情感、道德与欲望等方面的对立,使人成为真正自由、全面的人。"美"之所以具有这种功能,正是因为艺术是一种无现实目的的纯粹游戏,使人超越于现实之上,进入精神自由的境界,"在这里它卸下了人身上一切关系的枷锁,并且使它摆脱了一切不论是身体的还是道德的强制"①。席勒的审美教育思想开启了从审美角度批判现代社会的先声。

在人类的文艺史上,不管文学艺术曾经承担过什么样的功能,或者人们曾经希望文学承担什么功能,我们都必须注意到,这些都是特定历史条件下的产物,而不具有超时代的意义。我们可以以中国现代小说为例来说明这个问题。在中国历代文学的等级体系里,小说的地位非常低下,从来没有人认为小说可以用来治国平天下。但是晚清梁启超大力提倡"新小说",赋予了小说以救世新民的重大功能。这当中有两个比较主要的原因:一是当时小说拥有大量的读者,用小说传播新文化,容易被普通民众理解和接受;二是报业的兴起,晚清中国报业迅速发展,通过报纸刊登的小说,新文化可以大范围、快速度地进入千家万户。由于小说被安排了如此重大的使命,小说的文学史地位也因此发生了历史性的变化,一跃成为文学的大宗,五四以后甚至取代了诗歌、散文,被排在文学文体家族中的最前列。

让文学承担重大的历史使命,后来成为中国现代文学的基本传统,至今还影响着人们对文学的认识和评价。比如,自从上个世纪90年代以来,文学逐渐淡出了公众的视野,很多人认为,这是因为当代文学缺乏历史使命感,文学抛弃了社会,最终自己被社会抛弃。其实,单纯从文学是否关心现实出发,很难说明文学影响力下降的原因。无论是目前的网络写作,还是在一些成名作家的作品里,我们都可以看到大量深刻介入现实的作品,只不过没有产生当年那样大的社会影响。这里面

---

① 席勒:《美育书简》第145页,徐恒醇译,中国文联出版公司1984年。

的原因很复杂,但有两点值得一提:一是媒介形式的多样化,特别是随着电子媒介的迅猛发展,用文学的方式反映现实,所产生的冲击力已经无法和电子媒介相提并论;即使是单纯讲故事,目前小说也很难应对影视剧的挑战。另外,今天的知识分工非常精细,"文学仅仅是历史结构内部一种微弱的声音……设计未来方案的时候,文学远不如史学、经济学或者其他时髦的学科"[①]。

必须强调的是,指出文学在当前知识体系中的弱小地位,并不等于认为文学失去了干预历史的能力,而是提醒我们:当我们期望文学承担历史责任的时候,需要结合当前的现实状况,寻找更适合文学的介入方式。那么,在这个媒介形式迅猛发展、经济问题占据着人们生活中心的时代,文学还能做什么?它可以以怎样的方式发挥它的现实作用?

西方马克思主义者马尔库塞认为,文学艺术之所以能够发挥现实批判意义,恰恰是因为文艺不是温顺地纳入现实。这样它才可以超越于现实之上,开启一个批判现实的维度。我们平常观看和感觉事物,通常有一个相对固定的模式,社会意识形态的稳定通常就体现在这种模式的稳定当中。而文学艺术却可以通过自由想象,使人们"用一种新的方式去看、去听、去感受事物"[②]。在马尔库塞看来,改变人们的感觉和认知生活的方式,实际上间接改变了现实,马尔库塞的文艺思想在某种意义上与席勒存在着一定的关联,是20世纪从审美角度批判发达资本主义的一种重要理论。

为了进一步帮助我们理解文学创造性想象的现实批判功能,我们可以用一个当代文学的例子。比如,从经济学的角度来看,乡村只不过是一个期待现代经济理性收编的落后区域。但是80年代的"寻根文学"却对乡村的原始、荒蛮表现出浓厚的兴趣,那里的人们简单质朴,崇尚野性和情义,毫不计较经济效益的得与失。因此,"寻根文学"事实上提供了一种现代文明所缺失的东西,让人们在冰冷的现代经济文

---

① 南帆:《后革命的转移》第262页,北京大学出版社2005年。
② 马尔库塞:《审美之维》第118页,李小兵译,三联书店1989年。

明之外,看到了另一种生活方式的存在。特别是今天,当以肯德基、好莱坞为代表的美国消费文化席卷全球的时候,文学中的"乡土"还包含着抵抗全球文化单一化、维护文化多样性的特殊意义:"当全球化成为基本语境之后,'乡村'不知不觉地转换为'本土'的象征……故乡、大地、母亲、根。"①乡村的这些文化含义,是以经济学为主导的众多学科所无法发现,甚至试图遮蔽的内容,而文学想象却刺穿了经济学思维模式,充分发掘了乡村的当代文化价值。因此,如果说在经济理性占据了文化霸权的当代社会,文学包括一切艺术想象还有什么意义,那么就是当代文学中的"乡村"指示了另一种文化向度的存在。

创造性的想象可以颠覆我们习以为常的观看或感觉事物的模式,这其实是一切艺术的特征,并不是文学所独有。最能体现文学独特功能的地方,还可以更为具体一些,那就是创造性地使用语言。我们知道,语言是文学想象的基本材料,文学特别是诗歌语言的一个很大的特点就是讲究独创性,这种独创性集中体现在超越平常习惯组合词句。比如我们讲"李白是春天的阳光",只是一句很平常的话,而如果我们说"李白是春天的谣言",那就可以视做一句诗了。它符合了我们经常讲的诗的跳跃性原则,把李白、春天和谣言这三个似乎相隔很遥远的词组合在了一起。为什么这样的组合会被认为有诗味呢?因为,词语或句子在一种陌生的组合形式中,它们的平常含义会被瓦解,造成含义不明。"李白是春天的谣言"这句话究竟表达什么?我们不清楚,甚至可能什么也没有表达。而正是因为它含义不明,句子才给予了我们反复咀嚼、品味的空间,就像一张空白的纸,不同的人可以根据自己的感觉往里面填充各种内容。

非常规的语言组合可以让我们对句子产生无穷的回味,那么它的现实功能体现在哪里呢?20世纪的语言哲学让人们意识到,语言并不只是一种交流工具,事实上作为一个认识主体,人对现实的理解和把握在很大程度上是由语言所塑造。因此,非常规的语言组合,瓦解了它相

---

① 南帆:《后革命的转移》第262页,北京大学出版社2005年。

对固定的含义，其实是瓦解了我们对现实相对固定的理解和感知，使现实以一个新的面目呈现在我们面前，这就是语言创新的文化革命意义。因此，如果要问在这个媒介形式日益多样化的时代，文学如何发挥现实功能，也许更能体现文学价值的方式，不是用文学"反映"现实问题，而是用创造性的想象和语言，改变我们对现实的相对固定的理解和认识。

三　文学的机制

无论形式主义理论家如何强调文学的独立性，浪漫主义诗人多么重视天才的作用，我们都不能否认，文学活动的过程始终与各种外在条件有着千丝万缕的联系。特定时代的物质生产方式、时代精神、民族传统甚至自然环境都会影响到文学的面貌，这是众所周知的道理，无须我们在这里赘言。不过，从这些因素影响到文学，跨度比较大，中间还有很多更为具体的环节。因此，我们这里所讨论的文学的机制，指的是与文学创作和传播有着直接关联的社会环节，比如作家的身份、作品的出版制度、文学研究评价体制，以及读者群体的构成等等。

在众多的社会环节中，文学研究评价体系与文学的关系是当前人们比较关注的话题。无论是在中国还是在西方，"文学"的古代含义与现代含义都有着很大的区别，现代所说的文学主要指的是以想象和虚构为主的文章，但是在现代以前，文学的含义非常宽泛，也很不稳定，有时指文化，有时指书本知识，甚至指一切用文字写下来的东西。直到19世纪初期，随着专门的文学研究机构特别是大学文学系科的诞生，今天人们所接受的一整套关于文学的知识才逐步形成。按照学科分化的原则，诸如大学文学系这样的专门性文学研究机构，它的首要工作就是界定它的研究对象——文学是什么？它有什么独特性？它与其他学科如历史、哲学的区别在哪里？由此产生了所谓"文学性"、"纯文学"、"文学的独立"等等问题，也划分了"文学文体"和其他文体如应用文、科学论文文章的界限，形成了一种专门化的文学观念。

专门化的文学观念的形成,对于古今文学观念的转换造成了很大的影响。古人谈论文学问题,更多是谈论如何用文字写东西。用各种各样的方法写作,形成各种各样的文体。这些文体有各自的功能、特色包括等级。比如,欧阳修在谈论散文写作时,遵循的是儒家"文以载道"的观念,强调"道胜者文不难而自至"①,文风质朴自然。而对于词的创作,欧阳修却放下道学家面孔,所写的词很多色彩颇为浓艳。后人在分析欧阳修时,或者对此避而不谈,或者认为欧阳修的文学观存在着冲突。如果我们站在古人的角度想问题,这其实是一件很正常的事。因为,对于欧阳修这样的古士大夫来说,散文(古文)是用于政治教化的"经国大事",而词只是"艳科",它们有不同的用途和等级。古人提倡"文以载道",也是针对散文(古文)而言,而不是针对一切文学。他们也没有我们今天所拥有的那种统一的、专门化的文学观。

在现代人的文学活动当中,大学文学教育不仅仅深刻塑造了今人的文学观念,而且对于作品的传播也有着非常重要的影响。一篇当代的作品,我们一般是先通过报纸、期刊或网络了解它;而一篇年代相对久远的作品,它的影响力则更多依靠学校的文学教育。一个过去的作家如果没有出现在文学课堂上,特别是没有被写入文学史教材,那么对于后来的读者而言,几乎就等于不存在。现代文学中的张爱玲就是一个典型的例子。张爱玲在1940年代声名显赫,被称为天才,但是到了1949年以后,由于政治等其他原因,张爱玲没有出现在中国现代文学史教材中,在长达30年的时间里,解放以后出生的读者几乎都不知道这个作家。由于文学史教材对于文学作品的传播有着如此巨大的作用,所以,文学史写作历来就是文学研究的重要战场。要不要写某位作家?各个作家该占多少篇幅?怎么评价作家?这些问题有时不仅仅是一个学术问题,还是一个严肃的政治问题。

谈到文学的传播问题,不能不提到出版发行对于文学的影响。我

---

① 欧阳修:《答吴充秀才书》,见郭绍虞主编:《中国历代文论选》(第1册)第255页,上海古籍出版社2001年。

们曾经在"文学的功能"这一部分中提到,晚清知识分子之所以企图用小说传播新文化,一个很重要的原因是当时报业的发展。一直到五四,启蒙文化的影响力在很大程度上还是借助于期刊、报纸等印刷媒体。人们一般认为,当年胡适、陈独秀、鲁迅等人登高一呼,产生了巨大的影响,是因为他们的呼声体现了时代思潮。其实,报纸、期刊在其中所起到的作用不能低估。五四核心刊物《新青年》的发行量最高曾达到每期一万多份,但仍无法和当年鸳鸯蝴蝶派的通俗读物相比。据李欧梵考证,五四知识分子影响力的扩展,与《民国日报》、《时事新报》和北京的《晨报》有很大的关系。这三份报纸在当年都具有相当的影响力,它们的文学副刊积极发表五四知识分子的文章,不仅扩大五四文学的影响力,而且"有这三份报章开路,其他报刊便很快效法,以宣扬新文学为目的,数以百计的'文学副刊'和杂志创刊了"[1]。甚至属于鸳鸯蝴蝶派的《小说月报》后来也被茅盾接管,改为刊载新文学。

期刊、报纸等近现代文学传播方式的兴起,不仅极大影响了文学作品的传播,而且也深刻影响到作家群体和作家身份的转变。五四以后,出现了冰心、丁玲、庐隐等一批大胆追求个性解放的女作家。这个现象并不只是五四新文化影响下的结果,还有着很现实的原因,当年发达的印刷媒体给这些女作家提供了机会,她们可以通过稿酬独立谋生,而无需依赖旧家庭。印刷媒体的发展影响到作家身份的改变,进而影响到作家的创作,这样的例子在中西文学史上都非常常见。比如17世纪欧洲的古典悲剧大多以贵族为主人公,表现他们坚毅的性格和崇高的品质。这与当年的作家身份有很直接的联系,那时的作家主要靠贵族和国王供养。到18世纪以后,随着现代报业、出版业的兴起,开始出现了职业作家。这些作家主要为报纸和出版社写作,其读者很大一部分是新兴的市民阶层,为了满足阅读市场的需求,18世纪、19世纪的欧洲文学出现了大批表现普通人的作品。脱离了作家身份的改变,单纯从作家兴趣、时代思潮或文学自身规律出发,无疑很难说清楚这种转变的

---

[1] 李欧梵:《中国现代作家的浪漫一代》第9页,新星出版社2005年。

原因。

　　文学研究机构、现代出版业根据需要推广不同的作品,这些作品通过文学教育、文学市场塑造了拥有特定阅读趣味的读者,这些读者反过来又影响到特定类型的文学作品的生产与传播,这里面是一种相互关联的关系。因此,一部作品的传播和流行,还与特定阅读群体的阅读趣味有很大的关系。比如,巴金先生的《家》在他的作品中并不是最出色的,甚至在语言和构思方面也不是很精炼,但是《家》却曾经影响了一代青年。究其原因,与1930年代青年的阅读趣味有很大的关系。1930年代的中国青年普遍受到五四新文化的影响,对自由的青春和光明的未来有着热烈的幻想,但现实又让他们普遍感到失落、迷茫甚至消沉。因此,他们喜欢阅读既充满热情又带着感伤的作品,《家》难以抑制的激情和赤诚的倾诉正好符合他们的阅读需求。当年的出版商很敏锐地看到了这一点,并做了有针对性的出版策划。青年读者的阅读趣味和出版机构的有力推动,使这部在艺术上还有待进一步锤炼的作品,成为巴金影响最大、流传最广泛的作品。

　　除了上述所讨论的因素,还有很多东西可以构成文学的机制,比如文学的生产工具、特定时代的文艺政策、商业媒体的文艺策划等等,都会影响到文学的创作和传播。限于篇幅,我们在这里就不再展开讨论。需要补充说明的是,谈论文学的机制,并不是简单地回到文艺社会学,降低文学形式传统和作家的作用,而是努力让我们注意影响文学的一些具体的社会环节。相比于经济基础、时代精神等大的社会基础,这些环节有时看起来微不足道,但对文学的影响不容低估,有时甚至会产生全局性的作用。

第二章 作者

一 作者的个性

　　文学是作者的创造，是作者个性的表现，这个观点我们已经耳熟能详了。和其他艺术从业人员一样，作家往往也喜欢表现出张扬的个性，大胆的服饰、奇异的言行成为识别他们身份的基本标志。不过，凡事都不是天生如此，我们今天觉得自然而然的事情，换一个时空，人们可能就不这样认为。文学与作家个性的关系同样如此。

　　我们曾经提到，中国古典文论很早就注意到文学与外在环境的关系。一直到汉代，人们在谈到文学的变化时，还是强调外在环境的作用，并没有提到个性的因素。人们一般认为，中国古典文学理论到了魏晋才开始关注文学创作与作家个性的关系。曹丕《典论·论文》："文以气为主，气之清浊有体，不能力强而致……虽在父兄，不能以移子弟"，这是曹丕著名的"文气论"。"气"可以解读为人的天赋才情。在曹丕看来，人的天赋才情的高低影响到作家的写作，即使父子兄弟之间也无法勉强相同。《典论·论文》和陆机《文赋》是中国文学走向自觉的标志。虽然魏晋以后，不时有人提到作家个性的作用，但是，中国古典文学中占据主导地位的是"感物抒情"。"感物抒情"的"情"，个性内涵并不是很明确。某些理论家可能会强调它是个人"性灵"，而更多的时候，"情"是指一种普遍性的内容，并不专属诗人。

　　中国古代作家特别是唐以后的作家还有一个特点：喜欢模仿古人，以能做到神似古人而自豪。比如，南宋严羽在著名的《沧浪诗话》中告诫诗人:"夫学诗者以识为主,入门须正,立志须高;以汉、魏、晋、盛唐为师,不作开元、天宝以下人物",他还批评苏轼、黄庭坚等宋朝诗人"以文字为诗,以才学为诗,以议论为诗。以是为诗,夫岂不工?终非古人之诗也"①。严羽一方面不喜欢宋诗的议论说理特征,表达了他自己的喜欢唐人抒情风格的审美趣味,另一方面也毫不含糊地表露了自己的复古倾向。宋代以后,这种复古倾向更为盛行,著名的明前后七子都是复古主义者。所以,后来胡适的《文学改良刍议》提出了八条改良中国文学的方案,第二条就是要求"不摹仿古人",提倡"不做古人的诗,而惟做我自己的诗"②。古典作家喜欢模仿古人是好是坏,暂且撇开不谈,这个现象至少可以说明,在相当多的古典作家那里,作品是否表达了个性、是否有个人风格并不是一个重要的问题。

西方文论中,作家个性的作用也是在特殊的语境中才被人们重视。古希腊柏拉图的"迷狂"说,指出了创作过程中灵感等特殊能力的作用。不过,这种特殊能力是否是诗人个人天才和个性的结果,还不是很明确。特别是到了基督教时代,这种特殊能力并不被认为是诗人的个人禀赋,"根据关于诗歌灵感的一般正统或基督教观点,诗人没有创造诗歌,只不过是被神圣创造行为激发了的灵感的代言人"③。到了十八九世纪,随着浪漫主义文学运动的兴起,作家个性才被人们提升到很高的位置。这里面有很多因素在起作用,一是资产阶级启蒙个人主义的影响,二是对法国古典主义的创作规范的反对。18世纪末期是启蒙时代,追求自由和个性解放是那个时代的文化思潮。当时欧洲文学的盟主是法国古典主义,古典主义文学通常以经典作品为范本,讲究创作的理性和规范。为了突破古典主义的清规戒律,以德国、英国为中心的一批作家、理论家提倡天才、想象和个性,他们认为创作不是对自然也不

---

① 郭绍虞:《沧浪诗话校注》,人民文学出版社1983年。

② 雷达、李建军编:《百年经典文学评论(1901——2000)》第57页,长江文艺出版社2004年。

③ 〔美〕拉登·塞尔登编:《文学批评理论——从柏拉图到现在》第303页,刘象愚、陈永国译,北京大学出版社2003年。

是对前人的模仿,而是作家个人情感的抒发和天才的创造。这是文学史上著名的浪漫主义文学运动。由于契合了时代文化思潮,浪漫主义文学观最终取代了古典模仿论,并深刻地影响了后来的文学观念。

我们今天所熟悉的想象、创造和个性等观念,主要是来源于浪漫主义。这带来一个基本问题:为什么诗人专注于表达自己的内心世界也能够获得别人的共鸣?如果诗人只在作品中表达自我,那么怎样做到和读者的沟通?浪漫主义者的回答可能很简单:因为诗人的天才,天才诗人的个性和想象拥有普遍性意义。比如,英国诗人华兹华斯在《抒情歌谣集·序言》中曾热情洋溢地夸赞诗人:"他天生就有更生动的感性,更多的热情和温存,他对人性有更深刻的了解,有更广博的胸怀。"① 由于这种特殊禀赋,因此"诗人歌唱,全人类都随声附和"②。天才论是可以很简便地回答这个问题,但是,浪漫主义的个性崇拜在20世纪受到了强大的冲击。比如,著名诗人艾略特就认为,诗歌与个性无关,诗歌的感染力并不来自诗人强烈的自我情感。在艾略特看来,诗人的心灵只不过是一种容器,用以"捕捉与储藏无数的感情、词汇、形象"③。这些形式要素来自整个传统,它们在诗人的心灵中化合,形成一首诗。作品的艺术感染力来自这些形式要素的结合过程,而不是诗人的个性和情感。"诗的价值并不在于情绪这一成分的伟大强度,而是在于艺术过程的强度,也可以说是在于发生混合时的压力强度。"④

艾略特认为诗歌应具有广阔的历史意识,特别是要让人们感受到整个欧洲传统的存在。为了达到这个目的,他区分了诗人个人的感情和诗人的创作心智。艾略特要求诗人尽量压制个人情感,直面传统,使诗歌摆脱个人经验,达到沟通传统与现代的目的。他的代表作《荒原》

---

① 〔美〕拉登·塞尔登编:《文学批评理论——从柏拉图到现在》第172页,刘象愚、陈永国译,北京大学出版社2003年。
② 同上书,第173页。
③ 伍蠡甫、胡经之主编:《西方文艺理论名著选编》(下卷)第44页,北京大学出版社1987年。
④ 同上书,第44—45页。

讲述了一个神话般的故事:有一个受伤的国王等待有人来拯救;诗中使用了荒原、水、丰饶等象征性意象,呈现了一个关于死亡和再生的神话世界;这是一个关于传统的象征。在作品中,艾略特采用了跳跃性很强的词句组合,使作品非常晦涩难读。艾略特之所以这样做,与他对现代文明的看法有关。在艾略特看来,现代文明"包含着极大的多样性和复杂性",因此,"诗人必须变得越来越具涵容性、暗示性和间接性,以便强使——如果需要可以打乱——语言适合自己的意思"[1]。艾略特的意思很明确,他采用晦涩的语言风格,是因为要直面现代,让神话意象和晦涩的表达相结合,实践沟通传统与现代的创作主张。

艾略特的观点被后来的新批评理论家采纳,发展成为一种非个人的形式批评。这就是我们在第一章《文学的再现》中所提到的"文学的传统或惯例"。在新批评理论家们看来,文学的艺术效果取决于文学的形式体系,而不是作家的个性和情感。

除了艾略特的《传统与个人才能》和新批评理论外,20世纪很多影响比较大的文学理论都不注重文学与作家个性的关系,比如,结构主义文学理论。结构主义思想的源头是瑞士语言学家索绪尔的结构语言学。索绪尔把语言当做一个共时的系统来考察,比如考察一个语音的独特性,他重点研究它与其他语音的区别,而不是该语音的发音情况以及它的历史变迁。布拉格学派的雅克布逊等人,把索绪尔的研究方法运用于文学研究,力图在无限丰富多样的文学作品中寻找到文学的基本结构模型。结构主义思想很复杂,但它的基本特征是非个人化和非历史化。关于非个人化,结构主义理论家的基本观点是:写作不是作家心灵的自由运动,相反,作家不由自主地受到了文学的结构模型、文学成规的潜在控制。结构主义文学理论具有非常广泛的影响,甚至可以被当做了解20世纪中后期西方文学理论的入门知识。美国新批评、法国结构主义和后结构主义包括后来声名显赫的耶鲁解构批评,都有结

---

[1] 艾略特:《玄学派诗人》,见《艾略特诗学文集》第31页,王恩衷编译,国际文化出版公司1989年。

构主义的影响存在。

在文学的非个人化方面，法国的罗兰·巴特走得非常极端，他甚至喊出了"作者已死"的口号。不管我们是否赞同艾略特的观点，或者是否接受罗兰·巴特惊世骇俗的结论，但至少我们应该意识到，20世纪以来，有很多重要的理论、重要的理论家并不认为作家个性在文学活动中有多么重要。而且，由于新批评和结构主义文学理论的显赫地位，我们完全可以这样认为：文学的非个人化倾向在20世纪特别是20世纪中后期的西方文学理论中占据着主导地位。如果作品不是作家个性的表达，甚至与作家个性无关，那么，我们该怎么理解作者在创作中的位置？该如何认识作者的想象？同时又该如何理解不同作家的作品明显存在着风格的不同？接下来我们就要讨论这些问题。

二　文学的想象

刘勰在《文心雕龙·神思篇》中说："古人云'形在江海之上，心存魏阙之下'，神思之谓也。文之思也，其神远矣。故寂然凝虑，思接千载；悄焉动容，视通万里。"刘勰描述了诗人写作时让人惊叹的心理活动，天马行空，自由穿梭于时空之间。刘勰的"神思"今天我们一般称为"想象"，这个词现在已经成了一切艺术创作行为的代名词。因此，在谈论文学的作者时，不能不讨论"想象"问题。想象究竟是怎样的一种心理能力？它如何运作？在现代文学理论中，它又遇到了怎样的困难？

在心理学里面，想象是和联想相联系的概念，想象是对记忆中的内容进行加工、改组从而创造出新形象的心理过程，而联想则是根据事物之间的某种联系，由某个事物想到另一个事物的心理活动。两者的主要区别在于事物与事物之间是不是有联系，比如由李白想到唐朝，是联想；由李白想到股票，一般是属于想象。想象不注重联系，类似于无中生有，所以崇尚创造的浪漫主义诗人们很看重想象。浪漫主义时代的文学理论很早就注意到文学想象的创造性特征。比如,18世纪苏格兰常识学派思想家亚历山大·杰拉德在《论天才》中就说道:"想象可以全新的关系把它们联系起来……并常常令原来互无关联的思想结合为一体。"①柯尔律治继承了这个观点,并且提升了想象的地位,把诗人的想象看做类似上帝创造世界的行为,不仅能够化腐朽为神奇,而且能够在混沌中创造秩序:"将最为普遍承认的真理从普遍认可的环境造成的软弱无力的境地中拯救出来","溶解、扩散、消耗,为的是重新创造"。②

浪漫主义诗人通常以天才自居,所以他们把文学想象的地位拔得如此地高。文学想象是否具有这么重要的作用,我们暂且存而不论,但有一点可以明确:由于想象可以不考虑现实条件的限制,所以能够弥补生活的种种不足。当代作家余华在一次演讲中曾说道:"在现实生活中,我们有很多情感、很多欲望不能表达,我们可以在一个虚构的世界中找到所对应的。你可以为那个人物哭,为他笑,为他高兴,为他悲伤,实际上你已经表达了现实生活中所不能表达的。"③余华的观点并不新鲜,奥地利心理学家弗洛伊德在《作家与白日梦》中很早就分析了文学想象的心理动因。弗洛伊德认为人类之所以会进行文艺创作,是希望获得一种想象性满足,就像做梦是宣泄被压抑的欲望一样,文艺也是无法得到满足的各种需求的替代性补偿。

弗洛伊德的理论指出了作家从事文学创作的精神补偿价值。其实不仅对于作家个人,对于一个社会或一个文明的精神生活而言,也可以做如此理解。作家在创作时,展开想象的双翼,超越时空和现实的限制,往往可以创造出一个美好的虚构世界。这个世界一方面可以作为参照系,让我们看到当前社会和文明的种种不足;另一方面也可以寄托

---

① 〔美〕拉登·塞尔登编:《文学批评理论——从柏拉图到现在》第135页,刘象愚、陈永国译,北京大学出版社2003年。
② 同上书,第138—141页。
③ 余华:《文学不是空中楼阁——作家余华在复旦大学的讲演》,《文汇报》(电子版)2007年1月7日。

人们对更美好社会的向往,激发人们改变世界的冲动。比如,古代有我们熟悉的"桃花源",现代则有我们熟悉的"湘西世界"。沈从文小说《边城》用抒情诗般的笔调描绘了一个纯净的湘西边城,那里的人们保存着自然美好的人性,连吊脚楼里面的妓女也没有失去质朴淳厚的性情。田园牧歌式的边城生活,灵魂像青山绿水一样清澈的女主人公翠翠,不知让多少人陶醉。"湘西世界"就像一面镜子,映照出了现代文明带给人们的种种失落和缺憾,而这个世界在现实中是不存在的,也无法用数理逻辑来证明,只能存在于作家的想象当中。

正是因为文学想象可以超越现实的各种限制,所以当一个社会处于变革的前夜时,往往是文学较早喷发出变革的激情,大胆发挥对未来世界的想象,激励人们改变现实。例如中国现代史上的五四新文化运动,或者20世纪80年代的新启蒙思潮。

了解想象的特征和意义之后,接下来人们可能会问:怎样才能进入自由创造的想象境界?它与作家个性和生活经验是什么关系?这个问题说来话长,我们知道,浪漫主义文学理论特别看重想象,我们今天所接受的想象理论大都来自浪漫主义。撇开神秘的天才问题,浪漫主义想象理论对后人的影响主要表现为对个性的强调。很长一段时间以来,人们一般把想象看成作家大胆发挥个性、勇于表达自我经验的结果。比如1921年郭沫若《女神》发表后,这部作品以狂野的想象、难以抑制的激情震撼了诗坛,使当时还显得比较幼稚的中国新诗上升了一个台阶。人们一般认为,这是郭沫若追求个性解放的结果,是五四时代精神的集中体现,正如朱自清先生所概括的那样:"他(郭沫若)主张诗的本职专在抒情,在自我表现,诗人的利器只有纯粹的直观;他最厌恶形式,而以自然流露为上乘。"①

确实,如果回到心理学角度来看想象,充分挖掘个人经验无疑是创造独特联系或独特形象的便捷途径。因为有些事物在公共经验中没有联系,但可能在个人经验中有联系。比如由李白想到股票,从公共经验

---

① 朱自清:《中国新文学大系·诗集·导言》。

角度来看,两者之间应该没有联系。但在个人经验中却很难说,有可能某个人曾经受李白诗歌的启发,创造过股票奇迹,所以李白与股票的联系深深地烙在他的个人记忆中。看起来问题很容易回答,但这里面有一个根本的问题可能被我们忽略了:生活经验的独特性是否就意味着文学经验的意义?这个问题涉及到生活想象和文学想象的区别。在写给一位青年诗歌爱好者的信中,朱光潜先生曾经很直白地批评了五四诗人的浪漫主义倾向:"浪漫派的唯我主义与感伤主义的气息太浓……过于信任'自然流露',任幼稚的平凡的情感无节制地无洗炼地和盘托出。"①

朱光潜先生的批评切中肯綮,因为文学创作不是生活经验的直接表达,它还需要一整套文学形式。文学的形式体系具有自己的规律和习惯,概括起来就是我们曾经提到的文学传统或惯例。也就是说,一种想象只有采用了具有文学性的语言、技巧和结构等等,才能被认做进入了文学想象的状态。比如,"飞流直下三千尺,疑是银河落九天",把这句话翻译成白话文就是:瀑布从大约有三千尺高的地方流下来,让人怀疑是不是天上的银河掉下来了。意思似乎没有什么改变,但诗味却大打折扣。大家可能还会问:可不可以这样说,作者有一个想象,然后用文学的语言把这个想象表达出来,就成了文学想象?答案也没有这么简单,因为文学的传统或惯例不是简单的表达工具,作为一种有着自身规律的系统,它有强大的选择功能,有些经验可以被表达,有些经验则可能被排除在外。

比如,假如有人说:"我家的桌子非常高,高得像喜马拉雅山","你说话声音很大,大得像大海一样",人们一般会说夸张过度而不可取。说话人或许会辩解说:文学不是要大胆发挥想象吗?而且再夸张也没有把瀑布想象成银河落地那么夸张啊,为什么我不能这么想象呢?原因就在于文学的传统或惯例。例如,许多夸张的想象通常是与诗的形式体系联系在一起的。我们其实应该说,文学想象只能在特定的文学

---

① 朱光潜:《诗论》第313页,三联书店1998年。

形式体系之中发展,二者必须是二位一体的。除了影响人们对特定想象的选择,文学的传统或惯例还影响人们如何评判特定文学想象的价值。比如,就想象的奇特性来看,不少当代网络玄幻小说应该说超过了《边城》,但它们目前只被看做通俗小说。因为在新文学传统里,通常只有直面社会、人生重大问题的小说,才被人们接纳为正规的"雅文学"。《边城》符合了这种要求,所以,即使想象的奇特性可能远不如某些玄幻作品,但它还是被列入了经典作品的行列。

　　文学的想象是在文学形式体系中的想象。因此,一名作者如果力图使自己获得文学想象的能力,首先需要深入地了解特定的文学传统,多读前人的作品,了解各种既存的文学形式。俗话说:熟读唐诗三百首,不会作诗也会吟,阐明的就是这个道理。不过,文学的传统或惯例主要来自过去的文学经验。如果一名作者仅仅遵照前人的经验展开想象,那么想象的创造性又来自哪里?我们认为可以分两个层面来看问题:一、熟悉文学传统或惯例,获得展开文学想象的基本素养;二、在前者的基础上,创造出前人没有过的想象经验。我们认为,只有后者才真正属于自由创造的文学想象境界。这时,作者的天分或个性就开始发挥作用。有天分或有个性的艺术家不会局限在前人的文学经验中,他还会力图超越前人,为文学的传统增添新元素,甚至因此引起文学传统的变革。

　　正如我们以上论述的那样,再有天分或个性的想象,如果无法与文学的传统或惯例发生关系,不要说它有没有创造性价值,甚至它无法被人们看做文学想象。俗话说得好,没有"旧"哪里来的"新"?所谓的创新只有以文学传统或惯例作为参照,才能显示自己的独特性。某些作家似乎乐于表示,他们的风格与前辈作家截然相反;但是,这种创新至少把前辈作家当成一个超越的对象,并且因此产生创新的动力——哈罗德·布鲁姆把这种状况称之为"影响的焦虑"。从这个意义上说,即使反传统也离不开传统。

三 无意识

在 20 世纪的文学理论里,无意识是另一个重要概念,它来源于奥地利心理学家弗洛伊德的精神分析理论。

弗洛伊德把人的意识层次分为意识和无意识。意识是我们可以直接感知到的心理活动,如我们平常思考问题,想到某个东西,等等。无意识则是一个巨大的地窖,潜藏在意识的下面,储存着各种各样的被压抑的欲望,其中主要是性本能。这些欲望和本能由于不符合理性、道德等文明规则的要求,遭到压制,无法上升到意识的层面被直接感知。意识的研究从来就有,弗洛伊德最伟大的贡献在于他发现了无意识的存在。人们认为弗洛伊德像哥伦布发现新大陆一样发现了人类心理世界中的一个特殊领域。弗洛伊德深入研究了无意识的运作机制,以及它对人格的形成、对意识的潜在影响。其中关于被压抑的欲望的升华、无意识的自由联想原则,以及无意识与梦的关系等研究结果,对 20 世纪的文学创作和研究产生了非常广泛的影响。可以毫不夸张地说,20 世纪几乎所有重要的理论家和作家都或多或少从这些理论中吸取了一些灵感。

我们上文曾经提到了《作家与白日梦》,在这篇论文中弗洛伊德谈到了文艺创作的心理补偿作用,这个理论的依据来自他的欲望升华理论。弗洛伊德认为被压抑的欲望需要释放,主要有三个途径:一、日常生活中一些不经意的言行,如口误、笔误等等;二、做梦,梦是无意识欲望的主要释放渠道;三、升华,如全身心投入工作或从事文艺创作,转移被压抑的东西。关于艺术创作过程中的欲望升华补偿的问题,弗洛伊德指出:"作家通过改变和伪装而软化了他的利己主义的白日梦的性质,他通过纯形式的——亦即美学的——乐趣取悦于我们……向我们提供这种快乐是为了使产生于更深层精神源泉中的快乐的更大的释放成为可能。"①这个理论确实可以说明文学史上很多有意思的现象,比如为什么多数的作家、诗人都是人生的失意者,或者在人生失意的时候写出了不朽杰作?曹雪芹伤痛于往日的繁华,哀叹自己无力补天,在悼红轩披阅十载写出了伟大的《红楼梦》,不能排除寻求欲望升华补偿的心理因素在其中起到的某种作用。

对于批评家来说,无意识欲望的升华理论,可以用来分析艺术家的深层创作动机以及作品中人物言行的心理原因。而对于作者而言,无意识的自由联想机制则极大地激发了他们的想象灵感。在弗洛伊德的理论里,无意识就像一口沸腾的大锅,各种欲望、记忆在其中翻滚,它们之间的衔接转换没有逻辑、理性的规则可寻,处于一种类似于自由联想的状态。我们平常做梦过程中,可以体验到无意识思维的这个特点,梦中事物的组合极为荒诞离奇,体现出人类惊人的想象力。正常人一般是在梦中才能体验到这种状态,而一个精神病人,由于意识机制的崩溃,在他们的日常生活言行中可以透露出无意识的运作。著名的超现实主义画家达利就对一位名叫李季娅的女精神病人的思维表示出浓厚的兴趣,他惊呼:"她的大脑或许并不比我逊色。她能够令人惊奇地把世界上的一切事情都巧妙地与她自己难以摆脱的思想联系起来……她具有漂亮地抓住一切细节的非凡天赋。"②

受无意识理论的影响,法国超现实主义诗人布勒东甚至为此提出了"自动写作"概念。所谓"自动写作"就是拒绝理性的有意识控制,让思维处于无意识化的自由联想状态,是一种"纯粹的精神学自发现象"③。想象能够在无联系中创造联系,体现了思维自由跳跃的能力,浪漫主义诗人把这种能力看做是天才的禀赋。由于无意识的自由联想与想象一样,可以跨越事物间的联系,把事物结合在一起,因此,相比于

---

① 弗洛伊德:《论文学与艺术》第108页,常宏等译,国际文化出版公司2001年。
② 〔西班牙〕达利:《达利的秘密生活——一个天才的日记》第117页,陈训明等译,湖南美术出版社1996年。
③ 《未来主义·超现实主义·魔幻现实主义》第259页,柳鸣九主编,中国社会科学出版社1987年。

天才论，无意识理论无疑让人们看到了一种更具体的想象力来源。不过，这里有一个问题，正如生活想象不等于文学想象，无意识的自由联想能力是否能够与文学想象划上等号？朱光潜曾经据此批评了无意识欲望升华理论："欲望升华说的最大缺点在只能解释文艺的动机，而不能解释文艺的美。"①

确实，文学有自己的形式规则，有自己的美感要求；单纯从作家的心理机制出发无法合理说明文学作品美的来源，这里也涉及到了无意识经验与文学传统或惯例的关系。从现代主义之前的文学传统来看，朱光潜先生的批评很中肯；但是，我们应该意识到，无意识理论盛行于另一种文化传统中，这个传统的集中体现是20世纪欧洲的现代主义文艺。现代主义文化潮流的内部构成很复杂，无法一概而全，但主要艺术流派有一个共同的倾向：批判现代性，特别是批判启蒙理性对人类精神世界的简化。因此，他们的作品喜欢表现神话、直觉包括无意识等非理性内容，正如布勒东在1924年《超现实主义宣言》中指出的那样："信仰梦境的无穷威力，和思想能够不以利害关系为转移的种种变幻。它趋于最终地摧毁一切其他的精神学结构，并取而代之。"②另外，如果说古典艺术追求形式和谐、规则和有机的美，那么现代主义艺术在形式上的主要表现则是：追求陌生、破坏或惊异的美。变形、夸张、离奇、怪异是现代主义艺术留给人们最深刻的印象。

无论是追求精神世界的丰富性还是创造奇异陌生的美，无意识的发现都让现代主义艺术家兴奋不已。一方面，他们在理性意识之外看到了一个崭新的精神大陆，它不受理性的机械规则的控制；另一方面，无意识的自由联想给他们提供了一个颠覆艺术规则、创造陌生化艺术效果的方便法门。为了具体地说明无意识化创作的颠覆效果，我们这里引用法国超现实主义诗人阿尔托《阴郁的诗人》中的一段：

  森林，森林，眼睛眨动

---

① 朱光潜：《文艺心理学》第186页，复旦大学出版社2006年。
② 《未来主义·超现实主义·魔幻现实主义》第259页，中国社会科学出版社1987年。

>在众多的松子上；
>风暴的头发,诗人们
>骑上马,骑上狗。

森林眼睛眨动、风暴吹过松树,像头发那样疯狂扫动,这样的意境如同一个梦境。但是如果没有最后一句的"骑上狗",只有骑马的诗人们出现在这个梦境中,这段诗还具有一种童话般的浪漫抒情效果,我们好像看到一群充满激情的诗人,准备迎着风暴,骑马穿过森林,但是加上"骑上狗"之后,前述艺术效果瞬间颠覆,因为在我们习惯的审美经验中,无法从骑狗的诗人身上产生浪漫抒情的感觉。

弗洛伊德主要讨论的是个人心理经验中的无意识内容,而他的学生荣格则提出了集体无意识概念。集体无意识又可以称为人类的心理原型,它来自人类有史以来的生存经历,像遗传基因保留在人们的无意识记忆中,是人类一切心理动力的源泉。相比于弗洛伊德的被压抑本能,集体无意识是更原初的心理内容,个体的经验和欲望只有经过它才转化为一种心理动力。

由于无意识理论的巨大影响力,这个概念后来逐渐泛化,主要被人们用来描述文化压抑和反抗的关系。比较要有代表性的是苏联文学理论家巴赫金的"官方意识"和"非官方意识"概念,在巴赫金看来,"弗洛伊德的无意识可以被称为有别于一般'官方意识'的'非官方意识'"[①]。"官方意识"相当于"意识",是被文化主导结构接受的意识,进入了公开的文化流通领域。而"非官方意识"相当于"无意识",是被主导的文化结构排除的意识,无法得到合法的表达。这里说的"公开"或"合法",其主要内涵不是法律意义上的"公开"或"合法",它们主要指在文化上或语言上拥有权威。在任何文化秩序里,都有一些文化意识无法得到这种"合法"或"公开"的表达,成为文化上的黑暗存在。比如,相对于城市文化中的"农民"、相对精英文化中的"底层"、相对于西方殖民文化中的殖民地人民。由于这些群体的自我意识处于文化主导

---

① 巴赫金:《弗洛伊德主义》第99页,佟景韩译,上海文艺出版社1988年。

结构的边缘,所以成为无法自我表述,或者只能被别人表述的无意识化的黑暗存在。

　　这种泛化在非心理学层面,启发了人们思考文化反抗的道路和方式,对于文学而言尤其如此。20世纪以现代主义艺术为代表的文化传统,向"无意识"进军是为了寻求文化反抗的精神基础。在拉康之后,这个基础如今已经没有了心理学根据,但是人们可以在文化的中心和边缘的关系中,发现另一种反抗文化压抑、追求新文明的途径。文学对小人物的同情,对边缘群体的关注,对边缘化的意识的积极挖掘,并使这些意识获得权威的语言表述,这些都无不是从文化政治的角度,履行了类似无意识的反压抑功能。比如,当代文学理论中盛行的后殖民批评、女权主义、新左翼思潮以及它们的文学创作实践都无不具有这种意味。

第三章 文本

一 从作品到文本

　　细心的读者会发现,当前的文学批评经常使用文本指称文学著作,很少使用作品这个概念。什么是文本(text)？它与作品(work)有什么区别？从作品到文本的概念转换对于文学理论来说意味着什么？

　　文学著作是作者的创造物,了解作者本人和他的生活环境是解释作品的关键。这个观念无论在中国还是在西方都有相当悠久的历史。先秦的孟子就有"知人论世"之说。[①] 后世的文人由此经常编作者年谱、找创作"本事"。人们普遍认为,只要查清著作写作的年代,考证出什么事情触动了作者的创作动机,就可以有效地解释作品。西方十八九世纪盛行作者传记式批评,通过考证作者身世、背景来解释作品。因此,根据这种以作者为中心的文学观,用 work 指称某部文学产品,在语义上比较融洽。因为,work 的基本含义通常指:有目的的某种活动、根据某种目的做出来的产品,等等。文学作品(work)因此包含着它是作者有目的的创造物、是作者意图的体现等意味。

　　相比于作品(work),文本(text)属于 20 世纪文学理论的新兴概念。text 的基本含义主要指原文、版本等等。文本(text)研究在中国和西方其实都早已有之,它指的是对一部著作的版本分析和研究,包括恢

[①] 《孟子·万章·下》,见郭绍虞主编:《中国历代文论选》(第 1 册)第 31 页,上海古籍出版社 2001 年。

复原始手稿、书目编次、对比解释各种版本的差异等等。研究的目的是力图通过恢复手稿原貌或确定权威版本,考证出作者的意图。因此,早先的文本研究可以称为"文本校勘批评"。除了考证作者意图外,版本的校勘和比较有时也包含特定的社会历史学意义,我们可以从中观察到一个时代的政治气候对作家的影响。对于在政治环境比较特殊的时期出版的文学著作来说,这一点有时显得很重要。例如,对比杨沫《青春之歌》1958年的初版和1959年的修改版,考察一下作家增删的内容和做出修改的原因,人们可以窥见当时的社会文化气氛和作家那种诚惶诚恐的特殊心情。

不过,20世纪文学理论中的文本不是指著作的版本,而是替代了作品,用来指称由语言文字组成的文学实体。据目前的材料来看,比较早使用文本概念的理论家是新批评派代表人物之一 I. A. 瑞恰兹,他在1924年的《文学批评原理》一书里,用文本指称文学著作。这一概念转换意味着文学理论的一种重大转折。新的理论期望把文学著作从作者个人心理和作品历史背景中独立出来,成为一种独立的系统。从俄国形式主义到英美新批评,人们一直朝着这个理论方向努力。比如,新批评的基本研究方法是细读(close reading)。所谓细读就是专注分析文本的语言和各种技巧,诸如文本的肌理、张力、象征、多义,等等。新批评认为,文学的这些形式要素及其组织规律是文学之所以成为文学的原因。因此,新批评使用文本这一概念,其实就是为了突出作品的形式和技巧而给予作品的另一种指称。

中国古代文学批评也有很多这样精细的形式分析。中国古代的诗话、词话包含了大量对字、词、句的品评。如王国维《人间词话》称赞说:"'红杏枝头春意闹',着一'闹'字而境界全出。'云破月来花弄影',着一'弄'字而境界全出矣。"[①]这也是一种文本分析。不过,必须注意的是,中国诗话、词话中的文本分析时常诉诸读者的心理和感觉。它产生于文本语言文字之外,需要读者充分调动自己的审美经验、生活

---

① 王国维:《人间词话》第9页,上海古籍出版社2004年。

感受，通过阅读联想来把握和体会。比如，如果要理解"红杏枝头春意闹"中的"闹"字好在什么地方，除了需要比较丰富的诗词阅读经验外，最好还要见过红杏花开。杏树生长于北方，春天花开的时候满树皆白，偶尔还会有一些鸟在花枝间跳来跳去，叫个不停。读者有这些经验储备，就比较容易体会王国维为什么会说"着一'闹'字而境界全出"。其实，中国诗话、词话的这种分析方法与新批评的一些批评家——例如瑞恰兹和燕卜逊的《朦胧的七种类型》——的分析方法比较相近。

否认文本分析必须考虑作者或读者的心理、感觉，这种倾向在结构主义文学批评中更加明确。结构主义的一系列主要观念源于瑞士语言学家索绪尔的《普通语言学教程》。索绪尔将人类语言现象划分为语言（language）与言语（parole）两个方面。语言是人类语言现象的规则系统，而言语则是具体的说话行为，是语言这个规则系统在实际说话情境中的具体体现。索绪尔认为，语言学研究的对象应该是语言，是一切言语行为背后的那个统一的规则。这个规则不受具体说话活动的干扰。受索绪尔的启发，结构主义文学批评也力图在人类文学现象背后找到一个本源性的结构。为了进行这种结构研究，结构主义批评家的文本分析，既不考证作者身世、心理、动机，也不考察文本产生的时代背景。他们的文本分析主要考察各种文本单位之间的相互关系，因为在他们看来，这些关系才是文本意义的根源。

从俄国形式主义、英美新批评到结构主义批评，人们都努力把文学文本从作者、社会历史中独立出来。这一理论倾向的集中体现，就是用"文本"一词取代了"作品"。因为"作品"这个概念总是提示着作者的存在。而"文本"概念则提示我们：由语言文字组成的文学实体，是一个自足的体系。20世纪文学理论此后发生的种种波澜都可以追溯到这里。因此，我们甚至可以说，"文本"这一概念的使用是20世纪文学理论和文学批评的一场革命。

二　互文性

　　新批评和结构主义理论家把文本看做一个封闭的系统,到了20世纪60年代,这个封闭的系统被后结构主义文学批评重新打开。1960年代活跃于法国巴黎的后结构主义理论家去除了作者的中心地位,这一点和结构主义一脉相承。但是在另一方面,他们又再一次打开了结构主义所构想的封闭的文本空间。以罗兰·巴特、朱丽亚·克里丝蒂娃(Julia Kristeva)等为代表的后结构主义理论家们认为:作为语言的艺术文学并不是一个孤立无援的语言部落,它的存在与历史文化有着千丝万缕的联系。他们的文本理论集中体现在互文性(intertextuality)这个概念上。

　　"互文性"一词的拉丁词源是"intertexto",它的基本意是把一些东西通过编织混合在一起。1966年,在巴特主持的研讨班上,克里丝蒂娃第一次提出了"互文"这一概念。克里斯蒂娃的观点来自苏联巴赫金的"对话"理论。克里斯蒂娃把"对话"理论用于探讨文本的存在方式。她在1969年出版的《符号学》和1973年完成的博士论文《诗歌语言的革命》中,比较系统地阐述了互文性。克里斯蒂娃认为,"任何作品的本文都是像许多行文的镶嵌品那样构成的,任何本文都是其他本文的吸收和转化"[1]。也就是说,任何文本的产生和存在方式都无法从封闭的文本自身中找到答案,而取决于它与其他文本之间的相互关系。

　　在研讨班听到互文这个概念后,正逐渐从结构主义转向后结构主义的巴特非常感兴趣,积极倡导和阐释这个概念。他在1968年发表的《作者已死》这篇文章受互文概念的启发,宣告了作者的死亡。概括起来,巴特的互文概念内涵包含两个方面:一、作品中的每一个构成单位,如词语,它的意义取决于这个词与其他无数的词的关系;二、文本本身

---

[1] 转引自朱立元:《现代西方美学史》第947页,上海文艺出版社1993年。

不能独自产生意义,每一部作品,它的存在也是以其他无数文本的存在为前提。因此,文本的各个组成部分之间、文本与文本之间的互文状态其实是一种结构形态。结构是一种非个人化的系统,巴特因此进一步指出:作者创造了文本不过是一个假象。事实上,特定文本由多个写作构成,并不存在一个单一的起源。它来自多种文化、文学文本的相互对话、结合、戏仿甚至冲突。

"互文性"概念的提出让我们看到了文本与文本之间的相互编织、缠绕的关系。从文本研究的角度来看,这种关系与我们传统的影响研究、源流研究或典故考证有些类似。比如,在《红楼梦》中我们可以看到屈原、李商隐等作家作品的影响存在。如果我们把曹雪芹的创作和这些作家的作品做一个互文性阅读,将有助于我们理解《红楼梦》的创作特色。不过,互文性的概念内涵远远不在于此。克里丝蒂娃和巴特眼中的文本的互文性存在是以文本之外无限的文本为前提,包括文学的文本、文化的文本等等,而不是仅仅局限于作品的风格源流或历史典故。当我们从互文性意义上讨论文本时,没有哪一个角度比其他角度优越,从而更有助于我们理解文本。

在互文状态下,文本处于一种无限编织、缠绕或延伸的状态。因此,不仅"作者已死",而且新批评所构想的内在统一的文本也被解体。它如同后结构主义理论中的"语言"永远只有差异和延宕:"文本总是还原成语言,像语言一样,它是结构抛弃了中心,没有终结。"[1]作为一种无中心的存在,文本的意义随之捉摸不定,多种潜在的意义永远可能存在于前方。读者每一次遭遇文本,都可以从文本中找到不同的兴奋点,从而对文本做出别样的解读。文本每次与读者相遇,"它们的结合体却是独特的,构成了以差异为基础的一次漫游,而这种差异复述出来时也是作为差异出现的"[2]。

文本与读者不断相遇,不断生产意义。在这个过程中,即使作者也

---

[1] 罗兰·巴特:《从作品到文本》,杨扬译,《文艺理论研究》1988年第5期。
[2] 同上。

没有特权。在文本面前,他最多也只是一名普通的读者,"他的标志不再是特许的和类似于父亲保护的方式,或绝对真理的存在,而是游戏"①。从这个意义上说,巴特其实抹平了写作和阅读的差异,每一次阅读都可以看做重写文本:"文本要求尝试取消(至少是减弱)写作与阅读之间的距离……将两者联系一起在同一表达过程中。"②也正是在这个意义上,由无数引文所构筑的文本,它呈现出来的形态,其实完成于读者的阅读,而不是作者的写作:"一个文本是由多种写作构成的……这种多重性却汇聚在一处,这一处不是至今人们所说的作者,而是读者。"③

假如我们把巴特和克里丝蒂娃的互文性理论稍做一些引申,读者也可以把它看做为一种互文性的存在。我们知道,读者审美的、文化的或者生活经历等先在的知识储备,影响着读者阅读作品。因此,作为一种特殊的文本,那些先在的知识储备其实是构造了读者的无数"引文"。在这个意义上,如果说文本暂时"驻足"呈现的过程产生于阅读过程,那么,反过来也可以说,由互文混合编织出来的读者,其实也是在这种交会过程中暂时地"驻足"。比如,如果说《红楼梦》作为文本存在于读者的不断阅读中,那么,被无数引文编织着的读者也在这个相互交会的过程中,成为《红楼梦》的读者。因此,互文性的状态是无限编织,作者、文本和读者都是互文网络中的功能环节,都不具有独立的主体性。

三 作为话语的文本

文本呈现出来的暂时的"统一"形态,存在于读者的阅读中。任何

---

① 罗兰·巴特:《从作品到文本》,杨扬译,《文艺理论研究》1988 年第 5 期。
② 同上。
③ 罗兰·巴特:《作者的死亡》,见《罗兰·巴特随笔选》第 307 页,怀宇译,百花文艺出版社 1995 年。

解释者都可以从文本中找到自己的兴奋点,对文本做出别样的解读。人们无疑会因此产生一个疑惑:为什么人们不会把《红楼梦》读成《水浒传》? 为什么在《红楼梦》中可以读出爱情,而在《水浒传》却无法看到爱情? 处于互文状态的文本是否还有一些稳定的东西引导着它和读者的交会?

讨论这个问题,我们还是先从互文性谈起。互文性之所以瓦解了文本的统一性,与后结构主义语言学有关。以德里达为代表的后结构主义理论家对索绪尔的语言结构关系——能指与能指之间的区别关系表示异议。在结构主义看来,要想知道一个词的意义,必须考虑这个词与其他词之间的区别,但是在一种语言中,无疑有无数的词与这个词有区别,因此,这个区别关系事实上永远无法确定。

早在上个世纪二三十年代,巴赫金就批评形式主义和结构主义抽离了历史语境来讨论语言,认为"表述结构是纯粹的社会结构。表述,就其本身而言,存在于说话者之间"①。到了 1960 年代的福柯那里,人类说话行为背后的权力因素得到了考察。由于言语行为总是包含着权力和意识形态因素,后来人们一般称之为话语(discourse)。巴赫金和福柯等人的分析提醒我们,言语行为或者话语行为并不是一种单纯的说话行为,它的表述形式和结果与历史文化有着密不可分的联系。因此,对话语作阶级的、民族的包括性别的等等社会历史学的分析,是话语分析的题中之义。具体到文学文本问题,一批理论家提出了"形式意识形态"概念。所谓"形式意识形态",就是说文本是形式和意识形态的统一体。权力和意识形态的因素,不仅仅是从外面,如从说话人的身份、意图出发作用于文本,而且这些因素往往就保留在文本形式当中,成为文本固有的文化因素。伊格尔顿指出:"生产艺术作品的物质历史几乎就刻写在作品的肌质和结构、句子的样式或叙事角度的运用、

---

① 巴赫金:《马克思主义与语言哲学》,见《巴赫金全集》(第 2 卷)第 452 页,李辉凡等译,河北教育出版社 1998 年版。

韵律的选择或修辞手法里。"①

比如,1930年代有很多"革命加爱情"的文学作品。作品中的革命主体一般是男性,而女性一般是革命男性的追随者或崇拜者。人们可以从中读出男权意识形态的存在,这并不是说作者一定拥有自觉的大男子主义意识,而是这种人物安排方式、叙述视角本身就包含着男权中心主义因素,它不自觉地作用于作者的想象。话语分析的影响意义深远。具体到文学文本的稳定性问题,文本作为写下来的话语,已经脱离了说话人,说话人的社会身份、说话意图包括说话情境似乎由此变得不重要。但是,文学文本作为一种积淀着丰富的权力和意识形态信息的形式系统,即使作者已经不在场,人们也能产生接近的理解:文本说了什么、表达了什么。正如"革命加爱情"小说,这些作品的作者有没有表达大男子主义的说话意图,这个问题并不重要,关键在于,文本的形式本身就已经让我们觉察到男权意识形态的强大在场。

因此,文本作为形式与意识形态的统一体,既是特定作者的话语行为,同时也是特定意识形态的话语行为。文本表达的是什么,即使作者不在现场的情况下,它也会保持一个相对稳定的形式。这种稳定往往与积淀于其中的权力和意识形态因素有着不可分割的联系。这是一个方面。另一方面,文本离开了作者,进入不同情境中,会遭遇不同的人们,被不同的人们言说、解释。因此,文本往往还是特定言说者、解释者的话语行为。很多时候,为了显示或保持特定权力和意识形态的统治权威,特定时代的统治群体会努力控制文本的解释权,捍卫符合他们需要的解释。在文学史上我们经常可以看到,对文本特别是一些经典文本解释权的控制与反控制,往往表现为权力和意识形态卫道者与反叛者之间的激烈交锋。比如,五四知识分子通过对《诗经》等经典文本的重读,挑战儒家政教体系;为了摆脱"极左"意识形态的束缚,1980年代"重写文学史"的提倡者重新阐释鲁迅作品等现代经典作家文本。

---

① 伊格尔顿:《历史中的政治、哲学、爱欲》第114页,马海良译,中国社会科学出版社1999年。

在这个意义上,文本的相对稳定性其实与特定时代的统治权威的稳定与否紧密联系在一起。在意识形态秩序相对稳定的时代,文本是什么、表达了什么,一般会拥有比较稳定的解释。而在一个意识形态秩序松动甚至瓦解的时代,情况则往往相反。上个世纪60年代的巴黎笼罩在一片反叛和抗议的氛围中,激进学生和知识分子用各种形式表达对资产阶级意识形态的不满。当年的罗兰·巴特等人提出互文性概念①,他们的意图主要就是为了颠覆似乎已经"天然"正确的资产阶级意识形态秩序。只不过他们所做的工作比一般的意识形态反叛者更为激进:宣告作者死亡并彻底瓦解了文本。在谈到作者问题时,巴特曾明确指出,强调作者的主体性、个人性在文本中的霸权与资产阶级意识形态息息相关:"作者是一位近现代的人物,是由我们的社会所产生的……在文学方面,作为资本主义意识形态的概括和结果的实证主义赋予作者'本人'以最大的关注,是合乎逻辑的。"

因此,巴特宣告作者已死,矛头直指当年的资产阶级意识形态。不仅如此,巴特进而挑战了一切高高在上的所谓文本的权威解释者,彻底瓦解了文本及其任何所谓的权威解释。在这种情况下,文本事实上失去了被任何意识形态秩序再"自然化"、"稳定化"的可能性。

---

① 罗兰·巴特:《作者的死亡》,见《罗兰·巴特随笔选》第301页,怀宇译,百花文艺出版社1995年。

第四章　文类

一　什么是文类

看过英国女作家伍尔芙《墙上的斑点》的读者可能会发出这样的疑问：这也是小说？没有曲折的情节，更没有性格鲜明的人物形象。如果这样的文章也属于小说，那么究竟什么是小说？小说和非小说的区别又在哪里？诸如此类的疑问，都指向文学的文类问题。

所谓文类，简单地说就是文章的分类，它的基本形式是文学的文体类别。像我们熟悉的"三分法"或"四分法"，即叙事文学、抒情文学和戏剧文学，或者诗歌、小说、散文、戏剧，等等。将文章进行分类思考的意识具有悠久的历史。《尚书》"六体"和《诗经》"三体"就开始奠定中国古代诗文两大文类体系的基础。到六朝时期，中国古人的文类意识已经非常系统。刘勰《文心雕龙》讨论的文体约有 35 种之多。南朝梁《昭明文选》则分文体为 39 类。文章分类后，每一种文类都被赋予了一些特殊的标志，具有区别于其他文类的特殊规则。西晋文人陆机在他的著名的《文赋》中概括了诗、赋等 10 种文类的特点："诗缘情而绮靡，赋体物而浏亮。碑披文以相质，诔缠绵而凄怆。铭博约而温润，箴顿挫而清壮。颂优游以彬蔚，论精微而朗畅。奏平彻以闲雅，说炜晔而谲诳。"①

---

①　陆机：《文赋》，见郭绍虞主编：《中国历代文论选》（第 1 册）第 171 页，上海古籍出版社 2001 年。

文类区分意识形成后,它的最直接意义是有助于人们识别文章,方便学习模仿。从晋代挚虞的《文章流别集》对文章进行"分体编录"开始,中国古代比较自觉的文类划分主要体现在数量繁多的文章"总集"的编选过程中。而编选"总集"的一个主要目的就是便于后人识别和取法。

　　因此,古代文章"总集"的文类划分目的表明了文类的一种重大功能——规训作者的写作。人们从事写作通常都是在特定的文类意识中展开,离开了特定文类基本规范的写作,往往会受到相当程度的排斥。比如中国古典文学中的词,从五代温庭筠等人的《花间集》开始,基本确立了"词为艳科"的文类规范。描绘花鸟虫鱼、歌唱男女离情别绪、讲究音律被视为词类的正宗。翻开《全宋词》,扑面而来的内容,不外乎是浪子的离愁、怨妇的幽思,或者就是男女之间的欢游戏乐。宋人很少用词表达忧国情怀,因为这些内容通常被归入诗文的表现范围。苏轼的豪放词不重音律,并被用来表达江山社稷之思,因而被看做"以诗为词"。李清照为此批评苏轼不了解词"别是一家",所写的豪放词"皆句读不茸之诗尔,又往往不协音律",失去了词的本色。① 苏轼的学生陈师道也直言:"子瞻以诗为词,如教坊雷大使之舞,虽极天下之工,要非本色。"②

　　作为由特定的规范所组成的系统,文类事实上是文学传统或惯例的主要载体。"文学的各种类别'可被视为惯例性规则,这些规则强制着作家去遵守它,反过来又为作家所强制'。"③作为传统或惯例的载体,文类不仅规训作者的写作,同时也引导着读者的阅读。白居易在《长恨歌》中对李杨爱情发出无限的感慨:"天长地久有时尽,此恨绵绵无绝期。"人们不仅不会觉得太夸张,还会觉得这样的夸张使诗情更加真挚动人。但是在一篇写实性的小说,比如目前流行的商场小说或官

---

① 李清照:《论词》,见郭绍虞主编:《中国历代文论选》(第2册)第350页,上海古籍出版社2001年。
② 陈师道:《后山诗话》,《见历代诗话》第309页,何文焕编,中华书局1981年。
③ 韦勒克、沃伦:《文学理论》第258页,刘象愚等译,三联书店1984年。

场小说中,只要其中某一个细节失真,就会影响到人们对这部小说艺术效果的评价。因为诗尤其是抒情诗可以抒写天马行空的想象,而写实性小说则必须忠实于生活的真实,这种文类规则意识已经成为人们基本的阅读习惯。

此外,作为文学传统或惯例的具体体现,文类对于读者阅读的引导更集中地体现在对文本创新意义的评判过程中。特定文本的独创性,主要产生于这部文本与现存的文类规范的比照中。比如,探讨《红楼梦》悲剧结局的创新意义,我们必须放在明清白话言情小说的文类习惯或传统中。以才子佳人故事为主要内容的明清白话言情小说大多采用"大团圆"结局,因此,《红楼梦》由合到分的结构形式,突破了先分后合的故事俗套。同样,理解《墙上的斑点》等意识流小说的文类创新意义,也必须要在西方小说文类传统中。真实、精细地描摹现实经验是西方小说特别是19世纪现实主义小说的基本传统,而我们在意识流小说中却很难看见完整的故事情节、清晰的社会生活背景,只是看见一条条流动不居的内在意识之河。因为在意识流作家们看来,所谓现实经验并不仅仅指外在现实。意识流理论的先驱亨利·詹姆斯曾声称,"经验从来没有限度的,它也从来不是完全的;它是一种无边无际的感受性,一种用最纤细的丝线织成的巨大蜘蛛网,悬挂在意识之室里面"①。

因此,把握特定文本的创新性,读者必须先拥有文类有别以及特定文类有着自身传统这一基本意识。离开了这些意识,比如把《红楼梦》放在中国古典诗词文类传统中,或者把《墙上的斑点》放在西方戏剧文类传统中,我们无疑就难以完全理解两者的创新价值。

文学是对语言的特殊组织,文类规则的作用就是把一些相似的语言组织形式类型化、规范化。因此,不同文类事实上构成了不同的感知、把握世界的方式。语言是人类认知世界的主要媒介,很多时候,文

---

① 亨利·詹姆斯:《小说的艺术》,见伍蠡甫、胡经之主编:《西方文论名著选编》(下卷)第145页,北京大学出版社1987年。

类还是特定时代政治意识形态的规训工具。明徐师曾在《文章明辨序说》中明确指出了自己著书辨体的目的:"明义理,抒性情,达意欲,应世用,上赞文治,中翼经传,下综艺林。"①对于中国士大夫而言,儒家典籍既是道德义理的来源,也是文章的正宗、儒生临摹学习的范本,两者是一个统一体。"《易》、《书》、《诗》、《春秋》、《仪礼》、《礼记》、《周礼》、《论语》、《大学》、《中庸》、《孟子》,皆圣贤明道经世之书。虽非为作文设,而千秋万代文章,皆从是出。"②明清两代的八股取士,是用文类规训人们思想、性情的一个典型范例。八股文对应试文章的语言、修辞、体式都有着严格的限制,比如语言风格必须临摹儒家先贤,出现诸子风格的语言或小说家言是应试的大忌。

文类出现后,各种文类并不是平行地共存于文学文类家族中,它们之间还有着等级的区分。讨论文类等级是一个复杂的问题,不同的时代、不同的民族,文类等级地位的形成和变迁原因不尽相同。古希腊亚里士多德在谈到悲剧和史诗地位的高低时认为,悲剧不仅具备史诗所有的成分,而且还有音乐,能给予人们鲜明的阅读或观看印象,还能在比较短的时间内达到摹仿的目的。因此,"悲剧比史诗优越,因为它比史诗更容易达到它的目的"③。亚里士多德依据摹仿论区分了悲剧和史诗的文类等级,而很多时候,人们往往是根据特定文类与政治教化的关系来确定文类的地位。这一点,在中国古人的文类观中表现得比较突出。以古文为代表的散文是儒家经世致用思想的载体,一直高居于古典文类家族的第一位。诗由于可以用于言志寄托、美刺讽谕,也排在前列。而小说、戏曲因为于明道济世无用,则被看做不入流的文章,古代士人甚至耻于谈论它们。

除此之外,还有多种多样的因素影响着文类地位的变迁浮沉。比如,文学传播出版机制对近代以来中国小说地位的变迁的影响,就是其

---

① 徐师曾:《文章明辩序说》第78页,人民文学出版社1998年。
② 吴纳:《文章辩体序说》第11页,人民文学出版社1998年。
③ 亚里士多德:《诗学》,见伍蠡甫、胡经之主编:《西方文论名著选编》(上卷)第95页,北京大学出版社1987年。

中一个典型的事例。小说在近代中国,从不入流的文章一跃成为近现代中国文学的大宗,是因为早期启蒙知识分子用小说传播新文化。但梁启超等人当时之所以产生用小说救世的想法,与晚清报业、印刷业的繁荣有着直接的关系。当时小说通过报纸、杂志进入了千家万户,拥有大量的读者。因此,用小说启蒙民众就成为一条比较便捷的途径。到了今天,小说文类则面临着另一种挑战,这种挑战很有可能影响到未来小说文类的地位。这个挑战主要来自以影视为代表的图像技术的迅猛发展。作家王安忆在一次演讲中曾经谈到小说在当前的尴尬处境。论真实感和生动性,小说无法和直接呈现图像的影视剧相比;论抽象性,小说又无法和诗相提并论。小说的前途在哪里?它的文类功能和地位会发生怎样的变化?这是目前有志于小说创作和研究的人们无法回避的问题。

二 文类的划分

在人类的文学史上,划分文类的方式多种多样,层级也错综复杂,很难一概而全。比如,从大的层级来看,可以根据文章叙事表意的方式,分为叙事文学、抒情文学、戏剧文学三大类,也可以根据文章的表现对象,划分出众多次一层级的类别,如历史小说、侦探小说、武侠小说、言情小说,或边塞诗、田园诗、悼亡诗,等等。

文类的划分方式,依据虽然非常繁杂,但在文学史上还能够发现一些主导性的特点。概括起来,中国古代的文类划分法有很强的经验性特征。如果某种类型的文章比较常用,或某一篇文章在文学史上产生了比较大的影响,古人通常会把它立为一体。明徐师曾《文章明辨序说》中说道:"是编所录,唯假文以辩体,非立体而选文。"[①]"因文立体"是根据具体的文本确定文体,是一种经验性的分类法。这种文体分类

[①] 徐师曾:《文章明辨序说》第 78 页,人民文学出版社 1998 年。

比较灵活,不容易受文类规范在先的"立体而选文"的逻辑概念限制。但它的缺点也相当明显,经常导致文类家族太过于庞大。徐师曾在《文章明辨》中分文章为127类,远远超过了《昭明文选》的39类,《四库全书总目·文体明辨提要》曾批为"千条万绪,无复体例可求"。不过,萧统划分的文类数量虽然远低于徐师曾,但《文选》"因文立体"的特点也相当鲜明。比如,"赋"在《诗经》那里属于"诗"的一体,但自从汉大赋盛行以后,"赋"与《诗经》的风格已经有很大的区别,所以《文选》把它别立一类,"诗赋体既不一,又以类分"①。

相比之下,古希腊从柏拉图到亚里士多德的文类划分法的特点更接近于徐师曾所说的"立体而选文"。这种文类划分方式是先确立划分文类的基本原理,然后以此为基础区分各种各样的文本。亚里士多德继承柏拉图的"摹仿说",把文艺界定为对世界的摹仿,然后根据模仿的媒介、对象、方式,划分出三大文学文类,悲喜剧、史诗和颂歌。他在《诗学》第一章中说道:"史诗和悲剧、喜剧和酒神颂以及大部分双管箫乐和竖琴乐——这一切实际上是摹仿,只是有三点差别,即摹仿所用的媒介不同,所取的对象不同,所采用的方式不同。"②亚里士多德重点讨论了悲剧和史诗,后来在西方文学占据主导地位的也主要是悲剧、喜剧和史诗这三大文类。先"立体"后划分的长处在于,文类划分标准明确统一,避免了文类芜杂繁多的弊病。但由于理论的解释能力总是有限,而人类的文学经验却是无穷多样的,由理论逻辑出发来区分文类的划分方式,其结果往往导致文类形式的丰富性被简化,很多文类由于无法与划分原理发生关系,而被排除在外。

比如抒情诗在西方古典的文类体系里,地位一直游离不定。因为在"摹仿论"这个理论前提下,以抒发主观情感为主的抒情诗很难在悲剧、喜剧和史诗这三大文类中找到自己的空间。这种情况到19世纪才

---

① 萧统:《文选序》,见郭绍虞主编:《中国历代文论选》(第1册)第330页,上海古籍出版社2001年。

② 亚里士多德:《诗学》,见伍蠡甫、胡经之主编:《西方文论名著选编》(上卷)第42页,北京大学出版社1987年。

发生比较大的改变。随着重视主观抒情的浪漫主义的兴起,"摹仿论"遭到了强烈的冲击。悲剧、喜剧、史诗这三大文类也被调整为戏剧文学、叙事文学、抒情文学三大类,这是今天被广泛接受的文类划分。

思考文学及其文本类型区分问题,不能从它们的所谓审美属性本身或从其具体划分结果出发,而应联系更大范围的问题展开思考,特别是它们总是或多或少、或明或暗地与特定时代的历史文化秩序存在着关联。今天我们广泛接受的以小说、诗歌、散文、戏剧为核心的中国现代文类体系就是一个典型的例证。这一文类划分体系形成于五四时期,它的产生过程其实也是现代中国人们区分所谓文学文类和非文学文类的过程。我们知道,历代文章总集不仅仅收录诗词,其他诸如奏章、诏书、檄文等等文类也一并收录。而我们今天所认可的诗歌、小说、散文和戏剧四大文类没有包含后者,它们已被归入应用文,不再属于文学讨论范围。这不是人们通常认为的是文学意识觉醒,从附庸走向独立的结果。文学文类与非文学文类区分意识的产生,并走向系统化、体制化,与大学文学学科的设置有着直接的关系。据美国学者乔纳森·卡勒考察:"直到专门的文学研究建立后,文学区别于其他文字的特征问题才提出来了。"[①]

现代以来,特别是在启蒙理性的影响下,人们形成了对事物加以分类分析的知识观。这种对事物进行数理化式的区分的观念是现代学科建制的观念前提——用韦伯的概念就是"合理化"。合理化的过程作为区分的过程,首先涉及到的就是划界——明确各个学科的研究对象是什么。这样就产生了什么是文学,它与历史或哲学等其他学科领域相比有什么独特性,它的研究对象是什么,等等问题。这种知识观以及现代大学文学科体制在五四前后进入中国,并被激烈反传统的五四知识分子接受。原来统一于儒家文治教化体系中的天下文章开始出现区分。一些文章在中国文学史上占据着很重要的位置,但是由于不能被纳入现代知识体系指定的文学范畴,而被排除在文学文类之外。比如

---

① 乔纳森·卡勒:《文学性》,见《问题与观点》第30页,百花文艺出版社2000年。

儒家经典、诸子文章、史传对中国古人的文学想象造成了很大的影响，但是根据现代的文学观，其中的大部分文章或者归入哲学、历史，或者划入应用文。

也正是人们在努力区分文学文类和非文学文类的过程中，确立了以小说、诗歌、散文和戏剧为核心的中国现代的文学文类划分体系，它伴随着新文化的传播而被现代中国人广泛接受。近年来，有不少古典文学的研究者开始反思五四以来的文类观，认为要突破从西方传来的文类划分体系，还中国古典文学文类划分体系以本来面目。上述的分析应该让我们意识到，这项工作远比人们想象的困难。它所要挑战的并不只是西方的文类划分体系，而是整个现代性知识观，包括现代大学学科体制。

"诗缘情而绮靡，赋体物而浏亮"，文类的划分往往同时伴随着文类形式特性的区分。谈到文类形式特性的问题，我们同样不能把它们看做各种文类"先天"就有的性质，历史文化因素同样强烈影响着它们的形成。我们知道，以"古文"为代表的中国古代散文被看做儒家道统的载体，因此，经史文章通常被古文家看做其文类规范的源头。"盖古文所从来远矣，六经《语》《孟》其根源也。得其支流，而义法最精者，莫如《左传》《史记》……其次《公羊》《谷梁传》《国语》《国策》。"[①]五四新文化运动影响到中国古代文类划分体系的瓦解，多数经史文章已经被排除在文学文类之外，不再看做散文文类规范的典范。一代散文大家周作人从明代小品文和英国美文中寻求源流，从而发展出一种新的散文文类传统。人们一般不再用散文传承政教道统，而是主要用于抒发作者个人性灵、情趣，讲述作者个人生活体验，等等。现代散文的主导形式特征也由古文的讲究义法、追求雅洁平正的风格，转变为重视个人创意、自由活泼、不拘一格。

文类的划分，包括文类形式特性的区分始终与特定时代的历史文

---

① 方苞:《古文约选序》，见郭绍虞主编:《中国历代文论选》(第3册)第395页，上海古籍出版社2001年。

化存在着某种程度的关联,种种迹象都提醒我们:不存在一种天经地义的文类划分形式及其结果。文类始终是一种历史性的存在物,并将随着历史的变迁而变迁。力图从抽象的文类定义出发,或者从无限多样的文类现象中概括出不同文类的最终定义,并以此为依据跨时空考察划分文类,不仅无助于我们理解文类现象的无限多样性,也无助于我们对不同时代、民族的文类划分做出同情性的把握。

三 文类的变迁

文类作为一种历史性的存在物,它的承传与瓦解总是如影随形。我们甚至可以毫不夸张地说,不同文类的历史其实就是承传与瓦解相互勾联的历史。

我们知道,文类形成后,不同文类拥有自己的规范,引导着作者的写作和读者的阅读。特别是那些形成了比较成熟的规范的文类,会保持强大的传承能力。苏联学者巴赫金曾经指出,"体裁过着现今的生活,但总在记着自己的过去,自己的开端"[①]。中国古典诗歌从儒家阐释《诗经》开始,两千多年来,无论诗体发生了怎么样的变化,讲究比兴寄托、载道言志都一直是一种强大的传统影响着人们对诗歌的认识和理解。而悲剧摹仿高贵人物、喜剧摹仿小人物则作为几乎不可逾越的写作规则,在西方文学史上延续了两千多年。成熟完善的文类规范构成了文学传统,持续深刻地影响着人们的文学意识。这种传统的传承能力,通过文学教育、传播机制尤其是特定时代的意识形态教化体系得到进一步强化。十七八世纪法国古典主义作家为了配合专制王权的统治,特别强调把经典作品当做创作典范,严格规训悲剧的写作。而出于传承儒家道统的自觉意识,历代儒生也同样比较重视文类规范的稳定

[①] 巴赫金:《陀思妥耶夫斯基诗学问题》,见《巴赫金全集》第 140 页,白春仁、顾亚铃译,三联书店 1988 年。

和传承,"夫文章之有体裁,犹宫室之有制度,器皿之有法式也……苟舍制度法式,而率意为之,其不见笑于识者鲜矣,况文章乎?"①

相比之下,文类规范在现代的地位降低了许多。例如,按照时空顺序和因果关系讲故事是小说文类的基本要求,但是在意识流小说家那里,这些最基本的小说文类要求却成为可有可无的东西,呈现在我们面前的只有前后缺乏时空和因果关系的意识之流。现代作家不仅经常突破文类规范,甚至还刻意模糊不同文类之间的界限。跨文类写作成为近几十年来文学写作的常态。美国作家纳博科夫的著名小说《洛丽塔》杂糅了传记、游记和侦探小说等多种文体的形式。当代英国著名的学院派作家戴维·洛奇更是文类拼贴、杂糅或戏仿的好手。他在1975年发表的《换位》一书共六个部分,没有统一的体式。第一部分和第二部分采用两种完全不同的时态;第三部分采用书信体;第四部分是文类拼贴的典范,把广告、报刊摘要、新闻条目、手抄传单、读者来信等拼在一起;第五部分转而采用传统小说的叙述方式;第六部分则像一部电影剧本。

文类界限趋于模糊,不同文类相互渗透,甚至虚构与真实之间的关系也很难分清。很难想象,我们还可以用"生活的真实"、"生动鲜明的人物形象"、"情节的合理性"等概念来分析这一类型的小说文本。从目前的文学现状来看,传统文类体系及其规范走向瓦解,文类面临着再分化,已经成为当前文学演变的大趋势。

其实,回顾文学史,偏离甚至颠覆文类规范,不仅是常见现象,而且经常也是文学创新活力的重要源泉。文类规范通常以经典作品为范本。但是考察人类文学史,我们会发现:很多优秀作品往往不是从作为文类典范的经典作品中获取创新资源,而是与某些边缘文类或俗文类有着很深的渊源关系。这就是人们常说的俗文学渗透雅文学,边缘文类取代中心文类。这个过程经常导致文学形式的大规模创新,并导致新文类的出现。如诗在唐代达到了顶峰,后人写诗已经很难再出新意。

---

① 徐师曾:《文章明辨序说》第77页,人民文学出版社1998年。

从晚唐开始,文人逐渐在当时民间流行的曲子词和外来音乐中找到新的表达意趣。到了宋代,填词达到了顶峰,最终取代了诗成为宋代文学最有代表性的文类。

我们知道,文类并不是一种简单的形式工具。文类的不同形式要求,事实上形成了不同的感知、把握世界的范围和能力。因此,挑战文类规范还具有另一重大意义——更新人们感知或想象世界的能力,使那些被既有文类规范挡在门外的生活经验获得呈现的机会。比如,中国古典诗歌形成和成熟于农业文明时代,两千多年来,自然物象是其主要的咏唱对象,花鸟虫鱼、明月清风、小桥流水等组成了庞大的意象群,储存在古典诗歌的形式体系中。作为古典诗歌文类传统的重要组成部分,它们以文言文为载体一直延续到近代,既塑造了人们的诗歌写作能力,同时也限制了人们的抒情表现范围。诸如蒸汽机、火车、轮船、民族国家、自由恋爱、人的解放等等,产生于工业文明时期和启蒙文化以来的大量新事物由于与传统意象群体有着很大的差距,导致它们很难进入古典诗歌的形式体系。因此,即使不采用五四知识分子全盘废除的激进办法,古典诗歌文类进行大变革也是势在必然。

近代黄遵宪呼吁将"古人未有之物,未辟之境,耳目所历,皆笔而书之"①,就是力图突破古人规范的束缚、让古典诗歌适应近现代生活需要的一种努力。中国近代知识分子力图突破古典诗歌文类规范直至瓦解这个巨大的文类,是文学反抗意识形态秩序的典型范例。

挑战现有的文类规范是文学活力的来源,也是文学反抗特定意识形态秩序的重要方式。那么究竟是什么力量驱使着人们不断挑战文类规范,并导致文类的变迁?美国当代学者布鲁姆曾经提出"影响的焦虑"这一概念,用来说明诗人创新冲动的心理原因。布鲁姆认为伟大的诗人往往给后来者造成巨大的焦虑,使他们苦苦思索怎样才能走出前人的影子,这种焦虑感促使真正的诗人走向创新的道路。"影响的

---

① 黄遵宪:《人境庐诗草自序》,见郭绍虞主编:《中国历代文论选》(第4册)第127页,上海古籍出版社2001年。

焦虑"或许有助于我们理解作家、诗人为什么勇于挑战甚至瓦解现有的文类规范,但它无法进一步说明:什么样的挑战形式及其结果会获得广泛的接受？为什么是这些而不是另一些文类会在特定的时代获得主导地位？因为,如果说文类规范是现成的、明确的,那么挑战或创新的方向却具有无限的可能性。

我们认为,考察文类的变迁过程,除了考虑作家个人因素外,还有两大因素可能更为重要。一是特定时代的社会意识形态,二是文学的传统或惯例。

"文变染乎世情,兴衰关乎时序",中国古人很早就注意到文学形式的变迁与时代环境的关系。关于文类的变迁,法国当代学者托多洛夫曾经明确指出:"史诗在一个时代成为可能,小说则出现于另一个时代,小说的个体主人公又与史诗的集体主人公形成对照,这一切决非偶然,因为这些选择的每一种都取决于选择时所处的意识形态环境。"①文类的传承、更新直至瓦解,不是单纯从文学自身或作家个人努力就能够做到。如词这个相对通俗的文类在晚唐兴起,到宋代成为一代文学之宗,除了与诗人寻求新意有关外,更与宋代市民文化的兴起、娱乐业的兴盛有着深刻的联系,"新乐、歌伎和伎馆结为三位一体,攸关词史非浅"②。再如关于近代西方小说的兴起。英国学者伊恩·瓦特在《小说的兴起》一书里,深入分析了在资产阶级个人主义、市民趣味等社会文化因素的影响下,以现实主义为主导特征的西方小说文类在18世纪的兴起过程。

指出文类的变迁与社会意识形态环境的关系,并不是认为二者之间存在着直接对应关系。长期以来,"庸俗社会学"的最大弊端就是忽略了文学形式的自我传承能力。因此,考察社会意识形态如何影响到文类的传承和瓦解,还必须同时探讨文学传统或惯例的作用。文类规范作为文

---

① 托多洛夫:《体裁的由来》,见《巴赫金、对话理论及其他》第29页,百花文艺出版社2001年。
② 孙康宜:《词与文类研究》第11页,李奭学译,北京大学出版社2004年。

学传统和惯例的具体体现形式,不仅规训着人们按照现有的规范写作或阅读,同时也深刻影响到人们的创新方向。考察对某种文类规范的突破或颠覆能否被文学史接受,还必须拥有一个不可忽略的条件,即这种突破或颠覆行为与现有的文类规范保持着某种程度的联系。五四白话新诗被人称为"白开水"、没有韵味,著名的《尝试集》为此遭到了不少批评,一个很重要的原因,就是胡适等人在废除古典诗歌语言、格律的过程中,没有充分注意到诗歌文类一些基本规范的强大传承能力。至少在当时,甚至可以说直到今天,诗句需要节奏感、需含蓄精练还是一种强大的文类习惯保留在人们的诗歌文类意识中。

因此,个人创新的冲动或社会意识形态的变迁促成了文类的变迁,但这种变迁必须能够与现有的文类传统或惯例保持着某种对话关系,而不是单纯地从颠覆到颠覆的过程。这一点提醒我们:无论是传承文类还是瓦解文类,特定时期现有的文类规范都始终是一个在场的力量。即使是为创新而创新的写作,又何尝不是一种新的文类规范?比如自上个世纪 90 年代以来,盛行以叙事化、口语化为主导特征的所谓后现代诗风。如果今天的诗人还坚持浪漫主义式的抒情诗风,很容易被贬为"矫情"。小说同样如此。当代作家如果按照现实主义的文类要求写出一篇写实性小说,即使不被嘲笑,也很难被人们看做有文学有创意的写作。总之,颠覆传统文类并不是形成真空,而是带来新的文类。

第五章　叙事话语

一　叙事话语

"叙事"简单地说就是按照一定的次序讲述事件,即把那些看起来头绪很多的零碎事件在话语之中组织成一个前后连贯的事件系列。

在古代汉语里,"叙"与"序"相同,"叙事"也称为"序事"。"序事"在古代典籍里最初是指按照一定顺序安排事物。"叙事"作为一种文类术语出现,则是比较迟的事情。唐刘知几的《史通》设《叙事》篇,专门论述历史著作的编写。宋真德秀《文章正宗》按四大纲目划分文章:"其目凡四:曰辞命、曰议论、曰叙事、曰诗赋。"《文章正宗》所收录的"叙事"文类包括史传文章、历朝文人记游、记事散文等文体。① 在很大程度上,中国古代的叙事文学是在以史传为代表的广义"叙事"文类基础上发展成熟起来的文学文类。而西方叙事文学的源头则应当追溯到史诗。从《荷马史诗》、中世纪罗曼司小说到十八九世纪兴起的现实主义小说,构成了西方叙事文学的主导线索。

叙事文类源远流长,人们对叙事的研究也有着悠久的历史。中国古代的历史编纂学、古文作法和小说评点语录里保留着大量关于如何组织叙事的言论。在历史著作的编写中,古人曾总结了"曲笔"和"实录"两大叙事方式。前者以《春秋》为代表,叙事讲究简约,对人与事的褒贬隐藏在遣词用字过程中,不直接说破。后者以《左传》、《史

---

① 参见杨义:《中国叙事学》第10—11页,人民出版社1997年。

记》为代表,叙事翔实生动,注重事件的组织安排。班固曾夸赞司马迁:"服其善序事理,辩而不华,质而不俚,其文直,其事核,不虚美,不隐恶,故谓之实录。"①而在评点小说的过程中,以金圣叹等人为代表的小说评点家,则总结了大量小说叙事的经验、技巧。用今天的叙事学理论来看,涉及了叙事时间、节奏、视角等多方面的问题。西方的叙事研究可以追溯到柏拉图。在《理想国》里柏拉图区分了"摹仿叙述"和"单纯叙述"。前者主要指直接摹仿人物行动,后者则主要指诗人所写的旁白,比如合唱队的颂歌。

虽然叙事研究历史悠久,但"叙事学"作为一个概念却出现得很迟。一种看法认为,1969 年法国学者托多罗夫在《〈十日谈〉句法》中首次提出了这个概念。1960 年代巴黎盛行的叙事研究与 20 世纪早期以英美为代表的小说研究有着很大的不同,甚至可以用研究范式的转换来描述两者之间的区别。19 世纪以来直到 20 世纪初,随着现实主义小说影响力的扩大,小说研究逐渐受到重视,出现种种小说理论,有些重视对小说的形式法则的研究,有些则倾向于探讨小说的社会文化意义,后来随着意识流小说的兴起,还出现了强调再现主观意识的意识流理论。不管这些理论有着多大的区别,但基本上都认可一个共同观点:小说是写实性文类,应追求客观再现各种生活经验,"准确的转录——无论是对心灵还是对世界的转录——是值得追求的"②。著名的亨利·詹姆斯的叙述视点控制理论和乔治·卢卡契的现实主义小说理论,都是在追求客观再现艺术表现对象的基础上出现的话题。

而 1960 年代以托多罗夫、罗兰·巴特和热奈特等人为代表的叙事研究则不再把小说如何客观再现生活经验当做一个命题来研究,而转向讨论叙事的成规或者说惯例:"他们以下述论点,即所有的故事都由成规和想象构成,取代传统的断言,即小说是生活的如实再现。"③这种

---

① 班固:《汉书·司马迁传赞》,见郭绍虞主编:《中国历代文论选》(第 1 卷)第 84 页,上海古籍出版社 2001 年。
② 华莱士·马丁:《当代叙事学》第 6 页,伍晓明译,北京大学出版社 2005 年。
③ 同上书,第 12 页。

研究转向与其理论源头有着很大的关系,托多罗夫他们当年都深受俄国形式主义和结构主义语言学的影响。在俄国形式主义理论家看来,一部文学作品仅仅是文学家用技巧加工语言的结果,至于这部作品再现了什么并不重要,重要的是它们的制作程序。俄国形式主义代表人物什克洛斯基的《散文理论》精细地探讨了故事情节的"构成法则"。1920年代另一位俄苏学者普罗普的民间童话研究也是不讨论所谓童话内容,而是力图在童话故事背后找到所有故事的形式模型。由于他的观点暗合了结构主义语言学的研究思路,后来被人们看做结构主义叙事学的早期代表人物。

俄国形式主义和结构主义语言学经过雅克布逊等人的努力结合在了一起,深刻影响了1960年代巴黎的叙事研究。

1960年代法国结构主义叙事学的种种研究,都指向一个共同的目标:力图从千变万化的叙事活动中抽象概括出一个基本的叙事模型。叙事结构模型构成了叙事成规,具体的叙事活动既不反映现实也不表现情感,它们只是人们根据各种叙事成规制作出来的结果。如果说叙事成规是语言—结构系统,那么具体的叙事活动则可以看做具体的说话行为——话语或言语。因此,后来人们通常用"叙事话语"这个概念指称大大小小的各种叙事活动。一部小说、叙述一件事或一部叙事作品中的某个组成部分,都可以称做"叙事话语"。

1960年代的巴黎社会和思想都动荡不安。大约在1968年前后,叙事研究又发生了一次重大的转向:形式主义、结构主义以来被剥离掉的历史文化内容又重新回到叙事研究当中。罗兰·巴特1970年出版的《S/Z》是一部值得一提的著作。《S/Z》分析了现实主义大师巴尔扎克的《撒拉辛》。在这部论著里,巴特认为,所谓现实主义的"现实"其实是各种叙事符码组成的叙事成规的产物:"'现实主义'艺术家从未将'现实'置于其话语的起源处……起源处只是且总是一种已被写过的真实,一种用于未来的符码,循此可辨清者,极目所见者,只是一连串摹本而已。"①自雅克布逊以来,结构主义叙事学很早就探讨过现实主义的"逼真"效果与叙事成规的关系。但是巴特没有止步于结构主义的纯形式分析,而是在此基础上,进一步指出了现实主义叙事成规与资产阶级意识形态的关系:"这些符码虽则全部来自书本,然而经由资产阶级意识形态特有的转体,便将文化转变成自然,这些符码仿佛缔造了现实和'生活'。"②

因此,在巴特看来,现实主义的"真实",并不是因为它"真实"地反映了现实,而是叙事成规与意识形态相合谋的结果。结构主义形式分析和意识形态分析相结合,这一研究转向意义重大。1970年代以后,结构主义、马克思主义包括福柯的话语权力理论逐渐走向综合。这种综合并不是回到传统的"反映论",而是认为形式与内容是一个统一体,权力、意识形态和叙事形式紧密结合,不可切分。

此外值得一提的是,法国结构主义叙事研究与20世纪早期的小说研究还有一个重大的区别:研究范围不再局限于经典叙事作品,通俗影视剧、科幻小说、民间故事、神话、自传都可以成为研究对象。这种研究取向意味深远。1960年代以后,人们的叙事研究不仅超出了经典作品,甚至跨出了文学领域,人类生活的方方面面都成为叙事研究的对象。"一旦摆脱了下述观念,即只应该研究不真实的和受到高度尊重的故事(此即传统的文学领域),批评家们就认识到:人类学家、民俗学家、历史学家甚至精神分析学家和神学家,无不以这种或那种方式关注着叙事。"③从此,世界就好像是一个巨大的文本,在各种各样的叙事话语成规的作用下被理解、被讲述。甚至以追求客观真实为目的的历史著作也被认为是一种叙事话语。

---

① 罗兰·巴特:《S/Z》第274页,屠友祥译,上海人民出版社2000年。
② 同上书,第324页。
③ 华莱士·马丁:《当代叙事学》第9页,伍晓明译,北京大学出版社2005年。

二　故事与情节

我们读小说的时候，通常会被曲折动人的故事吸引住。什么是故事？如何讲故事？怎样看待故事中各种构成成分？

一个书生与一位小姐相爱，小姐父母棒打鸳鸯，经历过一段磨难后，最终有情人终成眷属。这是我们在传统才子佳人小说中常见的故事。但是故事是故事，具体体现在文本中的时候，这个故事可以有很多种讲法。我们可以从故事的中间开始讲起，也可以从结尾倒过来讲，并不一定按照事情先后顺序讲下来。生活中我们经常会有这样的体验：同样的故事用不同的讲法讲出来，艺术效果往往会有很大差异。有可能变得妙趣横生，也有可能变得枯燥乏味。所以，讨论故事问题，首先要区分故事和故事的讲述。俄国形式主义者把前者称为"fabula"，后者称为"syuzhet"。"fabula"通常译为"故事"（英译"story"），"syuzhet"通常译为"情节"（英译"plot"）。后来热奈特在《叙事话语》中把两者区分为故事和话语。

相比于情节，话语的内涵会更宽泛一些，"热奈特的'话语'包括作者添加到故事上去的所有特征，尤其是时间序列的改变，人物意识的呈示，以及叙述者与故事和读者之间的关系"[①]。不管是用什么概念描述这种区别，但有一点是可以明确的：故事是文本所叙述的事情，是作家叙事的原材料；情节或者话语则是讲故事的方法，或者是故事的布局方式。这种区分对于小说叙事研究很重要。它把问题集中在叙事形式与叙事效果之间的关系上，而不是纠缠于故事是不是真实，客观不客观。此外，这里还需要说明的是，所谓原材料并不是指生活原型或者说创作素材，而是指读者读完文本后，根据事情的先后顺序重新构想出来的故事本来形态，"是我们可以从文本中推断出来的这些事件的'实际'发

[①] 华莱士·马丁：《当代叙事学》第102页，伍晓明译，北京大学出版社2005年。

生时的次序"①。比如一部侦探小说的情节展开过程可能是这样:一件凶杀案发生了,案情扑朔迷离,侦探克服了很多困难,终于拨开迷雾,查清了案情真相。看完全部情节后,人们通常会按照事情的前因后果、先后顺序把故事重新构想出来。前者是情节,后者就是所谓的故事。

人们一般认为情节应该包含四个基本要素:产生、发展、高潮、结局。它们由矛盾推动,构成一个前后之间有因果联系的整体。英国作家福斯特在《小说面面观》中就曾经举过一个著名的例子,用来说明故事和情节。"国王死了,不久王后也死了",这是故事,事情是按时间顺序讲述,前后间不考虑因果联系。"国王死了,不久王后因悲伤过度也死了",这是情节,虽然也是按照顺序讲述,但前后间有因果联系。情节是通过因果联系来组织故事,在结构主义叙事学出现以前,这是人们比较普遍接受的观点。从因果联系角度出发,确实有助于我们理解,为什么有些事情被一笔带过,有些事情却占据了很长的篇幅;为什么讲完今天的事情不接着讲明天,而是回过头来倒叙几天甚至几年前发生的事情。因为有些事情对情节的整个因果进程关系重大,有些则有可能是旁枝末节。

从因果联系出发考察情节对故事的布局,在20世纪中后期遭遇了重大挑战。其中一个很主要的挑战是来自创作领域。20世纪出现了大批并不是按照因果联系讲述故事的小说,有些小说的各个组成部分之间甚至没有因果关系。比如著名的意识流小说《墙上的斑点》:"我"抬头看到墙上有一个斑点,由此展开心理联想,想起了一群蚂蚁、约克大主教、半夜从梦中惊醒,等等;最后,旁边有一个人无意中说出了墙上的斑点原来是一只蜗牛,小说结束。情节前后之间没有因果关系,结局也不是根据因果关系发展下来的结果。面对这样的文本,因果理论无疑难以解释。这时,人们显然需要更有效的概念。考虑到情节是对按照时间顺序排列的故事的重新布局,结构主义及其以后,有不少研究者把情节布局的研究重点放在了时间方面。比如里蒙-凯南就明确认为:

---

① 伊格尔顿:《二十世纪西方文学理论》第102页,伍晓明译,北京大学出版社2007年。

"探讨本文时间实际上涉及的是语言片断在本文连续统一体中的线性的(空间的)布局基本要求。"他甚至认为,有无时间性构成了叙事与非叙事的区别。①

在如何通过时间安排来讲述故事这一方面,热奈特在《叙事话语》中的研究影响比较广泛。《叙事话语》中有三个基本范畴直接与时间有关,分别是次序(时序)、时段、频率。次序是叙事或者说情节的时间顺序。有些时候情节的时间顺序与故事原来的时间顺序相同,有些时候两者不相同,这就是通常说的顺叙、插叙、补叙或倒叙。时段是故事各个部分在情节中占据的时间长度,通常表现为详写、略写,包括概述、描写、抒情、议论等等。频率是故事中各个部分在情节中出现的次数。有些事情只出现一次,却叙述多次;有些事情发生多次,但只叙述一次。比如"那时候有月亮高高挂在天上,他们经常在一起谈人生,男的对女的说……",这应该是在故事中出现多次的事情,却只叙述一次。它跟概括性叙述或描写有区别,因为里面通常会包含详细的细节刻画。频率概念的提出,可以让我们分析概述、描写等主要跟时段有关的概念所无法说明的时间分配,"让人们注意到传统范畴——场景、概括、描写、提示(exposition)——区分中的一个弱点"②。

从时间切入,人们可以从更宽阔的维度,观察情节如何通过重新分配故事时间来控制叙事效果,不仅对于意识流之类的现代小说是这样,对传统小说也是如此。比如,主观抒情或环境描写的故事时间几乎是零,但占据情节时间。这些叙事成分比较多,叙事节奏通常会比较缓慢,容易制造低沉徘徊的叙事效果。所以,感伤小说常常有比较多的主观抒情或环境描写,而诸如《水浒传》这样的英雄小说为了追求明快硬朗的叙事效果,则几乎没有主观抒情,也很少脱离故事时间进行大段的环境刻画。此外,更为重要的是,时间研究可以分析因果理论无法有效说明的很多现象,比如叙事聚焦的转换。所谓叙事聚焦,就是把叙事焦

---

① 里蒙-凯南:《叙事虚构作品》第 80 页,姚锦清译,三联书店 1982 年。
② 华莱士·马丁:《当代叙事学》第 122 页,伍晓明译,北京大学出版社 2005 年。

点集中在哪一个人或事情上面。同样一件事情可以集中在不同的人物身上展开叙述。这也是常见的情节对故事时间的重新分配。通过这种分配,可以控制不同人物在情节上占有的时间容量,属于叙事聚焦对时间的干预。

《水浒传》第 22 回讲完武松打虎,第 23 回则叙述潘金莲如何春心萌动,如何谋划博取武松的欢心。金圣叹对这个安排大加赞赏:"上篇写武二遇虎,真乃山摇地撼,使人毛发倒卓。忽然接入此篇写武二遇嫂,真又柳丝花朵,使人心魂荡漾也。"①后来的很多研究者都同意金圣叹的评述。从英雄豪情到儿女私情,两相对照使情节摇曳多姿,在内容安排上造成一种叙事节奏的变化。其实,叙事聚焦的调度和转换在产生这种叙事效果的过程中起到了相当大的作用。从潘金莲下决心试探武松开始,有相当多的部分聚焦在她身上。特别是在武松发怒、拂袖而去后,潘金莲羞怒交加,在武大面前又哭又闹。这一大部分基本上是叙述潘金莲的言行,而武松的行踪占有的情节时间非常少。从因果关系角度来说,这一段内容聚焦在谁身上都不影响情节的进程,但文本正是通过把这一段的叙事焦点对准潘金莲,强化了整回内容的儿女风情特征。

时间也好,因果联系也好,都是用于说明情节主要依据什么对故事进行布局。从中我们可以观察故事的各个组成部分在情节时空中如何被分布,占据着什么样的位置,又如何影响到叙事效果。但是,如果要更为具体地考察它们在情节中所起到的作用,普罗普等一批结构主义叙事学家比较重视的功能概念则可能对我们更有帮助。

三 叙事功能

所谓功能,是指某个叙事因素在情节中承担着一定的作用。现在

---

① 金圣叹:《金圣叹评点才子全集》(第 3 卷)第 421 页,光明日报出版社 1997 年。

人们所熟悉的功能概念,最初来自俄国民间童话研究者普罗普。

普罗普结构主义叙事学的功能研究不考虑故事成分的具体内容,只考察这些成分的叙事作用,"角色的功能充当了故事的稳定不变因素,它们不依赖于由谁来完成以及怎样完成"①。比如:"沙皇送个好汉一只鹰,鹰将好汉送到了另一个王国","巫师送给伊万一艘小船,小船将伊万载到了另一个王国"。两个例子中,帮助人身份不同,帮助的工具也不同,但它们所取得的功能作用却是一样的。不管我们是否接受普罗普以及其他一些结构主义叙事学家对功能的具体看法,功能这个概念的提出,都确实有助于我们考察故事各个构成的叙事意义。比如,情节中的某些场景或事件被删掉后,并不影响故事的因果逻辑,但是它们对叙事效果却有很大的影响。而有些内容特别是一些小事物占据的情节时间很少,但在情节中却可能承担着很重要的作用。而且这些现象在不同文本之间经常可以类比。

《水浒传》第30回武松血洗鸳鸯楼后,接下来要讲武松在张青夫妇的帮助下,化装成行者逃脱追捕。这两段内容怎么接起来?文本是这样叙述的:武松越过城墙,找了一个地方休息。张青的手下晚上出来找单身客人下手,恰好捉住了睡梦中的武松,送到了张青的店里。情节由此顺势转了过来。从情节因果进程来看,文本完全可以把这个环节省略掉,直接写武松找到张青。但一些情节性很强的小说,经常会设置这样一些小事件,使情节从这条线转到另一条线,或从这个场景上转到另一个场景。这些事件的具体内容可能千差万别,但它们在文本中承担的功能却基本相同——实现情节的自然衔接或转换。另外,古典小说评点家经常会提到一种技巧——"草蛇灰线"。这个技巧也可以让我们考察一些细节的叙事功能。所谓"草蛇灰线"指的是文本中有一些小事物若隐若现,贯穿在情节进程中。它们使情节前后呼应。《水浒传》中潘金莲家的门帘、《红楼梦》中蒋玉函送给贾宝玉的茜香罗等等,都是属于此类。

---

① 普罗普:《故事形态学》第18页,贾放译,中华书局2006年。

《水浒传》中在潘金莲遇见武松和遇见西门庆的前前后后，作者反复提到过武大郎家的门帘，这好像是可有可无的随意之笔，但看起来随意，却不是可有可无。它的存在不仅使这两段事情相互呼应，而且还可以看做潘金莲情欲的象征，强化或者说渲染了这一部分内容的风情气氛。作为一种功能单位，这些细节具体是什么，可以替换。比如把门帘换成手帕或头巾，它们的叙事作用不会有什么变化，而且对文本叙事时间的分配、情节的因果进程也不会造成多大的影响。但如果把它们拿掉，情节的情感厚度以及前后连贯性无疑就会发生比较大的改变。正如金圣叹在概括这种技巧时所指出的："骤看之，有如无物，及至细寻，其中便有一条线索，拽之通体俱动。"①

在故事的各种组成部分中，人物无疑是非常重要的要素。长期以来，现实主义小说理论一直把人物性格研究放在小说研究的显要位置，并提出了著名的"典型性格"概念。"典型性格"是人物性格的个性与共性的统一，人们可以从这种统一中发现深刻的社会关系。除了现实主义小说理论，19世纪以来的很多小说理论也重视人物性格研究。比如，福斯特著名的"扁平人物"和"圆形人物"概念。福斯特在《小说面面观》里根据人物性格与情节的关系，把人物分为两类："扁平人物"和"圆形人物"。前者的性格不随着情节的变化而变化，后者的性格则随着情节的演变而发展变化。关于情节与性格的关系，"典型性格"与"圆形人物"其实有着相近的要求。比如，高尔基在《和青年作家谈话》中曾明确认为情节是性格的发展史。与上述理论不同，结构主义叙事学通常不重视人物性格分析。在结构主义叙事学看来，人物和故事的其他成分没有什么区别，只是在文本中承担着特定叙事作用的构成成分。

在这方面，普罗普的叙事功能理论同样具有代表性意义。他在《故事形态学》中根据人执行的功能范围，把民间童话人物概括为七种主要类型，即对头（加害者）、赠与者、相助者、公主及其父王、派遣者、

---

① 陈曦钟等辑校：《水浒传会评本》第20页，北京大学出版社1998年。

主人公和假冒主人公。每一类型的人物都包含若干功能。比如,对头的功能主要包括:加害行为,作战或与主人公争斗的其他形式,追捕。相助者的功能主要包括:主人公的空间移动,消除灾难或缺失,从追捕中救出,解答难题,主人公摇身一变。① 除了这些主要人物类型外,普罗普还提到了一些主要承担衔接作用的次要人物类型,诸如告密者、告状者、诽谤者。与普罗普稍微有些不同,托多罗夫对故事人物进行了语法式的功能分析,他认为人物在情节中承担的功能如同词语在句子中承担的语法功能。在《〈十日谈〉句法》中,他把人物看做名词,他们的各种特性包括性格特性是形容词,他们在文本中的行为则是动词。因此,如果说在普罗普那里,情节是人物执行的各种功能项的组合,那么在托多罗夫看来,情节只不过围绕人物——主语/宾语而组合成的一个放大了的句子。

根据这种人物理论,人物无疑被彻底形式化。例如,林冲故事中的高衙内是谁的儿子？有什么品行？他的行为意味着什么样的社会关系？在现实主义小说理论里,这些问题无疑是人物分析的核心内容。而如果把普罗普的人物理论放大到一般小说研究,那么这些问题都可以被虚化。高衙内和鲁智深,他们出现在文本中只是具有执行加害者和相助者的功能。对人物进行功能研究的意义特别明显地体现在次要人物分析方面。诸如,《水浒传》中送鲁智深上五台山的王员外、《红楼梦》中引荐刘姥姥进贾府的周瑞家的,以及在潘金莲与西门庆之间进行牵线搭桥的王婆,等等,在早期情节比较强的小说中,我们经常可以看到这样的人物出现在文本中,帮助某个人物进入某个陌生的空间或环境。从讲故事的角度来看,应该说这些人物的性格并不是主要问题,它们的叙事意义更多体现为执行衔接过渡功能。罗兰·巴特和形式主义理论家托马舍夫斯基甚至还暗示:所有的人物包括主人公"仅仅是由一个姓名松散地聚拢在一起的文字碎片(面貌,思想,言语,感

---

① 普罗普:《故事形态学》第73—74页,贾放译,中华书局2006年。

情)"①。虽然结构主义理论家振振有词地表示拒绝性格研究,但是阅读的直接经验总是提醒我们,如果把高衙内换成宋江,故事的叙事结果真的不会发生改变吗?林冲的身份换成李逵的身份又如何?

理论的解释力总是有限度,它在开启一个窗口的同时,往往有可能封闭另一个窗口。关键在于我们在何种层面使用或评估某种理论。正如华莱士·马丁在谈到人物问题时所指出的那样:"它们虽然与行动(action)相融合……但它们并没有消解在行动中。"②不仅对于人物,就是故事中的构成成分包括叙事时间的分配、因果关系的衔接又何尝不是如此?情节把故事中的那一个部分放大,聚焦于男人或女人难道只有单纯的形式意义?背后是否包含着更为丰富的内涵?种种问题都促使我们进一步讨论叙事背后的"声音"存在。

四 叙事声音

福楼拜以来,很多西方作家宣称必须限制作者主观思想情感的介入,追求所谓纯粹客观呈现,但是即使是像《包法利夫人》这样的小说,我们也能从中察觉道德的、思想的或审美的倾向和判断存在。体现在叙事过程中的种种意图、价值以及各种权力和意识形态因素,我们通常称之为叙事声音。叙事声音的内涵类似于通常说的"主题"。这里之所以不采用"主题"这个概念,是因为"主题"是对文本声音的抽象概括。而"声音"往往是多元混杂的,很难对其做出一种或几种综合性概括,这一点对于现代小说而言尤其如此。

如何理解叙事声音?它们是谁的"声音"?

我们可能会认为,这是作者的"声音",是作者通过塑造人物、讲述故事所表达出来的意图或价值取向。但是自从英美新批评提出"意图

---

① 华莱士·马丁:《当代叙事学》第114页,伍晓明译,北京大学出版社2005年。
② 同上书,第118页。

迷误"概念以来,人们对这个结论变得谨慎了许多。因为,生活中的作者真正的意图是什么?他(她)的价值取向是否和作品相同?无疑是无法得到确切答案的问题。所以,新批评理论认为科学或客观的文学研究必须排除作者意图研究,只能专注于文本形式分析。如果作者意图被排除,那么如何理解"叙事声音"?它们究竟是谁的意图或价值取向的体现?为了解答这个困惑,W.C.布斯在1961年出版的《小说修辞学》中提出了"隐含的作者"的概念。"隐含的作者"是真实的作者在写作时创造出来的"第二作者"。它隐含在讲故事的过程中,是我们可以通过叙事形式分析观察到的"作者"。比如,我们可以把曹雪芹和写作《红楼梦》的"曹雪芹"区分开来,后者既包括了我们对《红楼梦》的艺术整体领悟,也包括了在《红楼梦》艺术整体形式中所表现出来的种种价值取向。

布斯认为:"只有依赖于对作者和他的隐含形象的区分,我们才能避免空洞无味地谈论作者的'忠实'或'严肃'这类特点。"[1]他力图通过这种区分,在不需要考辨真实的作者的意图的情况下,跨越新批评式的纯文本分析和"文本声音"研究之间的鸿沟。1970年代以后,各种形式理论与马克思主义意识形态理论以及福柯的话语权力理论逐渐走向了综合。在这种理论转向的启发下,人们普遍认为各种各样的价值取向其实就存在于文本的形式当中,而不是从外部作用于文本。因此,纯形式分析其实可以和"文本声音"研究相互结合,而无需"隐含的作者"的中介。

具体到叙事作品中,我们则可以通过对故事讲述形式的分析研究,发现叙事声音的存在及其如何影响到文本的叙事效果。比如《水浒传》第八回到第九回,从高衙内调戏林冲、设计陷害林冲到火烧草料场,前后因果相联,一步步把林冲逼上梁山。通过这种情节因果关系,显示了官逼民反的主题,批判了黑暗的政治现实。而高衙内的身份设置,更加强化了这一叙事声音。如果说我们在上述因素中可以比较直

---

[1] W.C.布斯:《小说修辞学》第84页,华明等译,北京大学出版社1987年。

接地看到文本的种种价值取向或判断,那么,叙事视角、聚焦和语态等方面与叙事声音的关系则相对比较隐蔽。

  文本选择谁来说,谁来看,在这种形式选择当中隐含着丰富的意味。当代批评对看与被看之间的不等地位进行了深入的研究。人们在文学叙事、广告、影视作品、商业宣传画册、特写照片或模特形象中,读出了男性与女性、精英与大众,甚至东方与西方之间控制与被控制的关系。比如,后殖民批评家赛义德在分析福楼拜游记时,深刻指出了福楼拜叙述视角背后所隐含的西方中心主义意识:"东方总是被看……而欧洲人则是看客,用其感受力居高临下地巡视着东方,从不介入其中,总是与其保持着距离……东方成了怪异性活生生的戏剧舞台。"[①]有时这种视角是隐蔽的存在,往往体现为叙事文学中的有些习惯化用语。在这种用语的修辞特征背后,我们可以看到一种包含着特定文化、意识形态意味的视角存在。比如,在传统文学里有很多关于女性身体的习惯性用语:弱柳扶风、软香如玉、三寸金莲,等等。这些常用语背后无疑隐含了一个男性叙述人,用包含着男性欲望的眼光玩赏着女性:"当女性外观被物化为芙蓉、弱柳或软玉、春葱、金莲之美时,其可摘之采之、攀之折之、弃之把玩之的意味隐然可见。"[②]

  因此,叙事文本对说与被说、看与被看关系的调度与转换,往往体现为不同权力与意识形态的冲突或对话。丁玲《莎菲女士的日记》一改爱情文学的叙述常规,采用了女性叙述人视角,并内聚焦于莎菲女士的内心世界,用女人的眼光、语气观看和叙述男人和身边的世界,对男性文化权力进行了一次大胆的挑衅。五四以来,中国现代农村文学通常聚焦于某个有着新文化背景的人物,用他(她)的视角叙述和观看农民。这些文本中的叙述人通常是居高临下地观看"被看者",并对他们的精神世界和性格形象做出解释、分析和评判。这种叙述视角无疑隐含着精英与大众、传统与现代之间的文化等级区分。新文化运动的先

[①] 赛义德:《东方学》第135页,王宇根译,三联书店1999年。
[②] 孟悦、戴锦华:《浮出历史的地表》第15页,中国人民大学出版社2004年。

驱鲁迅就曾经对这种不平等关系表示过深刻的怀疑。《祝福》中的"我"无力回答祥林嫂问的有没有阴间的问题,"我很悚然,一见她的眼钉着我的,背上也就遭了芒刺一般"。在祥林嫂的紧盯下,"我"支支吾吾、狼狈脱身,这时文本事实上是把有文化背景的"我"放置于一种被看的地位。如果说《莎菲女士的日记》对叙述视角的转换挑衅了男性文化权力,那么《祝福》这一段叙述则对启蒙精英所习惯的居高临下的说话方式进行了一次颠覆。

叙事是以语言为媒介,谁说、谁看、聚焦于谁,都需要通过语言来呈现。因此,叙事声音往往更集中地体现在文本的叙述语言中。语言一旦和特定的文化意识相结合,就会造成更强大的对叙事声音的隐蔽控制。除了前面所提到的一些关于特定群体的习惯性修辞外,叙述语态与权力或意识形态的关系是叙事声音分析的另一个重要方面。特别是在把叙述语态、叙述人、视角、聚焦等问题综合在一起的时候,我们可以比较全面地观察一部叙事文本的叙事声音及其运作方式。

前面我们提到,自由引语包括自由间接引语更有利于全方位地呈现人物形象及其心理世界。因为,这两种叙述语态需要描摹人物的话语——对白、心理活动等等,而不是通过叙述人转述。我们知道,任何话语经过别人转述都会受到转述人的意图、风格、情绪等多方面的影响,话语本身的特点会发生比较大的改变。虽然文本中的话语,无论是临摹还是转述,都是被叙述出来的,但临摹无疑会更多地保留人物话语本身的特点。新闻报道在控制叙述语态方面就非常讲究。一个国家和另一个国家发生了冲突,如果一篇新闻报道对其中一个国家的立场或态度主要使用自由引语,而对另一个国家的立场或态度则主要使用间接引语,那么这篇报道即使没有明确表达自己对这场冲突的看法,但它的立场在无声中就会倾向于前者。因此,一部叙事文本如果间接引语占多数,或者只对某一个人物的话语采用直接呈现的方式,而对多数人物的话语采用的是间接转述方式,文本的叙事声音往往就会比较单一。前者往往形成叙述人独白,后者则往往表现为人物独白。

巴赫金在谈到小说形式时,曾经区分了两种体式:独白体和对话体。独白体主要是指只有一种叙事声音在场的小说文本,对话体则是具有多种叙事声音平等对话的小说文本。最典型的独白体是通篇采用内聚焦的小说叙事,这种小说从头到尾都是聚焦于某一个人物的内心活动,诸如日记体小说。此外,如果一部文本采用外聚焦式的全知叙述而且叙述语态以间接引语为主,那么就会形成另一种典型的独白体,即叙述人独白。当代作家高晓声的《陈奂生上城》就是一部比较有代表性的叙述人独白体文本。文本全篇基本采用外聚焦的方式叙述了陈奂生上城的前后经过及其言行举止和心理感受,对陈奂生的心理活动和对话基本上采用间接引语转述。零星的自由引语或者被分割地支离破碎,或者在旁边加上叙述人评述分析。诸如"他从来不会打听什么,上一趟街,回来只会说'今天街上人多'或'人少'、'猪行里有猪'、'青菜贱得卖不掉'……之类的话"、"他是个看得穿的人"、"他精神陡增,顿时好像高大了许多",等等。

文本正是通过这种聚焦方式、语态处理以及叙述人直接评述,使陈奂生这个人物始终处在叙述人声音的笼罩之下,无法独立发出自己的声音。当年巴赫金区分独白与对话并不仅仅是为了分析小说形式,他的目的是在于表达一种世界观:"真理只能在平等的人的生存交往过程中,在他们之间的对话中,才能被揭示出一些来(甚至这也仅仅是局部的)。这种对话是不可完成的,只要生存着有思想的和探索的人们,它就会持续下去。"[①]世界上没有人可以单方面掌握或者说占有真理,真理存在于不同声音的对话过程中,而且始终表现为一种过程,没有终点。因此,在巴赫金看来,相比于对话的平等与开放,独白的说话方式往往表现为文化、意识形态方面的专断:"独白原则最大限度地否认在自身之外还存在着他人的平等的以及平等且有回应的意识,还存在着另一个平等的我(或你)。"[②]在这个意义上,《陈奂生上城》所表现出来

[①] 巴赫金:《文本、对话与人文》,见《巴赫金全集》第372页,白春仁等译,河北教育出版社1998年。

[②] 巴赫金:《陀思妥耶夫斯基》,见《巴赫金全集》第386页,白春仁等译,河北教育出版社1998年。

的所谓农民"劣根性"是否"真实"、"全面"并不是主要问题,重要的是文本的叙述方式。

　　如果说内聚焦式的人物独白通常表现为人物自身声音的单一,那么《陈奂生上城》的叙述人独白则是把自己的声音凌驾于他人身上。在启蒙者傲慢的叙事声音的笼罩下,即使叙述人对被叙述者——陈奂生满怀着同情或关切,也会对陈奂生个人包括其所代表的农民群体的精神世界的丰富性和独立性造成强大的遮蔽。由此回过头来看,当年《祝福》中的视角调换确实表现出令人景仰的深刻。

第六章 抒情话语

一 抒情话语与抒情诗

什么是抒情话语？简单地说，就是以内心体验为对象的各种表达行为。如果说叙事是按照一定的规则来讲述事件，那么抒情则是表情达意。抒情主体利用各种手段展开自己的内心世界，并唤起读者的再体验。

许多时候，抒情往往表现为倾诉、宣泄。抒情主人公好像是一个独白者，他是通过自言自语式的直接倾诉达到抒情的目的。抒情话语由此呈现出很多不同于叙事话语的特点。比如，陈子昂《登幽州台歌》："前不见古人，后不见来者。念天地之悠悠，独怆然而涕下！"作者把登台远望时所怀有的情绪、意念直接喷发出来，就完成了一种抒情行为。至于他为什么孤独、悲愤？他登台前后的经过是怎么样的？当时他看到了什么景象？文本都没有交代，作为一种抒情行为其实也可以无需交代。而如果换作一篇记游散文或者一篇史传故事，这些内容则往往会成为作品的重要组成部分。

在抒情形式上，陈子昂《登幽州台歌》可以看做直抒胸臆，抒情主人公直接把内心的各种体验表达出来。但是人的内在经验很复杂，有些具备了语言的形式，可以直接说出，有些则只是一些模糊的感受，难以言表。因此，除了语言外，各种各样的动作、表情、声音等等因素都是抒情话语常用的形式。其中声音与抒情的关系是古往今来人们比较关注的问题。《乐记》曾经列举出了不同的声音形式与各种情感的对应关系:"其哀心感者,其声噍以杀;其乐心感者,其声啴以缓;其喜心感者,其声发以散;其怒心感者,其声粗以厉。"①西方对这个问题的关注同样有着悠久的历史。"古希腊人就已注意到这个事实,他们分析当时所流行的七种音乐,以为 E 调安定,D 调热烈,C 调和蔼,B 调哀怨,A 调发扬,G 调浮躁,F 调淫荡。"②其实我们在生活中也会有这种体会,同样的一句话,用不同的音调、节奏、音色讲述,所传达的情感内涵往往大相径庭。

抒情文学作为抒情话语的重要门类同样讲究声音效果的营造,在这方面抒情诗很具有代表性。我们知道,自古诗乐同源。《诗大序》指出:"诗者,志之所之也,在心为志,发言为诗。情动于中而形于言,言之不足,故嗟叹之,嗟叹之不足,故永歌之,永歌之不足,不知手之舞之,足之蹈之也。"③语言、音乐、舞蹈动作共同配合成为古人抒情言志的手段。诗乐分家后,我们在诗歌文本中经常可以看见重复、押韵、格律等形式。这些形式特征一方面可以视为诗乐同源所形成的形式惯例,另一方面也构成了抒情诗抒情的重要手段。现代诗虽然基本不采用固定的韵律,但也很讲究诗句的声音效果。比如五四白话新诗之所以广受诟病,除了语言过于直白外,还有一个重要的原因是缺乏古典韵律所营造的音响效果。后来闻一多提出诗应有"三美"的新诗建设主张,其中一条就是"音乐美"。这一段文学史公案,可以让我们比较充分地注意到声音效果的营造对于抒情话语的重要性。

相比于叙事话语,抒情话语还有一个很重要的特点:抒情效果更主要是产生于抒情形式本身。正如前面我们所提到的,各种声音效果与各种情感效应的关系,是声音形式本身所激发,而不是抒情主体把情感附着于其上之后的结果。因此,抒情文学的核心在于能指(语言的形

---

① 《礼记·乐记》,见郭绍虞主编:《中国历代文论选》(第 1 册)第 61 页,上海古籍出版社 2001 年。

② 朱光潜:《诗论》第 143 页,三联书店 1984 年。

③ 《毛诗序》,见郭绍虞主编:《中国历代文论选》(第 1 册)第 63 页,上海古籍出版社 2001 年。

式),而不是所指(语言的意义)。当然,这并不等于排除了语义的抒情价值,而是认为考察抒情文学的抒情效果必须越过表层的语义维度,甚至语言的语义也可以当做一种形式因素来考虑。比如"古诗十九首"之《步出城东门》:"步出城东门,遥望江南路。前日风雪中,故人从此去。"从叙事的层面来看,这一节诗只是叙述了一个简单的事件:某个人步行来到城门外,看到了往南去的道路,想起了几天前和朋友分别时的情景。但是这几句诗的音调、节奏、韵律与语义一起,共同表达了无尽的寂寥、落寞或感伤等等复杂的情绪。

有很多因素唤起了我们的各种情感体验,其中有一条是词语的含义及其特殊风格所激发的丰富联想。在诗歌的抒情达意过程中,词语的表层含义通常并不是重要因素。更多的时候,词语表层含义的抒情价值体现在由它所激发出来的丰富联想当中。比如《步出城东门》中的"城东门"可以让我们联想起郊外、荒野、人烟稀少,而"风雪"则可能让人联想起孤寒、飘零、路途的险恶和远行人的艰难,等等。这些联想构成了一种语义场。这种语义场和诗句的音响效果等因素共同作用,激发了我们的种种情感体验。此外还需要指出的是,诗歌语言所激发的联想效果与语言的风格也有很大的关系,比如,即使仅仅把第四句中的"故人"改成现代白话"朋友",由于用词风格的改变,整首诗的诗味联想无疑就会发生一些微妙的变化。

所以,美国当代学者乔纳森·卡勒指出:"抒情诗所展示的意义或故事都是在文字的排列风格中形成的","通过韵律的组织和声音的重复达到突出语言,并使语言富有新奇感是诗歌的基础"。[①] 不过,必须注意的是,人类文学经验无穷丰富,任何理论的概括或区分都难免显露出自己的窘促。比如,有时叙事话语的叙事效果也与语言形式的特殊调配紧密联系在一起。《史记·荆轲刺秦王》描写荆轲击刺秦王的瞬间:"未至身,秦王惊,自引而起,绝袖。拔剑,剑长,操其室。时恐急,剑坚,故不可立拔。"当时紧张、瞬息万变的情景,与短促的音节使用有

---

① 乔纳森·卡勒:《文学理论》第82—83页,李平译,辽宁教育出版社1998年。

很大的关系。如果把这一段话中的各个句子使用现代白话叙述,音节改变后,句子拉长,叙事效果无疑会有很大的损伤。因此,力图对抒情话语和叙事话语做出绝对有效的区分,应该来说是不可能的事情。但是,抒情与叙事有别,诗与散文有别,已经成为我们今天的基本文类意识。立足于我们今天的文学经验,同时考虑到文类规范的传承性和排他性,对抒情话语和叙事话语的特点进行区分,无论对于我们初次接触文学,还是力图研究、思考甚至评判文学现象,都是一个必要的过程。

在抒情文学的各个门类中,抒情诗无疑是其中的大宗,甚至可以看做抒情文学的代表。在中国文学史上,抒情诗的历史源远流长,并且占据着极为重要的位置。其中情与景的关系应该说是古典抒情诗的核心命题。长期以来,"情景交融"、"物我不分"被古人视为抒情达意的最高境界,但是这里也有一个演变过程。先秦《诗经》的情景关系主要体现在"比兴"方面。《诗经》特别是"国风"中的"比兴"景象,很多时候仅仅是一个抒情引子,它们与全文情志之间的联系比较松散。

自从屈原"讽兼比兴"之后,后世文人创作的多数物象与全文的关系由松散转为紧密。比如,古诗十九首中的"胡马依北风,越鸟巢南枝"、"盈盈一水间,脉脉不得语"、"浮云蔽白日,游子不顾返"等诗句中的景物与诗情已经紧密结合在一起,基本无法替换。在情景关系中,景的地位发生重大变化应该是发生在六朝时期。魏晋玄学大兴,文人喜欢纵情山水。在中国美学史上,这一时期被认为是自然景物开始成为独立的审美对象的时期,山水画也大致出现在这个时间段。在文学领域则出现了大量专门描摹自然景物的山水诗。如果说六朝山水诗更多地表现为精细地描摹事物,那么唐朝盛行的山水田园诗则往往是为了追求意境。诸如"明月松间照,清泉石上流"、"野旷天低树,江清月近人",似乎只是纯粹写景,但却是言有尽而意无穷。在这样的诗句中,景即是情,情即是景,两者融合无间,已经无法区分。

相比之下,由于受"模仿论"的影响,以史诗为代表的叙事文学在西方文学史上应该来说占据着更为重要的位置,而抒情文学的地位一直不明朗。但这不能掩盖西方抒情文学尤其是抒情诗的成就。公元前

8世纪到前5世纪古希腊文学的主要成就就是抒情诗。18世纪末、19世纪初浪漫主义文学运动兴起后,以抒情诗为代表的抒情文学的地位得到大幅度提升。英国诗人华兹华斯明确宣称"一切好诗都是强烈情感的流露"[①],饱满的情感、丰富的想象成为浪漫主义诗歌的基本风格。雪莱、拜伦包括德国诗人席勒等人的诗歌更是以澎湃的激情、强烈的自我意识著称。19世纪中后期出现的法国象征主义不提倡情感的直接流露,而是力图通过词句的特殊搭配和声音效果的营造,唤起读者恍惚迷离的阅读幻觉。这种审美取向与浪漫主义诗风有着很大的区别,但在追求言有尽而意无穷的传达效果方面,却与一些追求意境深远的中国古典诗歌在某种意义上存在着相通的地方。

二 诗歌的语言组织

诗歌中的景,并不是纯粹的自然事物,表现在文学中,它首先是一个语言的事实。它在文本中所制造的抒情效应是语言的各种组织形式综合作用的结果。正如"明月松间照,清泉石上流",如果换成另一些词语来表述,"月光照在松树之间,清澈的泉水在石头上流过",景没有变,但诗情或意境则无疑发生了很大的改变。

在各种语言组织形式中,诗歌语言的音响效果是人们一直比较关注的问题。语言的音响效果体现在很多方面,韵律是其中的一个核心问题。在南朝沈约发现"四声"之前,中国古典诗歌在韵律方面并没有严格的要求。"四声"发现后不久,出现了注重声韵和谐搭配的"永明体",随后发展出在四声搭配、押韵和句式等方面都有严格限定的格律诗。格律之所以会出现,与诗乐分离有很大的关系。早期的诗歌大都配乐演唱,诗的声音效果主要依据乐调制定。汉魏以后,诗乐逐渐分

---

① 〔美〕拉登·塞尔登编:《文学批评理论——从柏拉图到现在》第172页,刘象愚、陈永国译,北京大学出版社2003年。

离,诗逐渐成为一个独立的抒情门类。"从前外在的乐调的音乐既然丢去,诗人不得不在文字本身上做音乐的工夫,这是声律运行的主因之一。"①在语言文字本身上见音乐,"四声"的发现为实现这一目的提供了很大的便利。通常认为,汉语"四声"表现出声音轻重、高低、长短的节奏变化。平声轻、长而低,仄声重、短而高。虽然,关于"四声"的问题存在着这样那样的争议,但有一点是明确的:它是语言通过自身的形式组织创造音乐效果的重要途径,格律诗正是通过这些效果的调配形成了不同的抒情效应。

无论是中国还是西方,现代诗都基本废除了固定格律,但注重诗句的音响效果这一文类要求并没有消除,只不过不再是以规范的格律形式出现,而是潜在地存在于文本的遣词造句、诗行音节长短变换等等方面。尤其是后者,甚至还成为人们判别诗歌文类的基本经验。乔纳森·卡勒在《结构主义诗学》中曾经举了一个著名的例子,一张普通的便条:"我吃了放在冰箱里的李子,它们大概是你留着早餐吃的,请原谅,它们太可口了,那么甜,又那么凉。"分行后则成为美国诗人威廉斯的一首著名的诗:"我吃了/放在/冰箱里的/李子/它们/大概是你/留着/早餐吃的/请原谅/它们太可口了/那么甜/又那么凉。"卡勒力图用这个例子说明,文学的传统或惯例如何影响到人们判别文学与非文学。从潜移默化中获得的诗歌经验,会使人们对分行书写的词句产生特别的注意力,从而达到突出意象的效果,同时也会习惯性地影响到读者阅读节奏的变化。此外,也不可否认的是,分行会改变词句的自然音节长短,从而形成不一样的音响效果。

诗歌特别是现代以来的诗歌,在词句搭配方面有一个重要特点——喜欢突破词句之间的习惯联系,把一些似乎毫无关联的事物联系在一起。新批评理论家瑞恰兹认为:"当我们用突然的、惊人的方式

---

① 朱光潜:《诗论》第 251 页,三联书店 1984 年。

把两个完全不同的东西放在一起时……这就是诗的力量之主要来源。"[1]把相互之间似乎缺乏联系的词句结合在一起,新批评理论家一般称之为隐喻。这里需要特别指出的是,这里所说的隐喻与语文修辞学中所谈论的隐喻有着比较大的区别。后者指的是本体不出现的比喻方式,而前者则主要指一种特殊的词句搭配形式,它通常与象征(symbol)相对。如果说语言的隐喻关系似乎是在无联系中找到联系,那么象征关系则是建立在文化的或者说习惯的基础上。比如,"祖国啊,我是您精心哺育的儿女",是一种象征。而舒婷"祖国啊,我是你河边上破旧的老水车,数百年来纺着疲惫的歌",则可以看做一种隐喻。因为后者突破了我们的语言习惯,用老水车形容"我"和祖国之间的关系。

把似乎很难联系在一起的词句结合在一起,它们各自的平常含义会被瓦解,造成含义不明、朦胧的效果。舒婷的诗句究竟表达什么?我们不清楚。但正是因为含义不明,词句才能够从其表层含义中暂时解放出来,从而给我们留下反复咀嚼、品味的空间。比如一张留有很多空白的纸,不同的人可以根据自己的感觉往里面填充各种内容。

其实,从语言的产生角度来看,任何语言的用法都是一种隐喻。比如词语"树"指示自然界的某种植物——树,两者之间其实并没有必然的因果联系。词与它的所指物之间最初建立的联系多数是任意的,在语言的使用过程中同样如此。人们通过各种隐喻,不断创造出新的指代关系,从而丰富语言的表现力。这些隐喻关系经过漫长的使用,成为一种约定俗成的联系,从而转化为一种象征。在这个意义上,所谓诗歌语言经常在无联系中建立联系,其实更多地表现为对语言习惯用法的偏离。所以,布拉格学派穆卡洛夫斯基明确指出:"对诗歌来说,标准语是一个背景,是诗作出于美学目的借以表现其对语言构成的有意扭曲……正是对标准语的规范的有意触犯,使对语言的诗意运用成为可

---

[1] 转引自赵毅衡:《新批评——一种独特的形式主义文论》第 144 页,中国社会科学出版社 1986 年。

能,没有这种可能,也就没有诗。"①诗歌语言的这种特点,用什克洛夫斯基影响很大的概念来表述,就是"陌生化"。

"陌生化"概念的提出给我们提供了比较明确的参照维度。一是日常语言与诗歌语言的区分维度。一种词句的组合是否构成隐喻关系,是否突破了语言的习惯,不能抽象地讨论词句之间有联系或无联系,而必须以语言的习惯用法特别是以日常用法为参照。二是文学史的维度。考察特定的诗句语言特色,还必须考虑它与文学传统或惯例的关系。比如"祖国啊,我是您精心哺育的儿女",即使从今天的角度看,应该来说也还不是标准的日常语,但是从文学史的角度来看,这种用法无疑司空见惯。以儿女和母亲比喻自己和祖国之间的关系,已经可以看做是一种固定联系,至多只能被看做俗套化的象征。

在诗歌的语言组合中,如果词句之间的联想距离足够遥远,则可以制造出一种具备相当于陌生化程度的隐喻,比如"猎人牵着一条狗"。如果我们在"猎人"的纵向联想轴上选择一个与它的关系相当松散的词"星空",替换掉它,结果就会构成一种很典型的陌生化组合:"星空牵着一条狗。"舒婷《祖国》中的排比句"我是干瘪的稻穗,是失修的路基,是淤滩上的驳船",如果不是"干瘪"、"失修"和"淤滩"等定语的词性色彩的类同,"稻穗"、"路基"与"驳船"之间的联想关系可以说已经相当松散。如果把这些句子与"我和祖国的关系"联系起来,不仅极大地偏离了日常语言的联想习惯,而且还强烈冲击了当年盛行的直白化诗风。因此,1980 年代初舒婷等诗人的出现,甚至还被看做"新的美学原则在崛起"的标志。②

---

① 伍蠡甫、胡经之主编:《西方文艺理论名著选编》(下卷)第 417 页,北京大学出版社 1987 年。
② 孙绍振:《新的美学原则在崛起》,《诗刊》1981 年 3 月。

三 诗意

诗的语言能够在其表层含义之外产生言有尽而意无穷的效果,新批评理论家威廉·燕卜荪把它称之为朦胧,或译为含混(ambiguity)。他在《朦胧的七种类型》一书中为朦胧下了一个明确的定义:"任何导致对同一文字的不同解释及文字歧义。"①朦胧或含混在中国古典文论中有很多相类似的术语,如滋味、兴趣、神韵等等。其中严羽《沧浪诗话》中有一段阐述产生了极为广泛的影响:"故其妙处,莹彻玲珑,不可凑泊,如空中之音,相中之色,水中之月,镜中之像,言有尽而意无穷。"②

诗歌通过特殊的语言组织产生的文本世界及其艺术效果,后来在"意境"这一概念中得到了集中的表述。意境在中国古典文论中是一个非常重要但又很难下明确定义的概念。从目前的材料来看,意境概念首见于据说是出自王昌龄之手的《诗格》:"诗有三境:一曰物境。欲为山水诗,则张泉石云峰之境,极丽绝秀者,神之于心,处身于境,视境于心,莹然掌中,然后用思,了然境象,故得形似。二曰情境。娱乐愁怨,皆张于意而处于身,然后驰思,深得其情。三曰意境。亦张之于意而思之于心,则得其真矣。"③王昌龄"三境"并提,因此,这里的意境的内涵应该与我们后来通常理解的不太一样。按照目前人们对意境概念最平常的理解——主客交融而产生的艺术世界,"物境"和"情境"都可以看做意境。因为,即使是着重于精细描绘自然景象的"物镜"也不可能脱离诗人的主观体验。

---

① 威廉·燕卜荪:《朦胧的七种类型》第 1 页,周邦宪译,中国美术学院出版社 1996 年。
② 严羽:《沧浪诗话·诗辩》,见郭绍虞主编:《中国历代文论选》(第 2 册)第 424 页,上海古籍出版社 2001 年。
③ 王昌龄:《诗格》(选录),见郭绍虞主编:《中国历代文论选》(第 2 册)第 88—89 页,上海古籍出版社 2001 年。

王昌龄这段话来自日本僧人遍照金刚的《文镜秘府论》。从王昌龄和遍照金刚的佛学背景来看，这里的意境概念应该指的是表达禅意的诗作，类似于人们俗称的哲理诗。"境"的出处也可以辅助说明这一点。从目前的研究情况来看，人们一般认为，作为文论术语的"境"是来自佛教的概念。"境"也称"境界"，如《俱舍论疏》云："如眼能见色，识能了色，唤色为'境界'。"[①]因此，意境或者说"意境界"在佛学体系里，指的是抽象的感知能力或机能——"意"所配对的感知对象。

意境及其相关的概念在唐朝以后也常见于古典文学理论中，但是它的文学理论地位并没有今天所理解的那么重要。比如严羽的"兴趣"说、王士祯的"神韵"说、王夫之的"情景"理论，等等，在近代以前都有着更广泛的影响。意境成为古典文学理论的一个核心概念，应该来说与王国维的"境界"说有着很大的关系，"将境界作为文学批评或艺术批评的基础，并为它建立法则，绵密而思辨地来探讨它的，则不能不归之于王国维"[②]。王国维在《人间词话》中独标"境界"："沧浪所谓'兴趣'，阮亭所谓'神韵'，犹不过道其面目，不若鄙人拈出'境界'二字，为探其本也。"[③]王国维的"境界"与前人使用的"意境"在内涵上有很多交叉的地方，而且他在《宋元戏曲考》和《人间词话乙稿·序》等著作中使用的"意境"与《人间词话》中的"境界"内涵相近，所以"意境"和"境界"后来成为通常可以并提的概念。

《人间词话》虽然影响很大，但是究竟什么是境界，至今还存在着很多争议。一方面王国维并没有给下一个明确的定义，另一方面王国维在使用这个概念的时候，经常包含着不同层面从王国维及其以后人们对这个概念的讨论和使用情况来看，其内涵至少可以包含以下三个方面：

一、指称作品整体。意境或境界是主客观交融后形成的艺术世界，

---

① 转引自叶嘉莹：《王国维及其文学批评》第192页，河北教育出版社1997年。
② 姚一苇：《艺术的奥秘》第317页，漓江出版社1987年。
③ 王国维：《人间词话》（插图本）第11页，上海古籍出版社2004年。

这是当前比较通行的解释。《辞海》:"意境就是作者的主观情意与客观物境互相交融而形成的艺术世界。"二、指生动鲜明的艺术形象。有些观点认为仅仅提出主客观相融合还不够,人们还必须找到适合的语言文字把这种相融合的结果生动鲜明地传达出来,方能成为诗的意境或境界。比如《人间词话》第七则:"'红杏枝头春意闹',着一'闹'字,而境界全出。"①就明确说明了境界的形成与语言表达的关系。三、指具有某种特殊风格的艺术作品。多数成功的文学作品都能够创造出生动鲜明的艺术形象,但是诸如郭沫若式的作品却很难用意境、境界来阐释。因此,一些观点认为适合用意境或境界这两个概念来形容的诗作,应该具有文字简练、意味含蓄深远的风格特征。与王国维境界概念有着密切联系的"兴趣"、"神韵"等概念,对于诗作则明确包含着这种风格要求。

无论关于意境或境界概念的界定存在着怎么样的争议,但有一点是可以肯定的:意境或境界追求的是主体与客体、诗人情志与诗歌形式、文本与读者阅读体验之间的和谐统一,它代表着古典的诗意追求。但是进入现代以来,意境及其相关的理论遇到了相当大的困难。自从法国象征派以来,西方现代主义诗歌呈现出一个比较相似的特点,喜欢反常规或者说陌生化地使用语言,造成理解的困难。这就是人们常说的晦涩。为什么相当多的现代诗人喜欢追求晦涩?艾略特对此曾有一段解释很具有代表性。艾略特认为,现代文明"包含着极大的多样性和复杂性",因此,"诗人必然会变得越来越具涵容性、暗示性和间接性,以便强使——如果需要可以打乱——语言适合自己的意思"②。十八九世纪以来,以大工业生产为标志的现代文明割裂了农业文明时代人与环境、人与人之间各种有机的联系,一种异化感、疏离感和惊异感普遍存在于欧洲人的内心世界。这种生存体验已经很难用西方的"模

---

① 王国维:《人间词话》(插图本)第9页,上海古籍出版社2004年。
② 艾略特:《玄学派诗人》,见王恩衷编译:《艾略特诗学文集》第31页,北京国际文化出版公司1989年。

仿论"、中国的"意境论"所追求的和谐有机的形式来再现。

以象征主义为代表的西方现代主义诗歌在 1920 年代传入了中国,给正在努力寻找白话新诗建设方向的中国诗人带来了新的启发,产生了李金发、穆木天、卞之琳、戴望舒等一批著名诗人。他们在西方现代主义诗歌的启发下,力图寻找到一条中国现代诗歌的发展道路。比如,在艾略特的影响下,1940 年代九叶派诗人袁可嘉曾经明确地把象征的、玄学的风格当做中国"新诗现代化"的基本内容。① 现代主义诗人不仅喜欢追求晦涩难懂,而且还通过拼贴、戏仿、杂糅等手法,刻意破坏诗歌文本的整体感。一些中国现代诗人同样表现出这种倾向。以下面这首九叶派代表人物穆旦的诗作为例:

五月(节选)

五月里来菜花香
布谷流连催人忙
万物滋长天明媚
浪子远游思家乡

勃郎宁,毛瑟,三号手提式,
或是爆进人肉去的左轮,
它们能给我绝望后的快乐,
对着漆黑的枪口,你就会看见
从历史的扭转的弹道里,
……

穆旦被袁可嘉称做比"任何新诗人都现代化"。他的这首诗故意

---

① 袁可嘉:《新诗现代化》,天津《大公报》1947 年 3 月 30 日。

把中国民歌、古典诗歌中的一些常见词句与现代诗歌的语言拼贴在一起,造成了一种惊异和反讽效果。如果说早期的中国象征主义诗人李金发、戴望舒等人的诗作与追求意境的古典诗歌,在某种意义上还存在着可以沟通的地方,那么在《五月》这样的诗作里,我们已经无法感受那种古典的诗意。这里面蕴涵着现代诗歌的诗意追求与古典诗歌的诗意追求的重大区别。

一位当代诗人曾经说道:"在数千年中国古典诗歌的历史上,'诗意的生成'已形成了它自身的惯例和规范……尤其是在后来一些缺乏创造性的诗人那里,这种诗意的生成已成为一种美学上的惯性反映。"[①]确实,从《诗经》以来,中国古典诗歌已经形成了自己强大的形式传统,这种传统不仅训练着作者如何写作,也规训着读者的阅读。对于读者从古典诗歌中所感受到的和谐有机感,应该来说,古典诗歌的传统与惯例在其中起着非常重要的作用。诸如"明月松间照,清泉石上流",生活在中国文化圈中的读者,由于自小诵读古典诗词培育出来的诗歌欣赏能力或习惯,他会很容易从这句诗的语言风格、押韵、对仗等形式要素中,联想出一种简淡、优美而宁静的诗歌画面,并朦朦胧胧地感受到一种恬淡、闲适而且悠远的诗意。而生活在另一种文化圈内的读者,则很可能会觉得这只不过是几句大白话。这也是诗歌基本上不能翻译的原因所在,因为在不同的文化或语言中很难找到可以对接的诗歌传统或惯例。

此外,古典诗歌诗意效果的产生,还与共同的文化空间有着深刻的联系。特别是古典诗歌意境所激发的只可意会不可言传的丰富联想效果,更是倚赖于共同的文化传统。"诗不是锁在文、句之内,而是进入历史空间里的一种交谈。"[②]诗歌之所以能够进出于历史空间,是因为它的文、句并不是单纯的语言形式,而是积淀着丰富的历史文化信息。

---

① 王家新:《从古典的诗意到现代的诗性——在日本东京驹泽大学"中国新诗的'诗意'生成机制"研讨会上的发言》,转引自 www.pomelife.com。
② 叶维廉:《中国诗学》(增订版)第70页,人民文学出版社2006年。

我们曾经举过这个例子：当我们提到"长江"这个名词时，会有意无意地联想起一系列与长江有关的文化历史信息：古老的三峡传奇、赤壁英雄的往事，还有"孤帆远影碧空尽"的典故等等，这些积淀在名词"长江"上的典故或往事会极大地激发阅读过程中的情感体验和想象。所以，我们能够在"滚滚长江东去水，浪花淘尽英雄"这样的词句中感受到一种无尽的沧桑或感慨，而如果把其中的"长江"改为"珠江"或"闽江"，则无疑难以激发出类似的情感体验。

因此，古典诗歌中所体现出来的和谐统一的诗意效果，应该来说更主要的是倚赖于古典诗歌形式传统以及积淀其中的文化传统的强大在场。如果说多数古典诗歌体现为对这些传统的承传，那么诸如穆旦的《五月》等这些深受西方现代主义诗歌影响的诗作则更多地表现为对这些传统的挑衅。对于诗歌而言，这种挑衅究竟意味着什么？有论者认为："作为一个现代诗人，只有摆脱'文化的幻觉'和传统的因袭，摆脱传统诗意的诱惑——它真的如同神话中塞壬的歌声，才能重新抵达'现实的荒野'。"① 其实，无论是王维的诗作还是穆旦的诗作，作为语言的事实，都是对语言进行组织后的产物，谈不上哪一种语言组织形式可以更贴近"现实"。我们能够看到的是，诸如《五月》这样的诗作，通过颠覆古典诗歌的形式传统或惯例，使一些被古典诗歌形式传统所排除或者说无法容纳的"现实"能够进入诗歌。尤其是那些产生于现代文明环境中的经验或事物，比如，毛瑟枪、抽水机、卡车、电线等等，如果不改变诗歌的文类规范，很难想象它们能够进入古典诗歌的形式体系。

此外，如同穆旦的《五月》，很多现代诗作喜欢将风格有着巨大差异的诗歌语言形式拼贴在一起，从而制造一种惊异和反讽化的艺术效果。这种效果和现代工业文明的意象结合在一起，无疑代表着另一种诗意追求。如果说集中体现在意境中的古典诗意体现为对和谐统一的追求，那么这一类型的诗意则是追求紧张、惊异或者说断裂的效果。它

---

① 王家新：《从古典的诗意到现代的诗性——在日本东京驹泽大学"中国新诗的'诗意'生成机制"研讨会上的发言》，转引自 www.pomelife.com。

来自于对诗歌形式传统特别是对人们日常语言习惯的颠覆。这也是 20 世纪一些激进的批评家特别看重现代诗歌语言的反常规或者说陌生化的原因。正如西方马克思主义者马尔库塞所指出的那样:"诗句冲击着日常语言的法规,并成为一种媒介,以传达在现存现实中缄而不语的内容。"①因此,在很多当代激进批评家那里,诗意几乎成为文化反叛或者说抗议的代名词。

---

① 马尔库塞:《审美之维》第 172 页,李小兵译,三联书店 1989 年。

第七章 修辞

一 什么是修辞

相传曾国藩率湘军初战太平军,连遭败绩,在写给清廷的奏章中,初稿说"屡战屡败",后在幕僚的建议下,改为"屡败屡战",仅仅修改了两个字的顺序,文章所体现出来的精神面貌、作战意志却完全两样。如果说什么是修辞,这个典故所记载的东西就是一种典型的修辞。

《说文解字》:"修,饰也","辞,说也",因此,"修"、"辞"合称可以解释为修饰言论。修辞分广义的修辞和狭义的修辞。狭义的修辞通常指比喻、象征、借代等语文学修辞。广义的修辞包括文章谋篇布局、遣词造句的全过程,同时也包含语文学修辞。汉语"修辞"一词首见于《易·乾·文言》:"忠信,所以进德也;修辞立其诚,所以居业也。"[1]"修辞立其诚"的大意是心里想的东西与文字表达出来的要相称,不能偏废;可以引申为表里如一,言行一致;在儒家看来这是君子品行的基本要求之一。从"修辞"的特点可以看到一个人的品行,说明"修辞"并不是一种单纯的文本形式问题。作者通过对文章形式的修饰、润色或者调整,力图影响到读者对文本的判断。《左传·襄公二十五年》引孔子云:"言之无文,行而不远",意思是不注重文辞的修饰润色,难以获得更广泛的接受。

在西方同样如此,修辞不是单纯的文字游戏,而是以征服读者为目

---

[1] 《四部精华·经部》(影印本)第 10 页,北京古籍出版社 1996 年。

的。亚里士多德在《修辞学》中将修辞术定义为:"在每一事例上发现可行的说服方式的能力。"①古希腊雅典民主政治发达,城邦公民经常聚集在广场上演讲、辩论,对城邦大事发表看法。为了使自己的言论能够被公众接受,诸如政治家或哲学辩士等有志于影响公众的人物都非常注重说话的技术,修辞术由此兴盛发达起来。修辞术曾经在一些哲学家那里发展到近乎神奇的地步,甚至可以"使教练变成你的奴隶,使商人不为自己赚钱而为他人去赚钱"②。虽然意识到修辞术的重要性,但出于建立理性的日常生活和政治生活的考虑,孔子与亚里士多德等中西先贤都对修辞术保持着警惕。为了避免言过其实,孔子提出"辞达而已"、"文质彬彬"等要求形式与内容相适度的修辞原则。亚里士多德的《修辞学》探讨了逻辑学和辩证法,目的是为了帮助公众识别各种修辞蛊惑技术,培养理性思考能力。

如果从语言技术的角度出发,文学与修辞学之间无疑有着相当亲近的关系。因为,文学不仅是最为关注说话技术的艺术门类之一,而且文学相对自由的空间也提供了进行修辞实验的良好场所。杜甫有一句名言:"语不惊人死不休。"为了达到理想的效果,诗人或作家经常需要反复地推敲字词和锤炼句段。从贾岛"推敲"的典故到王安石把"春风又到江南岸"改为"春风又绿江南岸"的故事,文学史上留下了大量精心选择修辞的事例。修辞活动的结果经常成为衡量文本艺术价值的基本依据。此外更为重要的是,文学的自由想象还可以突破各种成规,创造出一些新的修辞形式。我们日常语言的很多词汇或比喻最初就来自人们的文学活动。如鹊桥喻爱情,阿Q喻麻木,王熙凤是精明强干的代名词,等等。很多时候,文学成为各种新创造的修辞形式的集散地,它们从文学文本进入日常语言,成为人们为了达到特定的说话效果而常用的修辞手段。

---

① 亚里士多德:《修辞术·亚历山大修辞学·论诗》第8页,颜一、崔延强译,中国人民大学出版社2003年。
② 《柏拉图全集》(卷一)第326页,王晓朝译,人民出版社2002年。

文学与修辞的亲近关系还可以表现在它们与人类情感经验的紧密联系当中。我们知道,一首美妙的情诗可以打动无数少女的芳心,一则缠绵悱恻的爱情故事会让无数的少男少女为之沉醉。文学特别是抒情文学经常唤起人们丰富的情感体验,在很长的一段时间里,文学写作甚至成为情感表达的代名词。修辞与人类情感体验同样有着密切的关系。古希腊政治家、哲学辩士之所以精心钻研修辞,其中一个很重要的目的就是为了研究如何打动听众。"既然修辞术以判断为目的(议事演说是要让人们形成判断,而法庭审理就是作出判决),那么一位演说者不仅必须考虑如何才能使其演说具有证明和说服力量,而且还须表现自身的某种特性,并使判断者处于某种心情之中。"①诸如政治演说、宗教布道、货物推销的说服力在很大程度上就来源于人们的情感体验。亚里士多德的《修辞学》曾经细致地探讨了修辞形式与情感效应的关系,并且列举了演说者如何利用比喻、寓言或者一些流行的格言等种种修辞技巧,在不需要严密逻辑的支持下,通过诉诸人们的情感体验达到说服他人的目的。

从说话技术及其情感效应的角度来看,文学与修辞似乎存在着天然的亲近关系。不过,把文学的形式经营等同于一种修辞活动,在理论上还存在着种种困难。因为,修辞毕竟是一种有意识地影响读者的话语技术,在某种意义上,它是一种有着明确功利目的的说话行为。修辞的这一特性与近代以来的一些重要美学观念存在着比较大的距离。

近代以来,从康德关于美的无功利性的判断到象征派诗人的纯诗追求,不少理论家、文学家或者把文学当做无外在目的纯艺术活动,或者仅仅看做"自我表现"。特别是新批评理论家提出"意图迷误"和"情感迷误"等概念后,在注重形式研究的理论体系里,文学文本更是被看做与作者意图、读者阅读心理无关的纯形式体系。W. C. 布斯在《小说修辞学》中曾不无感慨地说道:"我把技巧当做修辞,似乎是将率性而

---

① 亚里士多德:《修辞术·亚历山大修辞学·论诗》第 77 页,颜一、崔延强译,中国人民大学出版社 2003 年。

发、难以捉摸的创作过程贬为刻意经营、招徕读者的商业盘算。"①因此,如果力图把文学形式的经营过程当做一种修辞,那么无疑需要文学观念的重大转换:文学不再被看做封闭的形式体系,而是如同古希腊演讲家在雅典广场所做的演讲那样,是一种目的在于影响他人的话语行为。作为一种话语行为,它不仅仅只是说了什么,还包含着说话意图、场合和效果等等方面。比如,如果我们把叙事看做一种修辞,那么"它意味着叙事不仅仅是讲故事,而且也是行动,某人在某个场合出于某种目的对某人讲的一个故事"②。

由此,自从俄国形式主义、英美新批评以来被排除在外的作者、社会历史环境、读者阅读感受等等问题将被重新看待。这里面至少包含三个方面内容:一、文学文本不是一种自我循环的封闭体系,而是与读者之间的一种交流活动;二、文学文本产生的效果不能单纯从形式自身做出说明,还必须关涉到读者的阅读体验和更大范围的历史文化空间;三、文学文本的形式经营体现为一种说话策略,与特定的说话意图或目的有着紧密的联系。正如伊格尔顿用"修辞学"指称"文学批评"时所指出的:"它并不把说话和写作仅仅视为进行美学沉思或无限解构的文本对象,而是把它们视为与种种作者或读者、种种讲者或听众之间的种种更宽广的社会关系密不可分的种种形式的活动,并且认为,它们如果脱离了它们被嵌入其中的那些社会目的和状况,就基本是不可理解的了。"③

二 修辞与文类

"悄悄的我走了/正如我悄悄的来/我挥一挥衣袖/不带走一片云

---

① W. C. 布斯:《小说修辞学》第 2 页,付礼军译,广西人民出版社 1987 年。
② 詹姆斯·费伦:《作为修辞的叙事》第 14 页,陈永国译,北京大学出版社 2002 年。
③ 特雷·伊格尔顿:《二十世纪西方文学理论》第 207 页,伍晓明译,北京大学出版社 2007 年。

彩",这几句话出现在《再别康桥》中,我们会觉得诗人表达了对康桥的一片深情;而如果把它们抽出来,刻写在某个风景名胜区的路牌上,读者则很可能认为这是在委婉地告诫人们要爱惜环境。修辞作为文本与读者的交流行为,需要预设一个文本、读者以及作者所共享的空间,它的过程和结果才能达到预想的统一。体现在文学活动中,我们认为,这个空间首先是以文类规范为核心的文学传统或惯例。

修辞在文学中虽然相对自由,但更多时候,它还是在特定的文类规范下展开的活动,受到特定文类规范的辖制。诗歌的一些修辞不适用于散文,戏剧的某些修辞不适用于小说,反之亦然。古人由于有着比较强的文类规范意识,所以在这方面往往表现得特别突出。比如古文写作讲究"义法",在用词造句方面极为讲究,通常需以儒家典籍为核心的经史文章为典范,而出自其他文体的语句则受到严格限制。"古文中不可入语录中语,魏、晋、六朝人藻丽俳语,汉赋中板重字法,诗歌中隽语。"①作为儒家道统的载体的古文是如此,诗、词、曲同样也是如此。诸如檀郎、奴家、香鲫、莲瓣、杨柳岸这些常见于词曲的修辞用语,如果被用到诗句特别是五言诗句中,即使不被耻笑,也会被看做不符合诗的体格。如清沈德潜指出:"诗中高格,入词便苦其腐;词中丽句,入诗便苦其纤,各有规格在也。"②

修辞在文学中受文类的辖制,而在某些特殊的文学氛围下,如果某一种文类的惯用修辞被用到另一种文类中,通常会导致特定文类惯用修辞形式的变迁。比如,诗与散文有别是一种基本的文类区分意识,但是,当代很多诗人刻意将散文化的句式、叙事性用语渗入到诗歌形式中,形成了一种叙事化、口语化的诗风。如阿吾《长安街行》:"一张是红桃 K/另外两张/反扣在沙漠上/看不出什么",于坚《远方的朋友》:"您的信我读了/你是什么长相我想了想/大不了就是长的像某某吧。"

---

① 沈廷芳:《书方望溪先生传后》,转引自周振甫:《中国修辞学史》第 553 页,江苏教育出版社 2006 年。
② 沈德潜:《说诗晬语》(卷下),《清诗话》第 553 页,丁福保汇辑,上海古籍出版社 1978 年。

这种修辞越界导致了诗歌修辞用语的大规模更替。在当代诗歌中,陈述句的使用率已经远远超过了传统诗歌中常用的排比句、设问句、祈使句。而在意象的使用方面,诸如走廊、面包、卧室、餐桌、玻璃、扑克牌、杂货店等等日常生活景象,则逐渐取代了前代诗人中常见的草原、马匹、天空、土地、阳光、广场等等意象。这些诗歌惯用修辞形式的更换成为近年来诗歌写作的一个重要趋势。

因此,文类规范作为文学修辞活动展开的空间,不仅制约着文学文本遣词造句、谋篇布局的过程,而且也往往隐含着修辞的创新方向。此外,作为作者、文本和读者共享的空间,以文类规范为主要载体的文学传统或惯例更是深刻地影响到修辞效果的形成。

修辞作为一种交流行为,总是与读者的阅读体验紧密联系在一起的。在很大程度上,修辞效果来自于文本和读者阅读体验的互动。正如"您的信我读了/你是什么长相我想了想/大不了就是长的像某某吧"这几句话,刻意采用了散文的句式和口语化的用语。如果它们出现在作者写给朋友的一封回信中,我们很可能会认为写信人是在真实地表达自己的想法。而它们如今出现在被命名为诗歌的文本中,读者至少不会认为这是一些纪实性词句。普通的读者可能会感到疑惑:抒情不像抒情,叙事不像叙事,作者究竟想做什么?而有经验的读者,在既有的诗歌文类知识的支持下,则通常会意识到这可能是在进行某种文体实验。同样的形式出现在不同的文类中,它们的修辞效果却大相径庭。因为,"对于读者来说,体裁就是一套约定俗成的程序和期待:知道我们读的是一本侦探小说还是一部浪漫爱情故事,是一首抒情诗还是一部悲剧,我们就会有不同的期待。"[1]

形式与这种期待之间的契合或者背离,是形成特定修辞效果的重要原因。具体可以以当代颇为盛行的叙事化诗风为例。散文化句式、口语化词语出现在诗歌文本中,在很大程度上破坏了人们期待中的抒情效果,从而造成一种颠覆效应,但是如果没有朦胧诗、象征派包括更

---

[1] 乔纳森·卡勒:《文学理论》第76页,李平译,辽宁教育出版社1998年。

早的唐诗宋词所建立的强大抒情传统作为背景,以及熟知这些传统的读者的配合,诗人们无论采用多么散文化、口语化的修辞形式,也无法形成所谓"到语言为止"①,即拒绝联想、颠覆抒情的文体实验效果。

谈到修辞效果,我们会很自然地想起一个很常见的文学理论术语——风格。所谓风格,简单地说,是指文学文本的各种修辞形式组合在一起所构成的话语特征。它通常体现为对字词、句式、韵律等等文学形式的独特运用。比如,一篇文章如果排比句多,就容易形成雄辩风格;一首诗如果多用书面语,则风格往往趋向于典雅。"吐纳英华,莫非情性。"②谈到风格,人们会很自然地联想起"文如其人"的古训。"君不见黄河之水天上来,奔流到海不复回,君不见高堂明镜悲白发,朝如青丝暮成雪",排比句所营造出来的雄浑气势,以及从黄河源头到大海、从青春到暮年的巨大时空跨度所构造的阔大境界,使我们仿佛看见了李白鲜明的个性呈现在眼前。由于性格的原因,特定的作者往往会表现出对某一特定修辞形式的偏好,从而影响到文本风格的形成。这种现象在文学史上很常见。

不过,个性有可能影响到作者对某些修辞形式的喜好,但这并不等于认为我们可以单纯从作者的个性出发解释风格的成因,更不等于我们可以依据文学风格发掘作者的个性。南朝梁简文帝喜欢写"宫体"艳诗,但他曾说过一句流传很广的话:"立身先须谨严,文章切须放荡。"③做文章与做人是两回事,不能混同。确实,我们在文学史上可以举出"文人如人"的大量例证,但也可以找到无数"文不如其人"的反证。我们认为,相比于个性,以文类规范为核心的文学传统或惯例无疑更有助于我们理解风格问题。

一方面,文类意识往往会使作者对不同的文类采用不同的修辞准

---

① 韩东:《〈他们〉,人和事》,《今天》1992 年第 1 期。
② 刘勰:《文心雕龙·体性》,《文心雕龙注释》第 332 页,郭晋稀注释,甘肃人民出版社 1982 年。
③ 萧纲:《诫当阳公大心书》,《全上古三代秦汉三国六朝文》第 3010 页,中华书局 1958 年。

则,从而影响到风格的形成。比如,欧阳修的散文采用了"文从字顺"的修辞准则,风格自然简洁,而他的不少词作风格却颇为"香艳"。两者风格的巨大差别,应该来说,是由于文类意识在其中起到了相当大的作用。因为,在古人的一般看法里,散文(古文)是儒家道统的载体,而词本为"艳科",它们的用途、等级与散文不同,体格也应有所不同。另一方面,"学有浅深,习有雅郑"①,文学文类的源流有别,作者所秉承的"家数"同样深刻影响到其写作风格的形成。自古学诗者,风格比较清新,而学"骚"者则风格相对华丽。此外更为重要的是,风格作为修辞效果,无法脱离读者的阅读体验。而对于读者而言,以文类源流为代表的文学传统或惯例往往是其理解和体验风格的基本参照。比如,《诗经》的清新自然,《楚辞》的繁华瑰丽,构成了中国古典诗歌的两大风格体系。谈到白居易的诗风,人们一般不会忘记提到《诗经》的影响,而提起李商隐的诗风,则往往会说到他对《楚辞》的继承。

上面的论述中,我们讨论了以文类规范为核心的文学传统或惯例如何影响到修辞的过程和效果。这里主要是在文学形式的空间中讨论问题。其实,修辞作为一种与读者交流的行为,仅仅在形式空间中还不能被充分理解。我们还需要联系到更广阔的历史文化空间。

三 修辞中的权力和意识形态

历史文化空间涉及的问题很多,我们这里主要讨论其中的权力和意识形态问题。近年来的文学批评最重要的特点是充分注意到了文学形式与权力和意识形态的关系,并因此深入揭示这两种历史文化因素如何共同作用于文学修辞的过程和效果。

这里说的权力指的是文化权力,主要表现为话语所关涉的文化

---

① 刘勰:《文心雕龙·体性》,《文心雕龙注释》第335页,郭晋稀注释,甘肃人民出版社1982年。

等级关系。由于漫长的历史积淀,在词语、句式等修辞形式中隐含着各种文化等级区分。是否掌握了一套上层社会所认可的词语,往往是区分一个人身份的基本依据。《红楼梦》中的刘姥姥玩对牌令游戏,对出的句子是"大火烧了毛毛虫"、"一个萝卜一头蒜",而薛宝钗、史湘云所对的句子则是"水荇牵风带翠长"、"闲花落地听无声"等等。前者村俗,后者雅致。这种修辞差异表明了老村妇和豪门小姐之间的身份区别。话语中的权力来自于漫长的历史积淀,但很多时候它还与特定时期的社会环境密切相关。比如,新闻报道中经常可以见到"近东"、"中东"、"远东"等词语,它们来自以西欧为世界中心的地理区分,今天却成为了人们描述地理区域的基本词语,在很大程度上说明了西方文化在当今世界文化权力结构中所处的强势位置。

由于修辞与权力相关,修辞所产生的种种效果与形式中所隐含的文化权力有着密切的联系。比如关于文本在读者心目中的地位或影响力,在中国现代文学史上,各类型文学的地位变迁就是它的一个典型案例。五四前后相当长的一段时期内,一部文本如果采用西方文学的结构、技巧或者句式,就容易被看做新潮现代,而一部文本中如果保留了比较多的传统修辞形式,即使不被贬低为保守落后,至少也难以进入五四主流文学体系。到了1930年代,随着左翼文化思潮的兴起,来自民间文学、大众日常口语的修辞形式开始崛起,并迅速在现代文学中占据着主导地位;而五四文学的主流修辞形式则被看做"欧化"修辞、脱离大众的"新文言",受到了许多批评。长期以来,五四新文学和以延安文学为代表的左翼革命文学占据着中国现代文学史的主要版面,它们的文学史地位变迁只不过是谁为主导的问题。这个文学史现象无疑是五四启蒙话语与左翼革命话语争夺文化权力的产物。而传统话语由于基本无法参与这场权力角逐,采用古典修辞形式的各种文本虽然仍大量存在,但它们基本上从现代文学史的视野中消失了。

谈到修辞与文化权力的关系,不能不提到近年来文学批评中的另一个关键词——"意识形态"。当代文学批评中所使用的"意识形态"一词主要不是指政治思想观念,其基本内涵是指人们如何感知自我与他人的习惯性观念。它的来源很复杂,文化传统、社会习俗或特定时期的流行风气等等,都可能塑造出一种习惯性意识。意识形态的基本特点是出自潜移默化的熏陶,而不是出自理性的自觉。文学与意识形态的关系是近年来文学批评关注的热点问题。在这方面最有代表性的是"形式意识形态"概念的提出。"形式意识形态"概念是以英美新批评、俄国形式主义为代表的"形式批评"与马克思主义意识形态批评相结合的产物,它的基本理论预设主要包含两个方面:一、文学不是历史文化的简单反映工具,它有着自身的规律。二、文学形式积淀着丰富的意识形态信息,文学活动通过它深刻卷入了历史文化空间。

形式与意识形态紧密相联,因此,修辞的过程和效果不仅与权力而且与意识形态有着不可分割的联系。特定文本的修辞过程和效果往往是这两种历史文化因素合力的结果。和形式中的权力一样,意识形态作为一种习惯意识也主要来自历史积淀。作为历史积淀物,文学传统或惯例特别是一些俗套化修辞,是这两种历史文化因素的主要载体。比如在中国古典文学里,形容女性有一整套的常规修辞:形容体态有弱柳扶风,形容走路有轻移莲步,形容呼吸则常用吹气如兰,等等。这些俗套化修辞所塑造出来的娴静、温柔、娇弱的女性形象,体现了男性对女性强烈的占有欲或控制欲。它们在漫长的男权文化史中,被无数次地使用和再创作,已经成为一种集体潜意识保存在文学形式系统中。成长于这种文化环境中的作者包括女性作者,经常会不自觉地采用这些俗套化修辞来描述女性,从而在不经意间延续了男权中心主义意识形态。

修辞的过程受到意识形态潜在的制约,人们在阅读过程中所产生的种种感觉或体验更是与意识形态有着紧密的联系。比如,文学中的"真实性"问题。人们在中小学练习写作叙事散文时常常会有这样的经历:明明记录了一件真实发生的事情,但是作文发下来,老师的批语却说"不真实"。这个例子可以充分地说明，所谓文学的真实严格地说应属于一种阅读感受，即"真实感"，是一种典型的修辞效果。也就是说，人们是通过文本的语言及其艺术形式感受和判断其"真实"还是"不真实"。正如我们前面曾经提到的，修辞的效果在很大程度上来自形式与读者阅读期待之间的关系。因此，文学的真实与其说是真实地反映了现实生活，还不如说是文本采用的各种修辞形式符合了人们对真实的期待。

人们的阅读期待来源很复杂，有很多因素塑造了人们的阅读期待。具体到文学活动中，我们认为有两个因素比较关键：其一是前面曾经提到的以文类规范为核心的文学传统或惯例，其二是积淀于文学形式传统或惯例特别是一些俗套化修辞中的权力和意识形态体验。比如描写教师，我们通常会用"瘦瘦的，戴一副眼镜"这样的句子，即使现在的教师多数不戴眼镜，而且体格也不是"瘦"所能够概括，但是人们仍然能够从中体验到真实或者说生动。这种关于教师的常用修辞，五四新文学以来经常出现，并经过文学教育、研究、出版等机制的传播，转化为一种俗套化修辞，其中包含着教师比较斯文、有些迂腐、不从事生产劳动或不喜欢体育锻炼等等习惯性观念——意识形态体验。如果深究下去，这些意识形态的产生与历史上特别是现代以来，以教师为代表的知识分子在历史文化结构中所处的位置、所承担的历史文化职能有着不可分割的联系。

形式中隐含着权力和意识形态因素，它们构成了一座桥梁，文学的修辞通过它深刻介入了我们所处的历史文化空间。不过，修辞作为一种话语行为，它的过程和效果还与某种说话目的、动机或态度紧密联系在一起。它们构成了一种修辞意图。具体到文学活动中，俄国形式主义包括英美新批评所设想的无目的或者说无意图的"纯粹"文本事实上并不存在。巴赫金在批评俄国形式主义理论时曾明确指出："形式不仅是实有物，更是预设物；而手法只是形式目的性的物质体现之一。"①我们在观察文本如何经营形式的过程中，无疑可以观察到特定的修辞目的、动机或态度的存在。比如，如果我们用"如同东风吹醒了大地，如同新世纪的曙光越出了地平线"，来形容一家杂货店的开张，即使我们无法完全明确说话人的具体意图，但至少可以从文本中确认，这一修辞行为的意图并不倾向于认真说话。

  文学形式的戏仿、杂糅或拼贴是制造文学陌生化效果的常用修辞手段，也是文学挑战文化权力或意识形态秩序的基本方式。这种文学修辞行为常见于20世纪的文学活动过程中，一些激进的批评家甚至把它看做文学反抗现实的重要体现形式。

---

① 巴赫金:《周边集》第9页，李辉凡等译，河北教育出版社1998年。

第八章 传播媒介

一 电子媒介与文化

　　如今的很多读者可能会有这样一种经历:往往是先观看由文学原著改编的影视作品,然后才去读文学原著。甚至诸如《红楼梦》、《水浒传》、《三国演义》等经典名著也是经过影视作品的改编播出,才重新成为普通读者关注的话题。这些现象表明了一个不可忽视的文化事实:以影视为核心的电子传媒在我们的社会生活中占据着越来越重要的位置。如何思考这一文化事实?它将改变什么?又将给我们带来什么?这些问题,无论是对于文学还是对于人类整个社会生活,都是目前的一个重要的时代课题。

　　加拿大著名的媒介学家麦克卢汉有一句名言:"媒介即信息。"[1]传播媒介不仅仅是一种工具,它也是改变人类社会文化形态的一支重要力量。纵观人类文明史,我们会发现,每一次信息传播方式的大变革都会带来社会文化的大变革。文字发明之前,远古人类采用过结绳记事、实物记事等方式来保存信息,并主要采用口头的方式传播。文字发明后,人类保存信息和传播信息的能力和范围得了极大的拓展。一些抽象的精神活动也能够被记录保存,并脱离人与人之间的直接接触,在广泛的时空中传播。《淮南子》曾记载称仓颉造字时"天雨粟,鬼夜哭"。不管这个故事是否属实,它至少说明了古人已经充分意识到文字对于

---

　　[1] 《麦克卢汉精粹》第227页,何道宽译,南京大学出版社2000年。

人类生活的重大意义。按照通常看法,文字的发明是人类进入文明时代的标志。随着印刷术的发明,文字媒介更是深刻地影响着人类社会和文化的进程。比如十五六世纪欧洲资产阶级平民文化的兴起、近代民族国家意识的形成以及晚清以来中国新文化的传播,印刷文字都在其中起到了重要的推动作用。

如果按照信息传播媒介来划分,我们可以把文字发明之前的人类文明史称为口头传播时代,文字的发明则标志着人类进入了书写传播时代。以文字为媒介的阅读物在人类文化史上曾经占有的重要地位,与漫长的书写传播时代有着相当密切的关系。几千年来,相对于图像、声音、器物、自然科学符号等等,文字始终是一种首要的符号体系。从圣旨到咒语,从诗到誓言,从历史档案到法律条款,从国家独立宣言到商务合同,文字构成了编织社会文化之网的基本物质材料。几千年的书写传播历史使文字成为一种极为重要的权力标志,是否掌握文字构成了人们进入社会上层的基本要求。而那些不仅掌握文字而且还能熟练使用文字的群体,如巫师、教师、编辑、诗人、作家等等,则往往成为文化权力的主要掌控者。他们记载、遴选、传播人类文明成果,改造或维系文明秩序。在这样的文化权力结构中,以文字为媒介的文学领域无疑容易积聚一大批社会精英人物,文学和文学家成为社会公众关注的焦点之一。

从 19 世纪下半期开始直到今天,随着电话、广播、电影、电视特别是计算机的诞生,人类的信息记载和传播方式发生了一场可以称之为革命性的转换,电子技术的发展和成熟标志着人类进入了主要采用电子媒介承载和传播信息的时代。电子媒介符号系统的生动程度、传播的速度以及传播范围,都是书写传播所无法比拟的。如今电子媒介已经进驻到人们生活的每一个角落,形成了一个巨大的信息网络。这个网络对人类的生产、生活方式产生了深刻的影响。电视发明后,信息通过电波传送到千家万户,地球此时就像一个村落,不同地区、不同国家的人们在同一时间观看同一种图像,关注同一种问题。如果说电视与观众之间还是单向的信息传递,那么国际互联网出现后,人们只需轻轻点一下鼠标就可以实现交流互动,探讨时政、娱乐、体育和生活体验等等感兴趣的问题。一种具有巨大的空间跨度,甚至全球一体的公共空间似乎正在形成。在电子媒介深刻地改造着我们的社会空间的同时,种种传统的文化仪式,例如,政治或宗教的集会、业余休闲生活以及各种各样曾经活跃的艺术制作过程,正在被电波、电缆、芯片和集成电路所改造。技术的力量正在消除这些文化仪式所拥有的象征符号及其背后的文化权力关系。

新的技术正在改变着我们的社会和文化,不远的未来,一个崭新的世界也许将呈现在我们面前。比尔·盖茨在《未来之路》一书中曾经描绘了一个由电子计算技术掌控一切的时代。根据目前数码虚拟技术的发展状况,人们也许并不需要非常大胆就可以设想:数码技术将制造出一个电子虚拟世界,人们在其中能够体验到现实世界中的一切;人们将生活在数字程序中,电影《黑客帝国》所描绘的那种世界或许并不是科幻神话。

假如某一天虚拟的电子世界真的实现,这是否意味着一种奇异的前景?电子技术是否正在篡改生命与生命之间的自然对话?如果生存于密集的数码程序之中,人类的命运意味着什么?不管电子技术和数码技术相结合将把人类带向什么样的未来,电子传媒已经对延续千年的书写文化构成了强大的挤压。面对着电子媒介的巨大冲击力,书写文化正呈现出节节败退的状况。影像及其伴奏音乐开始大面积地覆盖着人们的视听器官。以文字书写为核心的书籍遇到了前所未有的危机。它开始滑向文化的边缘。也许,现在再也不能像以往那样界定何谓知识、何谓表达了。爱迪生在 1913 年曾经作出猜测,书籍将成为过时之物,人类的知识传授可以通过活动的图像实现。现在,这个预言似乎正在成为现实。在这样的文化环境中,文学——这个书写文化的王冠——正面临着严峻的挑战。诚如当代美国文学批评家 J. 希利斯·米勒所意识到的那样:"在新的全球化的文化中,文学在旧式意义上的作用越来越小。"①

　　随着书籍阅读量的大幅度下降,多媒体技术正在改变着人类的信息接受和表达系统。电子媒介制造的复合符号系统全面地诉诸人们的视听感官。对白、文字、音乐、影像通过电子技术得到了有机的组合,复合符号媒介的综合性与现场感带来了具有强大冲击力的感官享受。影视剧取代了小说,卡拉 OK 取代了抒情诗,网络游戏取代了童话故事,动漫和文字相结合的网络聊天取代了书信,成为人们表达情感、想象自我与世界的主要形式。在这种复合的符号系统中,影像无疑占据了核心位置,成为其他符号环绕的中心。尤其是在电影解决了叙事问题之后,电子媒介所传送的影像符号更是趋于完美。世界在人们的眼睛中前所未有地丰富起来,人们的视觉能够感受到以前从未意识到的光、影、形状、造型和色彩。种种的趋势都共同表明:"看"正在取代"阅读"。人们甚至用"读图时代"来命名这个时代的文化信息的传送和接收状况。

　　人类开始全面地动员感官与身心回应电子多媒体技术的冲击,信息接受的丰富形式似乎得到了恢复。确实,相比于电子技术所制造的复合符号系统,某些文字的修辞与表意策略似乎丧失了往昔的魅力。"窗含西岭千秋雪,门泊东吴万里船"、"枯藤老树昏鸦,小桥流水人家"这样的意象重叠算得了什么?"未见其人、先闻其声"的传神之笔又怎么能跟声像直接呈现相比?摄像机的镜头移动和配音组合可以瞬息之间完成诗人、作家的苦心斟酌。或许电子传媒并没有消除文字写作,只是把文字纳入到了一种复合系统中,使隐含在文字文本中的意境、情趣能够得到更直观的呈现,然而,我们不能忘记,在电子媒介复合符号的制作过程中,文字写作只不过是其中的一个环节。出于技术或商业等方面的考虑,一些即使相当精细的文字也不得不舍弃,特别是一些表达抽象精神内涵的文字文本——诸如"此中有真意,欲辨已忘言"、"前不见古人、后不见来者,念天地之悠悠,独怆然而涕下"等等,由于难以转

---

① J. 希利斯·米勒:《全球化对文学研究的影响》,《文学评论》1997 年第 4 期。

化成电子声像而正在逐渐远离人们的经验。

由于文字附属于影像的规则,一些精细的文字考究让位于技术或商业的考虑。这是否意味着在人类信息接受形式日益复合化的同时,人们阅读字、词、句的种种微妙的感觉却正在走向迟钝和退化?如果现实确实如此,那么对于文学而言究竟意味着什么?对于人类的感受和表达能力而言又意味着什么?这关系到如何思考电子时代的文学的地位和功能等问题。

二　文字与影像

18世纪的德国学者莱辛在《拉奥孔》中认为,绘画用线条、颜色之类的符号,它们在空间上并列;诗用语言,它在时间上承续。莱辛的区分说明了视觉文本和书写文本之间的传统差异:绘画或者雕塑适合表现事物在某个瞬间的空间状态,诗则适宜表现事物在时间上连续的事件。因此,诗是时间的艺术,绘画是空间的艺术,这是人们对文学艺术与绘画、雕塑等造型艺术的最基本的区分。

随着电子技术的发展成熟,这种传统区分开始动摇,原因可以追溯到电影叙事技巧的发展。电影的发明是一件创举,图像也可以运动起来,表现一种时间上的连续形态。但是早期的电影短片,如卢米埃尔兄弟拍摄的《火车进站》或《工厂的大门》,主要还是停留在记录生活片段的状态,还无法讲述一段具有复杂时空或因果关系的事件。随着摄影技术的发展以及人们对电影镜头语言理解的深入;20世纪初期的一些短片利用视角、距离的调度和镜头的剪辑、切换,把各种镜头组接成一组具有因果关系的画面。电影叙事能力从此开始起步。拍摄于1903年的著名美国短片《火车大劫案》用13个镜头,分别拍摄了案件的13个环节。它们组接在一起并进行了跨时空切换,清楚地讲述了从抢劫到逃跑的全过程。后来,随着对景深、角度、机位、剪辑、切换的更丰富运用,尤其是蒙太奇剪辑组接手法的出现之后,电影不仅能够清楚地交代动作和安排情节,而且还能表现复杂的抽象内涵。把冰河解冻和工人示威剪辑在一起,把狮子头和某个政治风云人物剪辑在一起,在叙述事件的同时,还表达出丰富的象征含义。

电影叙事能力的发展,致使原来属于小说的空间正逐渐被电子影像占领。从时间和空间出发,无疑难以区分文字符号与电子影像符号的特点。在电子技术迅速发展的今天,我们该如何思考文字与电子影像这两种媒介形态的差异呢?阐释这些差异并不是为了区分谁优谁劣,而是为了帮助我们更好地思考,文学在电子时代所处的位置及其还能够起作用的空间。出于这方面的考虑,我们认为有两点最为值得关注:一是阅读的距离感,二是制作形式。

在书写文本中,文字是表意的中心。文字属于一种抽象的符号系统,除了一些象形字与其所指物存在着对应关系外,多数文字的字形与其内涵之间的关系是任意的,来自约定俗成的习惯。无论语言文字的发音、形状,还是其中复杂的组织规则,都与其所指对象有很大的不同。这一点意味着两者之间不是一种直接对应关系。例如"洪水淹没了村庄",我们先得了解其中每一个字的内涵,并根据语法和逻辑规范把握这一组合的含义,然后才是在头脑中构想出它的所指物。这种感知和理解过程至少表明了文字媒介的两个重要特点:一、文字首先是在文字规则系统中得到理解和把握,而不是与其所指物直接联系;二、文字符号让人们始终意识到符号的存在,是一种"意义"的表述。文字媒介这个特点体现了文字、所指物和阅读者之间存在着一段距离。相形之下,影像——电子媒介的主要符号——似乎是与其对象合而为一。"洪水淹没了村庄"出现在屏幕上,好像就是现实中的景象,两者分毫不差。另一方面,影像与观看者总是在同一个时间维度中。电影之中,即使是回忆也是呈现为现在意识,观众的身体跟随影像逆时而上,投入过去,从而对影像产生出一种时间上的同步感。

电子影像符号的这些特点,导致一切似乎都是直接的、即时的、活灵活现。人们仿佛觉得,这些影像就是现实本身,而不是一种符号制作。由于媒介、所指物和阅读者之间距离的缩小甚至消失,电子影像能够制造出一种文字文本难以匹敌的阅读体验。这或许是促使20世纪的小说逐渐淡化模拟外部现实的重要原因。关于电子影像所制造的阅读距离感问题,美国当代著名批评家詹姆逊曾经比较过绘画与摄影的区别:"你看着一幅画,你会说这只不过是艺术品,而在摄影面前你却不能这样说。你意识到这就是现实,无法否认现实就是这个样子。距离感正是由于摄影形象和电影的出现而逐渐消失。"詹姆逊的这段话完全可以用于比较文字与电子影像。阅读距离感的缩小或消失对于读者而言,既意味着能够获得更"真实"的体验,同时也可能因此失去对符号的反思或抗拒的空间。一方面,电子影像所制造的即时性和现场感似乎不需要发挥理解和想象,就可以直达符号的所指物,它无疑会导致读者阅读主动性的削弱;另一方面,更为重要的是这种即时性和现场感容易解除观众的防范心理,对一切信以为真。

　　阅读的防范心理是阅读主体对阅读对象进行反思或抗拒的重要心理前提,它需要主体与对象之间具有一定程度的距离感。文字媒介的作者也是力图通过精细的文字技术运用,达到"如见其人,如临其境"的效果,但是文字媒介的间接性使距离始终存在于阅读过程中。而由于距离感的缩小甚至消失,人们在观看影像文本的过程中,不容易警觉到制作者的修辞技巧,察觉种种蒙太奇、剪辑、省略或者别有用心的推拉。因此,相比于文字文本的作者,影像制作者可以更深地隐蔽到文本之后,仿佛从来不存在。这一点意味着,阅读影像文本的观众更容易认同或者服从于隐含在影像形式当中的价值立场。这是否意味着影像的产生和完善恰恰带来了更强大的精神控制可能?不管答案是否定还是肯定,但至少有一点是可以肯定的:影像能够使读者更为内在于它的呈现形式中。即使不能断定观众会因此失去任何阅读主动性,但至少它比文字媒介更强化了阅读的被动性。诚如詹姆逊所言:"在电影中,幻象迎合着人们对他提出来的哪怕是非常微小的新的要求,令人极为惬意但也极其被动。"①

　　相比于文字包括诸如绘画等其他传统的艺术门类,电子影像符号的制作过程通常是一种规模化的工业制作。工业化制作意味着电子影像形成了新型的艺术生产关系。这种艺术生产关系深刻影响到电子影像的制作空间及其最终呈现形式。

　　拍摄一部影视剧需要庞大的阵容,比如导演、编剧、演员、音乐师、建筑师、工程师、机械师、电工、化妆师、服装师等各种各样行业的从业人员,还需要大量的电子设备和道具材料。相比之下,文学写作和其他传统的艺术制作显然简单了许多,它通常是诗人、作家或画家们的个人行为。在这种个人化制作过程中,文本的质量在很大程度上取决于制作人对文字或其他媒介的处理能力。而在电子影像的制作过程中,维持工业化制作的正常运行首先需要的是对工业生产组织体系的有效管理。因此,导演的艺术设想能不能落实到作品中,还依赖于工业流程的贯彻。工业流程是一个强大的生产组织体系,个性的价值往往通过这个体系来取舍。编剧、导演、演员、摄像、场记各司其职,存在着种种不同的艺术理想和艺术理解。因此,这个流程的有效运作需要强有力的管理调度。为了配合整个体系的有效运作,各种各样的艺术构思包括导演的艺术构思通常会散落到生产组织体系中,无法得到最终的贯彻。很多时候,导演管理调度能力的重要性甚至高于其艺术想象力。

　　工业化的制作还必须有强大的经济力量的支持。自从印刷出版业出现以后,文学写作也受到商业资本的强有力渗透,但影像制作的工业化特征使它在项目启动之初就无法离开商业投资的参与。很多时候,商业资本才是需要制作什么、该如何制作的决策人。此外,电子技术同样是导演或摄影师所无法回避的力量。技术的发展状况不仅影响到特定艺术构思的实现程度,还深刻影响到艺术生产关系形式。自从电影诞生以来,随着摄影机械的普及化和简便化,很多导演力图突破电影工

---

① 弗·詹明信(詹姆逊):《电影中的魔幻现实主义》,见《晚期资本主义的文化逻辑》第583页,三联书店1997年。

业的限制,把电影看做个人表达行为。60年代法国新浪潮电影为此还提出了"作者电影"的口号,力图要像作家写作一样拍电影。近年来,伴随着数码成像技术的出现,影像制作过程更为简便。普通的电影爱好者也具备了利用数码技术制作影像文本的可能。从这个趋势来看,似乎技术的发展和成熟提供了更多的方便个人表现的空间。

不过,我们不能忘记,这个过程始终在电子技术特别是数码程序所提供的服务范围之中。也就是说,是技术最终限定了艺术想象的范围或程度。而且,随着人们越来越依赖于数码技术提供的种种便利,影像感受力和再造能力无疑也将日益弱化。尤其是将来某一天,假如电子虚拟世界真的出现,人们只要按动某些按钮就可以创造出或体验到最精妙的影像,那么导演和摄影师将处于什么样的地位? 艺术苦心经营的意义又体现在何处? 那时也许一切都掌握在数字程序中。不管将来会怎么样,从目前的趋势来看,技术在影像工业中所起的作用已经越来越强大。不少人甚至相信,工业技术将会成为人类精神的最终归宿之一,从文字到影视的演变过程,只不过是这一切的前奏罢了。

三 电子时代的文学

传播媒介是文学的一个重要组成部分,媒介技术的每一次重大变革,都会从各个方面深刻影响到文学本身。纸张和印刷术的发明方便了文学的书写和传播,尤其伴随着印刷术出版业的出现,新型的传播方式导致了一些文学风格或思潮的兴起。十六七世纪小说现实主义风格的出现,与当时欧洲印刷出版业的诞生和发展、作家身份的改变有着直接的关联。而在一个电子媒介正在占据传播主导权的时代,人们接触文学、创造文学的方式无疑都发生了很大的变化。在这个变化过程中,文学之为文学的既定规范已经或者将会发生什么样的改变?

可以看到的是,文学的叙事功能以及一些抒情功能在某种程度上正被电子声像所取代。流行歌曲的兴盛特别是随着卡拉OK的普及,电子技术合成的抒情形式已经成为大众抒发情感的首选对象,诗歌这个有着悠久历史的传统抒情文类正在日益远去。同时,人们主要也不是通过小说满足阅读故事的需求。影视的叙事远比文字平面阅读更为形象逼真。由于文学的种种传统功能被电子媒介所取代,文学在公众中的影响力也随之下降。很多时候,文学文本需要通过影视改编才能受到人们的关注。余华、苏童等人是目前有着比较良好的作品销售记录的作家,但多数的读者主要还是通过电影《活着》、《大红灯笼高高挂》才知道了他们的文字文本的存在。目前比较畅销的书籍,很多是取得了较高收视率或票房成功后的影视剧的文字改写本,甚至一些经典的文学文本也需要通过影视剧的改编方能重新激发人们的阅读兴趣。

种种迹象都表明,在电子媒介技术的推动下,各种传统艺术门类正被整合进一个统一的生产组织体系中。影像处于这个工业生产体系的中心环节,音乐、绘画、文学等等传统的艺术门类围绕着它而运作。不可否认,以影像为核心的文化工业体系并没有遗忘文学,文学作者特别是小说家同样可以分享其中的利润。一位好莱坞编剧的收入通常远大于其销售文字文本可得的收入。但是我们不能忘记,在这个生产流程中,编剧只不过是其中的一个附属角色,语言文字的精细考究必须服从于影像的转译能力和需求。从文学来看无论多么具有创意的想象和表述,如果无法纳入这个生产流程,都将被无情地舍弃。这不是文学家独立表达的舞台,导演、技术人员尤其是商业资本才是这个生产流程中的真正主人。显然,文化工业正在构造出一种新型艺术结构关系。在它的强大影响下,文学等各种传统艺术门类无论是愿意还是不愿意纳入这个体系,都需要重新思考自身的功能和位置。

对于电子媒介时代的文学来说,国际互联网的出现,是另一个重大事件。很多人认为,网络的出现只不过是提供了一个新型的表达和传播空间,并不会对文学本身产生什么影响。实际上,如同传播媒介是变革社会文化的重要力量一样,网络作为一种新型的文学表达和接受空间,同样不能看做单纯的传播工具。网络最直接的表现是:自由发表。

这个空间相对来讲较大程度上降低了编辑、印刷成本、权威批评家以及权力部门所设立的各种门槛或障碍。只要愿意，一个人可以即刻将作品送达公共领域。这表明传统的文学体制对于网络来说已经失效。如果说在电子媒介的推动下，文化工业已经创造出一种新型的艺术结构关系，那么网络则在文学领域内形成了一种与过去不一样的生产和接受关系。由于精英的、权力的种种遴选审查机制在这里被大大地淡化或减少，作家的身份意识、对待文学的态度以及发表作品的目的都发生了很大变化。同时，许多遭受传统文学体制压抑或遮蔽的声音得到了释放；与此相应的是，一些粗制滥造的文字也因此在网络上大为泛滥。面对目前网络文学出现的种种形态，所有人都不得不严肃地思考：网络所生成的文学生产与接受的关系对于文学来说究竟意味着什么？是文学的民主或彻底的解放，还是文学的大踏步倒退？

　　艺术结构关系和文学生产与接受关系正在发生着变革。可以观察到的事实是，文学本身也正在发生着种种变化。在以影像为主导的文化工业影响下，不少作家已经自觉或不自觉地根据影视剧的特色在自己的创作中展开想象和叙述。通俗作家力图写出便于影视改编的文本，这在当下已经司空见惯，甚至20世纪一些很有代表性作家，如海明威、乔伊斯、伍尔芙等，在他们创作的作品中也可以看到电影蒙太奇、变换焦距、淡入淡出等技巧的影响的存在。网络出现后，对于文学的内部关系来说无疑是一次革命，在它的直接或间接影响下，游荡于网络的文学目前已经出现了很多不同于传统文学的特征。

　　网络语言可以说是其中比较有代表性的方面。近年来网络生产出很多独具特色的语言，网络文学同样也在创造和使用着这些语言。作家徐坤曾经说道："我一心想颠覆和推翻既定的，我在日常工作中所必须运用的那些理论框架和书写模式，恨不能将它们全都变成双方一看就懂的、每句话的长度最多不超过十个汉字的网络语言。"[①]为了适应简洁、快速和直接的网络交流的需要，网络语言通常用词简单，句子短

---

① 徐坤：《网络是个什么东西》，《作家》2000年第5期。

促,还经常采用数字谐音、象声模拟、动漫表情等等速记符号。如"5555"表示"呜呜呜呜","8137"表示"不要生气"、"－P"表示"吐舌"等等。这些速记符号似乎把语言带回到"象形"、"象声"等语言的初始形态。语言从模拟到抽象、从简单到精密表明了人类思维的发展与延伸。如果速记符号、简单化的造句和有限的词汇大规模蔓延,并且占据了人们有限的文字阅读时间,那么由此所引发的文化后果,就无法用仅仅是为了交流简单、方便或有趣来搪塞。

随着网络技术的发展,目前网络上还出现了一种独特的文本形式——超文本。超文本不仅仅是对文学的某个方面的增补或改变,而是改变了整个文本形态。从其基本形式来看,超文本可以看做罗兰·巴特的互文理论的直观呈现。在每一个给定文本的当前信息中,通常有一些高亮度的词语。点击这些词,便会进入新的文本,新的文本又有一批词,可供点击进入……例如,一部超文本首先展开的是《红楼梦》的故事,点击某一个丫鬟的名字就可以离开故事主线,进入与这个丫鬟相关的故事情节;如果点击文本中提到的《牡丹亭》或《西厢记》,则可以离开《红楼梦》进入这些文本的故事。从一个文本的关键词转向另一个文本的关键词,鼠标开启了一个又一个信息门厅,让用户永无止境地游历于网络的无数节点中。这种文本形态无疑摧毁了一切的中心,包括主题、主角、线索、视角、开端与结构、文本的边界,等等。德里达的"嬉戏"、巴特的"欢悦"等反抗任何中心控制的阅读状态,似乎已经如此彻底地被实现在超文本现象中。

然而,我们不能忘记,这种阅读的解放状态还需要得到技术的支持。超文本所提供的信息量需要软件技术保障。除了技术原因外,什么东西能够成为关键词,涉及到了某些知识系统的认可,某种文化传统的传承或某种权威观念的控制。也就是说,目前的超文本事实上还处在种种的限制甚至控制当中,还无法真正实现彻底的解放性阅读。如果将来某一天,软件技术可以让文本中的每一个词甚至每一个信息点都成为关键词,那么人们会得到什么呢?彻底的解放还是其他什么?可以任意选择组合,是否就一定等于自由的阅读或创造?当人们在文本无限缠绕、延伸过程中可以任意地阅读文本,并可以得出无限的意义,那么无限的意义是否就等于没有任何意义?

　　语言、文本、形式、影响力以及阅读和接受关系等等方面的变化,都表明电子时代的文学正在发生着各种各样的变化。一些传统的领域被占领,新的挑战不断出现。文学将走向何方?电子时代给文学还留下了哪些空间?文学还能做些什么?我们不是预言家,无法对未来做出预测,但是,从目前电子技术的发展状况和文学目前所具有的特性来看,文学无疑仍还有很多需要其充分发挥作用的空间。

　　我们知道,人类是通过符号的中介来区分和掌握世界,并因此实现人与人之间的交流。在人类迄今为止所拥有的符号体系里,语言无疑是其中最为精密的组成部分。几千年来,文学叙事或抒情活动在极大地丰富语言表达能力的同时,也使我们的精神世界不断地向更为深广的领域延伸。从目前的电子技术的发展状况来看,在可预见的未来,语言还依然是人类进行思考和交流的最主要的中介,因此,文学活动还将是人类精神生活中的重大事件。尤其是以诗歌为代表的语言实验在拓展或改变人类的精神世界方面所承担的功能,仍将是难以被替代的领域。此外,自从有文明以来,人类的文明史主要是用文字来书写和记载的。历史的进程也许充满着偶然或断裂,但人类的精神却是需要在连续性的意识中、在传统与现代的问与答中应对无限延伸的历史。只要以影像为核心的电子合成符号还无法全面有效地转译记载在文字中的传统,那么,文学活动以及其他一切的文字媒介活动仍将是人类沟通传统与现在的重要渠道。

　　或许有一天数码技术可以使电子合成符号精密到取代语言成为人类思考、想象和交流的主要中介,可以编写出比任何人的情感世界还丰富的情感程序,人们藉此体验和表达忧伤、愤怒和欢乐,那么,这对于人类的自然生命而言究竟意味着什么?人类是否有必要实现这种技术?面对不断扩张的电子数码技术,人们是否需要选择有所不为?——当然,这些问题目前已经超出了文学理论可能回答的范围。

第二部分　文学与文化

第九章 文学与历史

一 文学与历史的交融

相当长的时间内,文史不分家,我们今天所熟悉的文学、历史、哲学等知识的划分是近代以后的事情。无论是在中国还是在西方,早期的历史著作与文学书写往往都是相互混合的。著名的古希腊荷马史诗与古印度史诗《罗摩衍那》都记录了各自的上古历史,它们既是现代历史学家研究上古历史的重要材料,也被看做希腊和印度文学的起源之一。

汉语"文学"一词首见于《论语·先进篇》:"德行,颜渊、闵子骞、冉伯牛、仲弓;言语,宰我、子贡;政事,冉有、季路;文学,子游、子夏。"这里的"文学"与德行、言语、政事并列,泛指一切学术或学问。从汉代开始,历代都有人对"文学"与"文章"进行区分,其中最有代表性的是魏晋南北时期。这一时期被认为是中国文学开始走上自觉的时期,人们开始区分不同文类的形式要求。用我们今天的文学眼光来看,六朝时期的文体理论在某种意义上已经开始区分文学性文类和非文学性文类,注意到了历史性著述和文学文本之间的区别。比如,曹丕在著名的《典论·论文》中曾说道:"盖奏议宜雅,书论宜理,铭诔尚实,诗赋欲丽。"[①]铭诔是用于纪念逝者的文章,所以无论是叙述人物事迹的铭还是歌颂人物德行功业的诔都要注重实际,文字需朴实。而诗赋则是用

---

① 曹丕:《典论·论文》,见郭绍虞主编:《中国历代文论选》(第1册)第158页,上海古籍出版社2001年。

于抒情和状物的文章,所以文字可以华丽铺张。铭诔与诗赋的不同,其实可以看做注重纪实的文章与注重想象和形式美的文章之间的区别。

虽然六朝有很多文献突出了诗赋与奏章、铭诔、书论等文类的不同,但是,这并不等于从六朝开始人们已经把文学和历史等其他学问区分开来。六朝的文类区分主要是体现了文类有别的观念,而不是已经有了一种独立的文学意识。事实上,一直到近代,"文学"一词通常还是泛指所有的文章或学问。文、史、哲的知识区分是西方传来的观念。现代以来,特别是在启蒙理性的影响下,在西方形成了对事物加以分类分析的知识观。特别是在大学学科建制的直接影响下,人们开始对知识进行划界——明确各个学科的研究对象是什么。这样就产生了什么是文学,它与历史或哲学等其他学科领域相比有什么独特性,它的研究对象是什么等问题。这种知识观以及现代大学学科体制在五四前后进入中国,并被激烈反传统的五四知识分子所接受,原来统一于儒家文治教化体系中的天下文章开始出现区分。诸如《史记》、《左传》、《国语》等历史著述逐渐从文学中分离出去,作为现代知识的文学与历史的分家主要发生在这一历史时期。

由于文学与历史在几千年的文化历程中始终相互联系在一起,古典的历史叙述与文学叙事并没有严格的区别。相反,用我们今天的文学观来看,文学特别是叙事文学的源头应该追溯到历史著作。对于西方叙事文学的源头,人们一般归结到史诗。从史诗开始,经历中世纪罗曼史小说,直到十七八世纪现实主义小说,这是人们对西方小说演变历程的通常看法。在这个历程中,以小说为代表的叙事文学总是与现实或实际发生的事情联系在一起,所以小说与现实主义成为了两个密不可分的概念。小说"它本质上是与经验和现实连在一起的,这就是为什么'小说'和'现实主义'经常被人们……当做可以互相代替的词汇"[①]。中国文学的主流汉语文学虽然迄今还没有发现史诗,但是以黄河流域为中心的中国文明是一个非常注重历史经验的文明。从《春

[①] 华莱士·马丁:《当代叙事学》第57页,伍晓明译,北京大学出版社2005年。

秋》、《国语》、《史记》到二十四史,历朝历代都留下了大量的、类型多样的历史著述。这些历史著述对中国的政治、文化、文学产生了深远的影响。中国叙事文学的源头甚至主要的叙事成就其实并不存在于以我们今天的文学观所认定的小说中,而是存在于史传著述当中。

中国古典的史传著述与今天的历史著作有很大的不同,它们的叙事过程不仅仅只是实录事件的时间与因果关系,而且还精心地选择和利用各种叙事技巧,一方面把事件讲述得曲折有致,另一方面还把历史人物的性格生动鲜明地呈现在人们面前。被后人看做史传的奠基之作的《左传》对《春秋》的简略事件记录进行了深入细致的铺衍。《左传》在史学上的突出贡献是第一次对人在历史运动中的地位、作用、价值作了有力的揭示。对人的重视使得《左传》有意识地刻画了一批具有鲜明个性的历史人物形象。用今天的文学观来看,《左传》的叙事写人已经达到了相当成熟的程度。朱自清先生就认为《左传》不仅是史学的权威,也是文学的权威。① 除了《左传》,先秦的另一典籍《战国策》则以它夸张的风格、寓言和纪实相结合的叙事特征,更加突出了它的文学性。

中国古典史传的高峰无疑当推《史记》。《史记》的写作意图已经属于今天的文学范畴——抒发个人情志。司马迁在《报任安书》中自述道:"《诗》三百篇者,大抵圣贤发愤之所为作也。此人皆意有所郁结,不得通其道,故述往事,思来者……仆诚已著此书,藏之名山,传之其人通邑大都,则仆偿前辱之责,虽万被戮,岂有悔哉。"②《史记》首创了纪传体的史书体裁,以人物为中心记录历史,留下了一幅宏伟的历史人物画卷。作者深深郁结于心的怨愤之情使整部作品具有强烈的抒情色彩。事件的叙述描绘、人物的刻画塑造无不浸透着作者对历史的深刻思考和褒贬爱憎。可以这样说,无论是人物的立体感、情节的曲折

---

① 朱自清:《朱自清古典文学论文集》(下)第643页,上海古籍出版社1981年。
② 司马迁:《报任安书》,见郭绍虞主编:《中国历代文论选》(第1册)第83页,上海古籍出版社2001年。

性,还是细节的戏剧化,《史记》都达到了史传叙事乃至古典叙事文学的顶峰。鲁迅先生对《史记》的评价之语:"史家之绝唱,无韵之《离骚》",就是从历史和文学两个维度对《史记》的叙事成就的高度肯定。

　　由于历史著述的强大影响,今天我们看做小说的文本,古人通常把它看做野史。不仅如此,以《左传》、《战国策》、《史记》为代表的史传著述还成为了中国古典广义散文文类规范的源头,是后世的古文家、小说家、传奇故事的讲述者从事散文叙事写作的典范。桐城派古文的代表人物之一方苞曾列举了古文文类的典范著作,《史记》等历史著述成为其中不可缺少的组成部分,"盖古文所从来远矣,六经《语》《孟》其根源也。得其支流,而义法最精者,莫如《左传》《史记》……其次《公羊》《谷梁传》《国语》《国策》"①。作为儒家道统载体的古文如此,被古人看做不入流的小说文类同样如此。历代的小说评点家评述某部小说的文本形式特色或某个细节的刻画水平,通常是以经典史传著作为参照。金圣叹《读第五才子书法》开篇就提到《史记》。虽然列举了《史记》与《水浒传》的种种不同,但是其意在于论述《水浒传》的成就不下于甚至是高于《史记》:"《水浒传》方法,都从《史记》出来,却有许多胜似《史记》处。"②

　　历史与文学交融影响到了叙事文学的文类规范的形成。虽然文学与历史今天已经分家,各有知识规范,但是文学与历史的长期交融留下的种种问题,诸如纪实与虚构、真实性、文学的历史责任等等,直到今天,仍然是作为文学理论的重要课题受到人们关注。

---

　　① 方苞:《古文约选序》,见郭绍虞主编:《中国历代文论选》(第3册)第395页,上海古籍出版社2001年。

　　② 金圣叹:《读第五才子书法》,见郭绍虞主编:《中国历代文论选》(第3册)第244页,上海古籍出版社2001年。

二 作为野史的小说

古代小说概念的含义与现代小说概念的含义有着很大的区别。《四库全书总目》把"小说"分为三派:"其一叙述杂事,其一记录异闻,其一缀其琐语也。"①此三派大致可以概括为两大类。从狭义的角度,指的是正史之外的野史,包括传奇、戏曲、神话、志怪、世情、历史演义等等。而从广义的角度,则指一切杂录性的文章,包括前述野史、文人琐语、博物志、科技读物等等。此外需指出的是,由于古人一般认为小说是出于"裨官",所以野史有时也可以泛指一切小说。狭义的小说——野史——比较接近现代的小说范畴,我们的讨论将集中在这一批文章。漫长的古典小说史不仅留下了大量补正史之不足的"野谈笔录",而且还有大批正史的通俗演义。考察人们对这些野谈、笔记、演义的理解与评判,可以更为具体地看到历史对文学的影响。

用今天的小说观来考察,中国古典小说在原始神话、先秦的寓言以及六朝志怪小说中可以找到它的雏形,到唐代开始"走向自觉"。唐代有一批文人自觉地通过虚构故事来影射人物或表达情志,形成的作品被后人称为唐传奇。唐传奇在故事内容上纪实与虚构相混杂,历史人物与神怪传说人物交错出现。虽然涉及虚构,但是古人一般还是以史的眼光来理解和评判它们。唐李肇《国史补》从史传的角度,高度评价了《枕中记》和《毛颖传》:"沈既济撰《枕中记》,庄子寓言之类;韩愈撰《毛颖传》,其文高,不下史迁,二篇真良史才也。"②因为传奇的内容经常离奇虚幻,所以也遭到时人不少的批评。为了应对批评,传奇作者通常是以传奇同样具有"史鉴"功能来进行辩护。传奇作家李公佐在《谢小娥传》中非常自信地说道:"如小娥,足以儆天下逆道乱常之心,足以

---

① 《钦定四库全书总目》(整理本)第1835页,中华书局1997年。
② 《中国文言小说参考资料》第16页,侯忠义编,北大出版社1985年。

观天下贞夫孝妇之节……知善不录,非《春秋》之义也,故作传以旌美之。"①

唐传奇在五四以后获得了高度评价,甚至被认为可以与唐诗并列,同为"第一流文学"。但是我们应该意识到这是根据今天的文学观得出的结论。今人对唐传奇的推崇主要是因为它有意识的虚构和丰富的想象,显然这是一种现代的文学要求。而古人对它的批评与辩护,焦点主要集中于如何处理实录与虚构的关系,这无疑是在史的意识中出现的问题。关于小说的纪实与虚构的关系问题,在历史演义小说中也有着更为丰富的讨论。

历史演义小说在宋话本中初现雏形,到明清时期达到了顶峰。关于历史演义小说与正史的关系,明清时期的历史演义小说研究者大都认可这样的观点:历史演义比"正史"通俗易懂,因此可以让更多人的了解历代政治的得失。明蒋大器指出:"若平原罗贯中,以平阳陈寿《传》,考诸国史……文不甚深,言之不甚俗,实纪其实,亦庶几乎史。盖欲读诵者,人人得而知之……则三国之兴衰治乱,人物之出处臧否,一开卷,千百载之事豁然于心胸矣。"②有不少现代研究者立足于现代的文学观,认为这段话比较早地认识到了历史演义小说的文学特性。其实蒋大器对《三国演义》的这段评述体现的还是一种史的意识。用一个不太确切的比方:这里所提到的历史演义小说的特性属于通俗史和高雅史的区别,而它作为史的本性和功能并没有改变。对此,公安派领袖人物袁宏道说得简单明了:"文不能通,则俗可通,则又通俗演义之所由名也。"③

由于历史演义小说首先是被看做一种"史",所以不难理解人们对其有着严格的纪实要求,需"考诸良史,留心损益"。即使一些研究者认为历史演义不必完全与正史合,也不是认为可以任意虚构。最早提

---

① 《中国文言小说参考资料》第 15 页,侯忠义编,北大出版社 1985 年。
② 朱一玄、刘毓忱编:《〈三国演义〉研究资料汇编》第 269 页,百花文艺出版社 1983 年。
③ 转引自方正耀著:《中国古典小说理论史》第 81 页,华东师范大学出版社 2005 年。

出历史演义不必处处符合正史记载的是明朝的熊大木。他在《大宋演义中兴英烈传序》中,以西施的结局存在着不同的版本为例,阐释演义和正史所依据的版本不同,所以"史书小说有所不同者,无足怪矣"①。在熊大木看来,历史演义应该记录的内容恰恰是那些正史没有采纳的版本,因为,演义如果处处与正史相合,那么就无法承担其"补正史不足"的特性。

唐传奇是中国古代小说史中的一个重要阶段,被认为是小说走向自觉的标志。唐传奇之后,中国古代小说史的另一个标志性事件是宋话本的出现。宋话本指的是宋代说书艺术的底稿。宋朝城市经济繁荣,城市娱乐业相当发达,说书讲史是其中的一个重要项目。唐传奇和历史演义所记录的人物多数是实有其人,其中还有很多是历史成名人物。而城市说书人不仅讲述帝王掌故、名人逸闻、英雄传奇等历史故事,而且经常从日常生活中取材,讲述普通人的悲欢离合、喜怒哀乐。宋话本由此显示出了与唐传奇很不相同的小说史价值。小说在现代通常被看做平民的艺术,从日常生活取材,讲述普通人的生活故事,在现代的小说观看来,是小说走向独立或成熟的一个重要标志。宋话本的这个传统,后来在明清世情小说中得到了极大的发展,出现了《金瓶梅》、《醒世姻缘传》,《歧路灯》等著名长篇,包括不朽的杰作《红楼梦》。

宋话本、明清拟话本、世情小说中描绘的多数是平常人、平常事,在虚构方面因此拥有了比较大的自由空间。《警世通言叙》的作者曾很自信地说道:"人不必有其事,事不必丽其人。其真者可以补金匮石室之遗,而赝者亦必有一番激扬劝诱、悲歌感慨之意。"②关于此类小说的功能,古人的看法大致包括三个方面。一、消遣娱乐,明胡应麟总结了小说盛行的原因:"怪力乱神,俗流喜道,而亦博物所珍也;玄虚广莫,

---

① 孙逊、孙菊园编:《中国古典小说美学资料汇粹》第67页,上海古籍出版社1991年。
② 冯梦龙:《警世通言叙》,见郭绍虞主编:《中国历代文论选》(第3册)第227页,上海古籍出版社2001年。

好事偏攻,而亦洽闻所昵也。"① 二、表达作者的个人情志。"满纸荒唐言,一把辛酸泪",《红楼梦》的开篇自述很能说明虚构小说在抒情言志方面的意义。即使被称为天下第一淫书的《金瓶梅》,评点家张竹坡也读出了其言外之寄托:"仁人志士,孝子悌弟,不得于时,上不能问诸天,下不能告诸人,悲愤鸣唈,而作秽言以泄其愤。"② 三、提供借鉴和教化功能。明清小说有一个特点,在文章的开头或结尾多数会来一段议论,阐明故事中所隐含的警世道理。评点家也不惜笔墨尽力从自己所评点的文本中挖掘出教化内涵,张竹坡曾经替《金瓶梅》的淫秽描写辩护说:"夫微言之而文人知儆,显言之而流俗知惧。"③

前两者所说的娱乐和抒情功能符合现代人对小说的一般看法,而后者则无疑是史的意识的体现。不管当时的小说作者在文本中发表的议论是否出于真心,评点家从中读出的微言大义是否牵强,后者至少说明了史的意识或者说史鉴功能对古代小说写作的强大影响力。虽然世情小说之类的文章在虚构方面比较自由,但是达到逼真的艺术效果却是人们对其的一个基本要求。这一点和历史演义是同等的,是人们评价其叙事水准的一个基本尺度。明朝著名的反叛人物李贽说得非常直接明了:"《水浒传》事节都是假的,说来却似逼真,所以为妙。"④ 明清几大名著的评点家,如毛宗岗、金圣叹、张竹坡以及《红楼梦》的早期评点人脂砚斋等都曾经高度评价了各自所评点的文本的逼真效果。"如画"、"如跃纸上"、"活现"等等,是他们评点小说过程中常用的词汇。叙事必须达到逼真,这种审美观念形成的原因很复杂。在西方这一理论根源应在于"模仿论"。而对于中国古人而言,原因应主要在于小说长期被看做野史——历史的一个特殊组成部分。

---

① 侯忠义编:《中国文言小说参考资料》第 27 页,北京大学出版社 1985 年。
② 朱一玄编:《〈金瓶梅〉研究资料汇编》第 198 页,南开大学出版社 1985 年。
③ 同上书,第 207 页。
④ 朱一玄、刘毓忱编:《〈水浒转〉研究资料汇编》第 193 页,百花文艺出版社 1981 年。

三 文学与历史的想象

在现代知识体系中,文学与历史已经分家,有着各自的知识要求和叙述规则。但是,文学与历史的关系直到今天依然成为一个重要的课题。在这个知识和社会都在发生激烈变革的时代,考察文学在现代与历史之间的种种纠葛,无疑有利于我们思考文学在今天的意义。

文学与历史的关系在现实主义文学理论中得到了比较集中的表述。真实地描绘现实生活、反映历史的发展趋势,这是现实主义文学的一个基本要求。如果说历史是一种客观事实,那么作为一种虚构的形式——文学,如何"真实"地反映这种事实?早在古希腊时期,亚里士多德就指出:"写诗这种活动比写历史更富于哲学意味……因为诗所描述的事带有普遍性,历史则叙述个别的事。"① 文学并不是对历史事实的简单记录,而是揭示普遍性的、规律性的历史内容。后来的现实主义理论家也是从这个思路出发,阐述了文学的"真实"的基本内涵。卢卡契认为现实主义的任务是"对现实整体进行忠实和真实的描写",所谓现实整体是一幅完整的现实画像,"在那里现象与本质、个别与规律等概念的对立消除了"②。现实主义的种种理论阐述可以归结到典型这一概念上面。在现实主义文学理论看来,文学是通过典型化的集中来反映历史真实。

典型人物和典型环境是历史的普遍性与独特性、规律性与偶然性的统一。现实主义理论家认为,典型化的方法可以使文学以想象和虚构的方式反映历史的真实。如果说个别性的内容是可以直观体验到的东西,那么普遍性或规律性的内容无疑也需要主观的概括。一旦涉及

---

① 亚里士多德:《诗学》,见伍蠡甫、胡经之主编:《西方文艺理论名著选编》第 60 页,北京大学出版社 1985 年。
② 《马克思主义文艺理论研究》第 2 卷第 429 页,中国艺术研究院外国文艺研究所《马克思主义文艺理论研究》编辑委员会编,文化艺术出版社 1986 年。

主观概括,那么究竟什么是历史的普遍性、规律性?怎么样的现实才算是符合历史真实的现实?这无疑是充满争议的话题。现实主义理论是伴随着左翼文化思潮传入中国的文学思想。1930年代是左翼文学的活跃期,当年著名的左翼理论家瞿秋白、周扬、胡风、冯雪峰等人都曾经比较系统地论述过什么是现实主义的真实这一问题。冯雪峰的观点着重于阐释现实主义与现实斗争的联系,认为"要全面地反映现实,只有站在无产阶级的阶级立场上才能做到"。为什么只有站在无产阶级立场上才能把握历史的真实,周扬说得很明确:先进阶级因为顺应了时代发展的趋势,所以能够凭借其先进性反映时代的"全体的客观的真实"①。

其实,不只是左翼文学理论期望用文学创造历史,"故今日欲改良群治,必自小说界革命始;欲新民,必自新小说始",从晚清梁启超提倡"新小说"以来,用文学的方式传播新文化进而开创民族的新未来,就是中国现代对文学的基本要求。从"新小说"、"平民的文学"、"改造国民性"、"为人生的艺术"到左翼的现实主义理论,都背负着构建民族新文化、新历史的宏大历史使命。鲁迅在回顾自己的小说创作历程时曾说道:"说到'为什么'做起小说罢,我仍抱着十多年前的'启蒙主义',以为必须是'为人生',而且要改良人生……所以我的取材,多采自病态社会的不幸的人们中,意思是在揭出痛苦,引起疗救的注意。"②用文学的方式参与历史进而创造历史,这既有传统的史的意识的影响,同时也具有鲜明的时代特色。所以现代文学是以虚构或想象的名义参与历史,而不是以"实录"的名义。这一点深刻表明了文学与历史的关系在现代所呈现出来的复杂面向。

近几十年来,一些史学家开始发掘历史叙述的文学性质。我们知道,任何一个已经过去的事件都不可能再度呈现在面前,人们能够看到

---

① 陈寿立编:《中国现代文学运动资料摘编》第272页,北京出版社1985年。
② 鲁迅:《南腔北调集·我怎么做起小说来》,《鲁迅全集》(第4卷)第512页,人民文学出版社1981年。

的是各种不同的历史叙述。历史叙述表现为一种对于过去事情的组织、陈述和编撰。比如，研究一场战争的爆发的原因，有无数文献记载和实物可供参考。那些记载或实物是否能够被认为是有"意义"的内容，在很大程度上取决于历史叙述人对该战争的理解和解释。历史叙述人根据这些解释把那些自己认为有"意义"或有关系的记载或实物提取出来，构成一种前后有因果联系的事件系列。这个叙述过程无疑同文学叙述具有众多相类似的地方，诸如确定主题、剪裁、组织结构和运用修辞技巧等等。正如海登·怀特所指出的："它（历史）以对可能的研究对象进行假想性建构为基础，这就需要由想象过程来处理，这些想象过程与'文学'的共同之处要远甚于与任何科学的共同之处。"①

这个观点并不是认为过去发生的事件是虚无的，而是认为我们要想了解或者说接近过去的事件，就无法离开对这些事件的理解或解释，而表达这个理解或解释的过程始终存在着文学化的处理手段。承认历史叙述中存在着文学成分并就不是否认历史叙述的严肃性。文学作为一种独特的话语组织形式，虽然以虚构和比喻性修辞为主要手段，但同样是表达人们对生活、历史的理解或解释。既然具有实证基础的历史叙述都无法离开对过去事件的理解或解释，那么我们就没有任何理由认为文学对生活和历史的想象活动是没有任何历史价值的"撒谎"。很多时候，由于可以突破文献记载和实物证据的限制，文学想象往往能够更好地表达出特定时代的人们对历史的理解或认识。所以，恩格斯才会称赞现实主义大师巴尔扎克，认为从他的作品中学到的东西"要比从当时所有职业的历史学家、经济学家和统计学家那里学到的全部东西还要多"②。

在一些特殊的历史阶段，文学虚构和想象往往是构建历史大叙述的重要力量。我们上文提到的中国现代文学就是其中一个的典型。启

---

① 海登·怀特：《元史学》"中译本前言"第 7 页，译林出版社 2004 年。
② 恩格斯：《致玛·哈克奈斯》，见米海伊尔·里夫希茨编著：《马克思恩格斯论艺术》第 10 页，曹葆华译，人民文学出版社 1960 年。

蒙、救亡、革命是中国现代文学的基本主题，人们通过文学的想象和虚构极大地推动了近现代中国人追求现代化的历史进程。除了参与构建特定时代的历史大叙述，文学想象活动还经常表达被特定时代的历史大叙述所忽略、遮蔽的生活经验，使历史呈现出更为丰富的面貌。1940年代以张爱玲、苏青为代表的一批沦陷区作家，致力于描绘发生在市井空间中的日常生活形态。这种生活处于启蒙、革命等历史大进程之外，有着自身独立的逻辑。在张爱玲的笔下，无论历史发生什么样的大变革，世俗男女首要关注的问题还是婚丧嫁娶、吃穿用度。历史的变革在这些男女身上至多表现为人间的聚散飘零，并不关涉到历史的目的或追求。此外，文学的想象有时还致力于颠覆在特定时代占主导地位的历史叙述。诸如当代文学中的刘震云《故乡天下黄花》、刘恒《苍河白日梦》等作品，都或多或少地拆解了主流历史叙述所讲述的历史必然性，读者在这些作品里可以发现，历史也许只是众多偶然的、散漫无章的零碎事件的组合。

　　参与构建历史的大叙述，表现历史大进程之外的日常生活经验，或者致力于颠覆某种占主导地位的历史叙述——文学在现代与历史之间的种种纠葛都充分表明：虚构或想象性的文学活动不仅能够有力地推动历史进程，而且还能够丰富我们的历史想象和叙述的可能性。

第十章 文学与宗教

一 原始宗教与文学的起源

在文学理论史上,关于文学起源的讨论由来已久,出现过形形色色的观点。在关于种种文学起源的学说中,影响比较大的有模仿说、表现论、巫术宗教说、游戏说、劳动说等等,这些学说从不同的角度解释了人类最早的文学艺术是如何发生的,为什么会发生,什么因素导致了文学这种审美意识形态的产生等等一系列重要的文学理论问题。

在西方,文学起源于巫术是比较流行的一种说法,甚至被视为起源理论中最有势力的一种。这种学说的基本观点是:人类童年时期的一切创作都是原始宗教巫术的直接表现,因此,文学艺术来源于宗教巫术。这种说法也被称之为宗教说和魔法说。持这种学说的理论家指出,原始时代的文学艺术创作均为原始巫术仪式或者魔法的产物,原始人的雕塑、绘画、音乐、舞蹈等等都属宗教活动的一部分。这样就产生了自然崇拜、鬼魂崇拜、祖先崇拜、图腾崇拜等等原始宗教活动。原始人描绘的各种动物成了巫术宗教仪式上的崇拜物;原始人相信,跳舞时戴上动物的面具,就可以产生魔力召引或驱赶这些动物。于是与原始宗教浑然一体的原始艺术应运而生。巫术活动包括舞蹈、歌唱、绘画或造型艺术等活动。诚如托马斯·芒罗在《艺术的发展及其文化史理论》中所说:"在早期村落定居生活的阶段,巫术和宗教得到了发展并系统化了,我们现在称之为艺术的形式被作为一种巫术工具用之于视觉或听觉的动物形象,人的形象以及自然现象的再现,经常是用图画、偶像、假面和模仿性舞蹈来加以表现,这些都称之为交感巫术。祈求下雨就泼水,祈求打雷就击鼓,而符咒则经常被用之于雕刻和装饰,被认为能带来好运气和驱逐魔鬼……而礼仪的活动,说、唱、舞蹈都被用来保证巫术的成功。"① 弗雷泽和列维-布留尔进一步探讨巫术活动的原理和法则,从思维的层面揭示出原始宗教的发生和原始艺术的起源。在著名的《金枝》中,弗雷泽把巫术称为"不纯粹的艺术"或"非科学的艺术",提出了巫术的两大思维原则:"如果我们分析巫术赖以建立的思想原则,便会发现它们可归结为两个方面:第一是'同类相生'或果必同因;第二是'物体一经互相接触,在中断实体接触后还会继续远距离地互相作用'。前者可称之为'相似律',后者可称做'接触律'或'触染律'。"弗雷泽的理论对艺术史家研究旧石器时代艺术的起源和原始宗教的关系产生了深刻的影响。许多人类学家都认为史前人类从事文艺创作的基本动因主要不是审美愉悦,而是召唤或祈求神秘力量。布留尔则揭示了原始思维的互渗原理。在原始思维的集体表象中,一切客体、存在物或者人工制品都具有一种可被感觉到的神秘属性和力量,这种神秘的力量可以通过接触、传染、转移、远距离作用等等对其他客体和存在物产生不可思议的作用。布留尔把这种原始思维所特有的支配这些表象的关联和前关联的原则称为"互渗律"。为什么一张画像或肖像对原始人和对我们来说是完全不同的东西呢?原始人给这些画像或肖像添上了神秘属性,又作何解释呢?"显然,任何画像、任何再现都是与其原型的本性、属性、生命'互渗'的。"② "互渗律"已经深刻地触及了人类诗性思维的奥秘。原始思维具有互渗性、混沌性、神秘性和直觉性,想象和现实相互交织,物我交感,主体和客体相互渗透。很大程度上,原始思维也是文学思维的特征。

史前艺术的起源与原始宗教的关系,是人类学普遍关注的一个问题。包括戏剧、舞蹈、绘画、诗歌和雕刻等在内的原始艺术都被视为原

---

① 参见朱狄:《艺术的起源》第 120 页,中国青年出版社 1999 年。
② 列维-布留尔:《原始思维》第 72 页,丁由译,商务印书馆 1981 年。

始人类宗教巫术活动的一部分。在中国古代文学理论中,艺术的巫术起源说由来已久。讨论中国上古文学的发生时,许多学者都对《吕氏春秋》的《古乐篇》中的一则记载产生了浓厚的兴趣:"昔葛天氏之乐,三人操牛尾,投足以歌八阕:一曰载民,二曰玄学,三曰遂草木,四曰奋五谷,五曰敬天常,六曰建帝功,七曰依地德,八曰总禽兽之极。"记述的是传说中的古代葛天氏部落的宗教娱乐活动,人们从中可以看到中国上古文艺的起源与原始宗教活动之间的密切关系:自然崇拜、祖先崇拜、图腾崇拜是上古文艺发生的根本动因,而载歌载舞的形式则包含着上古文学的最初样式——原始歌舞的雏形。明人杨慎在《升庵集》(卷四十四)中针对楚辞之《九歌》指出:"女乐之兴,本由巫觋……观楚辞《九歌》所言巫以悦神,其衣被情态与今倡优何异!"王国维的《宋元戏曲考》在考察戏曲的起源时曾经谈到诗、歌、舞与古代敬神祭祀的关系:"歌舞之兴,其始于古之巫乎?""巫之事神,必用歌舞。"古代的巫觋是戏剧的起源,"后世戏剧,当自巫、优二者出"[①]。

  文艺的起源经历了从实用到审美的漫长演化过程,在其中原始宗教活动无疑起着重要的作用。但作为人类实践活动的产物,文艺发生的动因是多元的,它既是人类生产实践的一项结果——劳动创造了文学艺术的创造者,创造了文学艺术赖以产生的物质条件,也渗透着人类摹仿的天性、需要和快感,渗透着人类表现的本能和游戏的冲动。文艺起源的动因是多元而复杂的,是这些因素合力推动的结果,宗教是文艺起源的一个重要动因,但不是唯一的决定性的因素。

二　宗教文学与艺术宗教

  文学与宗教之间存在复杂的内在关系,宗教文学和艺术宗教构成这一复杂关系的两极。所谓宗教文学是指以表现宗教观念、宣扬和传

[①] 王国维:《王国维戏曲论文集》第4—6页,中国戏剧出版社1984年。

播宗教教理、与宗教仪式结合在一起或者以宗教崇拜为最终目的的文学,是宗教观念、情感、精神、仪式与艺术形式结合的产物。宗教文学具有浓厚的宗教色彩,其目的是为宗教服务。宗教文学包括宗教经典,如基督教的《圣经》、伊斯兰教的《古兰经》、婆罗门教的《吠陀》、佛教的《本生经》和《百喻经》、道教的《太平经》和《抱朴子·内篇》等等,这些原典一般都具有突出的文学性和极高的文学价值,在文学史上产生了深远的影响。宗教文学还包括借助各种文学形式通俗形象地传播宗教教义、激发宗教情感和强化宗教认同的作品,如西方中世纪的教会文学和中国唐代的变文。教会文学的代表作品《圣徒阿列克西斯行传》以宣传基督教教义和神学为中心内容。变文是佛教文学的一种形式,是唐代兴起的一种说唱文学,内容原为佛经故事,后来范围扩大,包括历史故事、民间传说等;《大目乾连冥间救母变文》、《维摩诘经变文》等,以韵散结合的方式讲唱佛经故事。在宗教文学世界中,审美意识和宗教意识相互渗透,但宗教意识始终控制着审美意识,宗教观念对审美情感始终构成着强大的规训。

宗教文学和以宗教为题材的文学是有所分别的,以宗教为题材的文学不一定是宣传宗教教义、为宗教服务的文学,在意识形态上有的甚至是反对宗教的,有的是借助宗教题材表达作家对人性和世界丰富性、矛盾性的具体感受与认识。但丁的《神曲》,弥尔顿的《失乐园》、《复乐园》、《力士参孙》,拜伦的《该隐》,拉辛的《以斯帖记》、《亚他利雅记》,托马斯·曼的《约瑟和他的弟兄们》以及福克纳的《押沙龙,押沙龙!》等等,虽然取材于《旧约》,但都具有文学的自主性和美学的独立性,具有独立存在的价值,显然不属于宗教文学。

宗教文学是宗教文化的重要组成部分。在《艺术与世界宗教》一书中,俄国美学家雅科伏列夫把宗教文艺这一特殊的宗教审美文化放在"世界宗教结构中的艺术体系"和"艺术—宗教的完整性"框架中予以阐释。他认为,在艺术和宗教的长期发展和相互影响过程中,在每一种世界宗教里都产生出了一定的艺术体系,这个体系在宗教结构里起作用,当艺术贯穿到宗教意识的所有层次内时,整个宗教的机制结构也发生着变化,于是,形成了"艺术—宗教体系"。这是一个艺术与宗教相互作用的体系。在其中宗教意识和艺术意识存在着既统一又矛盾的两面。宗教通过艺术形象的"解答体系"和对人的审美作用达到巩固信仰机制的目的,这种机制是宗教行为活动的固定的社会—心理的准则,宗教文学显然受到宗教教义的严格规训。但文学的感性和想象总是力图突破宗教教条的规训,即使在宗教文学的范围内,杰出的作家也仍然有可能在符合宗教规范的范围内,创造出独一无二的文学作品。①

文艺与宗教关系的另一极端是把文艺发展成为一种宗教,即把文艺"拔高为宗教或宗教替代物"——一种艺术宗教。当代艺术哲学家约翰·凯里和 N. 沃尔斯托夫都提到了"艺术宗教"这一文化现象。在《艺术有什么用?》一书中,约翰·凯里指出:"把艺术转变成宗教往往附带着一个假设,即艺术与我们的常规道德不同,它具有更高的道德。"这样审美标准就具有了宗教真理般的权威性。在约翰·凯里看来,艺术的宗教地位是现代思想中一个强有力的因素。"如雅克·巴赞所说的,艺术家被普遍认为具有以前只属于宗教人物的那种神力。我们期望他们像古代的祭司一样'高明'而神秘,他们也总是像《圣经》中的先知一样'思想超前'。"②N. 沃尔斯托夫则援引马克斯·韦伯的看法——当艺术变成具有越来越自觉地被人所掌握的独立存在的价值世界时,艺术就接管了救世的任务——"艺术作品就成了神的代表,取代了上帝这个造物主的位置,审美沉思代替了自觉崇拜;而艺术家则成了这样一个人,他奋力创造对象而我们在专心致志地沉思这些对象时体验到了那在人的生活中具有根本意义的东西。艺术家成了神的创造者,我们则是神的崇拜者。"③究其实质,神秘主义的"艺术唯灵论"构成了艺术宗教理念的核心。

---

① 雅科伏列夫:《艺术与世界宗教》第 39、76 页,任光宣、李冬晗译,文化艺术出版社 1989 年。

② 约翰·凯里:《艺术有什么用?》第 124—125 页,刘洪涛、谢江南译,译林出版社 2007 年。

③ N. 沃尔斯托夫:《艺术与宗教》第 73 页,沈建平等译,工人出版社 1988 年。

认为艺术家和诗人具有一种与常人迥异的特殊能力,能够与更深的实在或"不可说之神秘"保持着某种亲密的联系,这种观念显然由来已久,最初或可上溯到柏拉图,尽管他对荷马这样的诗人极其不满,扬言要把他们赶出他的"理想国",但他还是相信诗人被赋予了某种神灵附体的灵感,认为只有他们能够穿透美的表象看到美的本体。在德国浪漫派那里,这一观念获得了强有力的表述。诺瓦利斯、施莱格尔、荷尔德林以及海德格尔等等都把诗意神秘化、超验化或宗教化。在他们看来,唯有通过诗,有限与无限的最紧密统一才能形成。法国象征主义同样对宗教神秘主义情有独钟,波德莱尔、马拉梅、魏尔伦和兰波信仰"通感"和"通灵",视诗人为"通灵者",诗歌为"文字炼金术"。

从20世纪初叶芝对神秘事物、通灵论和超自然的冥思的痴迷到20世纪末海子诗歌的澄明和通灵,从西方超现实主义的迷狂和对超级现实的信仰到当代中国小说中宗教信仰叙事的兴起,许多事实表明,20世纪,艺术宗教在文学艺术和哲学美学领域仍然具有不可忽视的影响力。约翰·凯里指出:20世纪早期抽象艺术的发展既是一场美学运动,也是一场宗教运动。许多人认为,就艺术具有宗教神秘性和权威性而言,这场运动迈出了决定性的一步。① 据称,通过超越物质世界,艺术可以进入到一个由纯粹理念构成的世界。康定斯基和克莱夫·贝尔都是这种观念的坚定信奉者。前者的《论艺术中的精神》把艺术活动看做是纯粹精神领域的事情,认为抽象艺术能够超越物质的限制,获得一种改变世界的宗教力量。这种艺术理念建立在神智学和艺术唯灵论的基础上:"灵魂与肉体密切相联,它通过各种感觉的媒介(感受)产生印象。被感受的东西能唤起和振奋感情。因而,感受到的东西是一座桥梁,是非物质的(艺术家的感情)和物质之间的物理联系,它最后导致了一件艺术品的产生。另外,被感受到的东西只是物质(艺术家及其作品)通向非物质(观赏者心灵中的感情)的桥梁。"后者则提出了

---

① 约翰·凯里:《艺术有什么用?》第125—126页,刘洪涛、谢江南译,译林出版社2007年。

"纯形式"概念,认为艺术家的任务就是创造"有意味的形式"。这种创造完全依赖于艺术家特殊的禀赋,"某种奇特的心理上和感情上的力量",他们能够发现"隐藏在事物表象后面的并赋予不同事物以不同意味的某种东西,这种东西就是终极实在本身。"①克莱夫·贝尔显然把艺术和宗教视为一对双胞胎:"艺术和宗教是对同种东西的两个一模一样的宣言。"在他看来,艺术就是人类"宗教感的宣言"。

艺术宗教的产生,一方面出于人类对终极意义的本能需要和对神秘主义的强烈兴趣,另一方面也说明了审美情感、审美思维与宗教情感、宗教思维之间存在着深刻的内在关联。从启蒙运动之后艺术宗教现象的复苏或许可以看出现代性的复杂性和矛盾性,文学现代性在"解魅"和"复魅"之间存在着一种巨大的张力。

三 宗教象征与文学象征

文学艺术与宗教产生联系的一个重要途径是象征的方式。这一联系应该包括相互关联的两个方面:一方面宗教借助文学象征的方式形象地显现其神圣的奥义,文学象征和隐喻往往成为人类接近超验世界和言说不可言说之事物的一种重要方式;另一方面人类长期的宗教活动形成了一套意味丰富的象征体系,正如帕斯卡尔所言:《旧约》是一套象征性符号,宗教象征是根据真理而造就的,而真理则是根据象征而为人所认知。而神话和宗教象征体系则是构成文学象征的原型体系之重要部分。从浪漫主义到象征主义再到现代主义,神话和宗教象征都对文学象征产生了深远而广泛的影响,它赋予了文学一种精神的超越性和信仰的深度。

在谈到象征的角色和意义时,心理学家荣格把"自然象征"和"文化象征"作了区别,认为前者出自心灵的潜意识,代表了基本原型意象

---

① 克莱夫·贝尔:《艺术》第47页,周金环、马仲元译,中国文艺联合出版社1984年。

的无数变体,这些原型可以追溯到原始时代的根源;后者"则是用来表示'永恒真理'的东西,并在许多宗教中被运用。它们经历了无数次转化,以及多少是有意识的长期发展过程,因此,它们成为集体意象,并被文明社会所接受"①。在荣格看来,宗教象征是一种文化象征,经过原始时期"自然象征"的长期积淀和无数次转化,逐渐演变为文明社会的集体意象、原型或集体无意识。宗教象征已经成为现代人精神构成的至关重要的部分,在人类文明漫长的发展过程中,宗教的象征意义与文学艺术的象征主义之间建立起了越来越密切的联系。宗教原型在文学中被反复使用,并因此而具有了约定俗成、意蕴丰富的文学象征或"象征群",一种弗莱所谓的"伟大的代码"。西方宗教中的光、洪水、火、死海、迦南福地、亚当、夏娃、伊甸园与智慧树上的果子、蛇与撒旦、十字架、玫瑰、面包与酒、愤怒的葡萄、亚伦的杖杆等等,在西方文学作品中,早已是人们耳熟能详的原型意象。受难与复活、原罪与救赎、出埃及、失乐园与复乐园、预言与启示、世纪末大审判等等,则成为文学反复书写的基本母题,形成文学结构性的整体象征。

  象征是人类极其重要的思维方式,世界通过象征而向人类经验和理解开放。人们在语言与事物、经验与超验、有限与无限、个别与普遍、现实与历史、事物与事物之间建立了一种暗示性的隐蔽关联,正是在这个意义上,许多理论家都十分强调神话和宗教原型对于文学的重要性,神话和宗教原型构成了文学象征世界的"伟大的代码"。在著名的《集体无意识的原型》一文中,心理学家荣格提出了一个饶有意味的问题:宗教象征体系在现代已经无可避免地衰退了,"繁星已经从天穹陨落了,我们最高的象征已经变得苍白"。在他看来,象征的衰退与以新教改革为开端的现代性转折以及人们对其过度使用而导致象征意义的耗尽有关,其结果是产生了社会普遍的精神分裂症。因此,现代人需要一种"积极的想象"以达成"灵性再生",也需要无意识心理学重建当下生活与原型的关系。荣格自己甚至走向了东方神秘主义和古代炼金术哲

---

① 卡尔·荣格等:《人类及其象征》第72页,张举文等译,辽宁教育出版社1988年。

学。而在20世纪西方文学中,则产生了大规模的"再神话化"运动,神话和宗教象征的复兴可谓盛极一时。如同叶·莫·梅列金斯基所言:"神话主义是20世纪文学中引人注目的现象;它既是一种艺术手法,又是为这一手法所系的世界感知。无论是在戏剧、诗歌,还是在小说中,它均有清晰的反映。在小说中,现代神话主义的特征最为清晰,因为回溯上一世纪,小说不同于戏剧和抒情诗,几乎从未成为神话化赖以进入的场所。"① 关于神话与宗教象征在20世纪文学中的复兴,我们可以列出一份长长的作家和文本清单作为证据:艾略特的《荒原》,里尔克的《杜伊诺哀歌》,乔伊斯的《尤利西斯》和《芬尼根的守灵》,托马斯·曼的《魔山》和《约瑟和他的弟兄们》,卡夫卡的《审判》和《城堡》,劳伦斯的《虹》和《亚伦的杖杆》,福克纳的《喧哗与骚动》、《寓言》、《八月之光》、《去吧,摩西》和《押沙龙,押沙龙!》,奥尼尔的《送冰的人来了》,马尔克斯的《百年孤独》,卡彭铁尔的《这个世界的王国》……《荒原》中的"荒原"隐喻和"寻找圣杯"的象征框架,《杜伊诺哀歌》中的作为天使象征的"灵魂之鸟",《尤利西斯》的"奥德修纪"象征结构,《芬尼根的守灵》中死而复生之原型,《约瑟和他的弟兄们》对《圣经》故事的"复现"与沿用,《虹》和《亚伦的杖杆》中的宗教意象"虹"和圣经人物亚伦以及他的杖杆,《喧哗与骚动》中的受难与复活象征框架,《寓言》中的耶稣故事,《八月之光》中的"乔"(Joe)……20世纪一系列重要的文学文本都使用了神话和宗教象征。这些神话与宗教原型与现代社会生活形成了互文性关系,这种互文性对于现代文学至少具有相互关联的两个方面的意义:一方面它为复杂多元甚至是混乱的叙事提供了较为清晰的结构框架,另一方面它也成为现代作家感受、理解和把握现代生活的一种方式。神话与宗教原型的复兴反映出现代生活意义的匮乏和现代人重建心灵构架的需要。

---

① 叶·莫·梅列金斯基:《神话的诗学》第334页,魏庆征译,商务印书馆1990年。

四　佛禅思维与超现实主义

中国的禅宗思维对文学艺术的影响可谓深远,禅宗与中国古典诗歌的关系尤其密切。正如有的研究者所言:"诗与禅本来属于两个完全不同的范畴,诗是一种精粹的文学作品,而禅是一种特殊的宗教哲理,但在中国文学史与禅学史上,正当唐宋诗学与禅学并盛的时代,两者却自然而巧妙地融合,形成以诗寓禅或以禅入诗的互济功用,于是诗使禅意美化,而禅使诗意深化,禅趣因诗而耐人寻味,诗境因禅而浑融超脱。"[①] 所谓中国的禅宗是在印度禅宗的基础上发展出来的一种独特的宗教流派,源于印度佛教的修行技艺,又融入种种佛学义理和老庄思想以及魏晋玄思,形成一种自性本心、梵我合一、以心传心的哲学观念和思维方式。概而言之,佛禅观念和思维的特点包括:其一是"梵我合一","自心自性","即心即佛"。《六祖坛经》一再提到:"自心自性真佛","万法尽在自心,何不从自心中,顿见真如本性?""各自观心,自见本性"。其二是"识心见性","道由心悟","道需神悟"。禅宗追求的是"心悟"、"神悟"、"发慧"、"开悟",追求一种非思量的直觉妙悟,而不取逻辑证明或概念演绎之路径。"禅本身是不变不易的,它不是用对于物的所谓常识的观察法所能穷极的。而且看来,我们未能彻底领悟真理,归根结底是由于过分执著于逻辑的解释。如果我们想彻底了解人生,就必须放弃至今郑重保持的推理法,获取能够从逻辑和偏颇的日常语法的压迫下逃脱出来的新观察法。"[②] 其三是"以心传心","不立文字","直指人心"。《楞伽经》言:"第一义者是圣智内自证境,非语言分别智境。言语分别不能显示。"《坛经》也说:"诸佛妙理,非关文

---

① 王熙元:《从"以禅喻诗"论严羽的妙悟说》,《佛教与中国文化国际学术会议论文集》上辑第 198 页,中华文化复兴运动总会宗教研究委员会编 1995 年。
② 铃木大拙:《禅学入门》第 51 页,生活·读书·新知三联书店 1988 年。

字。"人类语言在表达"第一义者"和传达禅思方面有其根本的限制,禅宗以机锋、棒喝、话头、公案等独特方式突破语言的局限和困境。后期禅宗在语言问题上逐渐走向"不立文字"和"不离文字"的辩证,所谓"不着文字,不离文字"或"非离言语,非不离言语"。"以现代的观点看,就是通过文字来消解文字。"①即是在语言的破解中不断重建自我与世界之间无障碍的、不凝滞的、自由和本真的内在关联。

金代诗人元好问的诗句:"诗为禅客添花锦,禅是诗家切玉刀。"很准确地概括了文学史上诗与禅之间的亲密关系。禅宗独特的世界观和思维方式对古典诗人具有特殊的吸引力。一方面,"梵我合一"和"自心自性"思想直接上承道家思想和魏晋风度,成为传统知识人超越名教的限制和规训、追求自然适意的哲学的基础;另一方面,"从直觉体验、瞬间顿悟、玄妙的表达到活参领悟,构成了禅宗独特的完整的思维方式"②。这种思维方式与艺术创作的思维活动息息相通,对诗歌的语言观念和表现方式都有着十分特殊的启发意义。因而禅宗对中国古典诗歌在思想内容、文体和表现方法以及诗学理论等诸多方面都产生了深刻的影响,以禅入诗和诗禅交融在南北朝、唐宋和明清时期的诗歌创作中都十分流行,在理论上则形成了"以禅喻诗"的诗学话语和论诗传统。据说,这一传统最初可以上溯到唐代诗人孟浩然《来鲛黎新亭作》:"弃象玄应悟,忘言理必该。静中何所得,吟咏也徒哉。"和齐己的《寄郑谷郎中》:"诗心何以传?所证自同禅。""以禅喻诗"的风气始于苏轼和黄庭坚等人,集大成于南宋的严羽。苏轼在《跋李端报诗卷》中曾以"参禅"喻读李白诗歌的感受:"暂借好诗消永夜,每逢佳处辄参禅。"《送参寥师》又以禅境喻诗境:"欲令诗语妙,无厌空且静。静故了群动,空故纳万境。咸酸杂众好,中有至味永。诗法不相妨,此语当更请。"在《与李去言书》中,苏轼甚至直接提出了"说禅作诗本无差别"

---

① 陈仲义:《打通"古典"与"现代"的一个奇妙出入口:禅思诗学》,《文艺理论研究》1996年第2期。
② 葛兆光:《禅宗与中国文化》第148页,上海人民出版社1986年。

的观点。黄庭坚的"脱胎换骨"和"点铁成金"典出禅学经典《五登会元》,显然是把禅宗直接引入了诗学理论中。"江西诗派"诸家都以禅宗之"悟"来解诗歌艺术的奥秘。

严羽虽然反对江西诗派那种"无一字无来处"的"工夫诗学",但"论诗如论禅"的诗学路径却是与其一脉相承的。他以"妙悟"和"无迹可求"取代了江西派的"工夫诗学":"大抵禅道惟在妙悟,诗道亦在妙悟。"在他看来,所谓"悟"也有深浅透彻不透彻之分:"惟悟乃为当行,乃为本色。然悟有浅深,有分限,有透彻之悟,有但得一知半解之悟。汉魏尚矣,不假悟也。谢灵运至盛唐诸公,透彻之悟也;他虽有悟者,皆非第一义也。"显然,严羽推崇的是盛唐诗而抑以江西诗派为代表的宋诗:"夫诗有别材,非关书也;诗有别趣,非关理也。然非多读书、多穷理,则不能极其至,所谓不涉理路、不落言筌者,上也。诗者,吟咏情性也。盛唐诸人惟在兴趣,羚羊挂角,无迹可求。故其妙处,透彻玲珑,不可凑泊,如空中之音,相中之色,水中之月,镜中之象,言有尽而意无穷。近代诸公,乃作奇特解会,遂以文字为诗,以才学为诗,以议论为诗。夫岂不工?终非古人之诗也。盖于一唱三叹之音,有所歉焉。"①严羽的"妙悟"是一种自由无碍的直觉体验,追求的是词理意兴、无迹可求的境界,它与人的心性情性有着更内在的关联。

许多当代理论家对佛禅思维与现代艺术思维的相通性产生了浓厚的兴趣。在《谈艺录》中,钱锺书曾经指出西方象征主义和新结构主义与佛禅思维存在着某种有趣的"潜合"关系:"有径比马拉美及时流篇什于禅家'公案'或'文字瑜伽者';有称里尔克晚作与禅宗文学宗旨可相拍合者;有谓法国新结构主义文评巨子潜合佛说,知文字为空相,破指事状物之轮回,得大解脱者。"②而一些当代诗人则对打通佛禅庄禅与超现实主义的思维通道情有独钟。他们发现,超现实主义的"自动写作"与禅宗的"拈花微笑"有着奇特的相通之处。法国超现实主义诗

---

① 郭绍虞:《沧浪诗话校释》第 24 页,北京人民出版社 1983 年。
② 周振甫编:《〈谈艺录〉读本》第 339 页,上海教育出版社 1992 年。

人米修心仪于庄禅的顿悟思维和悖谬语言,认为庄禅打开了人们因习惯于二元化思维而一直不能感觉到的一种新世界。在《超现实主义与中国现代诗》一文中,洛夫提出中国艺术精神与超现实主义存在某种吻合:"中国诗人易受超现实主义艺术之感染的另一个因素……中国艺术传统中即隐含着那种飞翔的超越的暧昧而飘逸的气质。这种气质——也许就是中国文学中所谓的灵性——正与超现实主义精神相吻合。""中国的禅与超现实主义多有相通之处。……这种不落言筌而能获致'言外之意',或'韵外之致',即是禅宗的悟,也就是超现实主义所讲求的'想象的真实',和意象的'飞翔性'。超现实主义诗中有所谓的'联想的切断',以求感通,这正与我国'言在此而意在彼'之旨相符。"①米修和洛夫等人都试图找到佛禅与超现实主义的契合之处,进而建立一种现代的"禅思诗学"。

五 宗教与文学价值的构成

文学价值的构成包含着经验与超验、世俗性与超越性的双重向度,文学常常成为打通经验世界与超验世界的桥梁。许多理论家都认同超越性是构成文学价值不可或缺的重要维度。所谓文学的超越性或超验性涉及的即是人与超验世界的关系问题,即人的终极意义或终极关怀这一终极性命题。

按照宗教学家蒂里希的阐释,所谓"终极关怀",即是对人的存在域意义的终极性切和追问:"人最终关切的,是自己的存在及意义。'存在还是不存在'这个问题,在这个意义上是一个终极的、无条件的、整体的和无限的关切的问题。"②这是由人这个存在物的二重性所决定的。一方面,人作为一种自然存在物,他是有限的;另一方面,

---

① 洛夫:《超现实主义与中国现代诗》,载《诗的探险》,台北:黎明文化1979年。
② Paul Tillich, *Systematic Theology* vol. 1, The University of Chicago Press 1951, p.14.

人作为精神存在物,他又具有一种超越性,人总是渴望超越有限性去探寻终极世界。这就是人的形而上学欲望或超越性冲动。在这个意义上,终极关怀是人类精神的基础,宗教就是其文化表现形态之一。蒂里希指出:"宗教,就这个词的最广泛和最根本的意义而言,是指一种终极的关切。"①宗白华说,在漫长的人类历史中,文学从宗教中获得了深厚热情的灌溉,"文学艺术和宗教携手了数千年,世界上最伟大的建筑雕塑多是宗教的。第一流的文学作品也基于伟大的宗教热情"②。从根本上看,所谓"伟大的宗教热情"其实就是终极关怀,它构成了文学超越性和理想性的价值基础,终极关怀使人们能够对自身的存在状况和现实行为进行价值判断,使人们有可能从混乱的秩序中找到存在的意义,从自然欲望的控制中超越出来,即从自在的存在物上升为自为的人。

终极关怀是构成文学价值的一个重要维度,它赋予了文学超越时空限制的灵魂深度。文学也是人类表述终极关怀的自然而普适的语言之一。这就是许多理论家常常会认为伟大的作家都具有某种宗教感的根本原因。研究中国现代文学的夏志清如是而言:西方文学史上的重要作家索福克勒斯、莎士比亚、托尔斯泰、陀思妥耶夫斯基等人正视人生,都带有一种宗教感,也就是说,在他们看来人生之谜到头来还是一个谜,仅凭人的力量与智慧,谜底是猜不破的。事实上,基督教传统里的西方作家大多都具有这种宗教感。比较而言,中国现代文学则缺乏这种宗教感,"现代中国文学之肤浅,归根究底说来,实由于其对'原罪'之说,或者阐释罪恶的其他宗教论说,不感兴趣,无意认识"。③ 尽管这一判断过于"欧洲中心主义",是非历史性的,对现代中国文学中的宗教性因素也缺乏具体而深入的理解,但在普泛的意义上看,还是具有启发性的。中国现当代文学具有突出的世俗取向、人间情怀和近代

---

① 蒂里希:《蒂里希选集》(上)第382页,何光沪主编,上海三联书店1999年。
② 宗白华:《宗白华全集》(第2卷)第347页,安徽教育出版社1994年。
③ 夏志清:《中国现代小说史》第12页,复旦大学出版社2005年。

人文主义色彩,而对超验意义的关切和追问则很不充分。这无疑影响了文学对世界和人生问题的理解和表现的深度。

需要指出的是,文学不能只有终极关怀的精神向度,文学不是纯粹宗教的冥想和祈祷,也不是纯粹形而上学的玄思。在世俗关怀和终极关切之间,杰出的文学总是能够揭示出两者间存在的种种矛盾和丰富的张力。

第十一章　文学与民族

一　民族与民族主义

何谓民族？学术界存在着多种多样的界定。其中对中国学术界影响最为深远的当属斯大林的定义。在1913年和1926年先后出版的《马克思主义和民族问题》和《民族问题和列宁主义》中，斯大林提出了一个迄今人们还耳熟能详的定义："民族是人们在历史上形成的一个有共同语言、共同地域、共同经济生活以及表现于共同文化上的共同心理素质的稳定共同体。"①这一界定高度概括了构成民族的地域、种族、语言、宗教、历史、文化种种要素，而且突出了民族作为共同体的现代意义。

历史地看，民族这个词语很早就出现在中国古代的典籍中。如汉代郑玄注《礼记·祭法》："大夫以下，谓下至庶人也。大夫不得特立社，与民族居百家以上，则共立一社，今时里社是也。"近代意义上的民族则来自西方。英文中的民族（nation）来源于拉丁文natio，其本意为"一个出生物"，用来指同一出生地的居民团体。民族最早的含义是共同地理区域的人群团体。现代意义上的民族概念是很晚才出现的。霍布斯鲍姆指出，考察民族概念的现代含义，应该从"革命的年代"（1789—1848）开始。在法国大革命和美国独立革命时期，民族与人民以及国家等概念密切相关。法国大革命的《人权宣言》宣称："各民族

---

① 斯大林：《马克思主义与民族问题》第28页，人民出版社1953年。

均享有独立主权,无论其民族大小如何,人种为何,疆域何在。人民的主权是不能擅加剥夺的。"①之后,民族自决与民族意识发展成为一股强大的潮流,推动每一个民族建立一个属于自己的民族国家。在这一过程中,"民族"概念获得了现代性的政治内涵。

民族主义概念同样历史悠久。据说,这个语词最早出现在15世纪莱布茨格大学的一场围绕波希米亚人和非波希米亚人的出生地(nations)问题的学术论争中,论争的参与双方都使用了 nationalism 这个词,其意仅指为了保卫出身地相同的同胞的共同利益而组成的联合组织。1836年《英国牛津词典》首次收入这一词语。1848年民族主义概念开始在社会文本中广泛出现,其意被阐释为对一个民族的忠诚和维护本民族文化与利益的民族意识。②

随着近代以来民族国家独立运动的兴起和发展,人们对民族主义的研究热情一直未减。关于民族主义的著述可谓汗牛充栋,对民族主义概念的界定也颇为芜杂多样。当代历史学家林伯格(Eugan Lembergz)指出:民族主义是"一个观念、价值观和规范的体制,是一种对世界和社会的想象"③。的确,历史上的民族主义运动都是各种信仰、观念和具体情景等多种因素结合的产物。人们阐释民族主义的范式也各不相同。其中最为流行的包括原生论、建构论两种类型。

原生论和建构论是民族主义理论的两个极端。持原生论的学者一般认为民族是"原生的"、自然形成而且是"永存"的。这种观念在德国浪漫主义时期曾经颇为流行。赫尔德等人都提出民族是自然形成的如同上帝创造的永恒实体,特殊的语言和文化是民族形成的基础。原生论坚持认为:血缘、种族、语言、宗教和其他传统因素的统合形成了一个民族的认同感、归属感和忠诚,强调共同根源对于民族的重要性。这一认识的合理性在于确认了民族是历史的产物,而非凭空产生的。但原

---

① 参见霍布斯鲍姆:《民族与民族主义》第17—18页,李金梅译,上海世纪出版集团2006年。

② 参见徐迅:《民族主义》第40页,中国社会科学出版社1998年。

③ 参见罗志平:《民族主义》第38页,台北旺文社2005年。

生论也隐含着一种本质主义的设定：民族一旦形成，就具有某种固定的普遍的本质。建构论者的阐释刚好相反，他们认为民族不是与生俱来的，而是现代的产物："民族、民族的国家、民族的认同和整个'民族国家国际'共同体都是现代的现象。"①所谓传统是被发明出来的，而民族是一种"想象的共同体"，民族主义则是一种意识形态，是民族主义创造了民族而非相反。在当代民族主义论述中，建构论是最有影响力的一种。许多学者都属于这一阵营，其中本尼迪克特·安德森的观点是比较极端的一种。在他看来，民族只是一个人为构建出来的符号，一种现代的"文化的人造物"。它建立在对民族的想象和象征之上。在这个意义上，他把民族称为一个"想象的共同体"。安德森的独特贡献在于揭示出现代民族想象与印刷资本主义的内在关联，他指出："资本主义、印刷科技与人类语言宿命的多样性这三者的重合使得新形式的想象共同体成为可能。"②

对民族和民族主义的认识与阐释，在原生主义和建构主义之间，存在一种折衷和整合的可能。民族不是一个本质主义的概念，现代性的民族的确是一种想象的产物。但这种想象无疑是建立在民族历史和文化传统的深厚基础之上。而在原生主义和建构主义之外，还产生了后现代和解构主义的观念，这种观念倾向于彻底瓦解民族主义典范。关于民族问题的论述还有一种值得注意的倾向，即后殖民思想家以及哈贝马斯等人所提出的"后民族"理论，它描绘或虚构出了某种正在出现或未来可能出现的"后民族"的文化与政治图景。

二 文学的民族性与民族主义文学

人们一般认为不同民族的文学具有不同的属性和个性，所谓文学

---

① 安东尼·史密斯：《民族主义》第49页，叶江译，上海世纪出版集团2006年。
② 本尼迪克特·安德森：《想象的共同体》第54页，吴叡人译，上海世纪出版集团2003年。

的民族性即是指一定民族的文学具有区别于其他民族文学的基本属性、精神气质和个性特征等文学风格。在西方理论史上,文学民族性问题的提出可以上溯到18世纪狂飙突进时期的德国。经历了17世纪长达30年的战争之后,德国处于地理版图上的割据分裂和民族国家认同感衰退的状态。在这一背景下,狂飙运动时期的德国知识分子提出民族性课题,开始建立民族性的文学观念。"德意志文学之父"赫尔德首开风气之先,呼吁重建德国文学的民族特色和民族精神:"作为民族主干的一个分支而言,从古时候起,我们根本就没有现代诗歌可能赖以生长的活的诗歌文学;而其他民族则随着世纪的推移而有所发展,在自己的土壤上,从本国的成果之中,根据国民的信仰和趣味,从过去的残存作品当中,形成自己的诗风。如此一来,他们的文学和语言就具备了民族特色,国民的声音为人所使用而受到珍视。他们在这些方面所赢得的公众远远胜于我们德国人。我们可怜的德国人从一开始就命中注定是决不可能保持自己的本色的。"[①]赫尔德反对模仿其他民族的文学,认为德国文学的民族性只能从自己的民族传统文化遗产中发展出来,一再提醒人们重视民间诗歌、歌谣、传说和神话对文学民族性重建的意义。

从歌德到形形色色的德国浪漫派作家,从雅可布·格林到威廉·冯·洪堡,都延续了赫尔德开创的这一民族性理论传统。在《文学上的无短裤主义》一文中,歌德指出了古典性作家的产生与民族性的深刻关联:当民族历史、民族思想、民族情感、民族行动和民族精神等等"内在和外在的机缘都汇合在一起"时,一部伟大的作品,一个杰出的古典性民族作家才可能形成。许多德国浪漫派作家都从民歌、谣曲、故事、传说和童话中汲取营养,认为民间文学是文学民族性的基础,是民族意识的永久组成部分。雅可布·格林和洪堡尤其强调民族语言对于塑造民族性的重要性。在他们看来,语言即是世界观,"一个民族的精

---

① 参见雷纳·韦勒克:《近代文学批评史》(第1卷)第253页,杨岂深、杨自伍译,上海译文出版社1987年。

神特性和语言形成的结合极为密切,只要有一个方面存在,另一个方面必定能完全从中推演出来。语言仿佛是民族精神的外在表现;民族的语言即民族的精神,民族的精神即民族的语言"①。语言是形成民族认同的基础,民族语言是构成文学民族性的基础。值得注意的是,赫尔德和歌德在强调建立文学民族性时,并没有走向封闭的排外的民族主义。在民族性的维度之外,他们还建立了"世界公民"和"世界文学"以及各民族文学平等交流、相互借鉴的开放理念。

同一时期,法国的泰纳和斯塔尔夫人等一批理论家在文学民族性问题的阐释上也有所贡献。在赫尔德的影响下,泰纳提倡"种族、环境和时代"决定文学风格的三要素理论。其中,种族是影响文学的首要社会因素,甚至是影响文学生产与发展的"内部主源";它指那些先天的遗传倾向或民族性,通常和身体气质结构之间的明显差异相结合。虽然泰纳对种族并没有作严谨的界定与阐发,但是,从他的初步论述来看,这是一个以血缘遗传为基础的本质主义概念。泰纳曾指出:"如果一部文学作品内容丰富,并且人们知道如何去解释它,那么我们在这作品中所找到的,会是一种人的心理,时常也就是一个时代的心理,有时更是一个种族的心理。"②这里的种族概念的涵义与18至19世纪社会学与文学理论中流行的国民性或民族精神概念的涵义相近。在泰纳看来,种族或民族精神是影响文学的重要因素,每种文学作品都属于它的时代和它的民族,必然都深深地打上了民族生活、历史与精神心理的烙印。斯塔尔夫人的《论文学》与《论德国》同样延续了赫尔德的理论,从地理学、民族心理学和社会学的层面细微分辨不同民族文学的不同风格和趣味,认为作家有拥有自己民族趣味的权力,杰出的文学都植根于民族的土壤、历史和宗教传统。但斯塔尔夫人也没有走向封闭的民族主义,"世界主义最后战胜了民族主义理论。'各个民族应起互相引导

---

① 洪堡特:《论人类语言结构的差异及其对人类精神发展的影响》第17页,姚小平译,商务印书馆2002年。

② 伍蠡甫主编:《西方文论选》第241页,上海译文出版社1979年。

的作用.'每个国家的人都应当'欢迎外来思想',因为这方面来者不拒的态度会使接受者受益不尽"。韦勒克因此认为她为"世界文学"概念的形成作出了很大的贡献。①

在20世纪初的中国,"种族"术语已经转换为"民族"概念。但在文学理论中还没有直接出现"民族性"概念,人们更多地使用"国民性"一词。较早引入民族性范畴讨论文学问题的是茅盾和邓中夏。茅盾在1922年的一次关于"文学与人生"的演讲中提到了"民族的性质",茅盾指出:"大凡一个人种,总有他的性质,东方民族多含神秘性,因此,他们的文学,也是超现实的。民族的性质,和文学也有关系。"②邓中夏在1923年发表的《贡献于新诗人之前》则比较了"中华民族性"与"洋族的民族性",认为不同民族的民族性没有高低优劣之别,他呼吁新诗要宣扬和表现民族精神,"做醒已死的人心,抬高民族的地位,鼓励人民奋斗,使人民有为国效死的精神"③。蒋光赤提出中国要产生能够代表民族性即能够代表民族解放精神的文学家。④ 鲁迅在评论陶元庆的美术作品时则把民族性界定为"中国向来的魂灵":"他以新的形,尤其新的色来写出他自己的世界,而其中仍有中国向来的魂灵——要字面免得流于玄虚,则就是:民族性。"中国的新美术要达到"内外两面"都"和世界的时代思想合流,而又并未梏亡中国的民族性"。⑤

20世纪三四十年代,民族性问题开始与现代中国复杂的阶级政治深刻地纠缠在一起。在理论立场上,左翼和右翼之间产生了尖锐的分歧。于是,这一时期中国关于文学民族性的论述朝右翼、"左派"和"中间路线"三个方向展开,因政治意识形态的巨大分歧而形成各种截然不同的民族主义文学观念。右翼文人潘公展、范争波、朱应鹏、傅彦长、

---

① 参见雷纳·韦勒克:《近代文学批评史》(第2卷)第278页,杨自伍译,上海译文出版社1997年。
② 茅盾:《茅盾全集》第18卷第269页,人民文学出版社1999年。
③ 邓中夏:《贡献于新诗人之前》,《中国青年》1923年12月22日第10期。
④ 蒋光赤:《现代中国社会与革命文学》,《民国日报·觉悟》1925年1月1日。
⑤ 《鲁迅全集》第3卷第549—550页,人民文学出版社1982年。

王平陵等,于 1930 年 6 月开始在《前锋周报》、《前锋月刊》等刊物发起"民族主义文学"运动,其基本理念集中体现在《民族主义文艺运动宣言》中:首先,他们认为近代以来的世界政治处于民族主义时代,因此近代以来的文学也必然是"民族主义的文学"。30 年代的中国在政治上也处于民族求生存、争自由、反抗帝国压迫的时期,所以这一时期的中国文学也应该是宣扬民族意识的文学,"文艺的中心意识"就应该是民族主义;其次,文学起源于民族意识,是文艺家所属民族的产物,这是文学艺术史的基本事实。"艺术,从它的最初的历史的记录上,已经明示我们它所负的使命。我们很明了,艺术作品在原始状态里,不是从个人的意识里产生的,而是从民族的立场所形成的生活意识里产生的,在艺术作品内所显示的不仅是那艺术家的才能,技术,风格,和形式,同时,在艺术作品内显示的也正是那艺术家所属的民族的产物。这在艺术史上是很明显地告诉了我们了。"[①]最后,认为民族主义是打倒中国的一切敌人的唯一利器,认为革命文艺和多元化的文学观念导致了中国文艺的混乱、没落和危机,中国文艺的复兴唯有民族主义一途。所以必须发动"以民族意识为中心的文艺运动"[②]。这场民族主义文艺运动以现代民族运动和起源论为合法化的历史和理论依据,而民族主义文艺又成为压抑阶级革命和多元思想的意识形态工具。民族主义文艺显然具有鲜明的资产阶级意识形态特征,因而遭到左翼阵营的激烈批判。

民族主义文艺论的第二次高潮的代表是 1940 年代抗战最艰苦时期出现的"战国策"派,以陈铨、林同济、雷海宗和贺麟为代表,其理论阵地是 1940 年 4 月创办于昆明的《战国策》半月刊。"战国策"派或倾向于激进的民族主义,或倾向于自由主义的民族主义,在意识形态上持"非左非右"的立场。其核心理念是"民族至上,国家至上":"本社同人,鉴于国势危殆,非提倡及研讨时代之'大政治'(High Politics)无以自存自强。而'大政治'例循'唯实政治'(Real Politics)及'尚力政治'

[①] 《民族主义文艺运动宣言》,《前锋周报》1930 年 6 月 29 日、7 月 6 日。
[②] 傅彦长:《以民族意识为中心的文艺运动》,《前锋月刊》第 2 期 1930 年 11 月 10 日。

(Power Politics)。'大政治'而发生作用,端赖实际政治之阐发,与乎'力'之组织,'力'之驯服,'力'之运用。本刊有如一'交响曲'(Symphony),以'大政治'为'力母题'(Leitmotif),抱定非红非白,非左非右,民族至上,国家至上之主旨,向吾国在世界大政治角逐中取得胜利之途迈进。此中一切政论及其他文艺哲学作品,要不离此旨。"①"战国策"派同样把民族主义文学理念的合法性诉诸于近现代的世界范围的民族运动,同时还引入了尼采的权力意志哲学和德国的狂飙突进运动精神,宣扬"战国时代"、"英雄崇拜"和"力"的哲学。在民族危亡的特殊语境下,这种民族主义还是有其进步的历史意义的。

与右翼以及中间路线相反,左翼路线的文学民族性理论强调阶级革命在民族解放和反抗帝国压迫的运动中仍然是一个生死攸关的主题。左翼的文学民族性论述首先必须处理的问题是文艺的民族性与阶级性的关系问题。历史地看,左翼阐释民族性和阶级性的关系问题经历了两个阶段。第一阶段是关于"国防文学"和"民族革命战争的大众文学"的两个口号之争。这一争论显示出左翼理论界在如何处理文艺的民族性与阶级性问题时产生的分歧。鲁迅试图在"民族革命战争的大众文学"框架中有效地整合文艺的民族性与阶级政治的矛盾关系。第二阶段以毛泽东为代表,提出"民族形式"论述,在文艺的民族性和阶级性之间重新寻找接合的可能。在1938年的《中国共产党在民族战争中的地位》和1940年的《新民主主义论》中,毛泽东都从马克思主义中国化和新民主主义文化建设的思想高度阐述了"民族形式"的意义和内涵:"马克思主义必须和我国的具体特点相结合并通过一定的民族形式才能实现。"②"中国文化应有自己的形式,这就是民族形式","民族的形式,新民主主义的内容——这就是我们今天的新文化"。③

---

① 《本刊启事》,《战国策》1940年第2期。
② 毛泽东:《中国共产党在民族战争中的地位》,《毛泽东选集》(第2卷)第534页,人民出版社1991年6月第2版。
③ 毛泽东:《新民主主义论》《毛泽东选集》(第2卷)第707页,人民出版社1991年6月第2版。

必须以"中国作风和中国气派"取代"洋八股",要把"国际主义的内容和民族形式"紧密结合起来。毛泽东强调"民族形式"即是"中国老百姓所喜闻乐见"的形式。按照郭沫若的理解,"民族形式"就是"大众化"。周恩来说得更明确:文学形式的民族化关系到大众化,关系到"通过艺术形式动员广大群众"。如此看来,文艺的民族性就不是一个单纯的美学问题,而是一个文化政治问题,具有鲜明的左翼政治色彩。《在延安文艺座谈会上的讲话》对工农兵文艺方向的确立,进一步表明了文艺的"民族形式"或"民族性"在文化和政治范畴中所具有的特殊的意识形态身份。

"民族主义文艺"论和"民族形式"论之间存在一种潜在的对抗。前者突出了民族和国家的关联,旨在使民族主义转换为维护政治统治的意识形态;后者则突出民族概念中的"人民"和"大众"之维,从而在民族概念和阶级范畴之间找到可供接合的节点。在抗战的特定历史时期,他们对于文学民族性问题的各自表述,含有争夺文化领导权的意味。

三 "越是民族的,越是世界的"?

"越是民族的,越是世界的"曾经是十分著名的理论格言,它表达了人们对文学的民族性与世界性关系的一种普遍看法。据说这个格言的产生与鲁迅有关:"其源盖出于鲁迅,并且显然构成了对鲁迅原意的一个'发展'。鲁迅说:'现在的文学也一样,有地方色彩的,倒容易成为世界的,即为别国所注意。'(《致陈烟桥》1934.4.19)"①所谓"发展"其实是对鲁迅的误读。回到理论史,"越是民族的,越是世界的"的出场与"民族形式"问题的讨论可能有着更为直接的关系。在1939年发

---

① 曾小逸:《论世界文学时代》,见曾小逸主编:《走向世界文学》第35页,湖南人民出版社1985年。

表的《旧形式运用的基本原则》一文中,艾思奇说过:"我们需要更多的民族的新文艺,也即是要以我们民族的特色(生活内容方面和表现形式方面包括在一起)而能在世界上占一地位的新文艺。没有鲜明的民族特色的东西,在世界上是站不住脚的。中国的作家如果要对世界的文艺拿出成绩来,他所拿出来的如果不是中国自己的东西,那还有什么呢?"①同年,萧三发表的《论诗歌的民族形式》一文认为中国新诗成就远远不如小说散文,其根本原因就在于"中了'洋八股'的毒"。新诗形式必须从民族自身"历史的和民间的形式脱胎出来"。在萧三看来,这决不是"狭窄的、反动的民族主义国家主义"观点,而是文学理论史上的一个普遍真理:"我们细研古今中外的文艺作品可以得到一个真理:愈是民族的东西,它愈是国际的。愈有民族风格、特点的,便愈加在国际上有地位。"②看来,"越是民族的,越是世界的"是对艾思奇和萧三等人观点的更为简练概括的一种表述。

20世纪80年代,在现代化叙事成为主流话语的历史语境中,中国文学也加入了"走向世界"的大合唱。文学的民族性与世界性关系问题再次被提了出来:中国文学如何走向世界?以什么样的文化身份和美学姿态取得"世界文学"的通行证?这个民族文学将从哪些方面形成世界性的吸引力?于是,"越是民族的,越是世界的"这个理论格言再次风行一时。它隐含着对文学的民族个性和民族身份的确认。在日趋同质化的世界文化图景中,文学必须以民族的个性作为独立自主的支撑物。对于"世界文学"而言,真正的推进在于各民族文学个性化的独创。在强调各民族文学的独特性和多样性方面,"越是民族的,越是世界的"有其历史的合理性和部分的正确性。

但是,这个判断存在不少似是而非的可疑之处。第一,它可能成为抱残守缺者最为冠冕堂皇的挡箭牌,成为文化保守主义者的辩护词。

---

① 艾思奇:《旧形式运用的基本法则》,《中国新文学大系》(第二集)第125页,上海文艺出版社1990年。

② 萧三:《论诗歌的民族形式》,《中国新文学大系》(第二集)第134—135页,上海文艺出版社1990年。

他们旨在维护现状和维持文化传统,而不是真正融入世界和积极地介入世界。在这个意义上,"越是民族的,越是世界的"就蜕变为一个防御性的口号——民族性被视为一个牢固的疆界,可以有效地抵制世界的入侵,从而保障民族文学的纯洁性。在收缩的意义上固守文学的民族性,文学将终止和其他民族的平等对话,它只能退回自身,成为自言自语。如此,"越是民族的,越是世界的"就可能颠倒为"越是民族的,越是回避世界的"。第二,这个判断在文学的民族性和世界性之间建立了一种必然的因果关系,并因此在逻辑上为文学的民族性建立了优先的地位。民族性的必然就是世界性的,而且民族性程度越高世界性程度也必然越高。但这种逻辑是成问题的,文学的民族性和世界性之间并没有必然的因果关系。否则,"缠脚"文化和种种民族的审美畸趣岂不很具世界性?也就没有必要推动五四新文学革命了。许多时候,越是民族的也越是世界的,但也存在越是民族的越不是世界的状况。有时候,过度的民族性反而构成被世界其他民族理解的文化障碍。正如米兰·昆德拉所言:"如果一个作家写的东西只能使本国人了解,那么他不但对不起世界上所有的人,更对不起他的同胞,因为他的同胞读了他的作品,只能变得目光短浅。"① 第三,"越是民族的,越是世界的"这个判断表面上如此清晰,如此斩钉截铁,但又如此轻易,不免让人起疑——民族性与世界性之间以及民族性和世界性内部存在的种种复杂关系是不是都被它轻而易举地抹去了?

歌德、马克思和恩格斯以及别林斯基都曾经深刻而辩证地揭示了民族性与世界性或民族文学与世界文学之间的种种复杂关系。歌德早就预见到"世界文学"时代的来临——"一种普遍的世界文学正在形成。"歌德指出:诗歌"是人类的共同财产,她在随时随地从千百万人的心里出来……我们德国人如其不从我们自己的环境的狭小的范围里向外观看,我们当然很容易陷入这种炫学的自负的……现今正是世界文学的时期了;人人现在都不可不有所作为而提早这个时期。但在这样

---

① 米兰·昆德拉:《生命中不能承受之轻》"前言",韩少功译,作家出版社 1991 年。

品评外国作品的时候我们也不可以秘执于什么特殊的东西而想把它看做规范"①。在他看来,各民族文学如果让自己孤立,就会最终枯萎,除非它参与外国文学来吸取新生力量。但是,如果各民族文学都按照一种模式去思想,民族文学也将遭到重大损害。歌德提倡的显然是各民族文学的开放性、互相借鉴、相互宽容、平等对话和交流。在《共产党宣言》中,经典作家马克思和恩格斯也谈到了民族文学与世界文学的关系:"资产阶级,由于开拓了世界市场,使一切国家的生产和消费都成为世界性的了……过去那种地方的和民族的自给自足和闭关自守状态,被各民族的各方面的互相往来和各方面的互相依赖所代替了。物质的生产是如此,精神的生产也是如此。各民族的精神产品成了公共的财产。民族的片面性和局限性日益成为不可能,于是由许多民族的和地方的文学形成了一种世界的文学。"②马克思和恩格斯强调世界文学由各民族文学所构成,而任何民族的文学能否成为全人类共同的精神财产,关键在于它能否突破民族、时代与阶级的片面性与局限性。马克思和恩格斯同时还揭示出"世界性"残酷的另一面,即其中包含的权力关系:资本主义的世界性扩张形成了"政治的集中"和经济的高度垄断以及文化上的霸权。因而,弱小民族的文学既要克服自身的片面性和局限性,从而主动介入"世界文学"的创造,同时也要抵抗资本主义文化的世界性扩张。"世界性"显然是复杂的变动着的权力结构,其中既包含着全球民族关系,也包含着全球阶级关系。

俄国民主主义批评家别林斯基则反对把民族性视为优先的文学观念,更反对把民族性视为文学批评"最高标准的试金石"。因为民族性的"涵义太广泛,所以反而丧失了一切涵义"。在他看来,对于民族文学而言,民族性是与生俱来的,因而没有必要特别强调:"真正的艺术家用不着花费力气就是民族性和人民性的,他首先在自身中感觉到民族性,因此,不由自主地把民族性的烙印镌刻在自己的作品上面。"真

---

① 《歌德对话录》第130—132页,周学普译,上海教育出版社2000年。
② 《马克思恩格斯选集》第1卷第255页,人民出版社1972年。

正需要强调的是民族文学的世界意识,在伟大的作家那里,民族性和世界性是完全统一的:"只有那种既是民族性的同时又是一般人类的文学,才是真正民族性的;只有那种既是一般人类的同时又是民族性的文学,才是真正人类的。"①

的确,文学的世界意识乃是文学的对话双方赖以相互理解的基础。对于具有不同文学发展道路的民族来说,尤其如此。很大程度上,世界意识将是选择民族立场的重大参考。自觉地将本民族文学纳入世界图景之后,世界不再是遥远的彼岸。相反,我们民族已经置身其中,部分地决定着世界的面貌。文学的民族性和世界性之间构成了相互促进、相互制约和相互交织渗透的关系。当然,这并不意味着世界上不同民族的文学将统一于一个权威的价值体系之中,而是意味着不同价值、不同文化的冲突与融合将在更大的世界范围内得到阐释。

四 后殖民批评与民族主义文论

后殖民理论的翻译和流行是晚近重要的理论现象之一。在中国当代文学理论的场域,后殖民理论为民族主义话语的再生产提供了新的理论资源,为文学与民族关系问题的阐释打开了新的理论空间,甚至为民族主义文学理论的合法性提供了强大的理论支持。90年代以后,在文学理论中,民族话语再次登场,试图重新占据理论的制高点。作为民族话语核心主题的"现代文论失语"论流行一时,它指责五四文学革命以来的文学理论都是民族理论的"失语",都是被西方理论所殖民——在后殖民时代,文论"失语症"已经成为文化殖民在文学理论领域的突出表征。早在1996年,一些理论家就提出:"中国当代文艺理论基本上是借用西方的一套话语,长期处于文论表达、沟通和解读的'失语'

---

① 别林斯基:《别林斯基选集》第3卷第187页,上海译文出版社1980年。

状态。"①另一些理论家的描述更为具体:"'失语'是一种文化上的病态,主要表现为当代的中国文论完全没有自己的范畴、概念、原理和标准,没有自己的体系,也没有自己的话语,每当我们开口说话的时候,使用的全是别人也就是西方的词汇和语法;而且这一情形由来已久,溯其源头乃是'五四'新文化运动。因为在此之前,我们曾经拥有一个绵延数千年的完整而统一的传统,拥有自己的话题、术语和言说方式。遗憾的是,这个传统在'五四'的反传统浪潮中断裂了,失落了,而且溺而不返,从此我们就无可挽回地陷入了'失语'的状态,从而丧失了中西对话上的对等地位。"②可见,"失语"即是对传统话语的遗弃而大量借用西方的理论,这种文化上的病态肇始于五四新文化运动时期。这一看法代表了绝大部分"失语"论者的基本观点。这一看法并不新鲜。早在1980年代文学寻根热时,以阿城为代表的寻根派作家就已经提出文学的断层说,认为五四新文化运动激烈的反传统主义导致了文化的断层。这种观点甚至可以追溯到近现代的中西文化论战时期的文化保守主义思潮。人们有足够的理由把"失语"论看做一种文化保守主义的历史余绪。因为,在"失语"论者看来,当代文学理论似乎只有重新回到民族文论的话语系统里,才能拥有自己的话题、术语和言说方式,而五四以后的文学理论家因与民族文论的断裂和对西方理论的全面开放而陷入"失语"状态。因此,重新回到民族文论或重启中国古代文论的传统资源就被视为一种抵抗文化殖民的有效武器,这种论述往往力图从后殖民批评中获得合法性的理论依据。

  以抵抗西方文化殖民为理论契机,当代文学理论中的民族主义思潮再次复活。但这种民族主义显然是建立在对后殖民理论普遍误读的基础上。其实后殖民理论主旨不在于强化东方文化与西方文化之间、自我与他者之间的二元对抗,而在于批判和解构文化交往体系和国族

---

① 曹顺庆:《文论失语症与文化病态》,《文艺争鸣》1996年第2期。
② 陈洪、沈立岩:《也谈中国文论的"失语"与"话语重建"》,《文学评论》1997年第3期。

文化内部存在的种种霸权结构和压迫机制。从法农到赛义德,从霍米·巴巴到斯皮瓦克,后殖民主义的理论家们在反抗西方殖民主义的同时也反对第三世界民族文化的本质主义和文化民族主义倾向。法农的重要著作《全世界受苦的人》一再提醒人们警惕"民族意识的陷阱",提醒人们关注民族文化的批判与重建。法农指出:民族文化决不是一个民间故事,也不是一种认为能够发现人民的真实本性的抽象民粹主义。它决不是由那些脱离当下现实、缺乏生气的残余物构成的。法农反对把民族文化发展为某种文化的民族主义,他认为民族文化应该是民族解放行动的文化,是"描述和赞扬这种行动并为之辩护的思想领域中做出的全部努力"。法农区分了政治解放与民族主义,区分了作为解放行动精神的民族文化和本质主义的民族文化。这一区分深刻地影响了赛义德和其他后殖民理论家。在《文化与帝国主义》一书中,赛义德描绘了第三世界在摆脱了西方政治和军事的殖民统治后在文化上出现的种种反应形态:第一种是沿用西方殖民文化模式,使新的统治合法化,即复制殖民文化的统治结构,以新的权威代替旧的权威;第二种是封闭的文化民族主义,其极端即是民族文化的原教旨主义;第三种是赛义德认同和倡导的既反对殖民文化霸权也反对文化民族主义尤其是原教旨主义的立场。"那种民族主义和帝国主义的两极理论已不复存在了。我们认识到,新的权威不能代替旧的权威;而跨越国界、跨越国家类型、民族和本质的新的组合正在形成。"①在赛义德看来,所有的文化都已经深刻地交织和混合在一起,不再存在某种单一的、单纯的或孤立的民族文化。在相同的意义上,霍米·巴巴提出了文化杂糅(hybridities)或杂种文化(cultural hybrid)的概念,认为现今不同的民族文化无论优劣大小总是呈现出一种杂种形态,种族的纯净性与民族文化的原教旨主义究其实质都是虚妄的。在他看来,第三世界对西方理论的挪用与翻转是一种文化抵抗策略,即以一种"殖民学舌"(colonial mimicry)的方式将殖民者的语言文字或观念转化为"杂种文本",从而颠覆

---

① 赛义德:《文化与帝国主义》第21页,李琨译,三联书店2003年。

西方理论的霸权。另一位批评家斯皮瓦克则在后殖民的理论框架中更多地关注阶级与性别的历史命运,认为无论是殖民统治时期的殖民话语还是民族独立后的民族主义话语都是造成"属下不能说话的"的压迫性因素。许多时候,民族主义即是一种统治的意识形态。

看来,后殖民理论最为关心的是"如何能够生产出非支配性与非压迫性的知识",而非提倡某种文化民族主义。相反,文化民族主义恰恰是后殖民理论批判与解构的对象之一。在 90 年代的中国文学理论中,后殖民理论往往被视为一种解构西方现代性话语、建立中国文论"民族性"或"中华性"的十分有效且容易操作的知识工具。文学理论界有一种观点认为,第一世界话语一直控制着我们的言谈和书写,压抑着我们的生存,我们现在的任务就是要把这二元对立的关系倒转过来。批评家们一方面批评现代以来西化的殖民倾向,另一方面着力于构建一种本质上与西方不同的"中国民族性"的汉语言文化本体。① 这种观念显然是理论"失语"焦虑的另一种表述,两者都是近代以来中西二元对立思维的当代遗绪,也都隐含着某些本质主义和文化民族主义的因素。

法农曾经指出,为了抵抗西方文化的吞噬,本土知识分子迫切地回溯辉煌的民族文化,这是向殖民谎言开战的需要——殖民主义者往往宣称,一旦他们离开,土著人立刻就会跌回野蛮的境地。但法农同时也提醒人们:"民族的存在不是通过民族文化来证明的,相反,人民反抗侵略者的战斗实实在在地证明了民族的存在。"②文化这个复杂的概念具有双重向度,一重指向过去,这种文化的内容由传统的经典构成;一重指向当下或者未来,存在于社会制度与日常行为之中。如果后者不仅是一个更有活力的领域,而且是我们置身其中的生存现实的真实写照,那么,为什么不能是文学理论代表民族文化发言的基础呢?

---

① 参见赵稀方:《一种主义,三种命运——后殖民主义在两岸三地的理论旅行》,《江苏社会科学》2004 年第 4 期。

② 法农:《论民族文化》,马海良、吴成年译,《后殖民主义文化理论》,第 278、283 页,中国社会科学出版社 1999 年。

第十二章　文学与地域

一　地域与文学风格

文学与地域的关系无疑是文学与社会关系中的重要一环,一般而言,最早从理论上较为系统地探讨文学与社会之关系的应数德国批评家 J. G. 赫尔德,他的自然的历史主义的方法把每部作品都看做其社会环境的组成部分,他常常论及气候、风暴、种族、地理、习俗、历史事件乃至像雅典民主政体之类的政治条件对文学的深刻影响,认为文学的生产和繁荣发展依赖于这些社会生活条件的总和。赫尔德对文学与社会关系的认识总体上是正确的,然而当他具体从气候与种族的差异的角度来比较荷马和莪相的差异时,则有些含糊,不够严谨,就像他谈论欧洲各民族的文学兴趣那样粗疏轻率,过于印象派:"意大利人爱唱歌,法国人爱用散文诗进行说理和叙事;英国人则用它毫无音乐节奏的语言来思考。"①

斯达尔夫人承续了赫尔德的遗风,1800 年发表了《从文学与社会制度的关系论文学》,1813 年又出版了《论德国》。在《从文学与社会制度的关系论文学》的序中,她明确表明文学研究的任务是"考察宗教、风俗和法律对文学的影响,反过来,也考察后者对前者的影响"。斯达尔夫人对南方与北方文学做了有趣的比较:以德国为代表的北方

---

① 参见雷纳·韦勒克:《近代文学批评史》(第 1 卷)第 261 页,杨岂深等译,上海译文出版社 1987 年。

文学带有忧郁和沉思的气质,这种气质是北方阴沉多雾的气候和贫瘠的土壤的产品;而以法国为代表的南方文学则耽乐少思并追求与自然的和谐一致,这也与南方的气候和风光密切相关,这里有着太多新鲜的意象、明澈的小溪和茂盛的树林。自然的美丽使得南方人有"较广的生活乐趣,较少的思想强度"。在另一部著作里,斯达尔夫人进一步探讨民族心理、社会环境与德国文学的关系,认为文学并不是天才的产物,而是受其社会环境诸多因素所制约的;文学的人物和内容是一定时代社会生活的体现,而人们对文学的评价也受其社会条件差异的影响。

19 世纪的泰纳沿着赫尔德、斯达尔夫人以及孔德的方向,继续讨论文学与社会环境的关系。在著名的《英国文学史》的序言中,泰纳明确提出影响文学的生产与发展的社会因素有三大方面:种族、环境与时代。泰纳认为,种族指因民族的不同而不同的先天、遗传的倾向,这种倾向是文学生产的原动力或"内部主源"。环境包括地理和气候条件,是影响文学的"外部压力";泰纳以具体的事例说明这种影响:在气候寒冷的地区、惊涛骇浪的海岸带以及阴湿的森林地带,人们往往"为忧郁和过激的感觉所缠绕,因而倾向于狂醉和贪食,喜欢战斗和流血",而在可爱的风景区和风平浪静、光明愉快的海边生活的人,则"向往航海或商业,没有多大的胃欲,但一开始就对社会事业发生兴趣"。① 这种生活倾向或生命气质的不同必然带来文学气质的明显差异。而时代则是影响文学的"后天动量",它是一种既定的推动力。时代走向制约着某种文学才能和风格的发挥,这种制约是通过时代精神或特定时代的民族心理而产生作用的。泰纳把自己的理论称做植物学,并声称自己是用植物学的方法研究文学艺术。在《艺术哲学》中,泰纳以艺术史为例继续证明地理、气候、社会环境与风俗对文学有着决定性的作用,两者之关系如同自然条件与植物生长那么密切。泰纳认为希腊雕塑的繁荣与其特有的气候和地理因素分不开。一方面,四季温和的气温使希腊人有可能长年过着露天生活,他们的形体是大自然的雕塑——

---

① 伍蠡甫主编:《西方文论选》下卷第 238 页,上海译文出版社 1979 年。

"晒惯太阳,擦惯油,经过灰土、铁耙和冷水浴的冲刷,皮肤棕色,结实,组织健全,色泽鲜明,生命力充沛。"另一方面,在地理上希腊是岛国,为防御异族入侵,人们长时间过着锻炼与竞技的体育生活:角斗、掷铁饼、拳击、赛跑等等使希腊人的形体更趋健美。这些都是希腊雕塑得以繁荣发展的因素。

从赫尔德、斯达尔夫人到泰纳,在讨论文学与社会的关系问题时,都十分重视地理因素对文学的影响。所谓地理因素包括气候、土壤、河流、海洋、山地、交通、地理位置、森林植被乃至自然风景等等,这些因素对文学的影响是不言而喻的。首先它们构成了文学直接描写的内容与对象;其次,一方水土养一方人,人的性情气质的确与其生长的自然地理条件有着微妙的关系,而文学是人学,通过人这个中介,地理因素与文学之间产生了十分密切的关联。这种对地域与风格形成之关系的认识是最素朴的文学观念之一,在中国古代文论中同样也可以找到丰富的论述。

地域不仅塑造了人的体质,而且塑造了人们的性情:"凡居民材,必因天地寒暖燥湿,广谷大川异制。民生其间者异俗:刚柔轻重迟速异齐,五味异和,器械异制,衣服异宜。修其教,不易其俗;齐其政,不易其宜。中国戎夷,五方之民,皆有其性也,不可推移。"①这种观念在中国古代文献如《史记》、《汉书》、《晋书》和《世说新语》等中可谓俯拾皆是,并被大面积地引入文学论述之中,成为解释文艺地域风格形成的重要维度。

自然环境塑造了人的性情并且决定了人们适应环境和社会交往的方式,而人的性情和语言文化交往方式则是影响文艺风格的决定性因素,这颇有些地理环境决定论的意味。从《左传》襄公二十九年记载季札观乐纵论各国风诗开始,到近人刘师培的《南北文学不同论》,讨论地域和文学风格的关系已经成为古往今来文学理论的一个重要议题。朱熹《诗集传》在谈到《诗经》中的国风之一"唐风"(晋国民歌)时,也

---

① 《礼记·正义》,见阮元《十三经注疏》。

突出了地理环境对文学风格的巨大影响:"其地土瘠民贫,勤俭质朴,忧深思远,有尧之遗风焉;其诗不谓之晋而谓之唐,盖仍其始封之旧号耳。"①直到明代的屠隆和清人李东阳、孔尚任、沈德潜,甚至到近世的梁启超、刘师培和王瑶等,都沿袭了这一文学地域论传统。

屠隆在《鸿苞集》中认为:"周风美盛,则《关雎》、《大雅》;郑卫风淫,则《桑中》、《溱洧》;秦风雄劲,则《车邻》、《驷驖》;陈、曹风奢,则《宛丘》、《蜉蝣》;燕、赵尚气,则荆、高悲歌;楚人多怨,则屈骚凄愤,斯声以俗移。"②如果说屠隆侧重于地域风俗对文学风格的影响,那么沈德潜和孔尚任则强调了自然山水对诗人情性和文学品格的塑造功能。沈德潜指出:"永嘉山水主灵秀,谢康乐称之;蜀中山水主险隘,杜工部称之;永州山水主幽峭,柳仪曹称之。略一转移,失却山川面目。"③沈德潜在《芳庄诗序》中显然继承了刘勰的"江山之助"说,认为:"古诗人,得江山之助者,诗之品格每肖其所属之地。"在《古铁斋诗序》中,孔尚任明确地说:"盖山川风土者,诗人情性之根柢也。得其云霞则灵,得其泉脉则秀,得其风陵则厚,得其林莽烟火则健,凡人不为诗则已,若为之,必有一得焉。""北人诗隽而永,其失在夸;南人诗婉而风,其失在靡。"④

梁启超的《中国地理大势论》也谈到地理对南北文风差异的影响:"自唐以前,于诗于文于赋,皆南北为家数。长城饮马,河梁携手,北人之气概也;江南草长,洞庭始波,南人之情怀也。散文之长江大河一泻千里者,北人为优;骈文之镂云刻月善移我情者,南人为优。盖文章根于性灵,其受四围社会影响特甚焉。"⑤在著名的《南北文学不同论》中,刘师培则把中国划分为南北两大区域,认为北部为"山国",南部为"泽国",这种地理的明显差异形塑了南北文学的迥异风格:"大抵北方之

---

① 朱熹:《诗集传》第68页,上海古籍出版社1980年。
② 《鸿苞集》卷十八《诗文》。
③ 叶燮、薛雪、沈德潜:《原诗 一瓢诗话 说诗晬语》第245页,人民文学出版社2005年。
④ 柯庆明、曾永义:《中国文学批评资料汇编》第346页,台北成文出版社1978年。
⑤ 梁启超:《饮冰室合集》第4册第86页,中华书局1941年。

地,土厚水深,民生其间,多尚实际;南方之地水势浩洋,民生其间,多尚虚无。民尚实际,故所著之文不外记事、析理二端;民尚虚无,故所作之文或为言志、抒情之体。"①王瑶在论述东晋的玄言、山水和田园诗歌的流变时曾谈到地理因素对文学的深刻作用:"当文化中心和名士生活还滞留在北方黄土平原的时期,外间风景没有那么多的美丽的刺激性,能够使他们终日在'荒丘积水'畔逗留徘徊……中国诗从三百篇到太康永嘉,写景的成分是那样少,地理的原因不能不说是一个重要的因素。而楚辞诗篇之所以华美,沅澧江水与芳洲杜若的背景,也不能不说有很大的帮助。永嘉乱后,名士南渡,美丽的自然环境和他们追求自然的心境结合起来,于是山水美的发现便成了东晋这个时代对于中国艺术和文学的绝大贡献。"②正像楚辞瑰丽的色彩与沅澧江水、芳洲杜若的地理背景密切相关一样,东晋山水文学的勃兴确与会稽永嘉的自然风光有着直接的关系,因此地理是影响文学风格乃至思潮的一大原因。

二 地域及其超越

需要强调的是,文学毕竟不是植物,不能完全用泰纳所谓的植物学的方法或中国古代"人秉气而生"的说法来研究。而且地理气候一旦进入人类历史,就不再是纯粹自然的因素了。所以在谈及自然地理条件对文学的影响的时候,人们一般更关注"人化的自然"或人文地理因素与文学地域风格之间更为深刻的内在关系。自然地理的因素是通过与人的实践活动结合而作用于文学生产,自然透过对人们的生活方式和气质性情的塑造作用影响了文学。也可以说,包括风土、人情、文物和传说等等人文因素在内的地缘文化才是塑造文学地域风格的真正力量。周作人曾论及代表绍兴地缘文化的一大特色的"师爷传统"对形

---

① 刘师培:《刘师培中古文学论集》第 261 页,中国社会科学出版社 1997 年。
② 王瑶:《中古文学史论集》第 261 页,上海古籍出版社 1982 年。

成文学"浙东性"的深刻作用,他说:"我们一族住在绍兴只有 14 世……这 400 年间越中风土的影响大约很深,成就了我的不可拔除的浙东性,这就是世人所通称的'师爷气'。本来师爷与钱店官同是绍兴出产的坏东西,民国以来已逐渐减少,但是他那法家的苛刻的态度,并不限于职业,却弥漫于乡间,仿佛成为一种潮流,清朝的章实斋、李越缦即是这派的代表,他们都有一种喜骂人的脾气。"①这种风土对文学与学术风格的浸染可谓深远,形成所谓的"师爷笔法",即周作人所说的"如老吏断狱,下笔辛辣,其特色不在词华,在其着眼的洞彻与措语的犀利"②。周作人自己或许并不太喜欢这种"深刻"的"浙东性",但这种地域文化在章实斋、章太炎、鲁迅等人的文风上却有鲜明的体现。可见人文地理因素与文学关系之密切,不同区域的文学有可能因地域文化的差异而显示出一种显著不同的风格。绍兴与鲁迅,湘西与沈从文,上海文化与海派小说,京都文化之于老舍,巴蜀文化之于李劼人,山东高密与莫言,三晋文化与"山药蛋派",雪域文化与西藏文学,三秦文化与秦地小说,约克郡沼泽之于勃朗特姐妹,英格兰北部的湖区之于华兹华斯,威塞克斯之于哈代,美国南方约克纳帕塔法之于福克纳等等,都一再表明地理要素对于文学的重要性,它可能是文学想象力的源泉,或者是文学风俗画的远景,或者是价值世界的地理象征和认同的隐喻,具有精神地理的意义;它也可能是真正塑造文学地域风格的无形之手,赋予了文学以独特的地方色彩,使之成为某种文学风格的"注册商标"。

另一方面,文学也反作用于人文地理与地域文化,它同样也是塑造地方性的一种力量。当代的文化地理学因此把文学的这种作用纳入到地理学研究的范畴中。赖特和洛温塔尔就曾指出:大地的表面是人的作品,它折射着文化风俗与个人想象。地理知识不仅仅是地理学家的,而且应该是包括诗人、小说家、画家、农民、渔夫等形形色色的人们共同

---

① 周作人:《雨天的书·自序二》,见张明高、范桥编:《周作人散文》(第二卷)第 10 页,中国广播电视出版社 1992 年。
② 周作人:《地方与文艺》,见《谈龙集》第 13 页,开明书店 1927 年。

创造共同拥有的,或真实或虚构的知识。① 的确,地域也是一种"特殊的文化的人造物"。屈子的荆楚、哈代的威塞克斯、梭罗的瓦尔登湖、福克纳的约克纳帕塔法、马尔克斯的马孔多、鲁迅的绍兴、沈从文的湘西……都已经成为中外文学地图和文化地理学中独特的地标,作家的书写赋予了这些地域以特殊的文化感性和人文意义。如同当代美国作家苏桑·史卡白蕊·贾西亚(Susan Scarberry Garcia)在《复原地标》(*Landmarks of Healing*)一书的序言中所言:"我家在圣路易斯河谷南端,夏天从那儿我可以看到雄伟的布兰卡山,耸立于棉花树、圣路易斯河及因沾满夏季骤雨而发亮的牧场之上;北接新墨西哥州北界,布兰卡山正好位于科罗拉多州南端及传统那瓦侯部落狩猎区的东界。在这儿,百年老的棉花树被四面八方无限延伸的草原及灌溉水田所淹没;在这儿,历史一次又一次诉说布兰卡山的故事,及人们发生在山上的故事;是这些故事赋予了布兰卡山以意义。"许多事实表明,文学的想象与叙事广泛而有效地参与了"地方感"的编码与建构,参与了地理空间的生产。

　　无论是中国古代的文学地域理论,还是西方赫尔德、斯达尔夫人和泰纳的文学社会学,在地域与文学关系的认识上都存在着地理环境决定论的倾向,都认为人和动植物一样,是地理环境的产物,人类的体质和心理状态的形成乃至社会文化的发展,都是由地理环境决定的,都用地理环境来解释作家气质的不同和地域文学风格的差异。现今看来,这种阐释显然存在一系列的问题或盲点:其一,如上所述,它忽视了文学反作用于地理空间的一面,忽视了文学书写对空间生产的意义。其二,传统的地域理论突出了地域文学风格的同质性,却忽视了同一地域文学内部存在的异质性和多元性。它显然难以有效地解释同是浙北人的鲁迅、周作人、戴望舒、茅盾、徐志摩和丰子恺等人在文学气质、个性和理念上为什么存在如此鲜明的差异。其三,传统的文学地域论较缺

---

① 参见 R. J. 约翰斯顿:《地理学与地理学家》第 218 页,唐晓峰等译,商务印书馆 1999 年。

乏地缘文化政治的视域,多少忽视了地理空间生产中各种权力关系的嵌入,如中心与边缘、通用语言与方言的张力,以及嵌入地域之中的阶级、社群、性别和美学之间的复杂权力关系,这些因素都持续地影响着人们对地理的感知经验。现今,传统的空间感知和地理经验业已改变。韩少功在《暗示》中曾经勾画一幅"隐形地图",描述出经济、政治和语言符号相组合所产生的种种复杂的分割、封闭和监禁,对于经济精英而言,远和近的观念很大程度上与波音飞机以及高速公路能否抵达联系在一起,否则,近在咫尺的渔村、林区或者需要爬进去的小煤窑开采面便变得遥不可及。这样的地理经验显然已经溢出了高度同质化的传统地域概念所能阐释的范围。其四,地域对文学的影响具有双重性和复杂性,它可以构成文学创作弥足珍贵的文化资源,许多时候,作家承受了地域文化的精华,如同地域文化之子;但另一方面,如果过度依恋地域文化所提供的安全感和归宿感,强大的地域性也可能成为文学的一种局限。

别尔嘉耶夫在论及空间对俄罗斯灵魂的统治时曾经指出:辽阔的俄罗斯空间是俄罗斯历史的地理动因,"这些空间本身就是俄罗斯命运的内在的、精神的事实。这是俄罗斯灵魂的地理学"。俄罗斯地域的辽阔和深邃保护着俄罗斯人,塑造了俄罗斯灵魂的宽阔;但另一方面,"俄罗斯灵魂被俄罗斯无边的冰雪压垮了,被淹没和溶解在这种一无际涯里"。因此,俄罗斯人难于给自己的灵魂和创造定型,"俄罗斯灵魂被辽阔所重创,它看不到边界,这种无界性不是解放,而是奴役着它"。① 强大的地域影响有可能对文学的个性和创造力构成限制和压抑,作家因而成为长不大的地域之子或地域性的囚徒,被地域性所奴役。当代诗人沈苇在反省自己的地域经验时说得更具体:"当一个人置身于地域色彩很强——譬如像新疆——这样的地方时,这是他的有幸,也是他的尴尬。在铺天盖地的地域的赏赐中,人的个性被淹没了。他被抽空、缩小,变成了秋风中飘零的一片胡杨叶,变成了塔克拉玛干

---

① 汪建钊编:《别尔嘉耶夫集》第38—39页,上海远东出版社2004年。

'恒河沙数'中的一粒,他的挣扎比不上一棵红柳在沙海中的沉浮,他的低吟比不上天山雪豹的一声长叹。地域性曾经是'启示录的风景',对他有抚育、教导之恩,但此时,地域性更像一个迷人的陷阱。"①

一般而言,杰出的作家在接受地域文化精华的同时,也有能力与地域的控制力量相抗衡,并且超越地域性所产生的种种限制。鲁迅的鲁镇和沈从文的湘西有着文学想象和精神沉思的广义范围,而莫言的高密东北乡也越来越变成为一个心理方位,超越了地域性的限制。福克纳一再描绘家乡"邮票般小小的地方",其小说人物活动的地理图景大多局限在密西西比州一个县的疆界之内,但这个地理图景却有着无比广义的范围,超越空间和时间的局限。福克纳如是言:"我所写的那个天地在整个宇宙中等于是一块拱顶石,拱顶石虽小,万一抽掉,整个宇宙就要垮下。"②他把约克纳帕塔法的故事写成美国南方的传奇,写成人性变化的故事和人类普遍价值的寓言。

三 "批判的地域主义"

进入现代社会,地理环境决定论的影响逐渐告退。在谈到南北文风差异时,梁启超以唐朝为界,认为唐以前地理因素起着决定性的作用,但唐以后,"交通益盛,文人墨客,大率足迹走天下,其界亦浸微矣",地域对文学的决定性影响也就逐渐衰微了。在今天,信息社会和全球化已经成为普遍的语境,后现代的"时空压缩"正在深刻地改变着人们的空间观念。地理环境所造成的种种隔阂早已消亡,不再是影响文学的决定性因素。但有趣的是,地域概念却再次登场,在当代文学理论中承担了一个重要的角色。由文学与人文地理之间相互作用而产生的地域风格或地方色彩,在经济全球化和文化全球化的语境中,其意义

---

① 沈苇:《尴尬的地域性》,《文学报》2007年3月15日。
② 李文俊编:《福克纳评论集》第274页,中国社会科学出版社1980年。

似乎越发突显出来。现在人们常常把这种地域性称之为文学的本土性或地方性。在后殖民主义文化进入知识背景之后,这个替换了"地域风格"的"本土"概念再度炙手可热,并获得了一些新的意义。它不仅意味着生于斯长于斯的温暖的自然家园,而且意味着一种强大得可以信赖的文化根系;同时,作为文化身份的标志,这个概念还隐含着一种抵抗全球化的文学与文化立场。如果说过去人们提倡地域风格是为了走向世界,即越是地方的也就越是世界的,那么今天人们再度呼吁本土化和地域性,其意趣却有了些微妙的变化,它显然构成了文化全球化的一种反动。在全球化与后殖民论述中,文学普遍性与特殊性、世界主义与民族主义、同质化与异质性、殖民话语与后殖民话语、普遍知识与地方性知识等等二元并置的术语频频出场,一再显示了当代文化的两极化走向。全球化的一极推销"文学普遍性"观念,通过把某种特定的文化价值观公理化,把某种文学成规典律化,来助长西方殖民话语的中心性;另一极为本土化和"批判的地域主义"倾向。这种倾向强调地方性,认为在全球化的今天必须保卫地方性,保卫地方性就是保卫差异性和抵御全球主义:如果资本主义支配越来越全球化,那么我们要抵抗它,就"必须保卫地方,建立起各种壁垒,以阻遏越来越快的资本流动"①。这一倾向显然赋予了"地方性"以一种抵抗全球化和普遍主义的意义。

一些后殖民主义的作家和批评家们甚至把这两极的关系看做一种你死我活的斗争,处于边缘位置的非西方作家似乎只有非此即彼的两种选择:要么臣服于西方典律,学会他们那套话语方式,并"以此'超越'单纯的'本土性',从而获得进入'伟大的'帝国俱乐部的资格,要么坚守本土性以至保持无法更改的地方特色"②。这样,文学的本土化或地方性概念便承担了过于繁重的文化使命,其背后甚至还掩藏着某种

---

① 〔美〕麦克尔·哈特、〔意〕安东尼奥·奈格里:《帝国》第 50 页,杨建国、范一亭译,江苏人民出版社 2003 年。

② 海伦·蒂芬:《后殖民主义文学与反话语》,见罗钢、刘象愚主编:《后殖民主义文化理论》第 315 页,中国社会科学出版社 1999 年。

不无夸张的反殖民文化的激情。的确,在文化全球化语境中,坚守文学的地方性与本土化的确有其特殊而重要的意义,它至少能保证让人们看到色彩丰富、风格多样的文学,而非某种千篇一律的格调与模式。

但是,当人们忽视本土概念的历史性与内部歧义,而心安理得地把它当成一个现成的框架或理论前提,甚而在其身上寄寓某种崇高的价值、理想乃至信仰时,这个概念就变得僵硬和凝固了。人们因此遗忘或漠视地域或本土涵义的变动不居及其内部所包含的各种异质元素和杂多层面。这种遗忘与漠视使地域或本土概念从反对全球化的文化同一性出发,走向了其反面,即一种地域内部的同一性。如果把阶级、族群、性别、资本以及国际政治等等所构成的权力结构考虑在内,地域或本土则是一个充满张力和歧义的结构性、历史性概念。地域本身就是斗争的场所,一个开放的场域,所谓本土和地域早已被各种力量爆破了,不可能像想象中的那么纯洁、那么铁板一块。另外,全球化与本土化之间是否仅仅是一种不可共存的对立冲突关系呢? 除了对抗之外,它们之间就不可能有另外的关系吗? 事实上,本土是通过与他者的差异关系而确立的。很大程度上,本土文化的特征定位乃是在与外来文化的参照、权衡和比较中进行的。的确,全球化与本土化之间存在着各种张力甚至尖锐的冲突,但同样也存在互阐、互补、互渗、互惠以及彼此交融、对话的机会。如果只强调全球化维度,可能导致本土文化特征与文学地域风格的丧失;反之,如果过分偏爱文化本土化,一味敌视、排斥外来文化的影响,也有可能滋长保守的地方性乃至狭隘封闭的文化民族主义情绪。今天人们或许需要对全球化持有一种警惕,警惕"全球主义的计划一边称颂差异,一边却进一步试图抹杀它们"[1]。同时,人们也需要一种更加开放、辩证、有弹性的地域与本土概念。

---

[1] 阿里夫·德里克:《后革命氛围》第50页,王宁等译,中国社会科学出版社1999年。

第十三章 文学与道德

一 道德的批评

从古到今,文学与道德的关系问题,始终是各种文学理论关注的一个重要命题。早在春秋时期,孔子就非常重视文学的道德批评,"思无邪"就是从道德的高度对"诗三百"作出的最高评价。孔子还说:"诗可以兴,可以观,可以群,可以怨"①,这在很大程度上是从道德和政治的角度认识文学的实用功能。汉代的《诗大序》发展了这种道德批评:"故正得失、动天地、感鬼神莫近于诗,先王以是经夫妇、成孝敬、厚人伦、美教化、移风俗。"思想独特的王充在《论衡》的《佚文篇》中也直截了当地把文学当做劝善惩恶的工具:"天文人文,文岂徒调墨弄笔,为美丽之观哉?载人之行,传人之名也。善人愿载,思勉为善;邪人恶载,力自禁裁。然则文人之笔,劝善惩恶也。"从荀子对"诗言志"的道德主义理解到周敦颐及其二程走向极端的"文以载道"说,道德批评在中国源远流长,蔚为壮观。

西方文学的道德批评传统也同样源远流长,至今不衰。鲍桑葵曾经把古希腊人对美的认识概括为三大原则:道德主义原则、形而上学原则和审美原则,并根据这些原则在当时的普遍盛行情况和美学价值大小,把道德主义原则排在首位。② 的确,希腊的文学理论在议论文学问

---

① 孔子:《论语·阳货》。
② 参见鲍桑葵:《美学史》第 26 页,张今译,商务印书馆 1985 年。

题时,总是持着一种十分明确的伦理立场和道德标准。最初是苏格拉底根据社会效用标准评价美,从此美和善亲密结合再难分手。柏拉图从文学的社会道德效果的角度考虑,主张把那些逢迎人性低劣部分的摹仿诗人逐出理想国,而且批评悲剧与喜剧快感导致人们的感伤癖与哀怜癖。与柏拉图惧怕并禁控文学快感相比,亚里士多德的道德批评则要温和一些、细致一些。他首先认可了文学快感的合法性,但合法的快感必须有一个前提条件,那便是道德。他说:"美是一种善,其所以引起快感,正因为它是善。"他的《诗学》始终贯穿着这条道德主义原则。罗马的贺拉斯把希腊的道德主义原则通俗化为"寓教于乐",即寓道德教育于审美快乐之中,在这里,"教"是目的而"乐"则仅仅是一种手段。"寓教于乐"的观点在文艺复兴、古典主义和启蒙主义等时期的文学批评中都有所承续或发扬。尤其是启蒙时期的卢梭和狄德罗,他们对道德批评有着浓厚的兴趣。卢梭撰文《科学与艺术的进展是败坏了风俗还是净化了风俗》,尖锐地指控文艺滋长了人们的怠惰与奢侈、虚饰与矫情、猜忌与冷酷,因而腐蚀了人的灵魂,败坏了风俗。卢梭从道德教化的角度发出的反对文艺的刺耳声音,实质上是柏拉图思想的近代回响。而狄德罗也十分重视文艺的道德向度,他认为:"如果道德败坏了,趣味也必然会堕落。""真理与美德是艺术的两个朋友。"他呼吁作家和批评家首先要做一个有德行的人。文学应该宣传高尚的道德情操,引导人们"爱道德,恨罪恶",从而成为法律的补充和服务道德的手段。[①] 人们谈论道德批评,还不能忘记托尔斯泰著名的文论《什么是艺术》。托尔斯泰坚持认为艺术是情感的传达,文艺能对欣赏者的感情发生直接的影响。因此,一个不道德的作家所创作的自我放纵的作品,极有可能把他个人不道德的情感传染给读者。从这个角度看,托尔斯泰认定,在他那个时代那些被评为伟大艺术的大多数作品都是有害无益的,甚至包括他自己的被公认为伟大小说的《安娜·卡列尼娜》和《战争与和平》。

---

① 狄德罗:《狄德罗美学论文选》第 227 页,张冠尧等译,人民文学出版社 1984 年。

道德批评蕴涵有这样一些假定:首先,它假定文学对不道德的内容再现或表现,极有可能使这种不道德的案例变得普遍化了,而且,文学的形象性和情感性又强化了人们对这些不道德事件的主观反应,而不断强化的主观反应会导致人们把不道德事件视为一种无独有偶、自然普遍的现象。正像鲍桑葵所说的那样:"艺术中的想象世界像现实世界一样拥有通过榜样形成习惯的力量"①,而且,文学所提供的榜样力量甚至是无穷的。一方面,它可以引导人们从善,另一方面也可能对人们的道德生活构成冲击和破坏。因此,如柏拉图这样的批评家,从维护人类道德生活秩序的思想出发,对文学所拥有的不驯情感能量以及文学想象力所提供的非实在幻影,充满疑虑、恐惧和警惕。从这个意义上看,道德批评是文学批评中最朴素、群众基础最深广的类型。其次,道德批评往往假定文学的道德或不道德内容与作品的社会道德效果之间存在某种直接的因果关系,似乎再现了什么样的道德内容的文学作品,就会产生什么样的道德效果。柏拉图指责诗人描写坏人享福、好人遭殃、英雄痛哭等等内容,会使人们变成懦夫甚或道德堕落。他从城邦的道德秩序出发,呼吁把诗人驱逐出理想国,并严禁悲怨之音、柔慢与怠惰之音。那些散布谎言的、使人惊慌恐惧的、渲染情欲的、教人贪财贿赂的、鼓吹神之造恶的、歌泣悲怨的以及有碍于使人视死如归的内容都会产生不良的道德后果,必须严加取缔。在柏拉图这些道德效果论者看来,文学具有非理性的力量,文学内容表现的情绪会像某种传染病似的到处传播,激发读者的情感共鸣。人们无法理性地控制或引导自己对文学的主观反应。文学的道德效果无疑是直接和强有力的,文学一再表现人类伟大的激情与剧烈的冲突。这无疑对道德秩序充满了危险。因此,亚里士多德的《诗学》在谈到悲剧时,虽然比柏拉图进了一步——亚里士多德肯定了悲剧快感的道德净化功能,但是,他显然是有意地回避了生命激情与悲剧冲突,比如对普罗米修斯、俄狄浦斯、安提戈涅、美底亚等真正的希腊悲剧人物视而不见、避而不谈。他显然也是

---

① 鲍桑葵:《美学史》第 28 页,张今译,商务印书馆 1985 年。

出于柏拉图式的对文学道德效果的恐惧,预先把危险的激情与冲突排除在外了。

20世纪的中国文学批评史之中,道德批评始终是一种强大的势力。在相当长的一段时期内,批评家不仅时常怀疑许多文学作品怀有不轨的政治企图,而且还时常对文学的道德功能发表尖锐苛刻的意见。在许多批评家的心目中,文学对于道德的正、反面影响都是巨大的。从六七十年代盛行的"三突出"原则到种种"有伤风化"的指斥之声,人们都可以看出道德批评的活跃程度。

正像鲍桑葵在评价希腊人的道德主义原则时所说的那样:"道德上和实用上的判断是有组织的社会生活所产生的第一个智慧的果实……事实上,就是在近代世界里,在没有素养的头脑中也仍然根深蒂固地存在着这种见解。"[①]文学的道德批评既原始又朴素,至今仍然是普通大众评价与认识文学的最寻常也最普遍的方式。今天看来,文学对人们道德生活的影响或许没有那么直接,文学的道德效果实际上也不是那么确定的。而且,不同的接受者对于文学的接受也是千差万别的。阅读一部再现了暴力内容的作品的读者,未必就比没有读过这种作品的人更倾向于暴力。有时情况可能恰好相反。从心理学的角度看,人们隐蔽的暴力倾向有可能在阅读文学作品时获得一种幻想的实现或满足。当然,实际情况可能还要更复杂一些。一些人厌恶非道德或反道德的内容,另一些人却见惯不怪、无动于衷。也许还有少数人由于长期阅读或观看渲染不道德内容的作品——典型如暴力、色情的文学作品或影视作品——而导致道德败坏甚至犯罪。只要有这种情况存在,朴素的道德批评就仍然有它存在的合理性。但是如果仅仅从道德上的考虑出发,敌视或反对文学,恐惧并否定文学快感,那显然是犯了反应过度的谬误了。

---

① 鲍桑葵:《美学史》第27页,张今译,商务印书馆1985年。

二　道德与审美

　　道德的批评是一种实用的社会批评,坚持文学的道德批评立场的人们,没有把审美兴趣与实用兴趣划分开来。他们通常从理论上把二者混淆为一体。道德批评最被人诟病的正是这种美学与伦理学的混淆,而文学史的发展逐渐产生出一种与道德批评相抗衡的审美的批评。中国的审美批评观念的起源,可以上溯到"文"这个字的字源。"文"最初意指"斑纹","文"与"章"相连则意指绚丽的色彩图案。据刘若愚先生的考证,在《诗经》中,"章"字总共出现 11 次,其中 4 次指编织物的图案,1 次指绚烂的星空,3 次指外部的修饰,此外还有模式、章法和辉煌等语义用法。① 从这个意义上看,文学的审美观念很早就已经诞生了。在两汉魏晋南北朝时期,审美观念得到了充分的发展。陆机《文赋》提出"诗缘情而绮靡";刘勰《文心雕龙》力倡形文、声文、情文三者合一的"立文之道";沈约发明文学的音律说;还有钟嵘的"滋味"说等等,共同把审美批评推向成熟的高峰。

　　西方人的审美批评同样历史悠久,古代希腊人早就认识到美寓于多样性统一的想象性表现之中。鲍桑葵称之为审美原则:"从美学上说,美纯粹是形式的。这种形式存在于某种非常抽象的条件之中。例如,它确实存在于基本的几何图形中,正如存在于美的艺术作品中一样。"② 近代以来,这种审美原则逐渐发展为一种唯美主义批评,与道德主义批评共同构成两种极端的文学见解。唯美主义坚持认为文学与道德判断全然无关,否认文学的道德意义与道德效果。法国的戈狄埃第一次提出"为艺术而艺术"的口号,这个口号后来成为唯美主义的美学纲领。所谓"为艺术而艺术",实质上是一种纯艺术观、纯美论,把文学

---

① 刘若愚:《中国的文学理论》第 146 页,田守真等译,四川人民出版社 1987 年。
② 鲍桑葵:《美学史》第 27 页,张今译,商务印书馆 1985 年。

的审美性与实际效用相对立、相割裂。在《莫班小姐》的序里,戈狄埃很极端地表明了这种观点:"只有毫无用处的东西才是美的;所有有用的东西都是丑的,因为它们反映了某种需要,而人的需要就像他那可怜的、残缺不全的本性一样,是卑鄙的、令人生厌的。"① 戈狄埃把那些认为文学影响社会风俗的人都称为傻瓜,把他那个时代流行的道德批评称之为最滑稽可笑的事。英国的瓦尔特·佩特发扬了戈狄埃"为艺术而艺术"的思想,认为文学与伦理思想格格不入,文学没有道德教化的责任和功用,其目的只在于培养人的美感,给予人们美的享乐。这是一种以审美快乐主义为基础的艺术至上主义思想,佩特这种艺术至上论曾给予王尔德巨大的影响。在为其最著名的唯美主义小说《道连·葛雷的画像》所写的序言中,王尔德简洁有力地表达了反道德主义的文学观:"书无所谓道德的或不道德的。书有写得好的或写得糟的。仅此而已……虽然人的道德生活构成了艺术家创作题材的一部分,但是,艺术的道德却在于艺术家对不完美的创作材料的完美运用。艺术家没有伦理上的好恶,艺术家如在伦理上有所臧否,那是不可原谅的矫揉造作……一切艺术都是毫无用处的。"② 王尔德全然否定了文学与道德的任何关系,一切都回到了艺术自身的完美表现及其这种完美表现所带给人们的美学愉悦上。

这种排除任何道德因素的"为艺术而艺术"的纯审美论,在20世纪的形式主义文学理论中获得了令人吃惊的发展。现代形式主义极力把人们对文学艺术的理解与欣赏能力和人们的其他能力截然分开,认为凡是与艺术形式无关的反应和联想都不能称之为合法的审美感受。而人们往往把真正的审美反应与非审美因素相混淆,这些非审美因素主要是作品所再现的包括道德在内的社会性内容。与此相关,罗杰·弗莱把艺术划分为纯粹艺术和非纯粹艺术两种类型,纯粹艺术与道德等社会内容毫无关涉,非纯粹艺术自然是那些沾上了人间烟火的艺术。

---

① 参见赵澧、徐京安主编:《唯美主义》第44页,中国人民大学出版社1988年。
② 同上书,第179—180页。

克莱夫·贝尔那著名的界定:"艺术是有意味的形式",也是企图把那些再现性内容从艺术领域驱逐出去。贝尔曾声称,在他那个时代,整个英国只有包括他在内的六个人真正懂艺术。① 贝尔所说的懂不懂艺术,其判断标准乃是弗莱的纯审美反应与非审美反应。所谓懂艺术就是一种对准了形式的感情,对准了有意味的形式的纯粹反应。在他们看来,普通人欣赏艺术时所获得的感受,绝大部分是不纯的,都是一些与艺术无关的甚至是风马牛不相及的社会内容。现代形式主义使审美与道德的两歧变得越来越明显尖锐,形式主义改变了道德批评那种过度关切文学的社会效果,却忽视了作品艺术本身的偏颇。但是,形式主义又走向了另一极端,那些所谓强行闯入艺术领域的非审美的东西,包括性爱、宗教、道德等等社会性内容现在都被形式主义者挡在艺术的神圣大门外。一方面,形式主义批评使文学从道德工具论回到了文学本体论,从他律的文学返回到自律的文学,从而引领人们更多地关注文学自身的内在规律和审美特性。唯美主义、形式主义对道德主义的反拨,必然有助于文学摆脱"文以载道"观念的长期束缚,可称之为解放审美生产力的思潮;但是在另一方面,摆脱包括道德在内的社会内容的影响的纯粹审美是否可能?"有意味的形式"的"意味"从何而来?又如何被人们所感受到?换句话说,人们怎样才能发现这些形式的"意味"?"假定他们定义中的形式与任何日常的趣味和快乐无关,贝尔和弗莱又如何解释人们从艺术得到的趣味和快乐呢?"②

历史上,人类曾经有过信仰真、善、美浑然一体的漫长时期,以真、善、美为探讨对象的哲学、伦理学、美学以及宗教等等也是浑然一体、难分彼此的。随着历史的发展,知识学科的划分越来越细,研究对象的分割也越来越细微。早在古希腊,就有人试图把美和善区别开,但希腊人感受到分割的困难,所以他们时而说美在形式,时而又声称美是一种善。到了中世纪的托马斯·阿奎那,才把美和善做了清楚的区分:善涉

---

① 参见 H. G. 布洛克《美学新解》第 217 页,滕守尧译,辽宁人民出版社 1987 年。
② 同上书,第 213 页。

及欲念,是人都对它起欲念的对象,所以善是被当做一种目的去看待的,所谓欲念就是追向某种目的的冲动。美却涉及认识的功能,因为凡眼睛一见到就使人愉快的东西才叫做美的,所以美在于适当的比例……美属于形式因的范畴。① 康德的"美的分析"做的仍然是这种工作。他同样认为美和善不同,善是意志所向往的目的,是涉及利害关系的实践活动。审美活动却不涉及利害计较,它不是欲念的满足,对象以它的形式而非其存在产生快感。② 克罗齐接着把这种分割做得更细。在他的"精神哲学"里,人的活动被分为四大种类:直觉活动、概念活动、经济活动和道德活动。直觉活动求美,概念活动求真,经济活动求利,道德活动求善。相应的也有四种学科:美学、逻辑学、经济学和伦理学。在这一体系中,克罗齐回答了艺术是什么这一问题。在他看来,艺术不是物理事实,不是功利活动,不是逻辑活动,也不是道德活动。道德活动具有实践性,是意志要达成一个理性的目的,而艺术即直觉,是心灵的赋形、情感的表现,是一种想象的活动。艺术不仅与概念、经济活动有着明显的区别,与道德活动之间也有清晰的分界线,因此也就不能用道德的标准来评判艺术。克罗齐如此说:"一个审美的意象显现出一个道德上可褒或可贬的行为,但是这个意象本身在道德上是无所谓褒贬的。世间没有一条刑律可以将一个意象判刑或处死,世间也没有一个法庭,或一个具有理性的人会把意象作为他进行道德评判的对象;如果我们说但丁的弗朗切斯卡是不道德的,莎士比亚的考地利亚是道德的,那就无异于判定一个正方形是道德的,而一个三角形是不道德的。"③克罗齐的意思很明确,文学与法律、道德分属两个领域,从道德角度批评文学是对不同知识范围的僭越。它们所属的范畴不同,评判的标准也就不同。而且,作品再现的题材和内容不应成为文学评价的对象,题材和内容只是创作的材料,无所谓好与坏,也无所谓道德或不

---

① 参见伍蠡甫主编:《西方文论选》上卷第 150 页,上海译文出版社 1979 年。
② 参见朱光潜:《西方美学史》下卷第 360 页,人民文学出版社 1964 年。
③ 克罗齐:《美学原理·美学纲要》第 213 页,韩邦凯等译,外国文学出版社 1983 年。

道德。对于作家的创作而言,关键要看他处理这些材料的方式好不好,表现得成功不成功。

从唯美主义到现代形式主义都属于把文学从包括道德在内的社会生活领域中剥离出来的传统,是文学从他律走向自律、从工具说走向本体论的历史发展的构成部分,也是人们更深入地认识文学自身规律的必要步骤。但是,这种剥离也存在一些致命的问题。首先,这种剥离是否可能?这本身就很成问题。在考察人类直觉、概念、经济与道德活动的差异与界限时,也不能忽视人类经验的浑然一体性;经验的整合性同样也成为人们讨论文学活动的一个前提条件。与此相关,贝尔和弗莱所谓纯粹的艺术反应是否可能?这也是个疑问。连贝尔和弗莱自己都承认绝大多数的普通人对文学艺术的反应都是不纯的,人们的审美反应中必然掺杂着道德、宗教、性爱、政治等复杂的情感反应,或者说道德、宗教等等反应本身就是审美反应的一部分。也许有少数杰出人物如克莱夫·贝尔等可能达到不掺任何杂质、没有水份的、纯而又纯的审美反应的水平。即便如此,人们仍然会怀疑这种纯粹审美反应的意义,它是否真的就比不纯的反应要高级呢?当真的把道德、政治、宗教甚至经济等现实经验从纯文学世界里打扫干净时,文学留给人们的可能只是一种完全无利害关系的纯形式愉悦;文学在从动物的感官愉悦和人类道德训诫中超离出来的同时,是否又陷入到形式游戏和赏玩那种轻飘飘的快乐境地?况且,这种快乐因为与人生各种欲念的隔离而变得极度贫血,只能是一种没有真实快感的苍白的审美快感,一种阿多诺所说的遭受阉割的享乐主义。

三 道德与历史

事实上,文学从来都无法规避道德问题,即使是坚持认定文学不是道德活动、文学在伦理范畴之外、它不应被当做道德的工具这一观点的克罗齐,最终也不能不承认作家生活在伦理世界中。"他只要是人,就不能逃避做人的责任,就必须把艺术本身——现在和将来都不是道德——看做是一项要执行的使命,一个教士的职责。"①在这里,尽管有些自相矛盾,克罗齐还是极其明确地强调了作家的责任感和使命感。在被现代形式主义者拜为老祖宗的康德那里,也曾同样矛盾地表述了这种见解。康德在强调艺术和美不掺杂丝毫利害计较的纯形式性时,同样强调其无目的的合目的性。所谓合目的性就隐含着一种人类的美的理想。而当康德从美的实验室那种抽象的分析回到社会与自然状态中,他的结论却是如此明确:美是道德的象征。人们在认定文学不是哲学不是伦理学而是它自己的时候,是否应该换一换角度看问题? 文学可以是哲学,是一种情感认识论;文学也应该是一种伦理学,其伦理学含义就突出地表现在文学对人们的价值生活和伦理处境的深度关切上。只要看一看文学史上那些数量颇丰的关注道德与历史二律背反现象的作品,多少就能发现这一点。

  道德与历史的二律背反是文学常常表现的主题。一些作品表现了社会的巨大转型,尤其关注社会的转型变迁所导致的传统伦理观念的不适、惶乱乃至解体的状况。当历史迈入一个崭新的阶段,许多人的伦理观念却未能得到及时的调整。1980 年代之后,中国文学之中也时常出现一些感伤的声音:作家笔下的某些主人公常常会怀想起以往和谐的伦理生活,怀旧与伤感成为一种代表性的流行情绪。关怀现实的文学对这种挽歌式的伦理哀愁充满浓厚的兴趣。一方面,伤逝情绪本身具有某种文学性与诗性的感染力;另一方面,这种伦理哀愁深刻地包蕴着历史的逻辑与伦理观念之间的冲突,历史与价值间的丰富而纠缠不清的张力才是文学兴趣的真正焦点。文学常常从伦理观念的立场发出质问:历史的发展究竟为人们带来了什么? 许多作家对于创造了巨大财富的工商文明深怀敌意,在他们的心目中,人类的许多高贵品质正在机器的巨大轰鸣声中土崩瓦解,进而在一堆堆琳琅满目的商品之间消失殆尽。因此,批判乃至诅咒现代工商文明,就成为许多作家所共同热

---

① 克罗齐:《美学原理·美学纲要》第 215 页,韩邦凯等译,外国文学出版社 1983 年。

衷的主题。从沈从文的湘西小说到李杭育的葛川江系列,从巴尔扎克的"人间喜剧"到福克纳的约克那帕塔法,文学在历史的逻辑面前常常扮演道德批判与悲悯的角色。对"恶是历史发展的动力"这句历史格言,许多人耳熟能详。卑下的贪欲、情欲、物欲以及与此相应的暴力、欺诈等种种手段时常成为推进历史进程的杠杆。虽然恶可能是历史发展的动力,但它绝不是历史的全部。恩格斯曾经阐述了其著名的历史"合力"论:"历史是这样创造的:最终的结果总是从许多单个的意志的相互冲突中产生出来的,而其中每一个意志,又是由于许多特殊的生活条件,才成为它所成为的那样。这样就有无数相互交错的力量,有无数个力的平行四边形,而由此就产生出一个总的结果,即历史事变,这个结果又可以看做一个作为整体的、不自觉地和不自主地起着作用的力量的产物……"①的确,历史是一种动态的结构,在历史的变迁过程中,多方面因素不断地相互促进、协调、平衡、制约。历史的真正面目是一切因素交互作用的结果。文学也以其特有的抒发历史感想的方式参与了历史的建构。而文学的历史感想表面上看似乎有些不合时宜,它往往站在传统的伦理立场对历史逻辑发出尖锐刺耳的批判之声。这种伦理关切和现实批判对历史的逻辑运动构成了强有力的制衡作用,用朴素传统的美和善对抗工业化、机械化和商业化所产生的人性异化和压抑。历史的变迁、社会的转型总会发生剧烈的伦理阵痛,一些不识时务的人可能被击败、被淘汰。一些作家坚持不懈地以人道主义情怀关注着人们生活的变迁,悲悯同情着那些失败了的小人物。从某种意义上说,如果没有这种广泛而敏感的同情心,恐怕很难称得上作家,至少算不上好作家。

　　借用昆德拉的话说,文学是对人的存在的发现和询问,而历史的沧桑变化中个体的存在命运则常常是作为社会良心的文学所应关注的。面对历史的逻辑与伦理观念时常出现的不同程度的分裂,文学曾经发

---

①　恩格斯:《致约·布洛赫 1890 年 9 月 21—22 日》,《马克思恩格斯选集》第四卷第 478 页,人民文学出版社 1972 年。

出严厉的质询,或者意味深长的叹息。文学恒久地追寻美的理想、自由的人生和健全的社会,这种伦理境界显然是一种虚幻的人道主义构思。然而,正是这种虚幻的理想境界与人的真实历史处境构成了巨大的反差,文学对历史逻辑的每一次质询,每一声饱含同情的叹息,都是对两者间距离的衡量。或许,文学与道德的亲密关系就集中地体现在这一次次的勘探和衡量上?

第十四章　文学与性别

一　性别的文化属性

文学与性别的关系是个古老而有趣的课题。许多时候,人们总是兴趣盎然地用性别来说明文学的某种风格或气质——文学似乎天然存在着男性气质和女性气质的分别,前者豪放刚强,后者婉约细腻。南宋的俞文豹在《吹剑续录》中如是记载:东坡在玉堂,有幕士善讴,因问:"我词比柳词何如?"对曰:"柳郎中词,只好十七八女孩儿,执红牙拍板,唱'杨柳岸,晓风残月';学士词须关西大汉,执铁板唱'大江东去'。公为之绝倒。"①秦观的诗被时人讥为"时女伤春,终伤婉弱"。元好问则直接称之为"女郎诗"。文学史上,类似的比附屡见不鲜。这样的比附在明显贬低婉约派的同时,还隐含着一种性别认识论上的设定:女性和男性在气质上的分别是先天的、自然形成的。男性之阳刚、粗犷、豪迈与女性之阴柔、细腻、婉约,自然而然地与体质状况、身体结构以及染色体这些自然性因素紧密联系在一起。换句话说,生物学因素决定了男人和女人在性别气质上的本质性差异。长期以来,这似乎已经成为一种常识。

但女性主义者和同情女性主义的人们终于发现这种性别知识中隐藏着父权或男权意识形态的运作痕迹。如同罗兰·巴特在《神话学》中对"神话化程序"所作的分析,意识形态往往是通过自然化和去政治化的

---

① 俞文豹:《吹剑录全编·吹剑续录》第38页,古典文学出版社1958年。

一系列程序而产生作用的。于是,性别知识的去自然化和重新政治化就成为女性主义的首要任务之一。在女性主义理论的经典之作《第二性》中,西蒙娜·德·波伏娃振聋发聩地指出:"女人并不是生就的,而宁可说是逐渐形成的。生理、心理或经济上,没有任何命运能决定人类女性在社会中的表现形象。决定这种介于男性与阉人之间的、所谓具有女性气质的人的,是整个文明。"①《第二性》用了大量的篇幅,从生物学、精神分析学、马克思主义和存在主义角度试图阐明这样一个重要事实:女性的生理状况并不是女性处境的必然原因。事实上,男性中心社会早已事先设置无数规范指定女性的成长过程。从"人"(man)这个语词的意义看,"人就是指男性。男人并不是根据女人本身去解释女人,而是把女人说成是相对于男人的不能自主的人……女人完全是男人所判定的那种人,所以她被称为'性',其含义是,她在男人面前主要是作为性存在的。她就是性——绝对是性,丝毫不差。定义和区分女人的参照物是男人,而定义和区分男人的参照物却不是女人。她是附属的人,是同主要者(the essential)相对立的次要者(the inessential)。他是主体(the Subject),是绝对(the Absolute),而她则是他者(the Other)。"②这样,性别范畴被波伏娃纳入社会权力结构中予以考察。对于女性主义而言,《第二性》的意义在于完成了性别知识的去自然化和重新政治化,为性别的文化社会建构理论奠定了基础。

在波伏娃对性别奥秘的发现基础上,20世纪70年代的理论家尤其是女性主义者开始把"性"(sex)和"性别"(gender)做出严格的区分。前者指生理性别,即两性之间的自然差异;后者又称之为社会性别,"用来指社会文化形成的对男女差异的理解,以及在社会文化中形成的属于女性或男性的群体特征和行为方式。尽管将社会性别和生物性别真实地截然区分开来是困难的,但是在概念上的区分是很有价值的。社会性别的概念能够清楚地表明,关于性别的成见和对性别差异

---

① 西蒙娜·德·波伏娃:《第二性》第309页,陶铁柱译,中国书籍出版社1998年。
② 同上书,第11页。

的社会认识,绝不是'自然'的……作为一种社会构成,它是可以被改变乃至被消除的"①。朱迪斯·巴特勒受福柯后结构主义的启发,提出"性别扮演"理论,将性别建构论又推进了一步。在她看来,性是性别的基础,瓦解男性中心的性别知识体系首先必须解除性的自然属性面纱。她明确地指出:生理性别其实与社会性别一样,都是被社会意识形态建构出来的。没有本质的或天生的自然而然的性。不同的是,性或生理性别具有生物学的基础,能够更有效地隐蔽其原本具有的文化社会涵义。生理性别同样被嵌入社会权力结构的网络之中,具有被规训的一面。对于巴特勒而言,生理性别与社会性别不存在根本的分别。究其实,生理性别就是社会性别。性别对于个体的意义不在于其原本或本质上"是"什么,而在于你"做"了什么或者你扮演了哪种性别角色。因此,"做"一个男性或女性,"是一个对模仿的模仿,是一个没有原件的复制品"。所谓的男性本质或女性本质,事实上只是一种观念的构造,是一种性别的意识形态。某种性生理器官必须表现出某种社会姿态,这是一系列意识形态制造的人为规定。巴特勒颇为激进,其性别扮演理论甚至对异性恋体制也构成了强大的威胁。

  无论是性别建构论,还是性别扮演论,其意图都在于挑战传统的男权文化体系,在于瓦解建立在男性霸权基础上的性别秩序。长久以来,这种性别秩序深刻地嵌在等级森严的逻各斯中心主义的认识论框架之中。这个认识论构架建立在一系列的二元对立的基础之上:太阳与月亮、白昼与黑夜、文化与自然、阳与阴、男人与女人、父与母、理性与感性、男性与女性、坚强与软弱、外与内、尊与卑、主与从、中心与边缘、有序与无序……两者的关系显然是不平等的。在传统的性别秩序中,女性处于从属的位置。男性为第一性,女性只能作为它的对立面和第二性而存在,是被压抑的他者。柏拉图的轮回理论很能说明这一点。他说男人爱智慧和理性,因此与哲学离得很近;而女性则是感性的生

---

① 谭兢嫦、信春鹰:《英汉妇女与法律词汇释义》第 145 页,中国对外翻译出版社公司 1995 年。

物,距离黑暗只有一步之遥。男性如果不爱哲学转世则变成女人,生命再次轮回,就只能向下沉沦变成黑暗的基质。解构这种二元对立的认识论结构,无疑具有一种革命性的意义。因而,在一批态度激进的女权主义者那里,"女性"这个概念几乎也就是"革命"的同义语。不少理论家也承认女性主义运动已经深刻地改变了人类生活的许多方面。《反对资本主义》和《超越资本主义》的作者大卫·施韦卡特甚至有些夸张地认为:20世纪最有意义的革命不是俄国革命也不是中国革命(每一个影响都是巨大的),而是不可逆转的、至今仍然在进行着的变革,那就是女性主义革命,它正在深刻地改变着人类的性别关系。由于女性主义运动,"我们现在正经历着穿越人类历史上最有意义的时刻"①。

二 文学与性别

文学与性别的关系无疑是复杂的。持女性立场的理论家常常偏重于考察文学史上的女性形象和文学史中女性作家的位置,审查父权文化制度如何通过文学塑造来规训女性,审查男性中心的文学史又是如何遮蔽女性作家的成就和如何压抑女性的声音。

的确,"再没有哪种角度比男性如何想象女性、如何塑造虚构或描写女性更能体现性别关系之历史文化内涵的了"②。"由于女性形象在文学中仅是一种介质,一种对象性的存在,一个空洞的能指,所以她们总是被她们的男性创造者按照自己的意志进行削足适履的扭曲变形。"③历史地看,以男性为中心的文学或者妖魔化女性,或者神圣化女性,这是女性形象扭曲变形的两个极端。人们很早就发现,在文学史上

---

① 大卫·施韦卡特:《超越资本主义》第23页,宋萌荣译,社会科学文献出版社2006年。
② 孟悦、戴锦华:《浮出历史地表:现代妇女文学研究》第14页,中国人民大学出版社2004年。
③ 张岩冰:《女权主义文论》第57页,山东教育出版社1998年。

众多的男性文本中,女性形象被截然地分为两种类型:要么是荡妇、妖女;要么是天使、贞女。"红颜祸水"是文学史中长盛不衰的故事,妲己、夏姬、赵飞燕、杨玉环,这些被称为"尤物"的女性美丽、妖艳,富于性魅力,又常常被视为国家社稷之颓败的罪魁祸首,一次次地成为男性失败历史的替罪羔羊。这些故事显然是男性想象的产物和男性欲望的投射,它满足了男性的性欲望、性幻想和推卸历史责任的双重心理需要。在西方古老神话故事中同样流行着这样的故事:夏娃引诱亚当堕落;海妖塞壬以其勾魂的歌声诱惑航海者落水;美杜莎目光所及,变宝为石;美狄亚杀死亲兄弟,烧死情敌,最后为报复丈夫而杀死亲生儿子。在现当代西方文学中,另一种极端是把女性理想化和神圣化为"一个空洞的能指":"大地之母"、"伟大的母亲"、"圣母"、"纯洁的女性"、"永恒之女性"、"家中的天使"……歌德在《浮士德》中充满深情地诉说:"永恒之女性,引导我上升!"福克纳在《喧哗与骚动》中则赋予了黑人老母亲以拯救堕落南方的伟大角色。在中国传统叙事文学中更是充满了才子落难佳人相救的老套故事,这类故事甚至延续至今,演绎出各种各样的当代变体。妖魔化女性显然是对女性形象的削足适履的扭曲变形,而对女性的极度颂扬和圣化则遮蔽了女性真实的生活处境。如同伍尔芙在《一间自己的屋子》中所指出的,男性作家常常把女性虚构成盖世无双的美人,虚构成和男人一样伟大甚至比男人还伟大的女性,但实际上她只是她丈夫的财产。

凯特·米利特的《性政治》和 M.罗杰斯的《烦人的另一半:文学中的厌女史》都注意到了文学史上的一个重要现象:西方文学中一直存在着一种"厌女症"传统。这一传统最初可以上溯到神话中关于人类堕落的故事和潘多拉盒子的传说。这两个故事显然都与神秘而又危险的性相关,它表征了"厌女症"的起源。男性文化把女性视为性动物,正是女性的性欲这个极其危险的诱惑导致人类的堕落和无忧无虑的人类黄金时代的终结。从此,"女人、性和原罪常常联系在一起,构成了西方男权思想的根本模式"。①"厌女症"传统一直顽固地延续至今,从劳伦斯宣扬女性对男性生殖器的崇拜到亨利·米勒和诺曼·梅勒的性暴力美学等等,许多强悍的以男性为中心的作家常常把女性卑贱化、性欲化和"婊子化",许多事实都一再表明"厌女症"所代表的男权思想在西方现当代男性作家的笔下仍然留下了斑斑劣迹,有时甚至愈演愈烈。正如莱丝莉·费尔德勒在《美国小说中的爱与死》中所指出的:19世纪文学中性感而倨傲的"玫瑰"到了20世纪,变成了海明威笔下的"美国婊子",而到诺曼·梅勒手里,更是每况愈下——"他使她更婊了"②。

在中国古代文学中同样存在"厌女症"倾向。这在老套的"红颜祸水"故事和不断出现的"妒妇"形象中都有着明显的表现。其中在经典小说《水浒传》中尤其突出。同情女性的夏志清如是言:"《水浒》中的妇女并不仅仅是因为心毒和不贞而遭严惩,归根到底,她们受难受罚就因为她们是女人,是供人泄欲的冤屈无告的生灵。心理上的隔阂使严于律己的好汉们与她们格格不入。正是由于他们的禁欲主义,这些英雄下意识地仇视女性,视女性为大敌。"③有趣的是,中西文学中还存在与"厌女症"正好相反的"爱女癖"传统。在男性中心的社会里,女性充当审美对象的历史同样十分悠久。男性作家对女性美的热爱与膜拜是否隐含着性别关系的另一种形式?然而,一些敏锐的批评家发现:在弱柳扶风、如花似玉、冰肌玉骨、软玉温香等等修辞描摹的背后仍然隐藏着男权意识形态。这里的审美实质上是一种赏玩、把玩和占有,是把女性客体化,用孟悦的话说就是将女性形象"物品化"④。男性的这种审美不是平等的,而更多地意味着一种奴役。性别等级关系并没有因为这种审美而产生真正的改变。如此看来,男性文本塑造女性形象的修辞技艺与性别政治之间可能存在着种种复杂而隐蔽的关联。

---

① 凯特·米利特:《性政治》第63页,宋文伟译,江苏人民出版社2000年。
② 参见唐荷:《女性主义文学理论》第55页,台北扬智文化2003年。
③ 夏志清:《中国古典小说导论》第110页,安徽文艺出版社1988年。
④ 孟悦、戴锦华:《浮出历史地表:现代妇女文学研究》第14页,中国人民大学出版社2004年。

许多女性批评家都发现,性别政治同样深刻地嵌入了各种以男性为中心的文学批评和文学史书写之中。因此,揭示出文学批评和文学史书写中隐蔽的性别暴力已经成为当代女性主义批评的一项重要课题。在《思考女性》一书中,玛丽·艾尔曼指出了菲勒斯主义批评的一个明显的成规,一种"性别类比模式":男性批评家在评论女性作品时,常常把眼光投向所谓女性气质上,总是习惯地把女性作品当做女性本身,乐此不疲地对女性作品做胸围和臀围的测量。他们可以指责简·奥斯汀的小说"太女性化"了,反过来又责备乔治·艾略特的作品太没有女人味,批评她的男子气是装出来。19世纪的女作家为了回避批评界的排斥,常常使用男性化或中性化的笔名,例如柯勒·贝尔(夏绿蒂·勃朗特)、艾利斯·贝尔(艾米莉·勃朗特)、乔治·艾略特(玛丽·安·埃文思)、乔治·桑(露西·奥罗尔·杜邦)。夏绿蒂为此解释说:我们不喜欢别人知道我们是女性——倒不是因为我们当时怀疑自己的写作和思维的方式不具备所谓"女性特征"——而是我们隐约感到女作家肯定会遇到偏见,我们已经瞥见批评家有时是如何用人身攻击进行惩罚,用恭维奉承表示奖掖,其实并不是真正的表扬。《呼啸山庄》作者真实姓名披露前后评论的陡然转向就是一个典型的个案。披露之前,批评家们虽然也从这部小说中感受到痛苦、消沉、厌烦或者震惊,但还是有不少男性承认小说作者的艺术才华和思想的深度,认为这部小说是一位有希望的、也许还是一位伟大的新作家的作品。而披露之后,人们的眼光迅速从作品转向女作家的私生活,口气也急转直下,变成不屑和贬斥。①

如果说在维多利亚时代的男性批评家眼中,女作家创作和发表小说就好像"丧失贞操"一样让男人不快,那么,在中国古近代,情况表面上看起来似乎有所不同,古代中国至少有推崇才女的传统。据胡文楷的《历代妇女著作考》记述,有著作传世或见于文献著录的女性作家,

---

① 卡洛尔·奥曼:《男性批评家笔下的艾米莉·勃朗特》,见玛丽·伊格尔顿编:《女权主义文学理论》第127页,胡敏等译,湖南文艺出版社1989年。

从两汉到明末共计362家,而有清一代则高达3684家。但事实上文学史并没有给她们留下多少位置,绝大多数的女性作家的创作都被忽略不计了。在男权中心的文学史中,女性作家显然常常处于匿名和缺席的状态。就连胡适这样的新式文学史家也曾经认为:明清"这三百年中女作家的人数虽多,但她们的成绩实在可怜得很。她们的作品绝大多数是毫无价值的"①。艺术史同样可以提供许多事实证实男性权威历史叙事对女性艺术家的不公正和排斥。当代女性主义艺术批评家阿莱桑德拉·柯米尼为此曾提出强烈的疑问:为什么艺术史只有"表现主义之父"蒙克而没有"表现主义之母"珂勒惠之?珂勒惠之和蒙克都对他们所处的时代作出了同等力度的表现和描绘,但迄今为什么却仅仅只有一个蒙克?艺术史家之所以拒绝承认珂勒惠之作为表现主义开创者之一的历史地位,理由可能在于珂勒惠之太"社会"了。但是,与此同时,珂勒惠之却又被排除在"社会现实主义"之外,原因又是她太表现主义了!这不得不让人有充分理由怀疑:"是因为性别,还是因为才华?"②因此,介入文学艺术史的书写,挑战和解构男性文学史的经典化体系,重新发现或寻回女性文学艺术传统,就成为女性主义理论家和同情女性文学命运的批评家们一项重要的课题。

三 女性文学或女性写作

随着女性主义运动的展开,女性的生存状况已经发生了重大的变化,女性文学的崛起就是一个重要的表征。毫无疑问,现今女性文学已经成为文学研究中一个不可或缺的范畴。独立的女性文学史早已出

---

① 胡适:《三百年中的女作家》,《胡适作品集》第14卷第167页,台北远流出版社1986年。

② 参见阿莱桑德拉·柯米尼:《是因为性别,还是因为才华?——德国表现主义中的女艺术家》,见琳达·诺克林等著:《失落与寻回》第82—87页,李建群等译,中国人民大学出版社2004年。

现,一般的文学史也大多开辟讨论女性文学的专章。女性文学和女性写作的崛起构成20世纪文学最为重要的现象之一,这已经是理论家的普遍共识。然而,人们也发现很难给女性文学下一个确切的定义。在当代文学理论中,关于女性文学的界定一直存在着多种分歧。人们可以粗略地概括出四种与它有关的定义:第一种是写女人的文学;第二种是以同情、理解和赞美的态度写女人的文学;第三种是女人写的文学;第四种是用女性主义的立场写作的文学。① 第一种以题材为界定标准,显得过于空泛而没有多少实质性意义。第二种定义也经不起质疑,正如我们上文已经谈到的,文学史上出现的一系列理想化和神圣化的女性形象,很可能只是某种男性意识形态生产出来的"空洞的能指"。第三种定义显然突出了女性文学创作的性别主体。在女性文学普遍被男权文化压抑、排斥的历史时期,它意味着在文学史中始终处于隐匿和失语状态的女性文学逐渐"浮出历史地表",开始发现和建构属于女性自己的文学传统。伊莱恩·肖瓦尔特的《她们自己的文学:从勃朗特到莱辛的英国妇女小说家》、《姐妹们的选择:美国妇女写作中的传统和变化》、谭正璧的《中国女性文学史》、孙康宜的《中国历代妇女诗歌与评论选集》和爱伦·莫尔斯的《文学妇女》等等,都致力于将那些被男性文学史所压抑、遗忘、湮没的女作家重新挖掘出来,致力于建立女性文学发展的谱系。正如肖瓦尔特所言:某种意义上,每一代女作家都会发现自己并没有历史,不得不重新发掘过去,一次次地唤醒自己的性别意识。的确,肖瓦尔特已经深刻地意识到历史的经常性中断导致了女性作家难以拥有一种集体身份认同和准确的历史定位。所以"女人写的文学"这个看似平常的界定在一定的历史时期中却有着特殊的革命性意义。

然而,人们很快就发现这个女性文学传统中埋藏着一系列男权文化的致命木马和种种叙事成规,历史上许多女性文本往往都只是对男性话语的复制。因此,人们有理由提出这样的疑问:所谓"她们自己的

---

① 参见戴锦华:《犹在镜中》第161页,知识出版社1999年。

文学"真的是她们自己的吗？这个传统是否真正具有反抗和消解男性文化霸权的力量？激进的女性理论家显然意识到这一问题的关键性。她们一方面努力从女性文学传统中寻找"独特的女性力量"，试图寻找那些埋藏在女性文本最深处的真正女性的声音，另一方面则努力在严格的意义上重新界定女性文学概念。对于女性传统的重构而言，桑德拉·吉尔伯特和苏珊·格巴的工作有着特殊的意义。她们企图把女性文本转换为女性主义文本，把女性文学传统转换为女性主义文学传统。在著名的《阁楼上的疯女人：女作家与19世纪的文学想象》一书中，吉尔伯特和格巴提出女性文本的"二重性"理论，藉以重新阐释隐藏在19世纪女性文学传统深处的反抗性和革命性。在她们看来，在男权文化的压抑下，女性作家从简·奥斯汀和玛丽·雪莱到艾米莉·勃朗特以及艾米莉·狄金森，她们的文本都是十分隐晦的，人们很难理解这些文本中隐藏在表层之下的深层意义。在她们看来，这些文本具有顺从和反叛父权文化体系的二重性，这种二重性是生存在父权文化体制中的女性主义写作的文本策略。《简爱》就是其中最为典型的一个文本，其表层语义是简爱对代表着男性权力的罗切斯特的顺从，而深层语义则是透过"阁楼上的疯女人"这一意象隐晦曲折地表达出来。《简爱》中的"疯女人"正是吉尔伯特和格巴所要寻找的反叛父权体制的"独特的女性力量"。这个意象一方面瓦解了男性中心文化对女性长期惯用的"天使化"的规训策略，另一方面也构成了简爱的另一面，代表着简爱反抗男性权力的潜在欲望。"阁楼上的疯女人"也是小说家自我的"疯狂替身"，是女作家的身份焦虑和被压抑的愤怒的一种投射。吉尔伯特和格巴声称在19世纪和20世纪女性文学中普遍存在着这种"疯女人"或类似的意象，这足以用来证明女性文学传统隐含着反叛父权意识形态规训的革命性和创造性。

然而，正如托里莫以所指出的，女性文本的二重性理论在阐释《简爱》时得心应手，但却难以有效阐释简·奥斯汀那种温和讽刺型文本，其化约主义倾向也十分明显。① 事实上,用同一把钥匙显然打不开女性文学传统的所有密码,女性文本的二重性理论也无法解释自由表达自我的当代女性文学传统。许多女性理论家都倾向于在严格的意义上重新界定女性文学概念,赋予这个概念更充分的女性主义意义,更强调女性文学的女性意识和女性主义立场。这样,女性主义就成为衡量是不是女性文学的至关重要的标准。女性文学即是用女性主义的立场写作的文学。显然,这是一个"政治正确"的概念,它说明了"女性"立场,然而却没有说明"文学"——女性文学话语的"特质"。也就是说,这种界定方式遗留下另一重要问题:是否存在一种特殊的女性写作方式?女性文学在话语方式上具有哪些区别于男性文学的特征和手段?

自语言产生以来,人类的性别权力关系就已经深刻地嵌入语言的结构。现代语言学至今仍然"沐浴在其发端时的分类学光辉之中",它发现语言在落实到说和写之前,已经存在着一系列既定的和固定的二元结构关系。这意味着语言决不是中性的,语言结构即是一种权力结构。从造字、遣词造句到象征秩序的建立和话语权力的分配,语言始终充当着巩固男性中心意识形态的隐蔽帮手角色。迄今,男性话语仍然是这个世界的主导性话语。因此,女性主义理论常常强调,女性写作应当把语言当做挑战男性中心的斗争场所。但她们却发现对男性语言的抵抗常常力不从心,女性无法拥有属于自己的语言,她们必须借助男性的语言进行写作和思考。这种语言存在论上的困境,正如女性主义理论家伊瑞格瑞所意识到的,女性写作无法不"模仿"男性话语。根据她的分析,在父权文化体制下,女性没有本身之语言,只能模仿男性话语,女性创作的作品无可避免地也是如此。她不能假装在父权制以外的纯女性主义国度内写作:如果她的言说不会被认为是没有必要的瞎扯和废话,她就必须模仿男性话语。② 这样,女性写作首先必须进入男性语

---

① 托里莫以:《性别/文本政治:女性主义文学理论》第 57 页,陈洁诗译,台北骆驼出版社 1995 年。

② 参见托里莫以:《性别/文本政治:女性主义文学理论》第 132 页,陈洁诗译,台北骆驼出版社 1995 年。

言规范体系之中,但另一方面,她们也不会无所作为,女性写作有可能在语言的缝隙中消解男性话语秩序和潜在的性别权力逻辑。

因此,女性主义理论家尝试提出多种语言策略,在男性中心的语言结构和象征体系之外,寻找构建女性话语的种种可能性。

四 性别观点的超越

不少女性主义理论家的思考从性别开始,最终指向对性别的超越。现在看来,性别的超越路径一般有两种:一种是在性别概念的框架内寻找超越的可能,另一种则是将性别范畴与阶级、民族和人类连结从而超越纯粹的性别路线。弗吉尼亚·伍尔芙和埃莱娜·西苏的"双性同体"理论以及晚近出现的"同志"和"酷儿"论述都属于第一种。在《一间自己的屋子》中,伍尔芙从柏拉图和格勒律治延伸出了一种女性主义文学的"双性同体"理论:"在我们之中每个人都有两个力量支配一切,一个男性的力量,一个女性的力量。在男人的脑子里男性胜过女性,在女性的脑子里女性胜过男性。最正常,最适意的情况就是在这两个力量在一起和谐地生活,精神合作的时候……只有在这种融合的时候,脑子才变得非常肥沃而能充分运用所有的官能。也许一个纯男性的脑子和一个纯女性的脑子都一样地不能创作。"[①] 按照西苏的阐释,"双性同体"论的目的在于消除和超越性别的二元对立。在小说《奥兰多传》中,伍尔芙曾经塑造出一个"双性同体"形象——诗人奥兰多。这个形象结合了阳刚与阴柔的双重特质,由"双性同体"达成人格之完整,从而超越性别权力关系对人的结构性限制。

但这毕竟只是一种文学幻想,是对一种理想状态的期望。如果回到性别关系真实的社会历史场景之中,性别压迫仍然存在。在当代女

---

① 伍尔芙:《一间自己的屋子》第120—121页,王还译,生活·读书·新知三联书店1992年。

性主义理论中,有一种观点强调性生活的支配与从属造就了男性与女性的性别权力结构。她们坚持认为异性恋体制包含了男性对女性的压迫。这意味着女性如果要获得真正的解放就必须彻底反抗甚至放弃异性恋,以同性恋取而代之。这样就产生了超越性别的更为激进的方式:"同志"和"酷儿"路线,直接逾越了以异性恋为根基的传统性别秩序。现今,"同志写作"和"酷儿理论"开始进入文学理论的视域中,打开了一个崭新的论述空间。早在20世纪80年代,激进的女性主义理论家已经意识到女性主义与女同志运动之间存在密切的关系,女同志主义被视为实现彻底的女性主义至关重要甚至是唯一的政治选择。在她们看来,社会所确立的任何性别关系都必然含有对女性的压迫和限制,因此拒绝社会分配的性别角色进而建立女同志的自我认同就成为女性解放的唯一路径。这样,传统的男性女性二元结构的性别权力结构就有可能被一劳永逸地瓦解了。但女同志主义论述框架显然不能容纳男同志以及双性恋的经验和话语实践。一个能够包容性更大的概念——"酷儿"(queer)——就在女性主义和同志论述的基础上孕育而生。"酷儿"反对社会对个体的传统定义方式,挑战把个人定义为某种特殊身份、固定在某种社会位置上的做法。"酷儿意味着对抗——既反对同性恋的同化,也反对异性恋的压迫。酷儿包容了所有被权力边缘化的人们。"[①]"同志"和"酷儿"理论的批判都直接指向异性恋体制,认为正是这个被视为自然的天经地义的体制形成了普遍的压迫和操纵性结构的社会基础,这些激进的理论家试图以更"怪异"的方式彻底瓦解异性恋思维的认识论暴力和异性恋体制的压迫性结构。

　　法国女同志作家、女性主义者莫尼克·维蒂格的《性/别》和《异性恋思维》曾经建立了这样的阐释框架:由主人对仆人的压迫关系构成了奴隶制度;资本家对工人的压迫关系构成了资本主义制度;而男性对女性的压迫则构成异性恋体制。"同志"和"酷儿"路线是对这种压迫体制的激进反抗。这看起来是一种性别、阶级与身体解放的接合式思

[①] 李银河:《酷儿理论面面观》,《国外社会科学》2002年第2期。

考，但当把压迫的形成仅仅归结于异性恋体制时，阶级这一重要的社会分析纬度却消失不见了，只成为性别和性解放的一种论述陪衬。

许多人或许更愿意选择将性别范畴与阶级、民族和人类连结，从而超越纯粹性别路线的方式，认为如果要真正解除性别压迫的根本原因，那么，局限于性别立场和性别范畴是远远不够的。女性之间的一个最重要的差别就是她们属于不同的阶级、族群或种族，与女性之间的其他差异一样，她们在不同阶级、族群或种族中的成员身份，"也只能在支配性结构内加以理解，并与其他社会关系扣连。这些社会关系不仅能影响到同一团体内和不同团体之间一些妇女的地位和她们对其他妇女的权力，而且，她们作为某一团体的成员本身构成了一种'强加的身份'"①。在不同的历史时期，阶级之间、种族之间和民族国家之间的关系对性别意识形态的建构可能起着某种举足轻重的作用。性别压迫应该被视为所有不平等和压迫的一个分支，而这种不平等和压迫实际上是加诸人类社会中所有弱势成员的。

的确，如果女性作家不仅仅是作为一个女性，而且同时还作为一个作家，那么，她至少还应当在性别立场之外理解和拥有一种人类的立场，尽可能在更广大范围关心人类处境，并且在这个意义上重新阐释性别概念的历史和当下意义。

---

① 伊瓦-戴维斯：《性别与民族理论》，见陈顺馨、戴锦华选编：《妇女、民族与女性主义》第17页，中央编译出版社2004年。

下篇 如何研究文学

引言　文学性与开放的研究

作家的虚构和想象为什么包含着令人惊异的魔力？美感具有的文化效用可能带来何种后果？文学语言存在哪些秘密？这些问题无不引起人们持久的研究兴趣。历史保存的文献证明，这种研究兴趣至少可以追溯到先秦时期，追溯到古希腊。由于数千年的积累，文学研究逐渐成为一个正规的学科。

现今，文学理论时常从一个初始的问题开始：文学是什么？这似乎是一个合理的起点。界定"文学"的内涵和外延，也就是确认文学研究的对象和范围。从天文地理到政治经济，文学作品可能涉及的知识极其丰富。仅仅一部《红楼梦》，读者就会遇到无穷的问题。宁国府、荣国府的经济来源是什么？贾元春是哪一个皇帝的妃子？大观园的地理位置？林黛玉去世的病因？为什么设置一个太虚幻境？这部小说的传播和出版经历了哪些曲折？如果没有相当的历史文化知识，人们无法给予正确的解答。然而，文学的理论不可能逐一涉猎这些问题。文学研究必须聚焦于文学性。文学理论不是处理经济账目、考据史料或者从事病理分析；用罗曼·雅各布森的话说："文学研究的主题不是作为总体的文学，而是文学性，亦即使特定的作品成为文学作品的东西。"[①]许多人援引这个论断划定文学研究的学科边界，同时将各种非文学的内容摒弃于学科范围之外。人们可以听到这种辩解：即使不了解大观园的地理位置，而且无法确认林黛玉死于肺病还是心肌炎，读者仍然可

[①] 转引自特伦斯·霍克斯：《结构主义和符号学》第60页，瞿铁鹏译，上海译文出版社1987年。

以读得懂作为文学的《红楼梦》。

　　这种研究明显地具有崇拜"纯粹"的倾向。理论家企图割断各种复杂的关系,将文学清晰地剥离出来,单独置于文学研究的显微镜之下。这种文学是独立的,不是某种政治口号或者思想观念的附庸,也不是某种社会学的翻版。文学就是文学本身。这种倾向当然可以追溯到康德的美学思想。所谓的"纯文学"或者"为艺术而艺术"无一不是这个理论家族的成员。如果说,这些文学自律的主张通常只有一种激进的姿态,那么,雷·韦勒克和奥·沃伦则是对于文学的外部研究与内部研究都做出了详细的理论辨析。他们将文学的条件、环境、背景均视为外部因素。外部因素的研究仅仅告知起因而无法描述、分析和评价文学作品。在韦勒克和沃伦的眼里,文学和传记、文学和心理学、文学和社会、文学和思想以及文学和其他艺术等之间关系的研究仅仅是在外围兜圈子,真正的文学研究必须进入内部。显然,韦勒克和沃伦考虑的内部研究主要指向了语言和形式。谐音、节奏和格律、文体和文体学、意象、隐喻、象征、神话、叙述模式、文学的类型——这些才是与文学息息相关的问题。很大程度上,韦勒克和沃伦对于文学研究的内部与外部的划分,同时也意味了学科地图的等级结构。

　　文学研究作为一个学科存活于学院之中,学院的教学和学术体制必然要求提供一套完整的现代知识。现代自然科学通常被视为标准的范本。这不仅是以概念、范畴、分析和实证、宏大的体系以及严谨的逻辑代替印象主义的零星感想,而且十分强调知识的普遍性。从何谓文学性到支持这个结论的众多命题,各种论断必须成为所有文学史普遍适合的公式。现代性的重要特征之一是,普遍的知识正在陆续将世界联成一体。权力对于社会的主宰逐渐转成知识的控制。由于文学的浪漫主义传统和边缘地位,文学研究迟迟才被纳入现代知识体系。尽管如此,文学研究的规范和严谨已经愈来愈明显。新批评和俄国形式主义理论均力图摆脱心理主义的"感受谬误",尽可能采用更具"科学"风格的语言形式来描述;结构主义企图发掘文学的终极结构,或者提炼某种普适的"叙述语法",这种目标的设置与自然科学的研究范式不谋而合。即使在精神分析学派那里,密集的概念对于深度心理学的图景描述也表明,普遍知识业已征服了最后一个角落——变幻莫测的内心领域。

文学是什么?或者何谓普遍的文学性?到目前为止,这个问题周围聚集了大批的理论家。沸沸扬扬的争辩之中,种种观点此起彼伏,包括现实的模仿,社会历史的再现,想象与情感的表现,美的象征,人性,无意识,如此等等。20世纪以来,试图从语言形式内部搜索文学性的研究盛极一时。尽管理论家对于文学性的内容莫衷一是,尽管剥离文学语言的企图迄今尚未实现,但是,这并没有动摇他们的强大信念:古今中外的文学都存在某种固定不变的本质。在他们心目中,各执一词的论争无非是结论降临之前的序曲。只要耐心等待,"文学是什么"终将出现一个一锤定音的答案。

然而,从20世纪下半叶开始,另一批理论家对于以上预设的怀疑愈来愈强烈。"文学是什么"久攻不下,这是否意味着文学研究未能提出一个正确的问题?他们的怀疑逐渐集中到这个焦点之上——古今中外的文学是否存在某种固定不变的本质?这种观点被称之为本质主义,本质主义的致命缺陷是形而上学。从卷帙浩瀚的长篇小说到短小的十四行诗,从文人雅士的大赋到瓦舍勾栏的说书,或者,从众多方言区域的地方戏曲到逐鹿国际电影节的各国电影,理论家企图找到某种"本质"一网打尽诸多文学类型的特征。可是,即使如愿地编织出一个装得进所有文学的口袋,这种大而无当的结论又有多少意义?与固定的物质结构或者循规蹈矩的天体运动不同,文学的虚构和想象在不断地破除成规,作家的写作动机千奇百怪。破译"文学是什么"既无助于作家发现写作的捷径,也无助于更为深入地体会某一个时代的文学。确定"文学性"的定义,一整套后续的命题各司其职,这仅能有限地描述文学的表象。阐释活的文学不能不阐释具体的作家及其历史环境,这时的形而上学时常无能为力。的确,这就是高高在上的形而上学最为常见的姿态:抛弃具体,忽视历史。

历史并不支持亘古不变的"文学性"概念。古代的理论家谈论"诗言志"或者"诗缘情",谈论"文以气为主"或者"文以载道",谈论小说的"草蛇灰线"或者"横云断山",但是,他们心目中不存在"文学性"。相当长的时间里,古汉语之中"文学"的涵义与现代意义上独立学科的"文学"相距甚远。甲骨文之中的"文"字通纹身的"纹"。孔子《论语》之中的"文"字泛指文字、文辞、文献、文采,《论语·先进篇》之中有"文学:子游,子夏"之句,这里的"文学"乃是"文献知识"之义,更像是现今所谓的人文知识。至于遣词造句、谋篇布局、具体的文章修辞通常称为"词章之学"。现代意义上的"文学"观念从人文知识之中脱颖而出,成为诗、散文、小说、戏剧的总称,不过就 100 年左右的历史。独立的文学观念的出现显然是现代性的产物,其中西方文化的推波助澜功不可没。鲁迅在《门外文谈·不识字的作家》中指出,现今的文学"不是从'文学子游子夏'上隔下来的,是从日本输入,他们的对于英文 literature 的译名"①。1905 年,王国维在《论哲学家和美术家之天职》中将戏剧小说称为"纯文学",他的观念之中无疑保存了康德思想的痕迹。如何以学科的名义归纳、维持一种专门的知识?许多人的兴趣集中到学院体制与持续巩固独立的文学观念之间的关系上。他们详细考察了教育史上的一段特殊转折:从 1902 年的《京师大学堂章程》到 1903 年的《奏定大学堂章程》,"文学"终于正式被纳入课程设置,并且显示了与传统的"词章之学"迥然不同的知识体系。② 学院的知识承传在体制上保证了独立的文学观念一代又一代地薪火相传。

　　人们没有理由将从"词章之学"到"文学"——即 literature——想象为一种进步,想象为从混沌、杂乱抵达清晰、明朗的终点。西方文化之中,literature 一词并非始终如一地保持固定的涵义稳居于各种命题

---

① 鲁迅:《门外文谈·不识字的作家》,《鲁迅全集》第 6 卷第 93 页,人民文学出版社 1998 年。

② 参见陈平原:《中国大学十讲》之"新教育与新文学",复旦大学出版社 2002 年;《大学校园里的"文学"》,《渤海大学学报》2007 年第 2 期;戴燕:《文学史的权力》之"新知识秩序中的中国文学史",北京大学出版社 2002 年;陈国球:《文学史书写形态与文化政治》之"文学立科",北京大学出版社 2004 年。

的顶点。雷蒙·威廉斯曾经对 literature 的历史详加考证：14 世纪的时候，这个词意谓"通过阅读所得到的高雅知识"。经过了两三个世纪的复杂演变，这个词在 18 世纪中叶开始指称"写作的工作与行业"。"这似乎是与作家这个行业的高度自我意识有关；这些作家处在一个过渡时期，是从接受他人资助过渡到市场的书籍销售。"尽管 literature 所指的仍然是高雅知识类别的"书本与著作"，但它已包含了"写得很好"、"具有想象力或创意之类的书"等意思，尤其是在大学，被解释为文学（主要是诗、戏剧与小说）教学。雷蒙·威廉斯总结说，"很明显，literature（文学）、art（艺术）、aesthetic（美学的）、creative（具创意的）与 imaginative（具想象力的）所交织的现代复杂意涵，标示出社会、文化史的一项重大变化"。literature 的现代涵义确定之前，替代它的词是诗（poetry）。"在具有高度想象力的特别情境里，poetry 一直是书写（writing）与演说（speaking）的最高境界。"①这种状况再度证明，历史上不存在某种纯粹的文学性。现有的文学观念毋宁说是各种文化因素——从语言学、修辞学、写作行业的自立到印刷术、教育体制、学术分科观念、考试制度等等——的交汇、互动、平衡之中共同生产出来的。更为重要的是，这种历史演变并没有中止。传播体系的改变、新型的写作或者学术分科观念的调整还可能迫使人们修改对文学观念的认识。捍卫这种历史主义观念的时候，特里·伊格尔顿不无夸张地断言："如果我们的历史发生极为深刻的变化，将来我们很可能会创造这样一个社会，它完全不能从莎士比亚获得任何东西。他的作品那时看来可能会是完全陌生的，充满这样一个社会认为是有局限的和不相干的思想方式与感情。在这种情况下，莎士比亚也许不会比今天的很多涂鸦更有价值。"②

这种观点必然引起了人们对于文学经典的怀疑——文学经典难道不是宣谕和保存文学性的范本吗？然而，围绕文学性的争辩的确已经

---

① 参见雷蒙·威廉斯：《关键词》第 268—273 页，刘建基译，三联书店 2005 年。
② 特里·伊格尔顿：《二十世纪西方文学理论》第 13 页，伍晓明译，陕西师范大学出版社 1987 年。

把战火蔓延到经典领域。研究表明,文学经典的形成不能完全归结为文学性。文学性之外的体制——例如教育、文学批评、学术圈子、重要的文学奖项——共同参与了认定文学经典的运作。这就不可避免地引入了各种权力关系以及特定的价值观念。对于现今的文学研究来说,分析文学经典背后的性别歧视或者欧洲中心主义已经成为颠覆传统文学史的重要策略。尽管哈罗德·布鲁姆的《西方正典》力图重新将文学经典拉回"诗的完整和纯粹"①,并且痛斥那些热衷于意识形态的理论家为"憎恨学派",然而,这仍然无助于为文学经典证明它的纯粹的文学性。正如 D. 佛克马和 E. 蚁布思已经阐述过的那样,东方传统并不推崇古希腊文学。这至少表明,并没有一种文学性能够跨越不同的文化圈而赢得普遍的接受。在历史之轴上,文学经典的地位也不可能坚如磐石。佛克马和蚁布思认为,历史意识的变化将会引出新的经典。他们列举了文学经典所遭遇的三次危机来证明这一点:第一,中世纪向文艺复兴过渡的时期;第二,古典主义向浪漫主义过渡的时期;第三,儒家中国向现代中国过渡的时期。② 无论如何,文学史上林林总总的文学经典无法被收缩到某种固定的本质之内。

放弃本质主义,也就是放弃把文学史叙述为奔赴某一种本质的线性运动。正如彼得·威德森所说的那样,文学性仍然可以视为界定文学概念的特征;但是,这不是某种固定的本质,只能在"历史的、文化的、社会的地位、功能和影响中,而不是在审美本质中,确立'文学性'的定义"。他不主张在语言学意义上,或者在所谓本体论意义上规定"文学是什么"。彼得·威德森的文学观是功能主义的:"所谓文学其实就是在作者、文本、读者这三者没有穷尽的、不稳定的辩证关系之历史中不断重构的。"③如果考虑的范围更大一些,那么,人们只能在纵横

---

① 哈罗德·布鲁姆:《西方正典》第 13 页,江宁康译,译林出版社 2005 年。
② 参见佛克马和蚁布思:《文学研究与文化参与》第 43、49 页,俞国强译,北京大学出版社 1996 年。
③ 参见彼得·威德森:《现代西方文学观念简史》第 115 页,钱竞等译,北京大学出版社 2006 年。

交错的文化网络之间考察文学,在各种文化门类的差异之中定位文学。这种观点显然转移了问题的重心。无论是唐诗宋词、历史演义小说还是古希腊史诗、莎士比亚戏剧,种种文学类型的酝酿、诞生、演变都并非因为一个事先规定的本质,而是某一个时期历史文化的要求。刘勰《文心雕龙》的《通变》指出:"夫设文之体有常,变文之数无方";《时序》又认为:"文变染乎世情,兴废系乎时序。"已有的文学积累提供了发轫的起点,文学持续演变的动力来自文学外部的历史环境。换言之,对文学与本质的考察远不如对文学与历史的考察重要。对于文学研究来说,这带来了两个意味深长的后果:第一,文学性的定义只能是相对的,每一个时代都可能修改已有的定义;第二,相对于推敲一个普适的定义,不如解释某一个历史时期为什么产生这种而不是那种文学特征。

如果说,对文学性的定义的研究是对于众多文学经验的概括、提炼、删繁就简,那么,进入纵横交错的文化网络来定位文学要包含着远为复杂的程序。这必须涉及一大批因素的相互衡量和比较,这些因素的数量之多超出了许多人的预想。例如,考察现今的文学特征,人们就无法绕开既有的学术分科背景。置身于众多学科之间,文学的特征不是自我确证,而是相对于经济学、历史学、哲学、新闻、心理学等众多他者而得到认定。文学之所以存在,恰恰是因为文学承担了另一些学科无力承担的功能。这种衡量和比较不仅显示了文学与另一些学科——例如经济学、历史学或者新闻——的差异,而且还表明了现今的文学与古代文学的差异。为什么现今不再出现荷马史诗或者《庄子》?显然,这些作品只能植根于文学、历史、哲学、宗教神话混沌未分的文化土壤之中。人文知识的学科分化迫使文学不断地确认、凝聚自己的某些特征,同时舍弃另一些功能。雷蒙·威廉斯看到,从17世纪至18世纪,小说家(novelists)的涵义依次经历了从创新者、爱传播新闻的人到散文体小说作者的变迁。[①] 这显然与历史学和新闻的成熟密切相关——小说逐渐从中分离出来了。另一方面,文化传播媒介也是文学特征的

[①] 参见雷蒙·威廉斯:《关键词》第183页,刘建基译,三联书店2005年。

决定因素。竹简时代的文学与纸张发明之后的文学不同,印刷术以及平装书将文学带入了一个新的阶段。20世纪之后,谈论文学的时候决不能无视报纸、杂志、电影、电视和计算机互联网的存在。此外,文学运行的外部环境亦非无足轻重的因素。某一个历史时期的稿酬制度、作家的组织机构、公共领域的开放程度、文学教育水平以及公众的阅读习惯如何潜在地改变了文学的特征?如今的文学研究已经愈来愈重视这些问题。总之,要回到具体、回到历史也就是考察多重因果关系交织之间的文学,而不是期待找到一把独一无二的钥匙打开文学之门。

然而,在20世纪上半叶的很长一段时间内,许多理论家觉得已经找到了这把钥匙——语言形式。从英美的新批评、俄国形式主义到结构主义,语言形式成为了聚集理论家的一个乐园。他们聚精会神地拆解、分析和研究文学的语言形式,力图找到文学的最后秘密。这个集体性的理论行动具有多个源头,语言学的突破是最富于启示的脉络——人们通常称之为"语言学转向"。这个理论行动到了20世纪下半叶逐渐萧条,研究似乎没有达到预期的目标。文学语言的某些特征无法隔离出一个异于日常语言的特区。彼得·威德森的结论是:"可以说,没有确凿的证据证明存在着一种'专门'(peculiar)适合于文学的语言。"①或许这么说更清晰一些:尽管语言形式显示出自我复制的连续性,用巴赫金的话说,这是形式返回自己开端的"创造性记忆"②,但是,这一切并非来自结构主义想象的某种终极结构,并非是剥离了历史内容之后形式的自我完成。文学史事实证明,社会、历史、意识形态时常有力地介入,成为文类、叙事、修辞等语言形式变异的诱因。20世纪下半叶崛起的文化研究,一个重要的主题就是发现隐藏在语言形式背后的意识形态和种种权力关系。无论是逾越传统的学科边界而进入教育、历史、大众传媒,还是逾越文学经典而进入通俗的大众文化,文化研究试

---

① 彼得·威德森:《现代西方文学观念简史》第94页,钱竞等译,北京大学出版社2006年。

② 参见米哈依·巴赫金:《陀思妥耶夫斯基诗学问题》第156页,白春仁等译,三联书店1988年。

图展开的都是文学栖身的文化网络。

迄今为止,文化研究遭受的主要质疑仍然是——文学消失了。性别冲突、种族歧视、复杂的阶级图谱、公共领域结构或者消费主义的霸权,诸如此类的主题占据了学术刊物的版面之后,文学将再度隐没到一幅幅社会图景背后,充当无足轻重的例证。这些顾虑表明,许多人仍然习惯于站在本质主义的立场想象文化研究。文化研究考察了文本内部的性别意识,那么,文学就是女权主义的控诉书;文化研究考察了某一个时间文学描述的物质生活,那么,文学就是消费状况的调查报告——总之,本质主义总是倾向于把文学还原到某种唯一的本质之上。事实上,文化研究毋宁说是解释文学存在的各个层面,解释哪些因素共同制造美感的震撼。换一句话说,文化研究力图再现围绕着文学的多重关系,而不是把文学锁进一个抽象的本质。真正的文学杰作通常是包含了种种话题的场域。这些话题彼此呼应,而不是互相否定。谈论杜甫"三吏"、"三别"如何关注民瘼,并不会妨碍这几首诗的音韵节奏研究;女权主义理论家分析夏洛蒂·勃朗特《简爱》之中"阁楼上的疯女人",故事的悬念或者叙述视角仍然在叙事学的意义上产生作用。尽管关注民瘼、女权主义、诗的音韵节奏或者叙事学分别拥有自己的理论脉络,但是,文学成功的标志往往表现为诸多脉络恰如其分的交汇。对于一部作品来说,语言形式的分析时常成为阐述某一个主题的音韵节奏或者叙事学。所以,谈论文学的语言形式,并不意味着文学必须抛弃社会、历史、意识形态而仅仅把自己限定为语言形式。

特里·伊格尔顿并不忌讳将文学与意识形态联系起来——《美学意识形态》即是他一本著作的名字。意识形态可能是一批观念,一些图像,一些价值判断。意识形态拥有强大的覆盖范围,因而是人们想象生活的基本依据,甚至成为一些不言而喻的前提。意识形态不仅负责断定社会、历史、国家、正义、善与恶等等大是大非的观念,而且同时深入到人们饮食起居的日常生活。如果说路易·阿尔都塞曾经阐述过意识形态及其意识形态国家机器如何将社会成员训练为合格的主体,①那么,伊格尔顿强调的是,美学如何加入现代社会各种形式的意识形态建构,如何将种种抽象的概念、理论、责任"镌刻在主观经验的细节里",从而塑造出"高度自律的个体"。② 许多时候,文学是意识形态内部的一个重要门类。无论是接受某种判断还是拒绝某种观点,文学制造的美感震撼都是一个有效的放大器。从民族国家的观念、某种身份的认同到特定的道德判断或者对于宗教、阶级、性别、财富、生态环境或者国际关系等种种重大问题的态度,文学的形象而生动的故事所携带的信息都远比抽象的说教更易于深入人心。

当然,这并不能证明文学仅仅是意识形态的驯服工具。另一些时候,文学可能对意识形态提出挑战——甚至用乔纳森·卡勒的话说,文学也可能导致意识形态的崩溃。③ 意识形态包揽甚至垄断了对生活的解释。但是,文学时常生产出一些摆脱了意识形态解释体系的形象,进而暴露出意识形态的漏洞、僵硬、古怪和悖谬。曹雪芹的《红楼梦》对于仕途经济的不屑,列夫托尔斯泰的《复活》对于正人君子的反讽,卡夫卡的《城堡》和《审判》对于官僚体制和异化的法律的恐惧,约瑟夫·海勒的《第二十二条军规》对于战争的冷嘲热讽,诸如此类的主题均是对当时意识形态的叛逆。文学之所以常常被誉为"先锋",是因为文学的叛逆常常成为开启另一个历史时期的象征。文学制造的尖锐冲击不仅来自奇异的形象及其主题,而且可能来自奇异的语言形式。某些实验性的叙事、修辞、文类大胆地破除传统的表意方式,从而为新型的主题开拓了形式的空间。那些诗人终日字斟句酌,推敲再三——如果他们不是在寻找精神的某种新的可能,不懈地玩弄文字游戏又有多少意

---

① 参见路易·阿尔都塞:《意识形态和意识形态国家机器》,见《哲学与政治——阿尔都塞读本》,孟登迎译,吉林人民出版社 2003 年。
② 参见特里·伊格尔顿:《美学意识形态》第 3 页,王杰等译,广西师范大学出版社 1997 年。
③ 参见乔纳森·卡勒:《文学理论》第 41 页,李平译,辽宁教育出版社、牛津大学出版社 1998 年。

义呢？这时，文学的魔力不仅与形象、虚构联系起来，而且必须追溯到语言形式和意识形态。这必将使文学理论进入一个广阔的领域。的确，文学理论只能是"文学"的理论，但是，文学研究的范围和意义将远远超出文学。

第一部分　文学史与文学理论

第十五章 文学史与经典

一 文学史的兴起

在西方,虽然从亚里士多德开始,在人类的著述中已经可以找到文学史概念与写作方式的萌芽,但是,人们一般认为17世纪后期到18世纪是现代文学史写作真正开始的时期。长达百年波及整个欧洲的"古今之争"孕育出文学研究的历史意识,现代意义上的文学史观念在这场影响深远的论争中初见端倪。从18世纪晚期到19世纪初,由于席勒、弗·施莱格尔和赫尔德等人的介入,文学史研究逐渐变得复杂和成熟起来,成为历史和文化哲学的重要组成部分。1795年席勒发表了著名论文《论素朴的诗与感伤的诗》,在古今比较中阐述文学发展和历史进步的理念;在维柯的历史哲学和温克尔曼艺术史的影响下,赫尔德第一次提出了关于文化发展中的继承性问题:"各族人民的发展仿佛构成一个统一的链条,在这个链条上每一个环节都必然是与前一个环节和后一个环节相联系着的。每一个民族都利用自己前辈的成就并且为继承者准备基础。"[①]弗·施莱格尔指出:"'真正的文学史'所要考察的,是'每个时代的文学精神',作为'整体'的文学以及'它在主要民族那里的发展趋势'。"[②]

19世纪的文学史写作延续了赫尔德和弗·施莱格尔的思想。丹

---

① 参见阿·符·古留加著:《赫尔德》第66页,侯鸿勋译,上海人民出版社1985年。
② 参见加比托娃:《德国浪漫哲学》第104页,王念宁译,中央编译出版社2007年。

纳在其著名的《英国文学史》的序言中,明确提出影响文学的生产与发展的社会因素有三大方面:种族、环境与时代。其中,时代是影响文学的"后天动量",它是一种既定的推动力。时代走向制约着某种文学才能和风格的发挥,这种制约是通过时代精神或特定时代的民族心理而产生作用的。在《艺术哲学》中,丹纳更具体全面地阐释了种族、环境与时代对文学的深刻影响。丹纳文学史的出发点"在于认定一件艺术品不是孤立的,在于找出艺术品所从属的,并且能解释艺术品的总体"。这一总体有三个层次:一个作品属于作者全部作品;属于某个艺术流派或艺术家家族;属于"一个更广大的总体"即它的时代。丹纳在这部广泛传播的著作中反复提到"时代精神"或"精神状态"的概念,"作品的产生取决于时代精神和周围的风俗"。他甚至认为:"要了解一件艺术品,一个艺术家,一群艺术家,必须正确地设想他们所属的时代的精神和风俗概括。这是艺术品最后的解释,也是决定一切的基本原因。这一点已经由经验证实,只要翻一下艺术史上各个重要的时代,就可以看到某种艺术是和某些时代精神与风俗情况同时出现,同时消灭的。"[①]卡莱尔的阐述更为有力:"一个国家的诗的历史,是该国的政治、科学与宗教史的精华。一位完整的诗的史学家,应熟悉这一切:民族的型态,它最佳的特色,及它各阶段的生长过程,——都是他所不可遗弃的,他会察觉每个时代精神的大趋势,便是每个时代人类的最高目的与热望,同时他当知道,每个时代如何自前一时代演变而成。这样一位的史学家,才能纪录国家的最高目的,及它不断的发展和方向;因为一个国家的诗受着国家的目的的影响,而变化不已。"[②]文学史研究显然承担着发现一个民族心理、考察时代精神变迁以及民族国家想象的重要使命。从丹纳的《英国文学史》到勃兰兑斯的《十九世纪文学主潮》,19世纪的文学史写作大多是这种历史主义的产物。直至20世纪

[①] 丹纳:《艺术哲学》第7—8页,傅雷译,人民文学出版社1963年。

[②] 参见卫姆塞特、布鲁克斯:《西洋文学批评史》第489页,颜元叔译,中国人民大学出版社1987年。

形式主义、后结构主义和新历史主义的兴起,这种含有历史决定论色彩的文学史范式才受到剧烈的挑战。1940年代的韦勒克、沃伦和1990年代的英国诗歌史专家大卫·珀金斯(Perkins)甚至提出文学史是否可能的疑问。许多事实表明,在当代西方的文学研究领域,文学史尤其是通史型文学史已经不再享有19世纪那种无可争议的荣誉与地位。

广义地看,中国文学史的萌芽最初可以上溯到上古的巫官文化和先秦的史官文化,"艺文志"、"文苑传"、"诗文评"、"目录书"、"笔记"、"评点"、"杂论"以及各种作品的选集、总集都可以视为文学史写作的早期形态,而南北朝时期刘勰的《文心雕龙·时序》则是古代中国文学通史的雏形。直到20世纪初,现代意义上的文学史才真正诞生。

现今,形式纷繁的文学史已经组成一个庞大的家族体系,这个体系通常被视为文学学科的重要基石。许多人对于文学史具有一种特殊的好感:文学史意味着某种坚硬的、无可辩驳的事实描述,这样的描述避免了种种时尚趣味的干扰而成为一种可以信赖的知识。在他们心目中,文学史是文学知识的集大成,因此,文学史甚至如同某种有效的证书:文学史的写作标志了一个成熟的学术阶段——标志写作者业已可能纵论和总结一个学科积累的全部资料。目前为止,多数文学史著作力图追求的基本特征——清晰、实证与知识的专门化——显然与既定的教学体制相互呼应。在"中国文学"的学科框架内部,文学史无疑是一门"显学"。据考,第一部中国文学史于1910年公开出版;八十余年之后,面世的中国文学史已经近900部。这个惊人的数字表明,文学史的写作隐含着非凡的吸引力。

如同韦勒克曾经观察到的那样,文学学科通常包含了文学理论、文学批评与文学史。许多时候,三者之间不可避免地要争夺学科盟主的位置。如同许多人看到的那样,三者之间并不存在清晰的楚河汉界,种种混杂与交叉不时可见。或许可以说,越逼近某些重要的个案研究,三者之间的界限就越模糊。在这个重要意义上,人们有理由提出这样的问题:为什么文学史更多地赢得了人们的器重?王瑶曾经指认了文学史的归宿:文学史从属于历史话语。① 这样的类别归宿表明,文学史分享了"历史"这个概念的特殊份量。历史是什么?《说文解字》曰:"史,记事者也,从又持中。中,正也。"如实的记叙是历史话语的基本职能,同时是历史话语的威信所在。历史话语的重要功能还在于,将事实意义的认定转换为现实之中的某种价值规范。韦勒克已经发现,历史叙述仿佛具有某种纳入正统的意味;文学史阐明某种文学的"进化"也就是肯定这个历程体现的某种价值。② 因而,文学史即是文学经典化的历史:文学史无疑是经典之作的鉴定,许多人无条件地信任文学史公布的经典书目。诚然,文学史的写作包含了种种作品的挑选、争议、权衡,然后,这个复杂的辨识过程消失在人们的视域之外。没有多少人愿意继续翻阅庞杂的原始资料,重新甄别和披沙拣金;人们相信,历史话语的信誉已经承担了一切——那张熠熠生辉的书目同时也是一份无可挑剔的鉴定书。如果人们只能凭借这张书目想象文学,那么,文学史的介绍——无论洞见还是短视——就构成了人们进入文学的唯一闸门。

二 经典、经典化与权力

文学史如何行使现实的权力?文学史如何将某些文学知识固定下来,使之成为恒定的范式不断承传?这时,人们有理由考察经典的形成及其效果。通常,种种价值尺度是抽象的、空洞的、教条的;经典的出现终于使这些尺度的论述拥有某种网结点和可感可触的榜样。

如同政治史时常存在一个帝王体系一样,文学史通常存在一个经典体系。某种程度上可以说,文学史的叙述即是将一系列的经典连缀为一个体系。这样的体系包括一批作品篇目,包括对这些作品成就的判断以及它们相互之间的联系。历史上曾经问世的作品不计其数,人

---

① 《王瑶文集》第5卷"后记",北岳文艺出版社1995年版。
② 韦勒克、沃伦:《文学原理》第296页,三联书店1984年。

们只能望洋兴叹;这时,经典体系可能被想象为一张历史性的导航图,重重选选的出版物化约为寥寥几部。然而,如果考虑到经典体系通常被称之为社会文化的宝藏,如果考虑到经典的形成包含了主流文化的审核与确认,那么,人们就不会仅仅将删繁就简视为经典体系的首要功能。事实上,经典体系的代表性来自作品背后某种不断承传的价值规范。

经典是什么?"经"的本义是织物的纵线,后引申为经天纬地的宏大之义。刘勰《文心雕龙·宗经》曰:"经也者,恒久之至道,不刊之鸿教也。""经"或"经典"一般用来指称宗教的主要典籍以及具有权威性的学术著作。文学经典是指那些具有极高的美学价值、并在漫长的历史中经受考验而获得公认地位的伟大文本。中文"经典"一词与英文中的"canon"语义相近。在英文中,经典一词还可以用 classic 来表示,意指一流的、最高一级的、被证明是典范的、标准的、不朽的作品。在权威性和典范性的意义上,"经典"和"古典"的语义显然存在着高度的一致。文学经典即是公认的伟大作家的不朽作品,具有强大的审美的力量、艺术原创性和美学典范的意义,它构成了利维斯所说的"伟大的传统"。对于当代文学而言,经典是一个标尺或艺术作品思想与艺术高度的价值预设,它标明了一种理想的高度。正如哈罗德·布鲁姆在《西方的正典》中所言:"无论怎样我们不能抛弃莎士比亚,或抛弃以他为中心的经典。我们常常忘记的是莎士比亚在很大程度上创造了我们,如果再加上经典的其他部分,那就是莎氏与经典一起塑造了我们……没有莎士比亚就没有经典,因为不管我们是谁,没有莎士比亚,我们就无法认知自我……没有经典,我们会停止思考。"[①]那么,文学经典又是如何认定的?经典的认定无疑是至关重要的权力——经典的生成或经典化与某种公理的确立密不可分。许多时候,个人无法独享这样的权力;经典的最终确认是一个文学制度共同运作的结果。这即是说,经典不仅来自某些个人超凡的阅读趣味,同时,文学的生产、传播

---

① 哈罗德·布鲁姆:《西方的正典》第 28—29 页,江宁康译,译林出版社 2005 年。

和接受均属制造经典的一系列环节。按照斯蒂文·托托西的观点，"文学制度"由一些参与经典选拔的机构组成，"包括教育、大学师资、文学批评、学术圈、自由科学、核心刊物编辑、作家协会、重要文学奖"。① 相传孔子删诗，裁定《诗经》。可是，这样的编辑仅仅是初步的整理；事实上，《诗经》的经典地位同时源于孔子之外一系列儒家典籍的反复论证——从"诗言志"、"思无邪"、"温柔敦厚"的"诗教"到"发乎情，止乎礼义"和"经夫妇，成孝敬，厚人伦，美教化，移风俗"，只有历代持续的阐释、研究与行政机构的权力保护才能使这部著作的经典地位赢得历史的承认。尽管多数文学制度的运作并没有进入正规的历史叙述，但是，文学史给出的结论之中已经积累了这种运作的份量。

关于经典的认定一向存在两种不同的观点。一种观点认为：伟大的作品本身就是伟大的，经典本身就具有经典的艺术特征与思想价值。时间是塑造经典之手，唯有经受了漫长的时间考验之后仍然被视为伟大的作品，才能成为经典，经典即是不朽之作。这样，经典的遴选就是一个客观的历史过程。这显然是一种过于理想化的看法。另一种观点则认为，经典的形成或经典化很大程度地嵌入了权力和意识形态结构。文学机构、文学制度的严格审查，艺术标准和美学尺度的运用，这使经典的遴选表面上看似乎具有客观公正的品质，然而，一旦详细而充分地解析经典的遴选程序，人们就会发现，所谓的公正、客观仍存在许多可疑之处。事实上，任何一种文学作品都无法独立于特定的社会历史以及生活形态之外。特里·伊格尔顿曾经就不无尖锐地指出，即使是莎士比亚这样的经典作家，也不过是文学或文化机构的一种任命。长久以来，人们一直在讨论如何用经典组成文学选本，进入教育体制，文学史如何依赖经典的序列排列进行编码等问题。现今，人们开始意识到这样的问题：这些经典究竟是"谁的经典"？哪些批评家、文学史家或者哪一个文化机构从事经典的生产并维护经典的权威？一方面，批评

---

① 斯蒂文·托托西：《文学研究的合法化》第33页，马瑞琦译，北京大学出版社1997年。

家和文学史家难以保证不被个人或所属的学术社群以及学术机构的价值观念所影响;另一方面也可能不存在某种纯粹的客观的文学与学术机构。文学的发展必然在很大程度上依赖于与之共生并存的社会文化/权力结构。任何文学机构的生存都必须取得更为强大也更具权威的机构——通常是政治机构——的支持,这种支持以文学机构充任国家和社会生活的一个构成单位和职能部门为交换条件。因此,文学机构置身于一个更为广阔的社会权力关系结构之中。这时,文学机构遴选出来的经典以及遴选背后的一整套价值标准,必然与政治信念和意识形态密不可分。在市场化的时代,经典的遴选不仅受到文化政治的深刻影响,经济和资本的力量也常常介入其中,起着不可轻视的作用。

文学史上的许多事实一再表明,经典以及经典的筛选总是自觉或者不自觉地为国家、民族的政治目的服务。正是由于文学经典的强大权威性,文学经典的遴选历来都是政治和文化进行意识形态实践和斗争的一块必争之地。正如后殖民批评家爱德华·赛义德所指出的:现今,人们已经逐渐窥出了经典形成过程中所隐含的种种文化政治奥秘,"曾经以伟大的石块砌成的英国文学城堡,即由旷世著作所组成的经典或伟大的传统已转化成阶级、种族、性别相关的交汇场域,其本身不仅塑造成活生生的文本,也以非常确定的方式来决定文本的阅读"[①]。

三 压抑与反叛

正如巨大的作用力将产生相等的反作用力一样,经典一旦得到了确认,权威就随即而来。这样的权威同样返回文学制度,抵达文学系统的神经末梢。当然,经典的首要意义是教学与批评的参照。人们可以想象,一份经典必读书目将在多大程度上支配学院里面的文学教学。

---

① Edward Said,"Narrative,Geography and Interpretation", *New Left Review* 180(1990),p.83.

对于多数学生说来,没有在文学史上露面的作品等于不存在。文学史删去了一切不合规范的作品,同时凭借教学形式确保经典的显赫地位。如果某一个别出心裁的批评家企图单枪匹马地与既定的经典书目对抗,结局通常是无疾而终。动摇经典与确认经典一样,个人无力扭转文学制度的多方合作。韦勒克曾经举出一个形象的例子:"贬低莎士比亚的企图,即便它是来自于像托尔斯泰这样一位经典作家也是成功不了的。"①经典的形成既意味着某种文学典范或标准的确立,也意味着把历史上和当代文学中不符合这一传统的作家和作品排除在外。经典的存在显然构成了作家和作品的等级结构:主流与非主流、重要作家与次要作家、中心与边缘。由经典序列构成的文学传统不仅是向现今展示过往的文学事实,同时还向现今展示过往的文学逻辑。这对传统和当代文学中的异质性无疑构成了一种强大的文化压抑。

某些时候,文学传统可能君临文学,成为说明文学的唯一参照,这甚至引出一个颠倒的结论:人们甚至觉得,现行的文学无非是古老文学传统的派生物。在中国古代批评家看来,古代的经典乃是后代作品之源。为了得到文学传统这种基本的肯定,一些作家甚至不惜将富有创意的作品称之为文学传统之子。投靠文学传统,这毋宁说是为自己的作品聘请一尊显赫的保护神。但正如人们在一切领域都可能看到的那样,对权威的臣服和对权威的背叛总是在同时进行的。经典的形成与传统的延续过程隐藏了种种紧张的相持,这种相持体现为征服与不驯、遵从与反叛、承接与瓦解。总之,文学传统力图全面控制作家个性,而作家个性则企求放逐传统。许多时候,这种对抗以作家的失败而告终,将成功地收编或排除大多数作家,再度证明自己的正统地位。经典的权威对当代作家的压抑构成了一种布鲁姆所谓的"影响的焦虑":文学发展到今天,一切文学的主题和技巧已被使用殆尽,前驱者将"优先权"占为己有,后继作家陷入了在文学史上"迟来"的苦恼和焦虑之中。

---

① 佛克马、蚁布思:《文学研究与文化参与》第 54 页,俞国强译,北京大学出版社 1996 年。

这种情景之下，文学建制——包括正典收编和学术体制——尤其是文学传统对后继作家无形而巨大的压抑成为他们苦恼和焦虑的源起。①唯有"强力"型作家和诗人才能以自己的原创性克服这种面对大师和经典的忧郁和焦虑。

在传统与现代、经典与当代作家之间，布鲁姆建立了一种影响与抗拒同时存在的关系。这即是对经典的"创造性误读"："诗的历史是无法和诗的影响截然区分的。因为，一部诗的历史就是诗人中的强者为了廓清自己的想象空间而相互'误读'对方的历史。"②在布鲁姆看来，只有强力型作家才能真正通过"创造性误读"有效地完成对经典和文学传统的偏移、修正、补充、置换、改造的工作。这样，在经典和文学传统的强大控制之下，后来者仍然有可能创造出有限但相对自由的空间，确立自己的形象，建立自己在文学史上的地位。

布鲁姆用弗洛伊德精神分析理论富有启发性地叙述了文学史上常常发生的压抑与反叛、传承与变异的故事。但在他的叙事中没有批评家、学术界以及政治的角色。布鲁姆指出："世俗正典的形成涉及一个深刻的真理：它既不是由批评家也不是由学术界，更不是由政治家来进行。作家、艺术家和作曲家们自己决定了经典，因为他们把最出色的前辈和最重要的后来者联系了起来。"③这对文学批评、文学史研究以及政治意识形态因素在经典体系的建构与反叛中的作用明显过于忽视。许多时候，文学批评、文学史以及政治因素在反叛传统经典结构中扮演了至关重要的角色，至少应该看到是这些力量和"强力"型作家联手合作共同推动了经典结构的变迁。历史上，政治势力对传统稳定的经典秩序曾经产生过巨大影响，它为重组经典序列提供了历史契机和可能性。对于20世纪的中国文学说来，在1919、1949和1978这些不同寻常的年份所发生的历史事件曾经对经典名单产生真正而剧烈的冲击。

---

① 布鲁姆：《批评、正典结构与预言》第113页，吴琼译，中国社会科学出版社2000年。
② 布鲁姆：《影响的焦虑》第31页，徐文博译，三联书店1989年。
③ 哈罗德·布鲁姆：《西方的正典》第412页，江宁康译，译林出版社2005年。

如同佛克马、蚁布思所指出的：1906年科举制的废除是儒家经典崩溃的开始："1919年五四运动为通过部分地吸收欧美经典特别是英语经典而实行的经典的相对化和国际化创造了条件"；1949年经典的国际化转向俄国、东欧和第三世界；"文化大革命"时期几乎没有经典；1978年以后经典得到有意的扩充。① 这种描述尽管肯定是极其简陋的，但并不缺乏启发性。

许多时候，批评家和历史学家的"重写文学史"运动导致了传统经典体系的瓦解与重建。"重写文学史"不仅是改变几部作品的声誉和地位，事实上，这将触动文学制度和经典体系的既定结构。这时，无论修史者资格的论证、重读史料依据的价值观念还是经典名单的增删、文学史课程的调整，知识领域的一系列震荡都将在隐秘的中介转换之下，曲折地进入社会。胡适的《白话文学史》就是一个生动的例子，它"按照写实主义阅读作品、遴选经典"，是文学史对旧有文学经典的一次有力的反叛和颠覆，并产生了文学史的新经典。同样，1980年代后期的"重写文学史"运动再一次瓦解了既定的经典体系。而1990年代末关于"百年经典"的论争以及文化研究的兴起，甚至解构了经典的权威性。经典概念逐渐丧失其原有的神圣严肃的意味，一些学者甚至提出文学经典已经终结的观念，认为我们已进入没有经典的时代。现今，对经典的彻底反叛已经引起了知识界的反弹，"读经"运动的兴起在一定意义上可视为这种反弹的表征。

或许我们应该建立这样的观念：反叛经典或传统仍然意味着参照文学经典和传统——衡量作家与文学经典及传统的距离乃是说明文学独创性的重要依据。在这个意义上，文学经典和文学传统的存在恰恰构成了任何反叛的前提。

---

① 佛克马、蚁布思：《文学研究与文化参与》第46页，俞国强译，北京大学出版社1996年。

四　经典、文学教育与文化认同

　　许多人文学者都认为,经典的功能之一在于建立、传承和维护人文主义传统。因此,经典教育无疑构成了人文教育的核心。中国历史上,由于宗经征圣的传统,经典教育始终是人文知识之中的一个重要部分。儒家文化取得正统地位的过程,也就是一批儒家经典确立统治地位的过程。同样的理由,五四新文化运动的兴起,很大程度上也就是从批判儒家经典开始的。现今,经典一般以"课程建制"和"必读书目"的方式进入教育体制之中。以美国的大学教育为例,早在1919年哥伦比亚大学等就开始把"西方文明"列为本科生的必修课程,规定大学新生必须熟读一定数量的西方经典。在哥伦比亚大学,约翰·厄斯金创建了第一个大书荣誉学期,并从1937年开始,开设了另一门通识教育新课程"文学人文"。厄斯金和莫提默·艾德勒为经典教育课程打下了基础。在1942年后,罗伯特·赫钦斯的经典课程计划逐渐发展为大学核心课程教育,逐渐确立了以经典阅读和教学为中心的通识或博雅教育的传统,影响深远。哈佛大学在1945年发表了《自由社会的通识教育》报告,强调指出:一个共同体首先需要体认"历史的共同过去",如此这个共同体的成员无论存在多少分歧,都仍然会认同他们拥有一个"共同的现在",并且期望一个"共同的未来"。"如果没有一个历史的共同过去,那么一个共同体就失去了其存在的根本基础,还有什么理由去期盼一个共同的未来?只有一个共同的历史过去的基础,才会使每个公民意识到他不但有权利而且有对共同体成员以及共同体本身的责任,只有这样才能建立一个不但人人有权利而且人人有责任的真正的文明共同体。"①

---

①　参见甘阳:《大学人文教育的理念、目标与模式》,《北京大学教育评论》2006年第3期。

以经典教育为中心的通识人文教育的确意义重大,它无疑是文明传承、公民教养培育和民族国家文化认同建构的基础。但问题在于如何选择经典和确立什么样的"必读书目"。1937—1938 学年哥伦比亚大学一年级人文教育课程的必读书目,包括荷马的《伊里亚特》,埃斯库罗斯的《俄瑞斯忒斯》,索福克勒斯的《奥狄浦斯王》、《安提戈涅》,欧里庇德斯的《埃勒克特拉》、《伊菲格涅亚在陶罗人里》、《美狄亚》,阿里斯托芬的《蛙》,柏拉图的《辩诉篇》、《宴话篇》、《理想国》,亚里士多德的《伦理学》、《诗学》,卢克莱修的《物性论》,马可·奥勒留的《自省录》,圣奥古斯丁的《忏悔录》,但丁的《地狱篇》,马基雅维利的《君主论》,拉伯雷的《巨人传》,蒙田的《散文集》,莎士比亚的《亨利四世》,塞万提斯的《堂吉诃德》,弥尔顿的《失乐园》,莫里哀的《达而杜弗》、《厌世者》,斯威夫特的《格列佛游记》,菲尔丁的《汤姆·琼斯》,卢梭的《忏悔录》,伏尔泰的《老实人》,歌德的《浮士德》。西方中心主义的典律一直在美国的人文通识教育中占据着统治的地位,也暴露出白种男性的文化霸权左右着美国的通识教育。这种经典教育产生的显然是一种封闭的文化和历史观念,非西方的文化、当代文化以及阶级、种族和性别问题显然被排除在经典序列之外。这种状况直至 1980 年代发生了"打开经典"的激烈论争和文化多元主义兴起之后才有所改变,非西方的经典以及阶级、种族和性别问题开始进入通识教育的视域之中。一个相似的情况是,中国大学里的一批教授近期也开始强烈地质疑已有的经典名单。他们大胆地抨击以往确立经典的依据,并且试图提出新的经典,种种叛逆之举时常引起轩然大波。尽管这方面的争论方兴未艾,但是,人们至少意识到,专业主义与通识教育、精英教育与大众教育、实用主义的知识观与人文主义的价值理念之间的断裂削弱了经典教育的影响力和实际效果。

在文学专业教育领域,文学经典曾经起着举足轻重的作用。长期以来,文学经典既是文学史教学和研究的中心,也是文学理论教学的基础。经典体系的变迁与文学史研究和文学理论知识范式的变革息息相关。

但随着文化研究的兴盛,文学经典在文学专业教育中的关键性作用被逐渐削弱,非经典的文本乃至所谓非文学性的文本开始大规模地进入大学的文学教育之中。这在文学专业教育领域触发了纯文学的焦虑和文学经典保卫战。以哈罗德·布鲁姆为代表的一些人文学者,坚持捍卫文学经典在文学专业教育中的崇高地位和永恒价值,把葛兰西、福柯、巴特、马克思主义、女性主义以及多元文化主义等等都视为"反经典"的"仇恨学派",甚至主张把这些人驱逐出文学系;另一些批评家则认为文学专业教育必须终结经典教育的垄断地位,文学教育必须更广泛地介入当代文化场域,对现实问题给予更多的关注。他们力图揭示出文学经典与意识形态之间种种隐蔽的关系,并且赋予非经典的社会文本在文学研究和教学中以重要意义。显然,这些观念可能改变文学专业教育以文学经典为核心的传统,将对文学教育的专业建制、课程设置、议题、研究方法、理论视域以及知识结构等方面产生深远的影响。

第十六章　文学史与大众文学

一　经典体系与大众文学

通常认为,经典是文学史的主角。经典的权威,经典的不朽,经典的不同凡响,这一切都形成了文学的楷模和目标。经典体系的性质甚至派生出一系列基本的理论观念。首先,经典喻示了文学可能获得的至高的历史地位——文学是"经国之大业,不朽之盛事"①。文以载道,文章千古事,文学不是一种闲情逸致,不是一种语言的消遣;文学必须向历史负责。这个意义上,真正的文学无疑是呕心沥血之作。人们可以看到,作家留下了许多自述抱负的名言:"为人性癖耽佳句,语不惊人死不休","惟陈言之务去","江山代有人才出,各领风骚数百年"。在这种观念之下,突破和创新日复一日地成为文学的基本品质。于是,从事文学写作不再是率性而歌,兴尽辄止;作家必须拥有系统的文学知识,从而确定哪里是文学的前沿,并且竭力敲开一个新的语言空间。显然,这些要求将或迟或早地导致作家的职业化。当然,即使对于职业作家说来,勤勉也不是成功的必然保证。其实,不少的文学杰作源于天机纵横的灵感——柏拉图已经形象地描述了灵感对于诗人的护佑。到了浪漫主义时代,作家内心所隐藏的创造力得到了进一步的夸大。这时的文学常常被想象为某些天才的心灵产物。在人们的心目中,文学史

---

① 曹丕:《典论·论文》,见郭绍虞主编:《中国历代文论选》(第1册)第159页,上海古籍出版社1979年。

上的一批大师巨匠是文学创造的主体。这种观念甚至一直延续到现代主义文学之中。现代主义文学之中的自我、深度、内在性无一不是源于某些特殊的心灵。从艾略特的《荒原》到乔伊斯的《尤利西斯》,这些作品都隐藏了充任当代《圣经》的意图。一系列现代主义的作品内涵丰富,思想深刻,富于象征意味,作家和诗人的内心仿佛承担了人类全部的忧虑和不安。总之,经典意义上的文学具有强烈的精英主义风格。这种风格已经得到了文学史编纂和现行文学体制的认可。

但是,文学史上始终存在着另一种文学。这种文学的根源和指向迥异于经典。这种文学不是以突破、创新和载入文学史的史册为旨归,也不是以显现作家的天才和深刻为能事。这种文学追求的是通俗,追求大众普遍接受的风格。相当长的历史时期里,这就是流传于民间的大众文学。显然,早期的文学并未显出经典体系与大众文学的分野。文学源于大众的自发创作,并且自发地在大众之中传播。这时,诗与众口传唱的民歌并没有太大的区别。这些诗作心口如一,明白晓畅,职业诗人擅长的字雕句琢尚未出现。如今人们还可以从《诗经》的"国风"之中读到这样的诗作。朱熹曾经解释说:"吾闻之,凡诗之所谓风者,多出于里巷歌谣之作,所谓男女相与咏歌,各言其情者也。"[①]其实,即使是小说这种大型而复杂的文类也曾经是某种民间文化的基本形式。班固认为,中国的小说源于民间传说:"小说家者流,盖出于稗官,街谈巷语,道听途说者之所造也。"[②]宋代之后,市民社会的形成和新兴的文化娱乐形式——"说话"以及"说话"所依据的"话本"——很大程度上促进了中国小说的兴盛。在现代社会的文学体制之外,民间大众仍然拥有自己的文学。这些作品的形式、风格、传播方式与文学史对于经典的评选以及推广迥然相异。鲁迅曾经发现:"在不识字的大众里,是一向就有作家的。我久不到乡下去了,先前是,农民们还有一点余闲,譬如乘凉。就有人讲故事。不过这讲手,大抵是特定的人,他比较的见识

---

① 朱熹:《诗集传·序》第 2 页,上海古籍出版社 1958 年。
② 班固:《汉书·艺文志》第 1745 页,中华书局 1962 年。

多,说话巧,能够使人听下去,懂明白,并且觉得有趣。这就是作家,抄出他的话来,也就是作品……"① 如果说,经典和职业作家之间的层层选拔形成了文学史的金字塔结构,那么,民间的大众文学力争的就是读者的喜闻乐见。这时,编辑、文学批评、文学教学、文学评奖等一系列文学体制更像是多余之物,富有个性的美学理想或者深奥的文学形式不受欢迎,读者的喜闻乐见几乎是作者写作的唯一动力。这个意义上,所谓的大众文学是相对于文学史上的经典而言的。

二 大众文学的传播

显然,民间的大众文学是一个相对独立的文化循环系统。在许多历史时期,国家的统治阶层和管理者都对于这个系统保持了特殊的关注。中国古代即有"观风"的传统——观察民间的诗乐以了解社会风俗之盛衰。《礼记·王制》之中已经有"陈诗以观民风"的记载。《汉书·艺文志》可以证明:"故古有采诗之官,王者以观风俗,知得失,自考正也。""采风"——搜集民间的诗作——之说甚至延续至今。总之,即使从国家治理的高度来看,民间的大众文学也仍然是一个不可忽视的领域。种种民歌、民谣以及各种民间传说之中包含了众多的体现国情民意的信息。

当然,许多职业作家是在另一种意义上对于民间的大众文学表示了极大的兴趣。在美学风格上,民间作品的清新、质朴时常对于文人式的典雅和雕琢产生一种必要的反拨。人们可以看到,许多作家——更大的范围内,许多艺术家——都曾经在才思枯竭的时候投身于民间的大众文学,在另一种迥异的美学风格之中寻找自己的灵感之源。如果说,古代的政治家是在"礼失而求之野"的理念之下转向了民间,那么,许多作家往往是在抛弃华丽、典雅和矫揉造作的时候重新谛听民间的

---

① 鲁迅:《门外文谈》,《鲁迅全集》第 6 卷第 99 页,人民文学出版社 1981 年。

天籁之音,并且发出了"真诗乃在民间"的感叹。但丁宣称俗语的高贵,普希金号召年轻的作家倾听老百姓朴实的日常口语①,别林斯基认为民间的诗朝气蓬勃、天真单纯,这种诗的"价值就在于它的纯洁无瑕的素质,在于它的朴素无华的、并且常常是粗糙的形式"②,高尔基甚至发现,从浮士德、普罗米修斯、奥赛罗到哈姆雷特、唐璜,文学史上许多著名的形象均是源于民间传说。③ 文学史可以证明,中国的诗、词、曲、小说都曾经从民间的大众文学里得到巨大的形式启示。许多时候,职业作家时常重新倾倒于民间文学的巨大魅力,发出由衷的赞叹。更为深刻的意义上,作家可能将这种美学风格的选择与文学功能的认识结合起来。白居易不惮于"元轻白俗"之讥,他力求"老妪能解"的诗风,显然是"文章合为时而著,歌诗合为事而作"这种宣言的美学体现。他甚至不顾儒家诗教所提倡的温柔敦厚,强调新乐府诗的风格必须"其言直而切"。这时,倾向于民间的美学风格与关注民间百姓疾苦的政治主张是一致的。

相当长的时间里,文学仅仅被视为不登大雅之堂的"雕虫小技",只有少量的文学作品可能入选某一种文集而得到正式的刊刻。因此,口口相传成为文学传播的重要形式。古代诗话曾经记载:"凡有井水处即能歌柳词",中国的许多古典诗词即是在广泛的传唱之中流芳百世。一批生动的历史故事通过"说话"艺术之中的"讲史"得到了传颂——这是一批长篇章回体小说的前身。以口头传播为主的时代,许多经典之作与民间通俗文学的分野不太明显,它们的传播形式并没有体现出不同的待遇。可以发现,文学体制的完善是与近现代印刷术的发展、大众传播媒介的崛起以及大学内部文学教育的完善相伴而行的。文学体制如何显明对于经典的特殊尊重?无论从文学杂志、出版机构、学院里面的教科书还是从诺贝尔文学评奖委员会,人们都可以从中发

---

① 参见《苏联民间文学论集》第 121 页,作家出版社 1958 年。
② 参见《别林斯基论文学》第 96 页,新文艺出版社 1958 年。
③ 参见高尔基:《论文学》续集第 62—63 页,人民文学出版社 1979 年。

现通俗的大众文学所遭受的轻蔑。如果说,印刷文明时代的传播媒介通常是由文化精英主持,那么,通俗的大众文学只能处于边缘状态。相对于印刷成册的经典之作,通俗的大众文学常常仍然停留于民间的口头传播之中;即使打入传播媒介系统,大众文学也无法占据主流的传播渠道。如果没有特殊的商业包装,它们只能屈居于某些小报或者不入流的刊物之上。这是以经典为主的文学体制为大众文学设定的位置。换一句话说,从编辑的判断、出版机构的审核、文学批评家的评价到评奖委员会的挑选、文学教授的课堂讲解、教育机构指定的文学教科书,诸多方面的权力和舆论都只能允许大众文学进入这个级别的传播形式。

也许,电子时代的传播形式可能对已有的文学体制产生了强大的冲击。正如人们所看到的那样,计算机网络的出现正在为民间的大众文学提供一个巨大的空间。网络文学的发表仅仅是按动鼠标把自己的作品送上电子公告牌,网络空间提供了一种崭新的文学社会学。许多遭受文学体制压抑和遮蔽的声音得到了出其不意的释放。网络已经不再是控制在文化精英手中的公共空间了。某种意义上可以说,网络文学似乎返回了文学的原始状态:人人都可以无拘无束地利用文学来抒情言志,或者叙述种种白日梦。网络文学废除了经典体系派生的种种规则,包括作家的身份。众多的声音一拥而上,坦然地踞守自己的一方空间。这时,网络空间中的作品时常是一种即时性消费;没有多少写作者像推敲经典那样精益求精。文学体制的撤除、作家身份的丧失是与精英或者经典那种载入史册的渴求背道而驰的。这将为新型的大众文学制造一个前所未有的表演平台。

三 大众文学的两种涵义

从民粹主义、启蒙主义到社会主义的文化图景构思,一大批政治家和知识分子不断地提倡走向民间,深入大众。对于许多作家说来,民间、大众、人民这些概念无不象征着文学的真正方向。俄罗斯的社会民主主义批评家之中,别林斯基、车尔尼雪夫斯基和杜勃罗留波夫都对于"人民"的文学给予了热忱的赞颂。尽管《战争与和平》、《复活》、《安娜·卡列尼娜》赢得了至高的赞誉,后期的列夫·托尔斯泰仍然极端地认为:"人民有自己的文学——这是优美绝伦的;它可不是赝品,它就是人民里边唱出来的。并不需要高级文学,也没有高级文学……既然还有这么多巨大的真理要说,为什么还要讲精致呢?"①另一方面,多少有些矛盾的是,许多作家和批评家时常又会有意无意地承认:民间的大众文学粗糙简陋,质木无文,远远低于作家文学水准。所谓的"高级文学"是通常的大众所无法企及的。例如,在另外一个场合,托尔斯泰埋怨作家没有写出农舍里面那些没有文化的人读得懂的歌集、故事与童话——因为他们不肯放弃高级的长诗或者长篇小说。② 的确,上述这些观点无不表明了作家对于民间和大众的重视;然而,这些观点之中时常混杂了大众与作家之间的两种关系模式:第一,大众是作家的启蒙对象;第二,大众是作家的真正导师。事实上,在这两种关系模式所寄存的历史语境之中,所谓的"大众文学"其实具有迥异的涵义和功能。

中国的五四新文学明确地将那些被贬为"引车卖浆之徒"的大众请到了前台。文学必须运用白话文的首要理由是,白话文是通行于大众之中的语言。陈独秀在《文学革命论》中提出著名的"三大主义"来清除文学与大众之间的屏障——推倒雕琢的阿谀的贵族文学,建设平易的抒情的国民文学;推倒陈腐的铺张的古典文学,建设新鲜的立诚的写实文学;推倒迂晦的艰涩的山林文学,建设明了的通俗的社会文学。当然,在五四新文学的主将那里,倡导白话文的意义远远超出了文学的范畴。他们的目的在于,以文学为根据地,推广一种妇孺皆知的白话文,进而利用白话文开启大众的心智,推介科学与民主的文明思想,改

---

① 《托尔斯泰日记选》(1851年4、5月间),《古典文艺理论译丛》第1册第191页,人民文学出版社1961年。

② 列夫·托尔斯泰:《那么我们怎么办》,《文学研究集刊》第4册第338页,人民文学出版社1956年。

造愚昧落后的国民性。这时,白话的大众文学否定的是文言文,而不是产生经典的机制;事实上,五四新文学的主将仍然写出了白话文经典。无论是写作《尝试集》的胡适还是写作《狂人日记》的鲁迅,作家都仍然扮演了文化英雄的角色。这时的"大众"是启蒙主义语境之中的大众。换言之,大众并不是五四新文学运动之中的真正主角,大众是作家们的启蒙对象。启蒙与被启蒙仍然隐蔽地显示了作家与大众之间的等级关系。

白话文是否等同于真正的大众文学?这个尖锐的问题很快就被提了出来,而且在左翼理论家那里得到了否定的回答。左翼理论家认为,许多知识分子所操纵的白话文毋宁说是一种"新文言"[①]。在左翼理论的声援之下,1930年代的中国出现了一场围绕"大众文艺"的论争。如同许多人所看到的那样,作家与大众之间的等级关系逐渐在新的历史语境之中颠倒过来了。无论是批判"普罗"文学中的小资产阶级个人感伤主义还是指责白话文之中的"欧化"倾向,这一切均表明了人们对于启蒙者——包括作家在内的知识分子——的资格产生了怀疑。作为一种矫正的策略,左翼理论家强调的是通俗。郭沫若曾经用夸张的口吻号召:"通俗!通俗!通俗!我向你们说542万遍的通俗!"[②]这时,诸如唱本、歌谣、短剧、绘图本小说、漫画、木偶戏、连环画、故事小说等传统的大众文学形式才真正开始浮现。这显示出一种新的理论意图:大众必须代替知识分子晋升至主体的位置。

1940年代初期,毛泽东在革命圣地延安发表了经典性的《在延安文艺座谈会上的讲话》,指出:"许多同志爱说'大众化',但是什么叫作大众化呢?就是我们的文艺工作者的思想感情和工农兵大众的思想感

---

① 参见宋阳(瞿秋白):《大众文艺问题》,《中国新文学大系·第二集·文学理论集二》,上海文艺出版社1987年。

② 参见《中国新文学大系·第二集·文学理论集二》之中郭沫若、郑伯奇、华汉(阳翰笙)、史铁儿(瞿秋白)等人的文章,上海文艺出版社1987年。

情打成一片。"①在他看来,如果作家不愿意投身于工人、农民和士兵之间,无条件地改变自己的思想观念,甘当大众的代言人,那么,他们将一事无成。在这一份权威文献的指导下,通俗的大众文学远远不止是某一种文学类型,它们被纳入了"革命"的范畴。从周立波、赵树理到不计其数的新民歌写作者,从《铁道游击队》、《敌后武工队》、《烈火金刚》到《林海雪原》,人们在"革命的大众文学"的名义之下遇到一批活跃的作家和反响巨大的作品。这时的大众是革命的主力军,作家服从大众也就是投身于革命洪流的具体实践。从革命领袖的号召、作家对于大众文化形式的虔诚到大众对于这些作品的拥戴,这一切无不显示了革命语境之中大众文学的内涵与建构方式。

四 批判与肯定

然而,在世界范围内,大众文学更多地是在商业社会之中得到定位。对于20世纪二三十年代的中国文学说来,"鸳鸯蝴蝶派"似乎更为吻合这种定位。这种大众文学与人们对于大众传播媒介商业价值的发现有关。报纸和畅销书曾经为出版者乃至作家带来巨额利润。电子传播媒介——电影、电视以及新兴的计算机网络——崛起之后,机械复制的生产能力与前所未有的传播能力致使大众传播一跃而成为利润最为丰厚的行业。加入电子传播媒介淘金已经成为许多人的梦想。当然,这一切必须以密集的城市人口、大工业的生产条件和消费主义意识形态作为基本的社会背景。

某些历史时期,文化生产意味着指向日常现实之外的另一个维度。按照雷蒙德·威廉斯的观点,19世纪某一个时期的文化或者艺术曾经扮演市场以及工业文明的对立面的角色;文化或者艺术被尊为物欲横

---

① 毛泽东:《在延安文艺座谈会上的讲话》,《毛泽东选集》第3卷第850页,人民出版社1991年。

流之世的"人性"守护神。① 但是,报纸、畅销书或者电影、电视出现之后,文化产品终于堂而皇之地演变为商品。这时,经典体系之外的大众文学顺利地转换为一种商业化的文学类型。在这个意义上,大众文学经常被当成畅销文化商品的同义语。尽管以维护经典体系为己任的文学体制仍然对于大众文学不屑一顾,然而,后者却常常以市场宠儿的姿态占尽风光。这时,大众不再意味着"民间",不再是被启蒙者,也不再担当革命的主力军;在商业社会的语境之中,大众的身份被界定为"消费者"。

大众身份的重新界定证明,强大的市场体系正在深刻地改造所有的社会关系。商业社会之中,愈来愈多的人倾向于将作家与读者的关系认定为生产者与消费者的关系。启蒙与被启蒙、革命者与同路人——作家的多种文化身份均被弃置不顾,作家与读者之间的供求关系被单独提取出来,并且纳入商品流通形式。印数和版税比例规范了作家与商业机构的利润比例之后,读者就是市场的主角了。按照行之有效的消费原则,"读者就是上帝"几乎是一个必然的口号,读者的旨意决定一切。如果作品的主题和形式超出了读者的视野,他们的拒绝购买就是一种毫不客气的否决。这时,经典体系乃至传统的文学体制都将遇到挑战。生产者与消费者的关系模式无形地压缩了文学的功能。文学的主要意义不再是启蒙、反抗、批判或者开启一个异于现实的维度——大众文学主要承担社会的娱乐性消费。

这在很大程度上决定了大众文学的生产方式。如同商品生产的更新换代一样,投入市场的大众文学也日益精致。如弗·詹姆逊所说的那样,这时的大众文学已经远远超出了质朴的传统民间文化范畴。② 作为一种商业的诱饵,大众文学的精致主要是在趣味性方面下工夫。大众文学没有必要苦心孤诣地企求突破传统,大众文学的指标是趣味

---

① 参见雷蒙德·威廉斯:《文化与社会》第 65 页,北京大学出版社 1991 年。
② 参见詹姆逊:《大众文化的具体化和乌托邦》,王济民译,见《快感:文化与政治》,中国社会科学出版社 1998 年。

性与适当深度的结合。紧张的情节,曲折的故事,欲罢不能的悬念,释卷之后洞悉谜底的快感以及毫不含糊的价值判断——这一切均可以被视为大众文学生产的基本框架。考察过一定数量的大众文学之后即可发现,某些题材长盛不衰:惊险、侦探、情爱、恐怖、黑幕暴露、名人传记、异国情调、宫闱秘事。正如托多罗夫所指出的那样,大众文学的杰作时常是某种模式的化身。可以看到,大众文学的作坊里面存放了许多制作故事所习用的"文学模式":灰姑娘加白马王子模式、多角爱情与有情人终成眷属模式、蒙冤与复仇模式、血缘纠葛模式、孤胆英雄与美女相助模式、落难书生与风尘女子聚散模式、追捕与反追捕模式、缉拿者与凶手身份逆转模式……这些模式内部包含了人物的位置、行动起讫与冲突程序的大致规定。尽管不同的故事之中人物各异,然而,一旦投入这些模式运行,这些人物所产生的功能却十分相近。无论是被遗弃的公主、默默无闻的女仆还是被后娘虐待的弱女子,她们都总是始于一次无意的邂逅,继而被一个英俊而富有的年轻人悄悄地爱慕,随后,爱情与对方的权势总是打消她们的惊诧、疑虑与监督她们的敌对势力,从而将她们从逆境之中送到一个温柔妻子的位置上;无论是冷峻的侦探、多事的记者还是武功盖世的大侠,他们也总是被卷入疑案、逐一查究、反遭诬陷威胁、终于揭开道貌岸然的领导是主凶的真相。这些模式的兼并、组合时常制造出某些更为复杂的编码方式。如果说,经典体系对于僵固的模式怀有高度的戒备和厌恶,那么,大众文学却常常利用这些模式将人们所关注的材料组织成熟悉的故事。这些文学模式的风行可以追溯人们的无意识心理,性和暴力的冲动可能是某种重要的添加剂。或许人们可以得出一个结论——恰恰是这种无意识心理有效地庇护了一大批情节雷同的作品反复印行。

一些理论家对于大众文学与商业社会的共谋表示了强烈的不满——例如法兰克福学派。在阿多诺和霍克海默——法兰克福的两个主将——看来,文学丧失了自律性而沦落为商品是一件可怕的事情。如果说,文学早就进入市场成为作者谋生的手段,那么,阿多诺与霍克海默批判的是:现在的大众文学竟然赤裸裸地将赢利视为首要动机。

在被纳入投资、大规模生产和赚取利润的轨道之后,文学只能像生产者迎合消费者一样取悦读者。这时,文学将丧失真正的个性。大众文学所提供的享乐是一种逃避。这种逃避的基础是,对于现实无能为力。另一方面,为了资金的快速周转,大众文学的模式化生产几乎是必然的。这种标准化的生产只能训练出没有思想的大众。① 在商业的意义上,大众文学口口声声惦记的"大众"不过是收入账簿上的数字而已。

在另一些理论家看来,法兰克福学派对于大众文学的否定过于悲观了。大众并不是只能无所作为地呆地指定的位置上,听从种种俗气的文学作品的调遣。大众知道如何从这些作品之中发现自己所需要的意义。大众是一个活跃的群体,他们完全可能逾越大众文学的作者所预先设定的主题。所以,商业意义上的成功不一定是文化意义上的失败。阿多诺和霍克海默对于大众的鄙视暴露了精英主义的立场。按照精英主义的观点,大众似乎只能自卑地仰望遥不可及的经典——这种观点更像是维持所谓"高雅文化"的借口。这显然是一种俯视大众的态度。的确,伯明翰学派主张,首先必须在肯定大众的积极意义的基础上来面对大众文学。

如果说,法兰克福学派与伯明翰学派在大众文学问题上的分歧仅仅表现了左翼理论家对于大众的不同认识,那么,人们还必须看到,大众文学还曾经在后现代主义的理论语境之中得到大力的肯定。无论人们如何阐述后现代主义的起源,发达的商业社会与大众传播媒介的兴盛都将是两个不可忽略的历史背景。在这种历史背景孕育出一种新型的后现代主义文化之后,现代主义文学之中那种孤独、高傲、忧郁、怀疑以及一系列悲观主义的思考已经不合时宜。后现代主义没有参与大众与启蒙、大众与批判、大众与革命之间关系的争辩,它强调以反崇高、反严肃、反高雅的姿态抵制现代主义的精英意识。莱斯利·菲德勒的著名论文《越过边界——填平鸿沟:后现代主义》集中地体现了后现代主义的主张:取消精英文化与大众文化、高雅文学与通俗文学之间的边界

---

① 参见霍克海默、阿多尔诺:《启蒙辩证法》,洪佩郁、蔺月峰译,重庆出版社1990年。

与鸿沟,甚至放弃文学的传统边界而向种种亚文化开放。当然,这种取消意味着一种价值观念和文化等级的颠覆——这使后现代主义在对于大众文学的引进之中显示了某种玩世不恭的风度。

在相当长的时间里,大众文学仅仅是经典文学的陪衬,大众文学仅仅包含在边缘性的民间文学之中。进入20世纪之后,大众文学逐渐成为理论关注的一个焦点。从启蒙主义、革命、消费主义到后现代主义,大众文学在各个理论体系之中得到了描述和评价。尽管人们从中看到了彼此相异的结论,但是,这是一个不争的事实——现今的历史语境中,大众文学已经是一个不可忽视的存在。

第十七章 古典主义与浪漫主义

一 西方术语的引入

　　古典主义、浪漫主义、现实主义以及现代主义、后现代主义,是西方文学理论的常用概念,一般用来概括文学思潮、划分文学史或文化史的发展阶段。

　　人类的认识活动必须借助概念去把握认识对象。概念是相对稳定的,而对象却复杂多变。在概念和对象之间存在难以弥合的裂缝,人们不断地调整概念的内涵以适应多样多变的对象。因此,给古典主义、浪漫主义、现实主义以及现代主义、后现代主义等概念定义,常被视为理论的冒险。但是,这并不意味着文学理论无法使用确定的概念阐释对象,而只是提醒人们不要僵硬地限定并使用这些概念。古典主义等概念框住的是多样对象的某种家族相似性,从中寻绎出一些"主导性规范"。如果人们认识到以概念来把握对象的限度,认识到多样对象的一些异质性是概念的同一性所无法捕捉的,那么,文学理论对这些概念的界定和使用仍然有很大的价值。另一方面,概念的运思又具有实践的功能。某些关键性概念的介入有可能改写过去的文学史,或者塑造文学的未来。文学史上这样的事件并不罕见。事实上,古典主义、浪漫主义、现实主义这些概念是在文学史事变中产生的;这些概念在得到确认之后又进一步介入文学史的发展,它们所引发的大规模论争同时也规约了新的文学史阶段,限制了文学的未来走向。从这个意义上说,上述概念显示了强大的理论动力。

第十七章 古典主义与浪漫主义

伴随着中国文学从古代向现代的转换,现实主义、浪漫主义、现代主义等西方文学理论术语也取代了中国古代文论的常用术词,成为中国现当代文学理论的基本概念。这些术语的大规模引入和使用,最初是在五四新文学运动时期。早在1908年,鲁迅的《摩罗诗力说》就深入阐释了摩罗派与恶魔派的涵义;1918年,周作人的《欧洲文学史》从希腊神话一直谈到18世纪的欧洲文学。在"结论"里,周作人引入了古典主义、传奇主义和写实主义等术语。他把文艺复兴和十七八世纪文学合称为古典主义,而"文艺复兴时期,以古典文学为师法,而重在情思,故又可称之曰第一传奇主义(Romanticism)时代。十七八世纪,偏主理性,则为第一古典主义(Classicism)时代。及反动起,19世纪初,乃有传奇主义之复兴。不数十年,情思亦复衰歇,继起者曰写实主义(Realism)。"①茅盾发表于1919年的《文学上的古典主义浪漫主义和写实主义》更为集中地介绍了欧洲18至19世纪的文学思潮,清晰地表述了古典主义、浪漫主义与现实主义概念。很相似的一点是,他们都用新传奇主义或新浪漫主义概念指称19世纪末20世纪初的现代主义。文学研究会和创造社的文学创作与批评实践,使现实主义和浪漫主义演化成了中国现代文学理论的关键词。由于政治意识形态的影响,现实主义逐渐成为现代文学理论的强势概念。到了1950年代,茅盾的《夜读偶记》甚至把一部文学史化约为现实主义与反现实主义的斗争史,而一切反现实主义的文学都是唯心的、反动的,唯有现实主义是唯物的、进步的。1980年代的现代主义论争和1990年代后现代主义的引入,这种独尊现实主义的状况才被彻底改变。

人们曾经用这些概念重新诠释中国古代文学史。不少理论家认为,《诗经》代表的现实主义和楚辞开创的浪漫主义共同构成了中国古代文学的两大传统。然而,正如钱锺书所言:"和西洋诗相形之下,中国旧诗大体上显得情感不奔放,说话不唠叨,嗓门儿不提得那么高,力气不使得那么狠,颜色不着得那么浓。在中国诗里算是浪漫的,和西洋

---

① 周作人:《欧洲文学史》第176页,岳麓书社1989年。

诗相形之下,仍然是古典的;在中国诗里算是痛快的,比起西洋诗,仍然不失为含蓄。"①因此,即便人们不再简单地把中国古代文学概括为现实主义与反现实主义斗争史,浪漫主义、现实主义这些概念的适用范围也仍然十分有限。

二 广义的古典主义与浪漫主义

我们将从文学史意义和话语成规意义上来论述这些概念。在文学史意义上,它们用以指称某一历史阶段的主流思潮;在话语成规意义上,它们用以概括某种美学倾向和艺术规范。

从歌德、布吕纳介、海涅、谢林、斯丹达尔、卢卡斯、圣茨伯里等的定义看,人们通常在二者相对之中论述古典主义与浪漫主义的涵义:古典主义是健康的、优美适度的、只描述有限的事物的、向过去学习的、过去时代的、直接陈述思想的,浪漫主义则恰恰相反。浪漫主义是病态的、破除规则的、暗示无限事物的、轻视过去的、当时的、暗示和象征地传达思想的。尽管他们对于二者的评价存在差异甚至截然相反,但是,这些认识表明了古典主义、浪漫主义是两个用来对比的术语。广义地看,文学史普遍存在这种美学争执:一方持古典主义理念,百科全书一般如此概括这种美学倾向:"它以适度的观念、均衡和稳定的章法、寻求形式的协调和叙述的含蓄为特征;它主张摹仿古代作家,弃绝对罕见事物的表现,控制情感和想象,遵守各种写作体裁所特有的规则。"②另一方则持浪漫主义倾向,把创造性想象放在首位,偏向情感表现、天才想象、个人的独创性以及对自然的主观感受和对奇异及神秘事物的渴望。

这两种倾向体现出人类美学趣味的两种相反走向:一极趋向于稳定、和谐和理性,趋向于从古代经验史总结出恒久可靠的艺术法则;另

---

① 钱锺书:《七缀集》第 16 页,上海古籍出版社 1985 年。
② 多米尼克·塞克里坦:《古典主义》"作者引言",艾晓明译,昆仑出版社 1989 年。

一极趋向于自我的创造性、实验性,用强力突破历史成规,从自身创立艺术规范。一个优秀的艺术家应该具备古典主义的适度、均衡、含蓄的特质,而有节制地使用自己的情感和想象能量。然而,如果古典主义规范强大到有如一套权威性法典,约束并监核每个个体的文学写作,那么,从古典传统中总结出来的规范,就蜕变为不可逾越的教条。这些教条甚至享有对文学体裁、叙述方式、意指方式和审美趣味的是非裁决权。生存在古典典律巨大身影下的文学必定是平庸、僵化甚至保守的,它仅可能是某一历史阶段既定秩序的意识形态构成部分。古典主义的永久性立法封闭了文学朝向未来的发展空间,它也不能表现和诠释人们当下的存在经验,因此导致求新求变的人类审美心理的厌倦与反抗。正如司汤达所说:"古典主义提供的文学是给他们的祖先以最大的愉快的……主张今天仍然模仿索福克勒斯和欧里庇德斯,并且认为这种模仿不会使 19 世纪的法国人打呵欠,这就是古典主义。"[①]规范过度的古典主义必然遇到浪漫主义强有力的挑战,因而浪漫主义运动具有美学革命的意义。反规范乃至解规范是作家个人创造力与规范约束力之间的对抗和较量。文学史热情地铭记这样一些人物:他们因为成功地反叛规范而引人注目;他们从强大的古典规范中突围而出,标新立异,自创典律。这些作家创作的作品未必都是深刻伟大的,但往往具有重要的转折性意义。文学史需要这些有冲创力的、拒绝墨守古典成规的作家,尤其是在旧成规、旧秩序过于强大的历史阶段。

三 文学史中的古典主义与浪漫主义

然而,如此宽泛地谈论古典主义与浪漫主义,有可能遭人质疑。浪漫主义之后,现实主义、现代主义、后现代主义,不都是通过反前者之规范而标识了文学的新趋向吗?是否一切具有独创力量的伟大作家都是

[①] 司汤达:《拉辛与莎士比亚》第 26 页,王道乾译,上海译文出版社 1979 年。

浪漫主义者？司汤达曾经如此断言："一切伟大的作家都是他们时代的浪漫主义者"①；弗斯特以浪漫主义诗人华兹华斯和现实主义作家福楼拜为例，证实浪漫与现实之间的某种相通性②；人们还把现代主义视为浪漫主义在 20 世纪的变奏，或找到后现代与浪漫派的一致之处：两者都激越地批判现代性。同样，人们也能找到古典主义无时不在的一些事实。当古典主义与浪漫主义的幽灵到处徘徊时，它们的实体面目可能已渐渐模糊难以分辨，只有回到文学史才能找到它们寄身的确切位置。

多米尼克·塞克里坦曾言："古典主义代表了某种具有周期性的企图，它旨在使人的情感生活井井有条。"③他细致梳理了古典主义的发展历史：意大利文艺复兴、王政复辟前的英国、文艺复兴的法国、法国古典主义、奥古斯都的古典主义与德国古典主义等阶段。

浪漫主义是与古典主义相对的概念，它的诞生是近代以来的事件。从语义史看，这个术语最初源于中世纪的骑士传奇。在古典主义主导的时代，"浪漫派的"通常是一个贬义词，用以批评那种无节制的、荒谬的、与古典规范相悖的另类文学。"浪漫主义"这一术语的语义从贬义到褒义的转换，是在浪漫主义运动从酝酿到兴盛的过程中发生的。利里安·弗斯特说："浪漫主义运动的根基存在于 18 世纪一系列影响渐大、互相联系的潮流之中：新古典主义体系的衰落引起了启蒙运动的探询，反过来，又必然导致 18 世纪后半叶新思潮的出现。"④18 世纪前半叶，法国古典主义向英、德等其他国家扩散。但是，在启蒙运动的怀疑精神的有力冲击下，其影响力逐渐衰退。早在 1739 年，休谟的《人性论》就声称理性是感性的奴隶，直接挑战古典主义的理性主义原则。1744 年 T. 华顿在《英国诗史》的"引论"中，为骑士传奇和塔索等人迥异于古典主义的"哥特式"文学辩护。1747 年理查逊出版了《克拉丽

---

① 司汤达：《拉辛与莎士比亚》第 63 页，王道乾译，上海译文出版社 1979 年。
② 利里安·弗斯特：《浪漫主义》第 83 页，李今译，昆仑出版社 1989 年。
③ 多米尼克·塞克里坦：《古典主义》第 67 页，艾晓明译，昆仑出版社 1989 年。
④ 利里安·弗斯特：《浪漫主义》第 20 页，李今译，昆仑出版社 1989 年。

莎》,这部通俗化的情感作品迅速地风靡全欧洲,这一现象表明人们厌倦了理性中庸枯燥的古典主义。随后斯泰恩《感伤的旅行》、卢梭《新爱洛绮思》、歌德《少年维特之烦恼》等抒情感伤小说流行,一种新的情感模式已具雏形。18世纪末,"浪漫主义"一词所指的范围也变得越来越广:不仅指中世纪文学、阿里奥斯托和塔索,而且包括莎士比亚、塞万提斯、加尔德隆等,那些不同于古典主义所遵循的古代传统规范的文学都置身其中。19世纪初,受席勒的素朴与感伤文学类型划分的启发,施莱格尔兄弟从理论上阐释了与古典主义相对的浪漫主义的类型学概念。之后,经诺瓦利斯、蒂克、海涅、斯达尔夫人、司汤达、华兹华斯、柯勒律治等一大批浪漫主义者的理论阐释和创作实践,浪漫主义新范式彻底取代了古典主义文学成规。R.韦勒克认为,这场席卷全欧洲的浪漫主义运动,存在"一个理论、哲学和风格的统一体"或"主导性规范",他把这个概括成三种尺度:"从诗的观点来看的想象,作为世界观沉思对象的大自然,以及构成诗的风格的象征和神话。"[①]朱光潜也认为有一种统一的浪漫主义风格,在他看来,作为流派运动的浪漫主义具有三种明显特征:主观性,这是最本质最突出的特征;"回到中世纪",即回到中世纪的民间文学传统;回到自然。[②] 浪漫主义的统一性是在与古典主义的对抗中形成的。

四 从古典主义到浪漫主义的范式转换

从文学的历史发展看,古典主义和浪漫主义是两个争辩不休的相对性概念。因此,在相互对照中来论述二者的具体内涵应为妥当的方式。从古典主义向浪漫主义的转换,意味着文学范式与话语成规的更替。这种更替具体体现在以下互相关联的方面:

[①] R. 韦勒克:《批评的诸种概念》第154页,丁泓等译,四川文艺出版社1987年。
[②] 朱光潜:《西方美学史》下卷第727页,人民文学出版社1964年。

其一,从摹仿到表现。对这一根本转折,艾布拉姆斯做了深入而有趣的阐释:"从模仿到表现,从镜到泉,到灯,到其他有关的比喻,这种变化并不是孤立的现象,而是一般的认识论上所产生的相应变化的一个组成部分。"①镜子意味着对外部世界的映照与模仿。自从柏拉图把文学喻为镜子或影子以及亚里士多德严谨的理性阐述之后,文学理论一直求助于这一隐喻来解释文学的本质,说明心灵对自然的模仿关系。从文艺复兴时期的大师到十七八世纪的古典主义者乃至后来的现实主义作家,都乐此不疲地对此娴熟应用。古典主义文学理论正是建立在这种认识论根基之上,本琼生、约翰逊等都心仪"生活的摹本、习俗的镜子、真理的反映"这种古老的理念。古典主义还坚信自然事物具有普遍永恒的定则,古代作家已经成功地写出了人物的本性、自然的本性,从而产生了合乎理性原则并经得起历史考验的文学典范。后代的作家只有学习好模仿好这些典范,才能达到真和美。拉布吕耶尔模仿希腊人狄奥佛拉斯塔,写作《品性论》,开篇便声称:"一切都已经说过了,我们只能跟在古人和现代人中最富技巧者后面拾其牙慧。"在他们看来,题材、风格、体裁、形式和语言等等规则和范型,都在古希腊罗马大师手中创造出来了,后世的文学所能做的所该做的就是尽善尽美地遵循并模仿这些伟大的典范。从传统中汲取营养本是创造的基础,然而,古典主义者的"紧紧追随"、"爱不释手"、"日夜揣摩",致使他们学到的又只是一些僵硬的类型。除了一些优秀的古典主义作家,如高乃依、莫里哀、拉封丹、德莱顿、蒲柏等等,能在古典主义疆界内求取某种自由,保持自由和规约的张力与均衡外,大多数的古典主义者都深陷于泥古保守的窠臼,无所作为。

从镜到灯的心灵隐喻之变迁,发生在 18 世纪至 19 世纪初。如果要追溯灯之喻的早期使用,还须回到古希腊罗马时期。柏拉图是个复杂的人物,一方面,他发动了一场哲学与诗歌、理性与感性之间的永久战争,并且把感性之诗人逐出了理想国;另一方面,柏拉图又坚持认为

---

① 艾布拉姆斯:《镜与灯》第 81 页,郦稚牛等译,北京大学出版社 1989 年。

只有从感性的阶梯上升,才能最终窥见理念的光辉,从而赋予了神灵附体的迷狂诗人以直觉认识超验真理的特殊意义。他的太阳隐喻直接启发了普罗提诺的太阳放射与喷泉流溢说。在他们看来,能够分享、感受理念之光辉的决非镜子式的心灵,而是充满灵感的能从自身放射出光芒的心灵。与柏拉图主义者相同,18 世纪以降的浪漫主义者也常把心灵与诗喻为光之放射泉之流溢。灯之喻对镜子之喻的替代,表明了表现论文学观的确立,即浪漫主义者不再把创作当做一种模仿行为,而是视为心灵之光对外在世界的照耀。华兹华斯的"诗是强烈情感的自然流露"便是这种表现说的一种经典表述。表现论把文学看做主观心灵的表现和创造行为的产物,强有力地颠覆了古典主义僵化的模仿成规,为文学打开了情感与想象的闸门。

其二,从理性到感性。古典主义的哲学基础是笛卡儿的理性主义,笛卡儿认为知识的本性是绝对的统一性,一切丰富杂多的现象只有还原为可清晰精确描述的单一原则,才能达成普遍知识的理想。这些普遍知识理性原则反过来就成为指导人们心智活动的规则,文学艺术作为一种心智活动也必须服从这些法则的规约。为确保知识的统一、稳定和可靠,笛卡儿拒斥了感觉和想象力。在他看来,感觉是变幻无常和混乱的,而想象力则是人类精神活动遭受欺骗的根源。古典主义文学理论的哲学基础和知识依据正是这种理性主义,布瓦诺就从此出发走在笛卡儿的路上。他企图从各种诗体和诗剧的特质中找出普遍永恒的法则,从千差万别的人性中归纳出风流、吝啬、老实、荒唐等普遍永恒的类型,而且把这些理性法则和类型等同于自然、真实和美。在《诗的艺术》中,布瓦诺写道:"首先须爱理性:愿你的一切文章,永远只凭理性获得价值和光芒。"[①]在理性原则的规约下,古典主义不欣赏也不能容忍一切"背理的神奇"、"无理的偏激"和破格的奇思异想。众多的古典主义作品描述的是,在贤明君子的调解下理性观念如何最终克服七情六欲,而在非理性情欲支配下世人又如何身败名裂的故事。这一点直

---

① 伍蠡甫主编:《西方文论选》上卷第 290 页,上海译文出版社 1979 年。

接暴露了古典主义的意识形态特征:作为特定历史阶段文化思潮的古典主义,实质上是新兴资产阶级与封建贵族政治妥协的产物。

　　浪漫主义是古典主义的反动,它发起了解放感性的革命运动。这次运动首次使情感、想象、天才、独创性、自由等主观性范畴全面地占领了文学理论的主体位置。浪漫主义首先确立了文学的情感本质,文学是情感的表现与倾吐成为浪漫主义运动最鲜明的口号。而且,他们所欲表现的情感与古典主义公共理性规约下的常态完全不同,有着强烈的个性自我色彩。济慈声称他生平作的诗,没有一行带有公众的思想阴影;雪莱把诗人喻为夜莺,它栖息在黑暗中,用美妙的歌喉唱歌来慰藉自己的寂寞;华兹华斯坚持认为自己的情感才是他的靠山与支柱;拜伦反复强调"诗是激情的表现,它本身就是热情",这种激情有时甚至是混乱的非理性冲动,如同施莱格尔所说:"浪漫诗表现对一片混乱的一种秘密渴望,它无休止地追求新颖惊异事物的诞生,它隐藏在有条不紊的创造的母胎中。"①因为对真正的美感生命力来说,人类在感情方面的强度和敏感不是减少了,而是日渐增长,因而艺术的完美也是无限的。由此,浪漫主义建立了文学史的发展变化观念以及视艺术为人类模式再创造的艺术观。"创造"这个术语的普遍使用,最初是在中世纪。人们从上帝创世的神话中推衍出文学创造观念,这个前提注定了中世纪的创造概念只能局限于基督教神学范围内,人的创造只是对神的模仿。在浪漫主义时代,人们对创造新文学的热望与自信,是对人类主体力量的肯定和张扬。济慈明确地说:"诗的天才必须在一个人的身上寻求它自己的出路;它的成熟不能依靠法则和概念,只能依靠自身的感觉和警觉。凡是创造的东西必须自我创造。"②这种自我创造更要依靠不受时空支配的想象力,因此浪漫主义用想象的内在规则僭越了古典主义那种外部给定的法则,从而赋予想象在创造活动中以至高无

---

① 参见 R. 韦勒克:《近代文学批评史》第 2 卷第 73 页,杨自伍译,上海译文出版社 1997 年。

② 伍蠡甫主编:《西方文论选》下卷第 64 页,上海译文出版社 1979 年。

上的地位。雪莱甚至直接把诗歌界定为"想象的表现",并且认为在人类心灵的两种活动中,想象高于推理。推理只审查一个思想与另一个思想的关系,而想象则以自己的光辉作用于这些思想素材,它能创造出新的思想。

其三,从机械整体论到有机整体论。艺术的整体性是古典主义与浪漫主义共同追求的美学理想,然而两者的理解却有明显的分野。最初是希腊的亚里士多德等人把作品与生命体相类比,总结出美的事物"整一性"法则。亚里士多德认为任何生命体都是不可分割的统一体,都是整体先于部分而存在的。然而,当他进入对文学等美的事物的分析时,生命体的有机性却脱落了,只剩下体积大小、各部分组织安排的适当性。所谓适当指的是事物自身的完整性,也指它的大小长短适合于人的感知。一个非常小或非常大的东西,即使是活的生命机体,但只要人无法感知,看不出其整一性,也不能称之为美。作品也是这样,其长短大小和结构安排必须为整体服务。这种整体性法则是合理的,但要求悲剧作品不能太长也不能太短,情节必须整一有头有尾,则未免机械且规范过度。文艺复兴时期的琴提奥和卡斯忒尔维屈罗又从中归纳出时间和地点的整一律,从而形成古典主义机械的"三一律"仪轨。浪漫主义也推崇艺术的整体性,但他们始终把这种整体性看做生命体的有机性。它是自然生长的,而非人为规定的,正像雪莱所说的,伟大作品的创造过程如同婴孩在娘胎中孕育成长。这种生命的隐喻尤其是植物的隐喻在浪漫派文学理论中俯拾即是,形成以植物喻天才、以植物喻作品的有机整体性美学。康德曾有些同义反复地定义"天才"为"天赋的才能",强调其自然禀赋性,认为天才能凭自然的作用创造出美的艺术典范。早在1759年,杨格的《论独创性作品》就突破了古典主义的樊篱,提出天才存在于法则之外、是浑然天成的观点,推崇独创性,并把独创性作品喻为从根茎上自然生长出来的植物。卡莱尔则干脆说:它完全是一棵树,树液和流体循环往复,每一片最小的树叶都与最底下的根须,与树的整体中每一个最大的和最小的部分相互交流。① 所以浪漫主义的艺术整体性与古典主义完全不同,它不是机械的、人工的、可法则化的,而是有机的、自然的、生命律动的整体性。

由于浪漫主义理论在现代思潮中的持久影响,人们开始质疑那种将它封闭在已成历史的特定位置的做法。从卢卡契的早期理论到法兰克福学派的新感性美学,从尼采的价值重估到海德格尔的诗化哲学和德里达的解构理论,乃至从惠特曼歌唱带电的肉体到金斯堡的嚎叫……人们都听到了浪漫主义的回声,这种四处扩展的回响表明浪漫主义并未终结。从古典主义到浪漫主义的文学范式转换,事实上是人类生活结构和内心结构的现代性转折的组成部分。

---

① 卡莱尔:《英雄与英雄崇拜》第110页,何欣译,辽宁教育出版社1998年。

第十八章 现实主义

一 现实主义概念的缘起

现实主义是文学批评和文学研究中最常见的术语之一。这个术语一般在两种意义上被人们使用:一种是广义的现实主义,泛指文学艺术对自然的忠诚,最初源于西方最古老的文学理论,即古希腊人那种"艺术乃自然的直接复现或对自然的模仿"的朴素的观念,作品的逼真性或与对象的酷似程度成为判断作品成功与否的准则。瓦萨拉的《画家的生活》曾叙述了一些有趣的艺术史轶事:孔雀啄食贝那左尼画得太逼真的樱桃;乔托的老师用刷子驱赶乔托在一幅人物肖像上增添的苍蝇。这种现实主义概念雄霸人类艺术史近两千年,至今仍残留在日常生活中。另一种是狭义的现实主义,是一个历史性概念,特指发生在19世纪的现实主义运动。历史地看,现实主义发端于与浪漫主义的论争,最终在与现代主义的论战中逐渐丧失了主流话语的位置。

R. 韦勒克在《文学研究中现实主义的概念》中追溯了现实主义术语在欧美各国的发生史:这个概念在文学领域的具体运用是1826年,法国一作家撰文宣称忠实地摹仿自然提供的范本的现实主义信条日益增长,它将是19世纪的写实文学。而这个术语的流行与画家库尔贝和小说家尚弗勒里的积极应用有关,库尔贝将自己被拒绝的作品贴上现实主义的标签,引发了一场论战,尚弗勒里1857年出版题为《现实主义》的文集,捍卫现实主义信条。同时其友人迪朗蒂又推出文学评论杂志《现实主义》,虽然昙花一现,只出了六期,但因其文风具论战性而产生了广泛影响。准确地说,现实主义挑战的是浪漫主义的艺术成规,卫姆塞特和布鲁克斯在《西洋文学批评史》中就把现实主义理解为19世纪中叶的一种逆动,它抵制"不现实的各种事物"。迪朗蒂和尚弗勒里继承了1830年代普朗什抵制浪漫主义的思想,尖锐地攻击雨果、缪塞、维尼等浪漫派作家,指责他们"无视自己的时代,企图从往昔的岁月里掘出僵尸,再给它们穿上历史的俗艳服装。"①现实主义者则拒绝这种诗的谎言。因此现实主义是作为浪漫主义的对立面和论辩敌手出现的,它本源地含有反对幻想和伪饰、崇尚真实的意义。

二 现实主义的理论涵义

现实主义经过泰纳、恩格斯、别林斯基直至20世纪卢卡契等理论家的发展和巴尔扎克、托尔斯泰等伟大作家的文学实践,达到高潮。现实主义理论日趋完善,形成一套完整的话语成规。它包括以下层面的涵义:

第一,真实客观地再现社会现实,这是现实主义术语的最根本的意义。达米安·格兰特用"应合"理论解释现实主义的客观性成规,他称"应合"为一种文学的认真心理,"如果文学忽视或贬低外在现实,希冀仅从恣意驰骋的想象汲取营养,并仅为想象而存在,这个认真心理就要提出抗议"②。这强调的是文学对现实的忠诚和责任。R. 韦勒克表示了相近的观点。他认为现实主义"排斥虚无飘渺的幻想,排斥神话故事,排斥寓意与象征,排斥高度的风格化,排除纯粹的抽象与雕饰,它意味着我们不需要虚构,不需要神话故事,不需要梦幻世界"③。这个意义上,现实主义企望真实地呈现社会生存的本真样态。作为社会边缘

---

① 转引自米安·格兰特的《现实主义》第29页,周发祥译,昆仑出版社1989年。
② 达米安·格兰特:《现实主义》第19页,周发祥译,昆仑出版社1989年。
③ R. 韦勒克:《批评的诸种概念》第230页,丁泓等译,四川文艺出版社1988年。

贫困小人物的代言者,现实主义理论强调披露真实,戳穿伪饰现状的意识形态。也就是说,现实主义抵制作为布尔乔亚知识分子话语形态的浪漫主义,转而追求客观性,为那些堕入贫困的边缘化的弱势族群或阶层发声,显然具有素朴的人间情怀和人道精神。

现实主义"客观再现当代社会现实"的理论涵义在卢卡契的论述里得到了最深入的阐释。这位现实主义最忠诚的信仰者和最后的辩护师撰写了大量论著,总结现实主义艺术经验,回应现实主义在20世纪遭受的挑战。首先,他从认识论的高度重新阐释了现实主义客观性的涵义:"艺术的任务是对现实整体进行忠实和真实的描写。"[①]卢卡契提出了对现实进行整体描写的现实主义艺术要求,所谓整体描写就是反映社会—历史的总体性,追求文学描写的广度,从整体的各个方面掌握社会生活,向深处突进探索隐藏在现象背面的本质因素,发现事物内在的整体关系。其次,卢卡契并没有把现实主义的客观性理解为排除任何主观因素的纯客观性,他不是把反映社会现实的文学视为一面静止的镜子。卢卡契肯定了主观认识的重要性,强调客观性和主观性的统一、外在世界与内心世界的统一。卢卡契两面作战,一面为现实主义的纯洁而与自然主义战斗,把福楼拜和左拉那种缺乏整体性的琐碎客观性排除出现实主义阵营;另一面又要回应现代主义的挑战,批评乔伊斯、普鲁斯特和其他现代派作家,认为他们使所有内容和所有形式都解体了。因此,现代主义达不到对现实整体的真实反映。

第二,广为人知的典型理论。典型论构成现实主义理论的一项核心内容,概括而言,典型论欲求解决的是文学人物的特殊与一般的关系问题。黑格尔和谢林为典型论的流播奠定了美学基础,黑格尔认为性格是理想艺术表现的真正中心,一个性格之所以引人兴趣是因为它的完整性,而完整性则"是由于所代表的力量的普遍性与个别人物的特殊性融会在一起,在这种统一中变成本身统一的自己"[②]。据韦勒克的

---

① 卢卡契:《卢卡契文学论文选》(第1卷)第288页,中国社会科学出版社1980年。
② 黑格尔:《美学》(第1卷)第307页,朱光潜译,商务印书馆1979年。

历史追溯,典型这一术语的最初使用者是谢林,意指一种像神话一样具有巨大普遍性的人物。浪漫派首先广泛使用这个概念;典型概念从浪漫主义转移到现实主义,与巴尔扎克和泰纳的转用相关。在《人间喜剧》的序言里,巴尔扎克自称为社会典型的研究者,泰纳则频繁使用此术语讨论社会各阶层人物的性格。典型逐渐演变成现实主义最重要的理论概念。典型也是别林斯基论俄国小说时的常用工具。他甚至认为:"典型性是创造的基本法则之一,没有它就没有创造……必须使人物一方面成为一个特殊世界人们的代表,同时还是一个完整的、个别的人。"① 果戈理笔下的科瓦辽夫少校不是一个科瓦辽夫少校,而是科瓦辽夫少校们,即使是描写挑水人也不是仅仅写某一个人,而是要借一个人写出一切挑水的人。这就是别林斯基所说的典型的本质。鲁迅的《阿Q正传》发表后让许多人不安,总以为写的是自己,独特的这一个阿Q拥有了巨大的共性,甚至成为国民性的代名词。现实主义把这种个性和共性完美结合的文学形象称为典型形象。

第三,历史性的要求。在韦勒克看来,历史性是现实主义理论中比较可行的一个准则,他援引奥尔巴赫对《红与黑》的评述说明这一点:"主人公'植根于一个政治、社会、经济的总体现实中,这个现实是具体的,同时又是不断发展的'。"② 韦勒克的看法是对的,现实主义确有历史性的维度。恩格斯在致玛·哈克奈斯的信中说:"现实主义的意思是,除细节的真实外,还要再现典型环境中的典型人物。"把人物置身于一个政治、社会、经济的具体的总体现实中刻画才能达到"充分的现实主义"的高度。而且,这个具体的总体现实还是不断发展的,现实主义的历史性维度即是要求真实摹写复杂的社会关系,并且反映出复杂的社会关系的矛盾运动过程。现实主义的历史性要求,实质上是以社会分析为核心,即以摹写人的社会经验和社会本身的结构为艺术原则,而且现实主义竭力通过描写人的现实矛盾去揭示人与社会的辩证法

---

① 别林斯基:《别林斯基论文学》第121页,新文艺出版社1958年。
② 韦勒克:《批评的诸种概念》第240页,丁泓等译,四川文艺出版社1987年。

则。现实主义确认:对社会现实观察得越仔细,研究得越深入,对事件及细节的相互关系和矛盾运动就理解得越透彻,就越能获得真实的力量。

三　现实主义的泛化

现实主义话语占据主流位置,并逐渐衍变为一种文学不可僭越的艺术铁律:只有遵循现实主义成规的艺术才是真正的艺术。现实主义变成了放之四海皆准的普遍真理时,面对艺术的复杂性、丰富性和艺术史的变动不居,现实主义陷入了尴尬的境地。如何应对新艺术的挑战?如何应对当下的历史情境?现实主义的策略一般有两种:一种是卢卡契的做法,认为现实主义是一种特定的文学—历史范式,严格保卫现实主义理论的历史涵义,使现实主义与非现实主义界限分明。卢卡契仍然毫无保留地推崇现实主义的权威性,认定真正的艺术必定是现实主义的。他因此陷入与现代主义的混战之中,用现实主义艺术成规质疑乃至否定现代主义的合法性,留给现实主义一种美学上的保守和画地为牢的位置。看起来更妥当的应对策略是另一种,现实主义的泛化,即无限地扩大现实主义的边界,直至这个概念能够容纳各种新艺术、新经验。正如达米安·格兰特所言:"在19世纪就可以看到对现实主义属性开禁的倾向,在晚近的理论家看来,现实主义的发展就剩下这一种可能了。"[1]哈里·莱文、亚瑟·麦克道尔、恩斯特·费舍尔和罗杰·加洛蒂都用"扩大的视角"来拓展现实主义的语义疆界,取消现实主义的一些限制条件:"所有伟大的作家,就其犀利而审慎地批评他所了解的生活而言,都可以算是现实主义者中的一员。"[2]认为现实主义仅仅是艺术必备的一个条件而已。概念的弹性化使现实主义从画地为牢走向完

---

[1]　达米安·格兰特:《现实主义》第91页,周发祥译,昆仑出版社1989年。
[2]　同上。

全开放,变成一种"无边的现实主义"了。罗杰·加洛蒂《无边的现实主义》一书就以这种开放的胸襟收编了毕加索、圣琼·佩斯、卡夫卡等这些被正统或严格的现实主义拒绝的先锋派作家。加洛蒂在该书"代后记"表述了此种开放立场:"从斯丹达尔和巴尔扎克、库尔贝和列宾、托尔斯泰和马丁·杜·加尔、高尔基和马雅可夫斯基的作品里,可以得出一种伟大的现实主义的标准。但是如果卡夫卡、圣琼·佩斯或者毕加索的作品不符合这些标准,我们怎么办呢?应该把他们排斥于现实主义亦即艺术之外吗?还是相反,应该开放和扩大现实主义的定义,根据这些当代特有的作品,赋予现实主义以新的尺度,从而使我们能够把这一切新的贡献同过去的遗产融为一体?"加洛蒂毫不迟疑地选择了第二条道路,按他的论述逻辑也只有这种选择:"没有非现实主义的即不参照在它之外并独立于它的现实的艺术。"①艺术即现实主义,如果不能否定卡夫卡、圣琼·佩斯和毕加索的作品是艺术,那么它们必定是现实主义的。加洛蒂观点的可取之处在于他拒绝本质主义地界定现实主义,拒绝以过去艺术的标准来评判新艺术。但问题是什么都成了现实主义,那什么才是现实主义?无边无界的现实主义还是现实主义吗?特里·伊格尔顿在《文本·意识形态·现实主义》一文中批评加洛蒂的"无边的现实主义"概念平淡无味、包揽一切但却没有什么重要意义:"没有界线的概念根本就不能成其为概念,正如没有堤岸的河流可以是一个湖泊或大海,但它肯定不是河流。"②

在现实主义这一术语的使用历史中,另外一个现象频繁发生,即大量吸收各种各样的定语,形成各种各样的现实主义。据达米安·格兰特的收集,现实主义种类繁多:批判现实主义、持续现实主义、动态现实主义、外在现实主义、怪诞现实主义、规范现实主义、理想现实主义、下层现实主义、反讽现实主义、战争现实主义、朴素现实主义、民族现实主义、自然现实主义、客观现实主义、乐观现实主义、悲观现实主义、造型

---

① 罗杰·加洛蒂:《论无边的现实主义》第175页,吴岳添译,百花文艺出版社1998年。
② 王逢振等编:《最新西方文论选》第439页,漓江出版社1991年。

现实主义、诗歌现实主义、心理现实主义、日常现实主义、传奇现实主义、讽刺现实主义、社会主义现实主义、主观现实主义、超主观现实主义、幻觉现实主义。人们一不小心还会遇到别的某某现实主义,可见这个术语具有极强的繁殖能力和包容性,网罗着诸种截然不同的艺术类型。这从一个侧面证实了现实主义曾经拥有的显赫的政治地位和无上的美学权威,新艺术借助与现实主义的联姻而获得了存在与发展的合法性。现实主义因此也变成了无比庞大的家族,这同样是现实主义的泛化,发生在文学史的自然运动中。这种泛化逐渐掏空了现实主义概念的确定涵义,使之变成一种缠夹不清、令人怀疑的文学术语。

四 被质疑的现实主义

现实主义自诞生之日起就常遭人质疑,甚至被视为"现实主义之父"的福楼拜也曾声明:"请注意,我憎恨人们时兴称为现实主义的事物,即使他们奉我为现实主义的权威。"波德莱尔在福楼拜名著《包法利夫人》面世的1857年,为该书撰写书评时也批评现实主义术语是"扔向每个明智人士脸上令人作呕的侮辱,为凡夫俗子细述琐事而非新颖创作法的模糊多变的术语"。今天看来,现实主义的典型化原则和真实观念都遭到普遍的质疑。

典型是现实主义的主要范畴和标准,典型化被认定为唯一能够完整地揭示出人物性格、世界观和命运的正确方法。如果典型化仅仅意味着对普遍性的追求,那并不致遭人诟病。问题是在阶级范畴侵入社会学理论并盛极一时之后,文学人物性格就普遍被狭隘化为某种阶级属性,典型便成了阶级的代表,并陷入"一个阶级一个典型"的僵化境地。如此从特殊到一般的典型化过程被逆转为从一般到特殊的观念先行性写作,特殊与一般之间的张力关系被彻底消解,人物的性格必然简化为某种阶级观念的注解。

这种典型化竟成了许多现实主义作家塑造文学人物的方法和原

则。高尔基谈论写作的一段话就极具代表性而被反复援引:"假如一个作家能从 20 个到 50 个,以至从几百个小店铺老板、官吏、工人中每个人的身上,把他们最有代表性的阶级特点、习惯、嗜好、姿势、信仰和谈吐等等抽取出来,再把它们综合在一个小店铺老板、官吏、工人身上,那么这个作家就能用这种手法创造出'典型'来——而这才是艺术。"①这种典型化使人物的个性具体性变为共性的承载工具,从而牺牲了人物性格的特殊性和丰富性,因此一些古典作家在追求文学的普遍性时总是对此保持高度的警惕。黑格尔一再强调"这一个",歌德则把一般性搁置在创作完成之后,以防止它对形象自足性的伤害。在他看来,真正的诗"表现出一种特殊,并不想到或明指到一般。谁若是生动把握住这特殊,谁就会同时获得一般而当时却意识不到,或者只是到事后才意识到"②。但并非所有作家都能保持这种警惕,在文学仅是政治的奴仆和工具的时代里,更不可能信任特殊性尊重"这一个"了。

  现实主义作家崇尚真实,而且从不怀疑他们有可能最大限度地获得真实。泰纳曾经认为,巴尔扎克对法国社会历史真实的把握就像严谨的科学一样确凿可靠,因为巴尔扎克"身上有一个考古学家,一个建筑师,一个织毡匠,一个成衣匠,一个化妆品商人,一个评价专员,一个生理学家,和一个司法公证人;这些角色按次序先后出台,各人宣读他最详细最精确的报告;艺术家一丝不苟地专心致志地听着,等这一大堆文件垒积如山,形成火源,他的想象才燃烧起来"③。从一条血管、一条神经、脊骨的曲直、脸上的肉丁到苔藓的颜色、石墙的窟窿、壁柜的年岁、田产款项的数目,泰纳完全相信老巴尔扎克对这一切都明察秋毫、了如指掌。古典现实主义的真实观建立在对人类主体的全知全能性的某种自信上,泰纳似乎感觉到一个个体把握社会历史整体真实的难度,

---

  ① 高尔基:《谈谈我怎样学习写作》,《论文学》第 159 页,人民文学出版社 1978 年。
  ② 歌德:《关于艺术的格言和感想》,见《西方美学史》下卷第 416 页,朱光潜著,人民文学出版社 1979 年。
  ③ 泰纳:《巴尔扎克论》,见《欧美古典作家论现实主义和浪漫主义》(二)第 187 页,中国社会科学出版社 1979 年。

因此以老巴尔扎克的多种身份来保障这种全知全能的可靠性。但变换着身份的巴尔扎克仍是一个个体,他也只能从一个个体的角度来观察历史和社会。所以现实主义对真实的信仰和对客观再现真实的自信常遭人怀疑,早在1888年莫泊桑就指出每个人身心里都有自己的现实,人类的感官千差万别,因此有多少人就有多少种现实。如果说自然主义在科学实证的观察与分析和摹写的精确冷静方面不同于巴尔扎克,那么20世纪的各种新艺术对真实的定义则与现实主义距离越来越远。在普鲁斯特的《追忆逝水流年》里,真实是同时环绕在主体的感觉和记忆之间的某种联系;弗吉尼亚·伍尔芙同样把这些纷纷坠入人们内心的原子事实看做真实;而法国新小说派则直接颠覆了巴尔扎克式的真实概念,他们怀疑巴尔扎克那种所有现实都固定不变、一切答案都应有尽有的真实,甚至视巴尔扎克时期为真实的冰冻期。新小说派转而把真实理解为从未完成的始终在变化的概念。在他们看来,艺术家的每一次创新都是再创造出一种真实。经典现实主义确定无疑的客观真实性被丰富复杂乃至相互冲突的主观真实所瓦解,变成纷杂的心理碎片。正像韦勒克所言的,向主观经验和象征艺术的一种内在的转变,使"公认的19世纪的现实主义的意义就翻了个个儿"[①]。

如果我们再把现实主义的真实观放置到语言层面来看,现实主义理想中的真实将在一片闪烁不定的语词之中肢解为多重影像,真实这个概念正在语词的波涛之中愈漂愈运,终于淡隐。现实主义从不怀疑语言的可靠性和透明性,对他们而言语言仅是被使用的表达工具,这些作家多半未能意识到自己在语言系统中的被动性。语言的使用本身受语言系统的种种规则的限制,因此卷入语言系统的真实绝不可能透明清澈,而是饱含语言权势的真实。据此,结构主义和随后的解构主义都放弃了对真实的没完没了的论辩与争夺,转而把文学当做自足的语言编织体即文本来讨论和分析。文本对作品的替代使用不是时尚的语言游戏,而是一种文

[①] 转自达米安·格兰特:《现实主义》第65页,周发祥译,昆仑出版社1989年。

学批评范式的深层次转换。文学不再是一种外在世界的镜像,而是自足的语言系统内部发生的事件,是否如镜像般与外在世界相符合也不再是文学分析的价值指标了。"真实"完全被搁置乃至被废弃,文本的"内容"回到了语言内部。从谈论文学真实到谈论文本所指的巨大跨越,是在索绪尔语言学理论的帮助下完成的。索绪尔认为:任何语言符号都由能指和所指这两个因素结合而成,而且符号所组成的语言世界与符号所指代的现实世界之间没有本质的必然的联系。不是外在事物决定了语词的意义,相反,倒是语词决定了事物的意义。这种思想对现实主义的镜像真实观是最致命的打击,此后文学批评的重心转移到分析文学书写过程中语词之间的组合、修饰、配置以及矛盾、分裂和瓦解。从这条路再往下走,就到了分析话语生产的权力关系和文本间的互涉关系,使得文学与真实再现客观世界的镜像功能的距离越来越远。

第十九章　现代主义

一　现代主义的历史

在文学史上,现代主义这个术语大致有五种用法:(一)一种美学倾向;(二)一种创作精神;(三)一场文学运动;(四)一个松散的流派的总称;(五)一种创作原则或创作方法。① 这些用法有各自的偏重,但共同之处在于,均把现代主义的含义界定为对现实主义的反动。因此,在文学理论上,我们把现代主义作为与现实主义相对称的概念来使用。如果说19世纪现实主义的辩论对手是浪漫主义,那么,到了20世纪,现实主义最强大的论战对手则转换为现代主义了。

现代主义文学运动的根源,如艾·布勒在《双重形象》中指出的:"在波德莱尔、福楼拜、陀思妥耶夫斯基那里,自然也在尼采、易卜生和1885年去世、但20世纪才被发现的克尔恺郭尔那里。"② 从时间上限看,现代主义最初萌生于19世纪中叶,波德莱尔《恶之花》发表、麦克斯·施蒂纳《唯一者及其所有物》1845年出版、爱德华·冯·哈特曼《无意识哲学》1869年问世等等都意味着,在现实主义占据主流话语位置的时期,现代主义已经在悄悄地孕育成长。这些作品的影响在19世纪的最后20年间迅速扩散,形成与现实主义主潮相对抗的一种新思潮。

---

① 参见王宁:《比较文学与当代文化批评》第171页,人民文学出版社2000年。
② 袁可嘉等编:《现代主义文学研究》(上)第39页,中国社会科学出版社1989年。

布雷德伯里和麦克法兰合作完成的《现代主义的名称和性质》一文追溯了"现代"这个术语的创造历史：维多利亚时代作家马修·阿诺德在1857年的著名演讲《论文学中的现代因素》和1862年梅瑞狄斯出版的《现代的爱情》中都使用了"现代"这一词语，但前者是在古典主义的根据理性探索事物规律的涵义上使用，而后者则只是用它作为一种时间的限定。布雷德伯里提醒我们注意1883年勃兰兑斯题为"现代突破的人们"的系列演讲，这些演讲不仅把"现代"这个词语推广开来，而且敏锐地捕捉到了文化思潮嬗变和文学范式转换的脉动。接着德国学者尤金·沃尔夫袭用了勃兰兑斯"现代突破"概念，并在1888年发表的《德国最新文学潮流和现代原则》一文中第一次从理论上阐释了"现代"的概念意义，使这一术语得到更加广泛的传播。"和在维也纳、奥斯陆一样，从较小程度上说也和在苏黎世一样，在德国，1890到1891年间对现代主义概念的关注几乎到了狂热的地步。"①而且在整个1890年代，"现代主义"或"现代"术语都占据了文学争论的中心。

20世纪最初几年，欧陆学术界对"现代"概念的狂热开始衰退。1909年卢布林斯基甚至撰文宣告"现代"的退场和终结。但英美学术界又对这个概念产生了浓厚的兴趣，弗吉尼亚·伍尔芙甚至声称："那就是在1910年12月，或者大约在这个时候，人性改变了……人与人之间的一切关系——主仆，夫妇，父子之间的——都已经发生了变化。而人与人之间的关系一旦发生了变化，信仰、行为、政治和文学也随之而发生变化。"②伍尔芙以后期印象派在伦敦的第一次画展为界划分了两个时代，因为后期印象派彻底改变了人类观看世界的方式。劳伦斯则认为旧世界在1915年告终。而研究乔伊斯的专家理查德·艾尔曼把现代主义在英国发生的时间上限推后到1900年，并且认为现代主义的

---

① 布雷德伯里、麦克法兰编：《现代主义》第24页，胡家峦等译，上海外语教育出版社1992年。
② 弗吉尼亚·伍尔芙：《贝内特先生与布朗夫人》，《论小说与小说家》第181—182页，瞿世镜译，上海译文出版社1986年。

主题响彻整个爱德华七世时代。① 英美理论家对于"现代"的兴趣大约发生在20世纪的第一个十年,比欧陆理论家要晚。欧陆的理性主义传统很早就蕴育了作为其反面的非理性主义潜流,为现代主义的出场准备了舞台;英美的经验主义传统重视经验归纳和实证分析,与现代主义情趣和气质相左,因此它的延迟发生就容易理解了。

弗吉尼亚·伍尔芙说:1910年前后整个世界改变了。这个时期正是现代主义最活跃的历史阶段,未来主义于1909、1910、1915年发表三大宣言,英美意象派1913年推出三大纲领,达达主义1916年登上舞台,超现实主义、表现主义和意识流文学也活跃其间,一直到1920年代现代主义达到鼎盛。大多数现代主义经典文本都诞生于这个时期:普鲁斯特《追忆逝水流年》(1909)、卡夫卡《变形记》(1912)和《审判》(1914)、乔伊斯《一个青年艺术家的自画像》(1916)、艾略特《普罗旺斯情歌》(1917),1920年代又产生了《尤利西斯》、《荒原》、《杜依诺的哀歌》、《城堡》、《毛猿》等最杰出的现代主义文本。1930年代之后,现代主义持续扩张,到20世纪四五十年代存在主义兴盛,"正统现代主义文学至此也就宣告结束"②。在20世纪五六十年代的西方文论中出现了关于"现代主义的终结"的论述,人们对后现代主义术语的热情逐渐取代了对现代主义的关注。

二 现代主义与现实主义的分歧

(一)主观真实与客观真实的分野。R. 韦勒克曾言:"'真实'就如'自然'或'生命'一样,在艺术、哲学和日常语言中,都是一个代表着价值的词语。"③现实主义最引为自豪的正在于它能"真实"地再现现实,

---

① 布雷德伯里、麦克法兰:《现代主义》第18页,胡家峦等译,上海外语教育出版社1992年。
② 袁可嘉:《欧美现代派文学概论》第50页,上海文艺出版社1998年。
③ 韦勒克:《批评的诸种概念》第216页,丁泓等译,四川文艺出版社1988年。

因此像镜子那样公正无私地记录现实就成了对现实主义文学的最高评价。如有论者说巴尔扎克是 19 世纪法国社会的一面镜子,托尔斯泰是俄国革命的镜子,而鲁迅自然就是中国反封建革命的镜子了。而且现实主义这面镜子像左拉所说的很薄、很清楚,力求完全透明,只有去掉主观性才能保证这种透明性。很明显,镜子这一隐喻暗含着对现代主义的无言谴责。在现实主义占据主流话语位置的时代,人们也常借助关于镜子的隐喻为现代主义盗取合法性:现代主义也是现实的一面镜子,只不过它没有那么透明,而是变形的曲扭的哈哈镜,曲折地折射出部分现实。现代主义当然不会满意依附于现实主义的合法性,它开始挑战现实主义的"真实"与"现实",为主观真实争得合法席位。他们认为现实不可能远离人的意识,无动于衷地站在远处等着作家去描绘。事实上人们只能带着自己或隐或显的价值观念去看世界,每个人心里的现实图景不仅不可能完全一样,甚至是千差万别的。既然连客观现实都不可能摆脱主观性,那么现代主义完全有理由去呈现个人内心的现实。意识流小说家弗吉尼亚·伍尔芙拒绝做"物质主义"的奴隶,她努力证明,对文学而言,人的"内心火焰的闪光"远比外部世界的物质来得重要,而人的内心每天都"接纳了成千上万个印象——琐屑的、奇异的、倏忽即逝的或者用锋利的钢刀深深地铭刻在心头的印象"[①],具体地呈现这些印象才是文学的责任。难怪她 1910 年 12 月第一次观看后期印象派画展后会激动地宣称整个世界都改变了;实质上是人们观看世界的方式彻底改变了。法国新小说派作家萨罗特则正面攻击现实主义赖以完整地再现客观现实的典型化原则。在她看来,现在进入了"怀疑的时代",不仅是小说家不再相信自己虚构的人物,甚至连读者也不相信了。因此人物性格以及环境都不再重要,只有忠实地展现内心世界的真实,尽可能刻划出心理活动的丰富性和复杂性,才能赢得人们的信任。表现主义者甚至不满印象主义的"由外向内",转而主张"由内向外"的表现,要求摆脱外界印象,认为主观自我而非客观现实

[①] 弗吉尼亚·伍尔芙:《论小说与小说家》第 8 页,瞿世镜译,上海译文出版社 1986 年。

才是真实的源泉,追求直接表现精神即深藏内部的灵魂,彻底地颠覆了现实主义再现客观真实的文学精神。总之,现代主义与现实主义实际上在"真实"这个问题上达成了默契,但两者对什么才是"真实"的认识,存在主观与客观的巨大分歧。

（二）两种不同的批判精神。现实主义抛开了古典主义的架子和浪漫主义的内在激情,以平民的姿态走进现实生活的深处,充分地接触社会真相和底层人物的疾苦,积极揭露社会矛盾。然而,尽管现实主义直接展现了苦难,并进行了尖锐的批判与控诉,但仍然充满了健康的情绪和明朗的气息,体现了清醒的理性精神。现实主义的叙述全知全能、信心十足,始终保持社会代言人的慷慨激昂和悲悯情怀。现代主义则丧失了这种乐观和自信,作品中往往笼罩着阴郁、神秘、焦虑、荒诞、迷惘和绝望的气息,弥漫着无告的痛苦和难以排解的孤独。因此现代主义常被现实主义批评为颓废和逃避现实,从普列汉诺夫、高尔基、卢卡契到茅盾都曾把现代主义称做不健康的"颓废派"。

但是,因此指控现代主义为逃避现实的颓废主义,却是对现代主义的误读;用现实主义的艺术成规来否定现代主义则是美学上的偏执与懒惰。事实上现代主义同样具有一种批判现实精神,只是它不采用现实主义直接反映现实的做法。丹尼尔·贝尔曾经指出:"现代主义是一种对秩序尤其是对资产阶级酷爱秩序的心理的激烈反抗……至少在高级文化层,它正是资产阶级自身不共戴天的敌人。"[①]换句话说,现代主义在文化上是资产阶级的逆子,是资本主义社会矛盾文化裂变的产儿。贝尔考察了现代主义如何走向资产阶级价值观的反面。在他看来,资本主义文化存在两种动力:经济冲动力和文化冲动力。起初这两种动力互相合作,以猛烈的方式开拓了资本主义疆域。然而不久后,两者间产生了分裂,相互提防恐惧并企图摧毁对方,经济领域所要求的组织方式同现代文化所标榜的自我实现规范之间出现了断裂。资产阶级统治者在经济领域积极进取,建立了统治秩序,而在道德与文化趣味上

---

① 丹尼尔·贝尔:《资本主义的文化矛盾》第31页,赵一凡等译,三联书店1989年。

却倾向于保守和平庸;他们一面把个人主义引入经济领域打碎传统社会的秩序,另一面又害怕文化领域的激烈实验性的个人主义。现代主义正是这种从资本主义精神中裂变出来的反资产阶级价值趣味的文化力量,它以极端个人化的形式批判资产阶级意识形态。卢卡契等人被19世纪伟大的现实主义成规束缚住了,因而看不到现代主义的批判精神。在遭遇巨大的政治迫害后,他才感受到了卡夫卡那种令人震惊的艺术力量,于是把卡夫卡光荣地列入伟大的现实主义作家队伍中。

与卢卡契相反,一些现代主义美学家,从席梅尔、奥特加到阿多诺和马尔库塞,则坚持区分开现代主义和现实主义。他们认为资本主义社会已发生了巨大变化,现实主义那种客观再现方式很难戳穿资产阶级意识形态的假面,需要一种完全有别于现实主义的文学来承担文化批判的使命,这种文学就是现代主义。在阐释现代主义的批判精神与批判方式上,阿多诺的重要性日渐显现,如同戴维·福加克斯指出的:"阿多诺表明,文本和现实之间有另一种关系是可能的,那就是批判距离与否定的关系,而不是反映的关系;这样他就为马克思主义文学理论打开了现代主义作品之门。"[①]在阿多诺看来,资本主义社会已经形成高度组织化与管理化的秩序,一切事物包括人们的日常生活和意识形态都在这种严密统治秩序的控制之下,现实主义的反映模式无法突破物化了的现象的坚硬外壳,因为现实主义反映现实的范式仍是采用日常生活的感知方式,此种方式早已被隐蔽的意识形态宰制了。在高度组织化的资本主义社会,艺术只能作为自律的艺术才能发挥其社会批判功能。现代主义的自为性本身构成了社会他为原则即交换原则的反面。对此,阿多诺解释说:"艺术的社会性根本就在于它站在社会的对立面。然而,这种对立姿态的艺术只有在它具有自律性时才会出现。由于凝结成一个自为的实体,而不是服从社会的现存规范并由此显示自己的'社会效用',艺术对社会的批评方式恰恰是其存在本身。艺

[①] 安纳·杰弗森等著:《西方现代文学理论概述与比较》第199页,陈昭全等译,湖南文艺出版社1986年。

是对人遭到贬低的生存状况的一种无言的批评,这种生存状况正趋向某种整体性的交换关系,在这样的社会中一切事物都是'他为'的。"①他指明了一种生存事实:资本主义商品交换逻辑无孔不入,渗透并主宰了人们物质和精神生活的一切领域,人于是也异化成交换物却习以为常熟视无睹。资产阶级统治者极力维护平庸保守的文化艺术趣味,其目的是使其统治在审美感性领域隐蔽地获得合法性。而现代主义这个资产阶级的逆子,却用极端激进的文学实验和陌生化的艺术形式使人震惊,使人警醒:原来自己生活在多么糟糕的非人处境中! 就像阿多诺所说的"卡夫卡那些不成体统的寓言",令人震惊地呈现了这种异化的真实。在卡夫卡表面上违背常理的故事里,有一种异乎寻常的事实透过变形或荒谬的方式打击了人们习惯的日常生活意识。《变形记》里温和的推销员一夜醒来变成了甲虫,《审判》中的约瑟夫·K早晨起床莫名其妙被捕……这些"不成体统的寓言",这些荒谬的不可能的故事,事实上正是人们非常幸福生活背面的真相。卡夫卡把人们从无意识的习惯、俗套和感性的昏睡里敲醒,一直引到了异化的边界。这就是现代主义发人猛醒的批判力量。

(三)形式实验与文学成规的对决。大众对现代主义的普遍拒绝和冷漠,一方面是由于现代主义本身的知识分子精英气质与大众趣味间存在巨大沟壑,现代主义具有反大众趣味的倾向,甚至做出这种极端的表达:给大众趣味一记耳光! 另一方面,现实主义的文学成规以强大的力量控制了人们的审美经验。作为一种成熟的文学规范,现实主义拥有一套完整的技巧与叙述方式。这些技巧与叙述方式深植于漫长的审美历史并与人们日常经验方式相协调,已经如此深入地控制着人们的阅读反应,以至于让人们完全忽略了它们的存在,于是,文学规范所具有的意识形态功能被遮蔽。人们朴素地认为现实主义几乎是毫不修饰地、透明地"还原"了现实,也自然地接受了现实主义提供的通俗易懂、生动有趣的现实故事。因此,一旦现代主义以另一套技巧与叙述方

---

① 周宪等编:《当代西方艺术文化学》第68页,北京大学出版社1988年。

式展示现实,审美惰性或惯性就会迅速地驱使人们作出近乎本能的抵制。

现代主义追求个人化的感知方式和表现形式,形式实验是其显明的标志:意识流、象征、夸张、变形、荒诞、黑色幽默、反小说或者反戏剧,形式新颖层出不穷。这种不懈的实验"给它带来了形式上的创造力和变化多端的辩证法——这一困境是:现代主义必须永远挣扎,但却不可能获得十分成功;过了一段时间之后,为了不获得成功,又必须挣扎。"①欧文·豪指出了现代主义永不停止的形式实验特性和对各种流行方式的"永不减退的愤怒的攻击"性。现代主义因此常被批评为本末倒置的形式主义,这也引发了现代主义的两种自我辩护。一种是克莱夫·贝尔、格林伯格、弗莱等人所做的正面回应,他们从理论上阐明了现代主义的美学立场:"艺术是有意味的形式",并且援引康德的美和艺术的无利害性论述作为自己坚强的理论后盾,从而理直气壮地把爱情、道德、欲望、生活等等内容从艺术中驱逐出去;另一种是阿多诺等人所做的更为辩证的应战。阿多诺首先否定了传统那种内容与形式的粗陋划分,继而阐明了内容与形式的辩证法:形式事实上是内容的历史积淀,是所有逻辑性契机的总和整体,或者在更广泛的意义上,是艺术作品的连贯性。②阿多诺实际上把形式看做观看世界的方式,看做思想秩序的生长方式。现代主义的形式实验一方面意味着作家对高度个人化感知方式的探寻,另一方面也是不确定性不稳定性意识的生动表征。对此可从两个向度予以理解:不断的形式实验具有不断挑战资产阶级乃至大众平庸保守的文化趣味的革命意义,阿多诺就是这样看的;而弗兰克·克莫德和布雷德伯里等人则认为实验使形式更趋混乱,从而产生形式的绝望感,传统意义上的神话、结构和组织都土崩瓦解了。这种形式危机本质上是文化危机的表征,于是现代主义便成为"唯一

---

① 欧文·豪:《现代主义的概念》,见袁可嘉等编选:《现代主义文学研究》第170—171页,中国社会科学出版社1989年。

② 阿多诺:《美学理论》第245页,王柯平译,四川人民出版社1998年。

与我们的混乱情景相应的艺术"①,不管怎么理解,有一点是显明的:现代主义形式与传统艺术经验之间存在巨大的断裂,传统艺术那种完整、有序、稳定的时间性叙述已被现代主义零散多变的空间叙述所取代。

现代主义在与传统文学成规、形式秩序对决的同时,也表达了一种对秩序的希冀。这种希冀我们可以从现代主义的神话主义追求中观察到,乔伊斯的《尤利西斯》、艾略特的《荒原》、福克纳的《喧哗与骚动》等经典性文本都采用了神话框架。对现代主义而言,神话化不仅仅是组织作品材料的艺术方式,而且是一种寻找秩序意义的乌托邦冲动。然而在现代主义世界里,神话仍然是外在的,外在于人的生命感受,它并不与现代人的实存生活血肉相融。因此,从根本上看,神话是文学获得统一性的外在形式。正如艾略特评论乔伊斯的《尤利西斯》时所言:"我们现在可以使用神话的方法来代替叙述的方法,我真诚地相信,这是走向使艺术能够表达现代世界的一大步。"②

三 现代主义的理论难点

布雷德伯里和麦克法兰在著名的论文《现代主义的名称和性质》一开始就谈到了现代主义的理论难点。他们把现代主义的发生喻为人类文化大地震,它划开两个时代,而且这种划分比过去把黑暗时代同古代分开、或把中世纪同黑暗时代分开的那种划分更加伟大。③ 这种巨大的文化跨越必然带给现代主义以历史上从未有过的复杂性,这种复杂性产生了现代主义的诸多理论难点。概括地说,有如下几个方面:
(一)现代主义是象征主义、未来主义、意象主义、表现主义、意识流、超

---

① 布雷德伯里、麦克法兰编:《现代主义》第12页,胡家峦等译,上海外语教育出版社1992年。
② 《艾略特诗学文集》第285页,王恩衷编译,国际文化出版公司1989年。
③ 见布雷德伯里、麦克法兰合编:《现代主义》第4页,胡家峦等译,上海外语教育出版社1992年。

现实主义诸种流派的总称。这些流派在艺术观念上并非完全一致,有的甚至完全相左,比如象征主义的超验品格和超现实主义的肉体迷狂就存在巨大的差异。而且"现代主义不会确立自己的普遍风格;或者说,如果它确立自己的风格,它就否定了自己,从而不再是现代的了"①。用现代主义概念涵盖如此多的"主义"、如此多样善变的风格,自然会因概念的超载而发生阐释的困难。如何从模棱两可、多变的甚至歧义丛生的状态中寻绎出相对稳定的特质,又不致因化约主义处理而损害现代主义的复杂性,是现代主义最大的理论难题。(二)现代主义的国际性已被普遍认同,作为国际性文学运动,它"是不同时期不同国家里达到顶峰的许多不同力量汇聚的焦点"。在不同的国家,现代主义因发生发展的背景不同,也会产生不同的文化个性,如何把握其民族性差异也是一个理论难点。这种地缘性差异在欧美世界还好把握,其他地域发生的现代主义又如何阐释呢?丹尼尔·贝尔在《资本主义的文化矛盾》中把现代主义放在资本主义文化冲突的脉络中予以讨论,认为现代主义是资本主义精神裂变的产物。这种阐释却难以涵括资本主义世界之外的现代主义运动。贝尔等人代表的西方话语有普遍的合法性吗?如果普遍适用,那么欧美之外的现代主义就只能是仿照的、冒牌的伪现代主义。如果不适用,那又如何阐释呢?(三)在现代主义与传统的关系上,也是意见不一。大多数人认为现代主义是反传统的,如罗兰·巴特曾指出现代主义的出场就意味着"传统的写作崩溃了",这种观点很有代表性。然而也有人持相反的看法,他们认为现代主义并没有完全脱离传统,甚至说现代主义艺术及其情境毫无奇特和新颖之处。他们很容易就翻出了一些现代主义文本的古典主义或浪漫主义底牌。如何解释这种歧见也是现代主义的一个难题。这些歧见与难题表明现代主义是多样的,需要多种理论来阐释。

---

① 布雷德伯里、麦克法兰合编:《现代主义》第14页,胡家峦等译,上海外语教育出版社1992年。

第二十章 后现代主义

一 后现代主义概念之源

与现代主义概念的复杂性相比,后现代主义是个意义更为含混的术语。从根本上看,这种含混性是由这一术语企图涵盖的对象的复杂暧昧气质带来的。在现代主义高潮过后,西方文化出现了一些新的征兆,人们试图把握这种有别于现代主义的文学动向,因此发明了后现代主义这一概念。一般来说,这个术语有描述、诊断和规范当代文化状态的三种用法。这些用法的混杂使问题变得更为复杂,如同汉斯·伯斯顿和杜威·佛克马在《走向后现代主义》的"序言"开头所说的:后现代主义这个术语给文学史家带来不少困惑,甚至人们还未来得及确定其意义,它就已成了一个家喻户晓的概念。人们曾经像追逐时装一样时尚地热爱后现代主义,然后快速地过季过时,打折出售,甚至宣布这个"主义"落潮了、终结了。然而如果严肃地把它作为涵括现代主义之后文化状态的术语使用,后现代主义这一概念的使命远未结束,围绕这个术语的文化讨论还将没完没了。一个歧见横生的词语本身就是当代文化复杂多元和不确定的表征,但它却很难把人们置身其中的文化状态阐释清楚。在文艺理论史上,一种简单而有效的做法是:把后现代主义作为涵盖古典主义、浪漫主义、现实主义和现代主义历史链条之后出场的另一文学潮流的概念,在与现代主义的辨别中显现出后现代主义的较为明确的特征。

据汉斯·伯顿斯的梳理,当代意义上的后现代主义术语产生于20

世纪50至60年代。起初,作家查尔斯·奥尔森反复地使用不加任何限定的后现代概念,他直觉地意识到文学思潮的胎动。之后一些研究现代主义的学者,如欧文·豪和哈利·列文等人开始讨论后现代主义文学现象的出现,认为这是伟大的现代主义运动衰退的结果。1960年代美国诗人兰代尔·杰瑞尔、约翰·拜里曼、艾伦·巴特里克等有意味地使用后现代一词,论述奥尔森、罗伯特·洛威尔等诗人所代表的诗歌新潮,明确指出后现代主义是对崇尚形式主义的现代主义的反叛。1963年威廉·凡·奥康纳出版《新大学才子与现代主义的终结》一书,认为后现代主义脱胎于现代主义的异化形式,而与普通公众的经验相关联。从概念的源起看,尽管有各种不同的用法,但有一点是共同的,即后现代主义意指现代主义之后的一种新的文学思潮。就像艺术评论家约翰·佩洛特所说的:"我是在60年代中期被迫使用后现代这一术语的,因为我想探讨各种似乎不合现代主义艺术规则的作品……后现代主义并不是一种特定的风格,而是旨在超越现代主义的一系列尝试。"[①]不管是佩洛特的"被迫使用",还是艾伦·巴特里克的主动应用,抑或是欧文·豪等人的忧伤慨叹,作为反对或超越现代主义的文学运动,后现代主义在20世纪五六十年代正式出现,并且具备了与现代主义相抗衡的力量。

20世纪70至80年代,是深入阐释后现代主义理论内涵的时期。各种论述纷纷出场,歧见横生,众语喧哗,形成所谓后现代主义的诸种理论。莱斯利·菲德勒在《越过边界——填平鸿沟:后现代主义》中提出"新的后现代主义意识",论文描述了后现代主义的根本特征:填平精英文化与大众文化之间的现代主义鸿沟。苏珊·桑塔格发展了菲德勒的观点,她反对现代主义对阐释的吁求,声称新的艺术把手段和媒介扩展到科技与通俗艺术领域。利奥塔1970年代初出版《话语,形象》一书,描述现代主义与后现代主义的差异,认为前者是话语的,后者则

[①] 转自汉斯·伯顿斯:《后现代世界观及其与现代主义的关系》,见佛克马、伯顿斯编《走向后现代主义》第31页,王宁等译,北京大学出版社1991年。

是形象的。形象对话语的反动实际上是桑塔格反对阐释、强调体验思想的更直截了当的表述。1970 年代末利奥塔出版了《后现代状况》一书,更深入地阐释了后现代主义的理论涵义。在他看来,现代主义向后现代主义的转向意味着人类知识范式的根本转换:总体性转向个体性、元叙事转向小叙事、普遍性共识转向语言游戏的异质性、一元论转向更宽容的多元主义。利奥塔的分析打开了后现代主义的理论空间。透过他的论述,人们惊奇地发现,后现代主义并不仅仅是跨越精英文化与通俗文化鸿沟的运动,这个概念蕴涵的内容远比人们通常想象的要复杂得多,深刻得多。伊哈布·哈桑的《俄耳甫斯解体》和《后现代转折》等多部著作也对后现代主义问题进行了专门的讨论。哈桑的后现代主义概念更宽泛、更具包容性,他认为这个概念之所以众说纷纭、难以界定,是由于它企图把握现代社会变幻不定的本质的缘故,因此后现代主义必然是个包含着矛盾和冲突的概念。哈桑把后现代主义的特征简洁地归纳为"不确定的内在性"。哈桑的重要性在于他把握住了后现代性的内在张力:一极是不确定性,这是中心消失、本体论根基动摇的必然结果,从不确定性概念中可以衍生出众多彼此排斥的后现代主义范畴,如反创造、解体、分解、差异、断裂、随心所欲、扭曲变形、折衷主义、多元主义……另一极为内在性,哈桑用此术语表明人类心灵的综合能力,即综合自己在世界上的一般特征并对自我和世界发生作用的能力。哈桑强调他是在不带宗教共鸣的情况下使用内在性概念的,这种强调突出了后现代的内在性不同于传统依靠信仰进行价值定位的超越性。哈桑的内在性是一种"新的语言的内在性",意指人类用自己创造的符号确定自己,并构成自己置身其中的宇宙。从类星体到夸克,从有文化的无意识到宇宙空间中的黑洞,人类用活生生的或杜撰的语言构造了世界。如此,自然转变为文化,文化最终转化成一种内在的符号系统。[①] 哈桑用内在性概念表达超越虚无主义建构意义的渴望。的确,如果要用后

[①] 伊哈布·哈桑:《后现代景观中的多元论》第 132 页,见王岳川、尚水编:《后现代主义文化与美学》,北京大学出版社 1992 年。

现代这个概念涵盖1950年代以来变动不居的文化状态,仅仅看到解构和断裂的一面是有所偏颇的。如果后现代主义只是精彩的垃圾和可笑的破烂文化的话,那么越早终结越好。哈桑揭示出了后现代主义的建构意义,尽管他的内在性仅仅是自我的内缩。

在1980年代,因弗雷德里克·詹姆逊的参与,后现代主义论述在社会历史的脉络里获得了从未有过的清晰。在他那部最系统也产生最广泛影响的著作《晚期资本主义文化逻辑》中,詹姆逊首次尝试综合马克思主义与后现代思想,把后现代主义视为一种广泛的文化逻辑,一种与晚期资本主义的基本现实相对应的文化现象。詹姆逊的分析模型是总体的、历史的;按照这个模型,人们可以清晰地把握后现代主义的思想脉络:资本主义社会经历了市场资本主义、垄断资本主义和跨国资本主义三大发展阶段,每一阶段都有与之相对应、相匹配的文化风格,这便是现实主义、现代主义和后现代主义。在晚期资本主义时期,信息技术和大众传媒获得前所未有的发展,资本的国际流动形成了多国化资本主义,第三世界民族国家构成与发达国家相抗衡的力量,这种社会结构的变化必然改变人们对世界和自我的感受和体验方式,后现代主义便是这种变化的文化表征。"如果说现实主义的形势是某市场资本主义的形势,而现代主义的形势是一种超越了民族市场的界限,扩展了的世界资本主义或者帝国主义的话,那么,后现代主义的形势就必须被看做一种完全不同于老的帝国主义的、跨国资本主义的或者说失去了中心的世界资本主义的形势。"[①]后现代主义区别于现代主义的特征,如平面化、非中心化、零散化等等,都是失去了中心的晚期资本主义在文化上的投影。如果说阿多诺打开了马克思主义通往现代主义之门,那么也可以说,詹姆逊打开了马克思主义文艺学的后现代主义之门。詹姆逊使后现代主义在这个历史框架中获得了最清晰的诠释。

---

① 詹姆逊:《晚期资本主义的文化逻辑》第286页,张旭东,编,三联书店1997年。

二　从现代主义到后现代主义

尽管人们仍然会追问,在何种程度上,后现代主义可以被描述为人们所熟悉的古典主义、浪漫主义、现实主义和现代主义发展顺序之后的另一文学潮流呢？但后现代主义的诸种理论还是或隐或明地把问题放置在这一历史线索中予以讨论。从后现代主义概念的最初缘起看,把它作为一个文学史的分期性概念,在文学理论范围内的确具有充分的合理性和妥当性。后现代主义起源于人们对正统现代主义的某种不满,如对现代主义过于精英化、过于晦涩难解、过于形式主义的不满。这种不满产生了或反对或超越现代主义的种种艺术追求和理论思考,逐渐汇聚成后现代主义的文学运动。从奥尔森、艾伦、奥康纳、欧文·豪等对后现代主义概念的早期使用,到菲德勒、桑塔格等的初步诠释再到晚近詹姆逊的系统性论述,后现代主义都是作为一个与现代主义相对的概念被讨论。人们不应过于简单地把文学思潮的运动转换看做像火车的一节节车厢那样明显可辨,而是应该注意到韦勒克和佛克马的提醒:分期的概念"往往和不同的特征相结合,过去的残存物、未来的预兆以及带有相当个性化的特征"①。在这个意义上,历史的脉络仍可作为阐释后现代主义的基础。

20世纪五六十年代以降,随着后工业社会的来临,西方文学又经历了一次广泛而深刻的裂变。旨在超越现代主义的后现代主义思潮迅速崛起,成为文学论述的中心话语。从现代主义向后现代主义的美学嬗变,已被人们普遍视为20世纪西方文学发展的一种清晰的逻辑轨迹。具体地看,这种嬗变表现在以下方面:

一、从精英趣味到跨越精英与大众的鸿沟。现代主义文学是知识

---

① 杜威·佛克马:《初步探讨》,见佛克马、伯顿斯编:《走向后现代主义》第1页,王宁等译,北京大学出版社1991年。

分子的话语,有明显的哲学化倾向。它对复杂性的认识超过了以往的文学,也远远超过了普通大众的认识水平。"现代主义艺术家不仅认为自己面对着现实的无限复杂性,他还把他的艺术手段本身也看做是问题的一部分。"①这样,传达复杂性思想与感受的方式也变成前所未有的复杂,如《尤利西斯》语言之晦涩,《荒原》用典之繁富,《四个四重奏》之时间哲学玄思等等。普通大众难以直接进入作品的世界,对这些作品意义的读解必须依赖学院教授的专门研究。后现代主义与现代主义这种高深玄妙的鸿篇巨制截然不同,不再与大众保持遥不可及的文化距离,而是填平了艺术与大众生活之间的鸿沟。在某种意义上说,现代主义是超世的、自恋的,而后现代主义则是入世的、生活化的甚至是消费化的。后现代主义的一些重要的倾向甚至直接向现代主义对大众文化的粗暴敌视和冷漠提出了挑战。詹姆逊1985年在北京大学的演讲中曾通俗易懂地概括了这种变化:"到了后现代主义阶段,文化已经完全大众化了,高雅文化和通俗文化、纯文学与通俗文学的距离正在消失。商品化进入文化意味着艺术作品正成为商品,甚至理论也成了商品;当然这并不是说那些理论家们用自己的理论来发财,而是说商品化的逻辑已经影响到人们的思维。总之,后现代主义的文化已经从过去那种特定的'文化圈层'中扩张出来,进入了人们的日常生活,成为消费品。"②如果说现代主义是特定的知识分子文化圈内的拒绝消费的小众艺术,那么后现代主义则颠覆了这种文学与美学的等级秩序,文学、艺术、音乐、时尚、服饰、肥皂剧乃至商品包装广告都平等地进入了文化研究的领域。一方面是艺术对日常生活的扩张渗透,从而提升了生活的美学品质;另一方面则是艺术越来越商品化、消费化,其精神性逐渐被侵蚀损害,从而丧失了艺术的批判功能,作为艺术哲学的美学也逐渐退化为一种大众文化修辞学。如果从更久远的时间看,艺术的发展存在一种从与生活合一无间到从生活中超离出来再回到生活的历

---

① 彼得·福克纳:《现代主义》第28页,付礼军译,昆仑出版社1989年。
② 詹姆逊:《后现代主义与文化理论》第162页,唐小兵译,北京大学出版社1997年。

史。现代主义是艺术超离生活的极端,物极必反,后现代主义突破了艺术与生活泾渭分明的界限。这种突破使普通大众也拥有了艺术鉴赏与创造的权利,另一方面也打开了艺术蜕变为非艺术的方便之门。当任何物品、任何行为都可以成为艺术时,艺术的存在就变成一个疑问。艺术的扩展与艺术的萎缩或许正是后现代主义这枚硬币的两面。

二、从建构深度模式到平面化追求。现代主义努力建构思想、心灵和历史的深度:兰波和马拉美的花不会是单纯的花,而是超验的花朵;凡·高的农民鞋不是一双简单的鞋子,它蕴涵着天地人神的关系;普鲁斯特的玛德兰点心也不是人们随便吃的那种,它通往绵延的时间深处;而艾略特、乔伊斯、叶芝、福克纳们对神话的酷爱更典型地体现出现代主义对深度的渴求。这种对深度的爱好使普通大众望而却步,甚至连专业学人都感到晦涩难解。后现代主义则追求去深度的平面化,用物象的享乐主义取代了现代主义那种智慧的痛苦与忧郁。照博德里亚的说法,后现代无深度平面化的作品是一些五光十色的展览物,它们有表无里、有外无内、有意符无意指。詹姆逊正是依据深度的消失来描述后现代文化现象的,在他看来,后现代主义不仅削平了现代主义作品的历史深度,而且强烈抨击各种深度思维模式。取而代之的是实践、话语和文本游戏,是多样化的表面,亦是对形象外观的身体性的直接体验和享乐。后现代主义再次使艺术从阐释回摆到体验,这种回摆实质上是艺术从对哲学的僭越返回到感性本身;另一方面,思想之维的主动消解又使后现代文学感性蜕变为受商业逻辑支配的文化消费。

三、与深度模式的消解相伴随的是主体的零散化。现代主义文学仍然坚守独立的自我、不可替代的人格和艺术个性,由于现代世界的剧烈运动和文化的巨幅变迁,现代主义已经不可能像启蒙运动时期那样对主体和自我保持着乐观的信仰,而更强烈地表现出主体丧失、自我异化的焦虑,正如詹姆逊所言:"现代主义是关于焦虑的艺术,包含了各种剧烈的感情、焦虑、孤独、无法言语的绝望。"[①]现代主义固执地追求

[①] 詹姆逊:《后现代主义与文化理论》第 179 页,唐小兵译,北京大学出版社 1997 年。

艺术天才和个性风格,在审美领域孤独地坚守着主体性自律自我,这种坚守甚至有些悲壮和崇高的色彩。如果说现代主义在"主体性的黄昏"为自我的完整进行了绝望和忧郁的抗战,那么后现代主义不仅放弃了反抗的激情,而且怀疑人类精神史上存在过"中心化的主体"或者个人主义的自我,甚而宣布"主体的死亡"。从尼采的"主体只是一个虚构"到罗兰·巴特的"作者之死"、德里达的解构、延异、播散再到当代美国人的"耗尽"与"幻觉旅行",后现代主义的主体和自我已零散化为碎片了。主体去中心化和自我的零散化伴随着创造性个性风格的丧失,取而代之的是拼贴和复制。詹姆逊把拼贴形象地喻为"拼盘杂烩",简单地说,拼贴就是一种种类混杂的杂耍游戏。威廉·巴勒斯将书页或磁带剪成碎片,然后随意组合成新的作品,是后现代拼贴最极端类型。随着电子媒体唱主角的第二媒介时代的到来,后结构主义"对文本和话语的玩弄只好让位给没有具体指涉对象的类像流了"[①]。不管人们是否认同,人类社会的后现代转折或许正集中地体现在传播媒介的巨大变革上,这种变革将彻底改变人类的生活方式,也将改变文学艺术的生存方式。文学的文化身份、社会意义和表达正在发生新的变化。从这个角度看,后现代主义仍然是一个新鲜的文学话题。

三 后现代主义的理论难点

与现代主义概念类似,后现代主义也是个涵盖面极广的术语,而且它企图描述的文化状态还是正在进行时,身陷其中的人们宛如雾里看花,有时甚至是盲者摸象,摸到什么就认定它是什么。于是人们不得不承认有多少个后现代主义者,就可能有多少种后现代主义的形式。后现代理论本身也像詹姆逊形容的"拼盘杂烩",这种东拼西凑的特点和歧义横生的相互争执,既显得趣味无穷、引人入胜,又常常把人们引入

[①] 道格拉斯·凯尔纳等:《后现代理论》第157页,张志斌译,中央编译出版社1999年。

混乱的境地。面对20世纪50年代以降,正在发生剧变的如此复杂的文化状态,后现代理论必须回答特里·伊格尔顿提出的一连串疑问:"后现代主义是一种完全西方的甚至是美国的思潮呢?还是具有更多的全球意义?它代表了一种与现代主义和西方'现代性'时期的彻底决裂呢?还是仅为这些思潮的一个最新阶段?它在政治上是激进的、保守的,还是又激进又保守?后现代主义中的多少东西已经被现代主义所预料?如果后现代主义拒绝一切哲学基础,那么它如何能够给予自己合法地位?它是像美国批评家弗雷德里克·詹姆逊指出的那样,是'晚期资本主义的文化逻辑',还是像其他人主张的那样,是一种更具破坏性的不稳定力量,它预示了一种与历史和道德的犬儒主义背离,还是它对快感、碎片、身体、无意识和大众化的关注指出了一种新的政治前途?"①

后现代主义有太多的理论难题,如果以当代文化状况的复杂性和变易性为借口回避这些难题,那么后现代理论也许只能说是一种盲视的理论。它能在多大程度上诠释当代人的文化经验仍然是一个疑问。

---

① 特里·伊格尔顿:《后现代主义的幻象》第2页,华明译,商务印书馆2000年。

第二部分　批评与阐释

第二十一章 文学批评的功能

一 文学批评与文学理论

文学批评是文学阅读的后续动作。如果读者试图把文学阅读之后的所思、所感进行提炼和剪辑,形成一种相对系统的见解,那么,文学批评就开始了。文学批评乃是批评家对于作品、作家以及文学史诸种现象的分析、判断与评价。必须事先说明的是,某些作家始终对于文学批评的存在表示异议。例如,托尔斯泰就在他的《艺术论》中表述过一个很有代表性的观点。在他看来,成功的作品即是一种完美的表达;既然读者已经由作品获悉了作家体验到的情感,那么,夹在二者之间的文学批评就如同多余的蛇足。有趣的是,托尔斯泰本人的行为却驳倒了这种简单的推理。他对莎士比亚戏剧的品头评足无疑是一种典型的文学批评。这个事例证明,文学批评具有不可代替的功能。这种功能不仅召集了一大批职业批评家,某些时候,那些貌似蔑视文学批评的作家也不惜改换身份,进入文学批评领域一试身手。

文学阅读感想多半是零星散乱的只言片语。它们仅仅是一些朴素的爱憎而无法形成系统的观点。但是,这即是文学批评的雏形。如果将一些感想加以整理,有根有据地谈论一部作品所以优或者所以劣,并且将这种谈论同深刻的理论背景或者文学史结合起来,名符其实的文学批评就可以问世了。人们可以从各种类型的文学批评之中概括两个特点:第一,虽然教授、学者、专职研究人员这些职业批评家为数不多,但是,许多人时常有意无意地扮演业余批评家的角色。前者擅长高头讲章，纵横捭阖，后者通俗扼要，是非分明。第二，业余批评家的数量如此之多，这间接地证明了社会对于文学批评的不竭渴求。

这些看法可以从文学批评史的演变过程得到佐证。根据现有的文字记载，中国最初谈论文学的言论大约出现于《诗经》之中。一些诗人写诗之余，同时还兼带宣谕了写作这些诗的意图与功能。这当然仅仅是三言两语，可是，这些夹杂在诗篇之中的句子即是日后文学批评浩浩之流的泉眼。春秋战国时期，诸子百家的言论也常常涉及文学，但是，他们的观点仍然吉光片羽，语焉不详。他们对于文学的看法往往混杂于其他学说之中，因为文学还没有从人文知识之中独立出来，以至于重要到值得专门论述。这种状况在两汉时期尚未得到多少改善。魏晋时期，一些当之无愧的职业批评家方才姗姗而来——《文心雕龙》的作者刘勰可以视为杰出的代表。

经过漫长的历史演变进入现代社会，特别是文学教育成为高等院校之中的必修课程之后，文学批评逐渐成为一个学科。这个学科拥有了自己的资料、传统、规律、理论、逻辑、研究方法。这同时预告了批评家与普通读者之间的距离。如果说，一部作品让普通读者感到了情绪上的激动，那么，批评家要负责讲解这种激动的理由——他们要指出这部作品可能在哲学、社会学、语言学、符号学、神话学等诸方面显出的意义；如果说，多数读者多半凭借一时一地的印象、情绪、兴趣判别一部作品"好看"或者"有趣"，那么，批评家的判别方式要远为复杂。"好看"或者"有趣"之后，批评家还必须调动专门的文学知识给予诠释。假如需要确定这部作品在纵横交错的文学网络上所占据的位置，那么多方面的比较、参照、衡量将是判别所不可缺少的依据。批评家不能兴之所至地断言一部作品的价值与成就。在此之前，他们必须回忆起文学经典系列构成的秩序，并且参照这种秩序评估一部作品的文学史位置。

无疑，批评家操持的各种陌生、深奥的概念术语加大了他们与普通读者之间的距离。作为一个完整的学科，除了拥有一批作为专业人员的批评家外，文学批评还拥有一整套专业的概念术语。这些概念术语构成了本学科的"行话"，它们是一个学科形成的重要标志之一。人们之所以将魏晋南北朝视为文学批评的成熟时期,一个重要的原因即是文学批评概念术语在那个时期的大量诞生。《文心雕龙》的丰富概念系统证明了这一点。批评家使用本学科的概念术语描述种种围绕文学的现象,这实际上是将普通读者的种种直观印象置换为另一种理论语言,进而纳入特定的理论范畴和系统,进行分析和判断。因此,区别于普通读者的凌乱观感,批评家的语言具有一种理论规范的力量。

对于许多批评家来说,阅读感想的提炼和剪辑通常是一种理论的展开与实践,或者结合文学史加以评判。这实际上已经暗示了文学研究的不同方向——文学批评、文学史、文学理论。韦勒克和沃伦曾经对于这三者做出简明的区分:"最好还是将'文学理论'看成是对文学的原理、文学的范畴和判断标准等类问题的研究,并且将研究具体的文学艺术作品看成'文学批评'(其批评方法基本上是静态的)或看成'文学史'。"[①]当然,这三者通常构成了相互支持的关系。文学理论是文学批评的强大后盾。文学理论提供了文学批评的模式和概念、范畴。但是,文学理论与文学批评之间的主从关系有时可能颠倒过来。对于出色的批评家说来,文学理论所提供的观点决不是一成不变的教条。批评家不仅可以在批评实践中灵活地运用文学理论的种种观点,同时,他们还可能根据阅读的作品重新审查文学理论提供的各种前提,认定这些观点的时效与覆盖范围的半径,甚至修正、改写乃至完全否定这些观点。在这个意义上可以说,文学批评反过来构成了文学理论赖以建立的基础。

相对于文学批评,文学理论体系显然更富有逻辑性,更为完整;其中的种种命题、概念互相呼应,互相证明。文学理论注重公认的规律、既定的规范,强调经典的意义与秩序,强调正统与权威的美学观念;同时,文学理论还时常将一些新的、难以解释的文学作品视为偶然现象从而忽略不计。这种情况有效地维护了理论的稳定性、概括性,使文学理论能够以一种普遍原理的面目出现。然而,从另一方面来看,这种状况

[①] 韦勒克、沃伦:《文学理论》第 31 页,刘象愚等译,三联书店 1984 年。

也可能不知不觉地产生某种理论的保守性。为了保护理论逻辑构造的完整,为了保护规范、经典的既定位置,理论家时常会有意无意地拒绝考察与接受新型的文学作品,解释新型的文学规范,接纳新型的文学经典。换言之,理论家时常会过多地陶醉于封闭的理论体系,徜徉其中,乐而忘返,以至于远离了文学历史的持续演变。这时,它就会遭到文学批评的猛烈冲击和锻打。文学批评往往会作为一种新的艺术经验代表向种种理论的陈规教条发出挑战。在欧洲文学史上,人们可以在浪漫主义取代古典主义之际看到这种状况;中国文学史上,人们可以在五四时期与1980年代的文学演变之中看到这种状况。

二 中国古代文学理论资源与"现代转换"

谈到文学批评的理论资源,中国古代文学理论的位置及其意义正在得到愈来愈多的关注,种种争论目前仍然方兴未艾。19世纪末至20世纪初,中国的文学理论经历了一个重大转折。短短的时间里,诸如"道"、"气"、"悟"、"气象"、"风骨"等一大批中国古代文学理论的概念、范畴迅速消失,越来越多西方文学理论的命题、术语取而代之。这个现象在文学理论界引起了普遍的焦虑。焦虑的症结在于——如此之多的理论命题、术语背后竟然找不到中国的作者。世界舞台上,中国的文学理论家发不出自己的声音。"失语症"成了这种状况的强烈隐喻。许多人担心,这可能进一步暗示了民族文化的危机。

尽管这种担心具有充分的理由,但是,人们仍然不能以简单的态度对待复杂的理论问题。文学理论是一种阐释文学的知识。文学理论利用一系列概念、范畴来分析和概括文学,并且从一批具体的文本解读之中提炼出普适性的命题。通常,阐释是文学理论的基本功能,阐释的有效程度决定了某一个学派的文学理论的意义及其价值。中国古代文学理论的意义不仅因为属于"中国",更重要的是这种知识的有效程度。相同的理由,人们不能先验地断定,西方的文学理论与本土文学格格不入,本土的文学理论才可能成为真正的知音。当现代性带来的全球化成为不可逆转的历史趋势之后,全球文化的交织日益明显。这种状况是异域的理论漂洋过海植入本土的基本依据。如果说,中国古代文学理论对于中国古典文学的阐释如鱼得水,那么,20世纪的中国文学向西方文化开放之后,许多西方文学理论的阐释效力则超过了中国古代文学理论。

全球化意味着一个互相依存的网络正在将全世界联结为一体。在全球范围内,信息、技术、商品、人员、资本频繁往来,一个局部发生的事件可以迅速地波及世界的各个角落。这形成了一个悖论性的后果:各个民族之间相互交往的机遇前所未有地大幅度增加;同时,这种相互交往又促使人们进一步意识到民族的存在。然而,晚近兴起的后殖民理论犀利地揭示出,各个民族的文化交流并不平等。正如人们已经观察到的那样,文学理论领域的"理论旅行"同样包含了强势文化对于弱势文化的压迫。人们可以从这种"理论旅行"之中察觉到西方中心主义的文化霸权。西方文学理论的种种命题、术语可能有效地阐释了另一个国度的文学,然而,如果将这种阐释的结论视为普遍的必然,视为各民族的文学必须无条件遵从的规律,那么,某种文化等级观念就会悄然形成。这时,西方文学理所当然地占据金字塔的顶端,各民族文学只能臣服于外围,仰望西方文学的楷模,虔诚地等待西方文化的收编。始于全球化、终于某种以西方文化为蓝本的同质文化,这是后殖民理论一再预示的可悲历史图景。

可是,抵制西方中心主义的有效方法不是背对世界,回到古代,继续用"之乎者也"或者长袍马褂对付日益加剧的全球化趋势。相反,各个民族必须积极介入全球化运动,在广泛的对话之中展示自己,为自己的民族文化争取表演的空间。广泛的对话将使全球文化具有丰富的因素,这些因素的互动和平衡是抗拒某种文化形成霸权的重要策略。当然,这种对话通常必须在现代性的平台上展开。放弃现代性的主题,那将丧失很大一部分对话前提。现代性是困难所在,也是意义所在。

文学理论必须恢复民族的自我叙述能力。但是,这种自我叙述的听众存在于全球化的世界之中。正是在这个意义上,中国古代文学理论的"现代转换"成为一个重要命题。这个命题不仅表明了中国古代文学理论与现今文化经验之间的差距,同时还表明了一种信心:历史往往会巧妙地制造新的场域,古老的文化遗产可能在这种场域之中有声有色地复活,得到新的引申。经过某种理论的加工处理,中国古代文学理论有可能加入现今文化经验的编码系统,甚至占据一个显赫位置。中国古代文学理论与现今文化经验的弥合至少包含两个步骤:第一,阐述中国古代文学理论一系列概念、范畴、命题所拥有的理论涵义,许多理论家已经在挖掘资料以及校注、训诂、基本的解释等方面进行了大量出色的工作;第二,考察这种理论涵义在现今文化经验之中可能产生的意义。宗教衰微,王朝解体,工业时代的大机器生产改变了人们的生活规律,市场的扩张形成了全球性的商贸体系,大众传播媒介正在造就新的文化图像以及庞大的文化产业——中国古代文学理论内部的哪些概念、范畴能够面对这些历史图景文学的挑战?这是衡量"现代转换"是否成功的重要标志。总之,"现代转换"只能诉诸非凡的洞察而不是意气用事,更不是迁就浅薄的民族自尊而从事阿Q式的自我安慰。夸大古代文化的意义不是真正的拯救。古老的文化遗产真正复活之日,必须是击退了种种当今的挑战之时。

三 判断的意义

阅读感想的提炼和剪辑,这通常包含了一部作品的价值判断,即使这种判断十分隐蔽。人们可以发现,文学批评很早就显示出了价值判断的功能。按照许多人的理解,这是文学批评的首要功能。文学批评史上,这种功能的自觉启用可以追溯到文学的清理,例如文集的编选。"《诗》三百,一言以蔽之,曰,思无邪。"孔子这一句著名的概括已经是一个小型的批评范本。文学的清理包含着鉴别、分析。不论如何为文学批评定义,鉴别和分析无疑是早期文学批评的重要主题。鉴别和分析的结果是为一批作品定位。某些作品逐渐成为经典,被人们奉为楷模;另一些作品遭到贬抑和排斥,进而被剔除于人们的视野之外。时间长了,这种鉴别和分析得到愈来愈多的认可。于是,这种鉴别和分析本身逐渐形成一个系统,拥有了专业的人才和相对固定的操作方式,并且产生了一定的权威。在现代社会,这个系统的很大一部分进驻了高等院校和某些研究机构。高等院校文学系的文学教学与文学研究无疑是文学批评的一个重大分支。

如果说文学理论的原理体系是一张导航图,那么,批评则是具体负责一部作品的价值考察。价值考察是阅读趣味的规范。"趣味无争辩"或者"一千个读者就有一千个哈姆雷特"的观点暗示了价值的无政府主义。如果批评家回避风险而对作品的价值不置一词,这实际上是将判断的权力拱手出让给众说纷纭的舆论。

从阅读感想的提炼到一部作品的价值判断,文学批评有什么作用?很大程度上,文学批评充当着读者的导游这一角色。文学批评的一个使命是,逐步教会读者判断一部作品的优劣,提高他们的文学识别能力。当然,这一切不仅仅诉诸抽象的思辨与令人目眩的术语排列,批评家更多的是通过一个个范例的讲解而间接地显示把握作品的方式。批评家不仅要时时跑在读者的前头,抢先一步向读者引荐某些作品;许多时候,批评家还要跟在读者后面,重提他们已经阅读完毕的作品,解说优劣,指出一些他们在阅读中尚未注意的重要部位;或者将他们对于作品的种种朦胧感觉加以放大、澄清,让读者从理论上看清这一切的来龙去脉。简言之,文学批评就是在理论的规范之下逐步地集中读者的思想。

当然,文学批评之所以富有说服力,这不仅是因为结论的响亮醒目,更重要的是因为得出这个结论的必然过程。这就是说,批评家不该将他们的结论强行塞到读者的怀里,逼迫他们接受,相反,批评家必须循循善诱,让读者的思想在一个正确的逻辑轨道上一步一步凝聚起来,以至于读者能够自己走到批评家的结论面前。所以,杜波罗留波夫曾经说过:"批评的最终方法,我认为就是把问题叙述得这样,使读者能够自行根据列举的事实作出结论。"①在这个意义上,批评家所提供的判断方式甚至比对于某一部作品的具体结论更为重要。前者是普遍的,后者仅仅是个别。成功的文学批评就是训练或者启示读者形成一种普遍的判断能力。

如果说,读者是文学批评产生影响的一个层面,那么,文学批评产生影响的另一个层面则是介入文学的发展。我们可以在这个意义上考察两种不同类型的文学批评。

一种批评意在对过往的文学事实给予描述与研究。批评家可能研究李白诗作的高蹈风格,可能研究《红楼梦》的庞大结构,可能考察五四时期新文学运动在哪些方面成为古典文学的叛逆,可能谈论刚刚发表不久的一本热销的著作。总之,文学批评回忆、论述、分析种种业已存在的文学作品。这一切具有什么意义呢?显然,总结过去也就是合理地构思未来。文学经过数千年的演变抵达今天,人们可以在历史上看到一批辉煌的文学经典,也可以遭遇一些令人迷惑的岔道和陷阱。这里既包含了成功的范例,也包含了失败的教训。不言而喻,经典之作是人们再三研习的对象;然而,分析失败又何尝没有意义?汉代的赋为什么很快在文学史上退化了?为文造情或者辞溢于情显然不会有持久的震撼。宋代江西诗派点铁成金、夺胎换骨的作诗方法为什么没有得到后代的响应?这种"无一字无出处"的写法显然与诗的缘情言志相互抵触。文学批评对于过往的种种文学事实进行追究,实际上也就是对于文学史演变的路线进行重新勘察:文学史是否还存在其他的可能性?文学史上曾经出现的岔道是怎么一回事?这是一些走不通的歧途,还是因为那些勇于探索的作家才能不足?文学史上的各个大师为人们留下了什么遗产?哪些方面是后来的作家应当借鉴的?又有哪些方面是后来的作家应当回避的?所以,尽管这些批评家所陈述、研究的对象多半是"过去时态"的,但他们所得到的结论和价值判断却往往是

---

① 杜勃罗留波夫:《黑暗王国的一线光明》,见《杜勃罗留波夫选集》(二)第353页,辛未艾译,上海译文出版社1983年。

"现在时态"乃至"将来时态"。从根本上来说,这些批评家是用追忆与分析历史的方式为现实提供一个参照系数。

比较而言,另一些批评家主要不是面对过去。他们更像是对当前乃至未来的文学推选一种主张,或者提供一个预言。这时,批评家可能对种种事实做出随心所欲的取舍。一方面,他们可能对自己所钟爱的某些文学现象高声赞美,不遗余力,甚至小题大做;另一方面,他们也可能对自己不感兴趣的文学现象视而不见,甚至做出不公正的指责。在预计或者倡导某种文学未来的时候,批评家更多的是基于自己的理想、想象和憧憬,而事实不过是某种例证而已。这些批评家也可能援引历史上大师的作品,引荐种种人们未曾注意到的现象。然而,这一切与其说体现出他们的渊博与严谨,不如说体现出他们的机智与偏好。这些批评家并非为文学的未来提供参考资料,他们更多地是直接向文学发出召唤:请跟我来。可以看出,这一类型的批评家的目的常常是扭转文学的演变方向。当传统的现实主义小说在英国尚声势浩大之际,伍尔芙挺身而出,她在一篇题为《现代小说》的论文之中强烈呼吁现代小说的降临。在她看来,一些现实主义的作家仅仅热衷于堆积细枝末节,这无法深入到人物的内心世界,这些作家不过是得其形而遗其神,现代小说应当描写人物内心深处的火焰,记录人的意识所接受的来自四面八方纷至沓来的印象。很显然,伍尔芙的《现代小说》成了现代小说史上的一个重要文献。她的许多观点成为现代小说的一个加油站。

当然,在文学史上,批评家的大部分倡导都未能得到响应。但是,只要人们对于这些倡导有所反应,这些批评家就已经对文学的发展产生了意义。即使某种倡导遭到了众口一词的反对,那么,它也将产生一种反作用力,使文学朝着一个相反的方向驰去。

这些情况无不表明了文学批评对于文学发展的参与。显然,批评家的言论既非圣旨,亦非无足轻重的街谈巷议。文学批评是作为一种重要的舆论势力加入文学环境,批评家的观点将以种种方式为文学的发展所吸收。当然,批评家所表明的仅仅是个人的立场、态度、倾向、理想,并将这一切诉诸一整套的理论推理。批评家所做出的判断并不含有裁夺的意思。批评家的意见将在何种程度上为他人所重视,这取决于论述的有力程度。事实上,文学批评是参与文学发展的诸多因素之一,就像社会、文化、读者舆论、市场销售、印刷技术、传播媒介也是参与文学发展的因素一样。

对于某种文学潮流的兴衰来说,文学批评的作用至关重要。一些敏锐的批评家指出某种文学潮流的存在,赋予这种文学潮流以适合的名称,于是,这种文学潮流逐渐地明晰起来,一些置身于这些文学潮流之中的作家也更为自觉起来。犹如一个人必须拥有自己的姓名才能在社会文化层面存在一样,一种文学潮流也只有在获得一个名称之后才可能正式确定它的特征与标志。当代美国曾经出现过一批具有某种共性的小说。这些小说存在某种幽默的风格,但这种幽默之中又包含着某种阴沉的东西。作家似乎在小说中哈哈大笑,但这种大笑之后又分明隐藏了辛辣、痛苦、玩世不恭乃至绝望。所以,这种幽默常常令人在开颜一笑之际又感到某种"黑色"的思想情绪,作家似乎更多地是将悲剧的内容强行加以喜剧的处理。这时,一些批评家在这些作品中抓住了共同之处,并且正式命名为"黑色幽默"。从此之后,"黑色幽默"成为一个重要的文学潮流宣告成立。一些在各个方面迥然相异的作家由于这一点的相近而被纳入同一个文学潮流之中。可以看出,正是由于文学批评的定名与概括,一种隐藏的文学潮流被引申出来,并且愈来愈强烈地显露出了轮廓、风格和倾向。

对于个别的作家来说,文学批评的作用更为明显。由于批评家的慧眼,一些作家迅速崭露头角,很快为世人所识。法国作家葛利叶的作品完全违背了传统小说的原则,然而,由于批评家罗兰·巴特的有力介绍,葛利叶迅速作为"新小说派"的代表脱颖而出。同样,美国著名作家福克纳居于南方的一个小镇,早期他的作品未能被读者赏识。后来,福克纳的才能被美国著名的批评家考利发现了。由于考利和其他一些批评家的推荐、研究,福克纳很快名扬遐迩,最后获得了诺贝尔文学奖。在作家的成长过程中,不少批评家还能给予某种有益的教诲。批评家可能发现一个作家某一方面的才能,鼓励他在逆境之中坚持下去,指点他如何发现自己的长处与特点,从而使之终成大器。人们可以在别林斯基与果戈理的关系中看到这种情况。

四 20世纪的文学批评

20世纪的文学批评发生了巨变,人们甚至因此将20世纪称为"批评的时代"。首先,20世纪的文学批评雨后春笋般地涌现了许多学派:精神分析学派、新批评、神话与原型批评、形式主义、结构主义、解构主义、阐释学、接受美学,如此等等,不一而足。这些批评学派分别亮出自己的理论旗帜,将自己的批评驻扎于本学派的理论体系营盘之中。这些理论体系通常都包括了对于文学的根本理解,这也就相应地规定了考察文学的方式与路径,这即是每个批评学派提出的不同批评方法。

20世纪的文学批评为什么产生了如此巨大的转折?这可以追溯至多方面的原因。20世纪的历史发展是一个主要原因。在这一世纪出现了两次世界大战。战争带来的毁坏、杀戮、残酷、灾难打断了人们对于理性的乐观和骄傲,一种普遍的怀疑出现了。尽管西方的科学技术与经济得到了巨大的发展和繁荣,但是,这并没有为人们带来同等的乐观。相反,人们日益感到了异化,并且滋生了精神危机。20世纪以来的文学试图采用种种异乎寻常的方式予以表现。这种文学的发展需要有力的解释,文学批评责无旁贷地承担起了这个重任。毫无疑问,批评家必须掌握一些新的方法,练就一副新的眼光,解开20世纪文学之谜。

另一方面,20世纪文学批评的变化同时也是学科发展的必然结果。20世纪文学批评的理论风格越来越强——文学批评与文学理论似乎正在不断地靠拢和重合。这种状况的一个例证即是,文学批评的文体正在从简到繁。从序言、批注、即兴感想式的诗话词话到各种大型学术著作的大量涌现,这表明了文学批评的深刻转变。人们曾经将记述阅读印象的文学批评称之为"印象主义批评"。印象主义批评描述了批评家阅读之后的感动、体验、联想、领悟，如此等等。然而，进入20世纪之后，印象主义批评遭到了理论的鄙薄。结构主义之后的文学理论倾向于认为，个体不可能挣脱结构或者系统的限制，印象仅仅是个体的产物，文学批评的任务是分析隐藏在个体背后的结构或者系统。法朗士曾经坦率地宣称，批评家的叙述即是灵魂在杰作之中的冒险，批评家笔下的拉辛或者莎士比亚就是他们自己。如今，这种观点不再激动人心。文学批评不再无条件地崇拜个体的过人秉赋。个体经验的意义丧失了昔日的权威，学院式的训练和概念、逻辑、精密的分析成为文学批评的常规方式。如果批评家继续将感动、领悟或者印象作为首要的指南，他们已很难获得足够的信任。

文学批评的密集理论内涵与20世纪人文学科的巨变密切相关。精神分析学、阐释学、存在主义，尤其是结构主义与解构主义的兴盛无不导致文学批评的深刻震荡。某种意义上可以说，一拥而至的诸多学派意味着种种不同的文学解码方式。松柏是坚贞的象征，贼眉鼠眼必是奸诡之人，话剧舞台上一支挂在墙上的枪肯定会在最后一幕打响，一个谋杀与侦破的故事决不会误入岔道绕到自然环境保护的主题上。如何确定这些形象的意义？如何跟上这些形象的逻辑延伸？这一切均源于文学阅读的解码方式。现在，这些解码方式已经被广为接受，以至于人们甚至将这种解码方式当成了一种自然而然的意义来理解。然而，20世纪人文学科的一系列进展提供了一系列异乎寻常甚至是别出心裁的解码方式。于是，文学作品之中另一些意义被生产出来了。众多批评学派甚至从种种人们所熟知的古典作品之中发现了闻所未闻的涵义：从《哈姆雷特》之中看到恋母情结，分析一批神话之中的原型意象，译解民间故事背后的叙述公式，在福尔摩斯的侦探小说之中发现意识形态无形地回避的命题——文学批评具有了前所未有的想象力。人们似乎可以说，这些意义潜伏在古典作品里面，封锁在生动的故事情节背后，如同种种稀有矿藏，批评的解剖即是巨大的解放，意义的释放极大地开拓了文化空间。某些经典作品——例如莎士比亚戏剧或者《红楼梦》——仿佛集结了无尽的意义，历代绵绵不绝的批评无形地造就了一个经典作品的意义连续体。

首先可以肯定,多种多样的解码方式无形地冲开了一个阐释学的传统闸门:作品的"原意"。许多批评家曾经假定,作品的本来意义如同一个神秘的内核隐藏在作品内部的某一个角落,这种意义先于批评家的阅读而存在。文学批评的阐释无非是搜索作品的原意,公诸于众。这种文学批评如同一种意义的权威认定。如果文学批评一锤定音地认定了作品的某种意义,作品的话语和形象就像被锁入了一个保险柜——不可能还会有第二种解释能够开启这个保险柜。可是,这种假定已经为现代阐释学所颠覆。现代阐释学认为,意义不可能脱离批评家的阅读;同时,意义是特定历史文化的产物。批评家始终置身于历史之中。20世纪的文学批评勇敢地抛弃了"原意"的概念。由于不同的理论体系、智慧、想象力和分析技术,20世纪的文学批评获得了巨大的运行空间。作品的意义不是先验的,预先存在于某一处;作品的意义正是在阅读和种种解码的过程之中创造出来的。

当然,人们没有必要担心,剪断了"原意"的脐带就会使文学批评放纵无羁,仿佛作品的意义解释可以随心所欲地无边驰骋。事实上,阐释所依赖的理论体系、智慧、想象力和分析技术仍然是某个时代历史语境的产物。先秦时期不可能出现弗洛伊德式的眼光,唐朝宋代没有马克思主义的政治经济学解释。一个时代的历史语境不仅拥有种种解码方式,它同样还保留了特有的答辩制度和否决权。如果某些文学批评的某些结论无法通过各种知识体系共同形成的鉴定,这些结论将遭受众多方面的联合抵制。至少在目前,人们不会同意说《离骚》是杜甫的作品,或者李商隐的祖籍是法国。换一句话说,一个时代的历史文化空间不仅诞生了种种解码方式,同时也制约了解码的最大范围。各种类型的任意幻想不可能随时得到既有文化的支持。

历史上的文学批评曾经围绕着三个主题展开。第一,作家;这个文学的生产者总是具有某种神秘之感。批评家和读者总是想弄明白,究竟什么原因致使作家能够拥有如此出众的才能,创造出如此辉煌的作品? 第二,作品;这显然是最早引起批评家注视的对象,批评家和读者也想弄明白,文学作品为什么会产生如此巨大的魔力,以至于使世间无数男男女女如痴如醉?第三,作品所进入的社会,包括社会环境与读者本身;人们为什么对于某一部作品如此崇拜,又对另一部作品如此贬低?某些作品倍受冷落或者大为畅销,这些不同的反应是否与读者和社会环境有关?伊格尔顿认为,现代文学理论大致可以分为三个阶段:"全神贯注于作者阶段(浪漫主义和19世纪),绝对关心作品阶段(新批评),以及近年来注意力显著转向读者阶段。"[①]在下面几章中,我们依次给予考察。

[①] 特里·伊格尔顿:《二十世纪西方文学理论》第83页,伍晓明译,陕西师范大学出版社1987年。

第二十二章　文学批评与作家中心传统

一　作家中心的观念

作家、作品、读者都是文学批评的主要关注对象。但是，近代的文学批评史显示，批评的重心曾经产生过重大的转移。直至19世纪，文学批评还是以作家为中心。批评家时常以作家附庸的面目出现。一些实证主义的批评家十分强调考察作家的社会背景和生平传记，认为这是了解文学作品的前提。这种批评的传统可以追溯至遥远的古代。先秦的孟子提出了著名的"知人论世"之说。孟子说："颂其诗，读其书，不知其人可乎？是以论其世也。"[①]孟子认为，一个作家的作品总是和他个人的经历、他所处的时代相联系的。因此，真正理解一部作品，必须同时考察作家，"知其人"，"论其世"。许多批评家还喜欢说，文如其人，风格即人，这些观点都暗示了作家与作品之间的密切关系。

这样，我们就不难理解，对于作家生平事迹的考察为什么一直在文学批评之中盛行不衰。了解作家的家庭背景、社会地位、政治倾向，这有助于澄清和解释作家在作品中所流露的种种观点和情绪。追溯曹雪芹的籍贯、出身以及人生变故显然有助于读懂《红楼梦》，知道了狄更斯辛酸而穷困的童年也就知道了为什么他对于英国的下层民众如此熟悉，弄清了鲁迅在日本的经历即可明白他"哀其不幸、怒其不争"这种情感的触发点，了解到海明威的冒险性格以及他对拳击、斗牛、狩猎的

---

① 《孟子·万章·下》。

爱好也就了解到他的一批小说取材于何处。

很长时间以来,作家无疑是文学王国的中心。事实上,作家中心的文学图景至今依然在许多人心目中存在。文学的动人力量来自作品,而作品所赢得的光荣当然应当归还它的创造者——作家,这似乎是天经地义的事情。作家总是问心无愧地接受读者敬仰的目光。于是,作家的事迹占据了批评家的很大一部分精力。批评家一方面企图从作家的个性、生平之中找到解释作品的依据,另一方面又指望通过作品这种文献认识作家本人。在传统的文学批评中,作品常常只是一个路标,这些路标最终总是将批评家引向作家。从作家的饮食起居到作家的手稿,从作家的家谱、籍贯到婚姻、艳史,有关作家的材料巨细不分地得到了批评家的重视。批评家真心诚意地承认:作家是文学王国当之无愧的太阳。

许多时候,批评家将他们的敬重体现在文学批评的任务之中。批评家感到,批评的头等任务就是通过作品阐释作家的意图。批评家有必要明白:作家在说些什么?他的故事、人物、诗句有哪些深意?批评家仿佛要竭力剥除作品之中形象装潢的表层,还原作家的意图,进而依据作家的意图对作品做出判断。在批评家的心目中,所谓作品不就是作家意图的外化吗?了解作家的创作初衷,了解作家所欲阐明的意念,这就像得到了一道密授口令,从此可以在作品之中通行无阻,纵情领略每一个片断的奥妙涵义。在这个过程之中,批评家必须忠实地服从于作家。批评家必须站在作家的立场上来阐释作品。尽管批评家某些超出作家原意的见解也可能得到作家的嘉许,但是,倘若需要,作家随时会出示他们的意图作为驳斥批评家的充分理由。他们理直气壮地否认批评家的种种解释,这时的批评家就会如同猜错了谜语的小学生一样理屈词穷。海明威成名之后,许多批评家指出他的作品里有这种或那种象征。海明威对此十分恼怒。他出面宣称他的小说没有隐喻,没有象征。他声明,批评家所说的那些东西他从未写到作品之中去。既然作家是作品的创造者,他就该拥有支配作品的一切权利,尤其是作品的解释权。当然,作家没有必要出面纵横指点,自我解说,但是,作家的口袋里仿佛备有一份解释作品的标准答案。任何作品的解释都必须经由作家作出最终的审核。未能得到作家的首肯的解释只能是悖谬的,或者自作多情的。由于作家中心的观念,文学批评逐渐对作家失去了意义。

当然,并不是每一个作家都可能在文学批评之中得到真正的收益。一些天才作家难以为同时代的多数批评家所理解,这在文学史上很是常见。这一方面证明了作家的划时代价值,另一方面也说明批评家之间缺少同样的天才与之呼应。更多的时候,大量的文学批评论文平庸无奇,甚至不堪卒读。然而,这种状况不应导致作家对于文学批评功能的否定。作家仍然有理由做出这样的期待:杰出的批评对于作家具有重大的帮助。正像批评家不该因为出现过粗糙可笑的诗、小说就嘲笑所有的诗人和作家一样,作家也不应该由于某些拙劣的批评而对所有的批评家失去希望。面对《文心雕龙》以及丰富的诗话、词话,面对柏拉图、亚里士多德以来种种文学批评学派,作家应当看到真正的文学批评的确存在,尽管可能不如想象的那么多。

作家中心的观念极大地局限了批评家的创造性见解。无论是对作品的分析还是判断,作家的意图都无形地成了批评家的紧箍咒。批评家不敢从作品中发现一些超出作家意图的意义。他们只能战战兢兢,不得越雷池一步。作家对于自己作品的偏爱极大地干扰着批评家的判断。进入 20 世纪之后,批评舞台上的布景和灯光改变了。这时,文学批评向作家中心的观念提出了挑战。

二 批评的挑战

作家中心的图景时常从这一点上遭到怀疑:作家真的那么了解他自己写下的一切吗?其实,文本的意义并不是话语生产者可能完全垄断的。"作者未必然,读者何必不然?"作家本人的意图的确是文本意义的一个参照,但是,这种参照的价值远不如原先想象的那么重要。许多作家的意图可能惊人地宏大,他们的作品却十分渺小。个别作家可能胸无大志,他们却无意中留下了传世之作。人们必须看到意图与意图的实现之间所存在的差别——对于许多作家说来,二者之间的距离可能十分漫长。作家的创作意图只能视为一个发轫的起点。这些意图不一定精确地融化为巧妙的构思,传导为文学作品,并且全部为读者所接纳。通过一些深入的考察,批评家还可以发现,作家倾入作品的也不仅仅是意图。除了所欲表现什么,作品同时还显现了作家所欲隐瞒什么——后者常常是无意识的,甚至作家自己也未能察觉。这个时候,批评家毋宁说恰恰要看到作家如何突破原初的意图,形成意图之外的意义。恩格斯在谈到巴尔扎克时说过:巴尔扎克是一个政治上的正统派,他的作品是对于上流社会必然崩溃的一曲无尽的挽歌,他的全部同情都倾注在注定要灭亡的那个阶级方面。尽管如此,当巴尔扎克所同情的男女在小说中开始行动时,他又不由自主地对这些人物报以辛辣的讽刺与尖刻的嘲笑。这个时候,小说实际所体现的内容比作家的原初意图更为重要。浅薄的作品也许更容易为作家所控制,把作家的意图表现得十分清楚,而深刻的作品却往往超出作家意图的范畴。这就好像瘦弱的驽马任人驱策,而奔腾的雄骏却很难驾驭。诸如但丁、托尔斯泰、曹雪芹这样的大作家,他们都企图在作品中宣扬种种宗教或道德观念,但是,他们的伟大之处恰恰在于冲破了原有意图的束缚。估计作家的确切意图时,批评家总是将作品作为首要依据。通常,少数作家比他们自己的估计更为伟大一些,多数作家比他们自己的估计要渺小一些。作家的意图当然可以视为一种解释,但这绝不是唯一的解释。

三 精神分析学与作家研究

作家中心的观念遭遇的另一种挑战来自精神分析学派。精神分析学派仍然将对作家的分析视为文学批评的一个重要主题,但是,这时的作家已经不是令人景仰的天才。他们的灵感和奇特才能遇到了一种奇特的解释——事实上,许多作家对于这种解释深感不适,甚至愤怒异常。

精神分析学派的创始人是维也纳的精神病医生弗洛伊德。根据长期的临床经验,弗洛伊德得出一个结论:许多精神病的产生都是与欲望和情绪遭受压抑、无从发泄有关。针对这一点,弗洛伊德在治疗精神病时采取了一种"疏导疗法",即通过自由联想等方式将压抑在无意识之中的意愿和情绪引导到意识领域来,使之得到发泄,从而恢复健康。根据这种推理,弗洛伊德构思出了一幅人类内心世界的图景。

在弗洛伊德看来,人的内心世界可以分为意识与无意识。人的精神活动好像冰山,只有很少一部分浮现于意识领域,而具有决定意义的绝大部分都淹没在意识水平之下,处于无意识状态。后来,弗洛伊德更为细致地区分出,人格结构中最底层的是一种叫做"本我"的东西。"本我"总是处于无意识领域。由于"本我"的要求经常是违背社会道德的,所以,"本我"受到了监督和压制,形成了精神上的焦虑和紧张。为了缓和这种焦虑和紧张,便采取了种种保护性措施,其中包括压抑与升华。压抑即是把这些危险的冲动驱逐到意识之外,这样就不至于引起危险的行动;升华则是把这些危险的冲动和情绪引向社会道德所许可的文化活动,使之转化为高雅的行为。在弗洛伊德看来,文学和艺术均属这一类活动。它们实际上是以转换性的想象满足代替实际的满足。在这个意义上,文学艺术的功能与梦的功能相近,弗洛伊德曾经将文学作品与人的"白日梦"相提并论。既然如此,批评家就有理由根据弗洛伊德所提出的理论考察文学。

使用精神分析学派的理论研究文学作品,批评家已经做过了许多的尝试。当然,最为著名的是弗洛伊德本人对于索福克勒斯悲剧《俄狄浦斯》的分析。弗洛伊德并不重视作品表现的命运悲剧。他认为,这部作品之所以打动我们,是因为俄狄浦斯的杀父娶母让人们看到了童年愿望的实现。弗洛伊德还以同样的观点看待莎士比亚的名剧《哈姆雷特》。他如此解释说:哈姆雷特之所以迟迟不能向杀害父亲、娶了母亲的仇人复仇,是因为他意识到自己的内心也存在着同样的欲望,实际上自己比那个仇人好不了多少。后来,弗洛伊德的学生琼斯根据这些观点写成《哈姆雷特与俄狄浦斯》一书。这可以看做精神分析学派的代表作之一。这里,我们已经清楚地看到了精神分析学派的思路:批评家总是从作品的某些情节中看出作家隐藏其间的隐秘情绪;作家的才能并非来自他们非凡的想象力与文字表述能力,而是善于借助情节表达出他们压抑于无意识内部的欲望,引起读者的共鸣。

虽然精神分析学派产生了很大的影响,但是,并不是所有对精神分析学派有兴趣的批评家都完全赞同弗洛伊德的看法。弗洛伊德将性欲冲动视为一切文学的动因,这是许多批评家所无法接受的。弗洛伊德的一个荣格认为,弗洛伊德完全从个人心理的角度解释作品,但真正的作品恰恰超出个人的局限与利害之外。在荣格看来,作品是一个"自主情结",作品的创造过程不受作家自觉意识的控制,作品归根结蒂不是作家个人无意识的内容,而是植根于超个人的、更为深邃的集体无意识。

荣格认为,自从原始时代以来,人类世世代代的普遍心理积淀了下来,沉淀在每一个人的无意识深处。这种无意识的内容不是个人的,而是集体的、普遍的,是历史在"种族记忆"中的投影,因而称之为集体无意识。集体无意识潜沉于人的心理深处,不会进入意识。人们只能从神话、图腾以及一些不可理喻的梦之中推断出集体无意识的存在。这些神话、图腾、梦经常会反复出现一些原始意象。这就是集体无意识的显现,也可称之为原型。原型赋予我们祖先以无数典型的经验形式。它们是许多同类经验在心理上留下的痕迹。文学作品里面的原型似乎凝聚了人类从远古以来积累下来的巨大心理能量,其感情内容远比个人强烈、深刻,以至于可以震动我们内心的最深处。这样的时刻,读者好像已经不再是个人,而是人类,全人类的声音都在读者心中共鸣。这就是伟大艺术的秘密,也是艺术感染力的秘密。这个时候,作家的意义就在于表现出了这种集体无意识的声音,从而成为读者崇拜的对象,成为代言人。由于荣格学说既脱胎于精神分析学派,同时又涉及神话,所以被称为"神话—原型批评"。

精神分析学派研究作家的方式给人留下了许多启发。作家的某种情绪或者欲望如何被压抑为无意识,而后又如何通过曲折的路径寄寓于文学作品,该学派尤其擅长发掘这个隐蔽的过程。事实上,精神分析学派的无意识、"力比多"、压抑、升华这些概念已经为精神分析学派之外的许多批评家所接受。但是,这个学派喜欢将作家的情绪或者欲望一律说成是源于未能满足的性欲,这如果不是荒谬的,至少也是偏颇的。假如批评家因此仅仅承认作家生物性的一面而看不见作家社会性的一面,仅仅以前者说明或者解释后者,那未免是"东向而望,不见西墙"了。

四　对话关系

作家在文学王国的绝对权威被削弱了。作家中心的观念遭到了怀疑之后,一系列文学批评的观念随之发生了调整。这并不是说批评者即将取代作家而成为新的中心——作家与批评家之间,中心是一个有待于取消的观念。在我看来,解除了某一方对于另一方的依附关系之后,对话乃是作家与批评家之间的合理关系。对话,这意味了作家与批评家之间的一个新的关系阶段。

主体的独立是对话的前提。对话不是一方训诫另一方,不是一方命令另一方。对话必须互相倾听。在平等的基础上,作家与批评家分别发出自己的声音,相互交流。除了肯定共同的看法,双方还将坦率地阐明分歧。一方面,批评家不必一味地趋从作家,违心地唯唯诺诺,批评家应当敢于对一部分作品说否;另一方面,作家也无须把批评家的意见看做金口玉言,作家有权利坚持己见。这改变了某种单一的意见执导文学的局面。多种声音的并存使得文学舆论显得丰富多样,从而互相参照,互相平衡,互相吸引,而不是定于一尊。对话是双方话语的彼此积极反应,而不是一种不断重复的简单回声。回声只能在单调的回荡中越来越弱,对话却因为相互刺激而不断地重新开始。对话必须增进相互理解。批评家应当在对话中逐渐体验作家这个角色,他们应当进一步了解作家的甘苦,了解作家活生生的感情,了解他们呕心沥血的创作过程。这将使批评家的意见更为细致,更为亲切;即使批评家提出否定,对作家的了解也有助于他们的意见更为尖锐有力。另一方面,作家同样可以在对话中逐步了解公众对于作品的种种反应,甚至是他们从未想到的反应。这有助于作家摆脱对于作品的偏爱,脱离写作者的角色,从而在判断自己作品价值时有一个相对客观的立场。对话将使双方的接触范围不断扩大,从而使一个观点带出另一个观点。对话实际上会形成一种双方齐心协力的探索,在交谈中引出新的线索,走入新的境界。

当然,对话无法阻止偏执乃至谬误的观点出现,但对话内部却隐含着矫正偏执与谬误的机制。这使对话中的偏执与谬误有可能成为阐发正确观点的起点。因为对话对于各种意见的表达并非一次性的,对话包含了多种意见的相互补充,相互辩驳,相互牵制,因此,各种偏执与谬误的观点出现之后很快会遭到来自各方面的反驳。在对话逐渐展开的正常过程中,偏执与谬误很难始终占据主导地位。这时,我们可以用银行业务来比拟对话机制。在银行里,借贷业务与储蓄业务是同时展开的。一些人提走现款,另一些人存入现款,两者之间的动态平衡保证了银行不至于倒闭。我们可以清楚地看到,对话是预防作家或者批评家主观独断的一条重要途径。诚然,强调作家或者批评家的健全人格——譬如,强调作家与批评家的兼容观念,强调作家与批评家的心胸博大——是防止独断的一个重要措施,然而,除了作家与批评家的个人修养之外,对话则是一种社会性措施;对话取消了某个作家或者批评家最后定夺的机会,是可以没有终结的,每一种意见都可能为新的后继意见所评论,每一位作家后面都可能出现新的发言者。新的意见可能是一种商量,一种补充,也可能是一种反驳,一种抗拒。总之,对话使得任何一种结论在出场之际都不可能完全摆脱必要的监核与校正。这将阻止某种结论沿着一个斜坡越滚越快。有了对话的制约,尽管某些个别意见可能走向极端,但是,无数话语的聚合、交汇却可以使整个社会认识维持着相对合理的水准。

  对于批评家来说,对话关系有助于形成一种自如的心境。对话关系容忍了批评家可能出现的失误。文学批评虽然诉诸理论形态,但它仍然是批评家个人心智在文学作品之中的探索。因此,个人视野所可能出现的一切偏差,批评家都不可能完全避免。批评家在探索的过程之中,万无一失是不可能的。其实,批评家也常常失误:分析失误,判断失误,预测失误。由于各种各样的干扰,由于各种各样的局限,批评家可能对一部巨著视而不见,也可能将一部三流的作品认定为杰作。这种情况不仅产生在一些缺乏经验的批评家身上,另一些闻名遐迩的批评家也难免一时眼拙。

  然而,对于我们来说,重要的是要将批评家的失误视为正常现象而不必大惊小怪。批评家并不是作品价值的最高和最后的审定者。文学是一种探索,批评又何尝不是?批评家评论作家,作家也可以反过来评论批评家。不再人为地将批评与文学处理成考官与考生,作家与批评家之间将相处得更为自然、明智和富有人情味。批评家不会再因为害怕失误而不敢直陈己见。批评家已经意识到,一旦失误出现,这些失误将在对话的展开过程中得到纠正。事实上,一方面,对话鼓励批评家畅所欲言。批评家可以无拘无束地表达他们的领悟、感动、赞同、联想、疑问、否定,因为这并非至高的裁决;另一方面,作家的接受与否也不伴随着外在的压力,作家同样可以通过对话途径表达反诘、思索、欣慰、存疑、磋商。众口一词地重复某种见解,这反而是对话即将结束的标志。沉寂绝不是生机的证明。在对话机制之中,文学与文学批评形成了互相促进的共同体。

第二十三章 文学批评与作品的研究

一 现实主义文学批评的视野

根据艾布拉姆斯的研究,以作家为中心的文学批评基本上是浪漫主义运动的产物,至今不过一个半世纪左右。[1]早先,在亚里士多德强调模仿的文学理论体系之中,作家很少成为理论的中心。在浪漫主义观念中,作家是一种英雄,他们主宰造化,所以,他们是公众崇拜的对象。浪漫主义的作家自认为或者被认为是天才。按照康德的说法,天才具有一种天生的心理能力,能够替艺术制定规律。于是,文学批评理所当然地围绕着作家,试图从对作家的分析中发现文学成功的秘密。

19世纪,浪漫主义遇到了一个强大对手——现实主义。尽管现实主义静悄悄地登上历史舞台,但是,浪漫主义很快就收敛了锋芒。如果说,浪漫主义如同一阵呼啸的飓风掀翻了古典主义的陈规,那么,现实主义则像一帖清凉剂遏制了浪漫主义浮夸的激情。高尔基说过:"对于人和人的生活环境做真实的、不加粉饰的描写的,谓之现实主义。"[2]这个陈述似乎平淡无奇。但是,一旦同声势浩大的浪漫主义相比较,现实主义的写实作风就显出了强烈的个性。现实主义抛弃了浪漫主义的激情、传奇、夸张与象征,浪漫主义轻佻的想象之舞很快在现实主义的

---

[1] 参见艾布拉姆斯:《镜与灯》第2页,郦稚牛、张照进、童庆生译,北京大学出版社1989年。

[2] 高尔基:《论文学》第162页,戈宝权译,人民文学出版社1979年。

稳重和坚实面前失去了光芒。正像韦勒克所说的那样,现实主义天然地含有抗拒浪漫主义的成分:"'客观性'是现实主义的另一个基本的座右铭。客观性主张的背后也同样包含着某些否定的因素,包含着对主观主义的不信任,对浪漫主义式的自我推崇的不信任;在实践中,它常表现为对抒情性和个人情调的排斥。"①

现实主义与浪漫主义之间的分歧是多方面的。作家对于现实的态度是最为重要的一个方面。相对于浪漫主义的纵情想象,巴尔扎克的观点代表了典型的现实主义态度:"只要严格摹写现实,一个作家可以成为或多或少忠实的、或多或少成功的、耐心的或勇敢的描绘人类典型的画家、讲述私生活戏剧的人、社会设备的考古学家、职业名册的编纂者、善恶的登记员;可是,为了得到凡是艺术家都会渴望的赞词,不是应该进一步研究产生这些社会现象的多种原因或一种原因,寻出隐藏在广大的人物、热情和事故里面的意义么?"②很大程度上,这种研究就是摒弃以臆为之,忠实于现实本身的面貌。作家没有理由根据自己的愿望和理想改写现实。所以,福楼拜强调:"我以为就不该暴露自己,艺术家不该在他的作品里面露面,就像上帝不该在自然里面露面一样。人算不了什么,作品才是正经。"③左拉的自然主义力图更为彻底地清除作家的主观色彩,在他看来,小说家只能是一位观察家和实验家,"想象"并不是一种值得钦佩的素质。由于这些观念的转变,文学批评开始重新考虑作家与作品的关系。

马克思主义学派的创始人马克思与恩格斯都是现实主义理论的倡导者,他们提出了一系列现实主义文学理论的基本命题。马克思主义文学理论学派曾经对这些命题展开了深入的阐释。在马克思主义的经典理论家那里,作家个人的主观经验与现实摹写之间复杂的辩证关系得到了详细的考察。1888年,恩格斯在致玛·哈克奈斯的一封信中热

---

① 韦勒克:《文学研究中的现实主义概念》,见《批评的诸概念》第236页,丁泓、余徵译,四川文艺出版社1988年。
② 巴尔扎克:《〈人间喜剧〉前言》(1842年),《文艺理论译丛》1957年第2期。
③ 福楼拜:《致乔治·桑》(1875年12月),《文艺理论译丛》1958年第3期。

情地肯定了现实主义,同时还提到:"我所指的现实主义甚至可以违背作者的见解而表露出来。"他以巴尔扎克为例证明了这一点。恩格斯认为,巴尔扎克的现实主义作品之中深刻地汇集了法国社会的全部历史。尽管巴尔扎克是一个政治上的正统派,他对于上流社会和贵族男女怀有深切的同情,但是,当他遵循现实主义方法进行写作的时候,就不得不违反他的阶级偏见而判定这些主人公必然灭亡的命运。在恩格斯那里,这被称之为"现实主义的最伟大胜利之一"①。换言之,现实主义可以在很大程度上遏制作家主观经验之中的谬误和偏见。在许多马克思主义批评家那里,这种辩证关系的分析被带入作品的批评之中。

二 典型环境与典型人物

根据现实主义理论,文学批评对于作品的分析时常集中于这个方面:考察文学作品所展现的社会历史。文学作品是一个袖珍的世界,这里既有旷世的阴谋,也有动人心扉的爱情;既有家长里短的斗嘴,也有硝烟冲天的世界大战。总之,人们可以在文学世界之中体验壮阔的历史风云和种种社会波澜。于是,文学批评必须从理论上解释,这些作品展现了社会历史的哪些方面?

现实主义作品时常是一种社会风貌的记录。从经济细节到风俗民情,从上流社会客厅的陈设到底层民众的饮食状况,人们可以在文学之中看到各种生动翔实的描写。从这个意义上,批评家时常将现实主义作品称为生活的画卷。然而,文学作品更多地是通过故事的逻辑或者人物的命运来显示社会历史的某种深刻的运动。《红楼梦》中宝黛爱情的一波三折,《水浒传》中那些江湖英雄的悲剧结局,《安娜·卡列尼娜》之中安娜的走投无路,《阿Q正传》中阿Q走上了断头台——显而易见,这些故事情节或者人物的命运无不显示了某种历史的必然。利

---

① 《马克思恩格斯选集》第4卷第461—463页,人民出版社1972年。

用江湖义气和替天行道的旗帜对抗大宋王朝,宋江或者林冲们只能走得那么远;封建社会的末期,宝玉和黛玉怎么可能拥有明亮的前景？这时,文学既是一个生动、具体的故事,又寓示了一段特定时期的社会历史。

人们没有理由认为,现实主义作品就是生活的某种翻版,没有理由认为现实主义作品就没有精致的文学形式。著名的现实主义文学理论家卢卡契指出:"每件艺术作品必须表现一个被限定的、自足的、完整的语境,它有自己直观的、不言而喻的情节和结构。""每件意味深长的艺术作品都创造'自己的世界'。"① 但是,这并不妨碍现实主义作品对于社会历史的反映。卢卡契解释说,文学作品不可能企及客观的总体生活,作品中的总体性是内在的。文学作品中出现的仅仅是感性的具体形象,但是,这些形象在生活之中具有特殊的意义。这些形象并非一些偶然的细节,它们的具体背后隐藏着不尽的生活内涵,种种生动的性格和故事是社会历史的凝聚之点。

当然,现实主义文学理论不是笼统地根据一般与特殊的关系来解释文学如何成为社会历史的镜子。现实主义文学理论指向了一个焦点——人物性格。文学理论集中考察了人物性格、社会环境和历史运动之间的复杂关系。在这个意义上,卢卡契反复阐述了恩格斯提出的现实主义命题——典型环境中的典型人物。典型人物的意义决定了文学作品反映总体生活的可能性。

典型为什么具有深刻的普遍意义？回答这个问题的时候,马克思的一个观点具有极大的启示意义——人是社会关系的总和。人物的性格不是先天地形成的,丰富的社会实践时刻塑造着一个人的性格。一个人进入特定的社会,卷入形形色色的社会关系,他的已有性格将与这些社会关系相互作用。一方面,他必将在这些社会关系之中顽强地表现这种性格;另一方面,这种性格也将接受社会关系的考验和重塑。通

---

① 卢卡契:《艺术与客观真理》,见拉曼·塞尔登编:《文学批评理论——从柏拉图到现在》第57、58页,刘象愚、陈永国等译,北京大学出版社2000年。

常,二者之间的互动即是一个人的深刻命运。在个意义上,情节是人物性格的发展史。《三国演义》之中,曹操的雄才大略与多疑狡诈、诸葛亮的多谋善断与小心谨慎、周瑜的机敏聪慧与妒贤嫉能、关羽的心高气傲与刚愎自用,等等,这些性格特征既是环境的产物,同时又是进一步改造环境的起点。于是,他们之间的种种冲突与合作形成了一系列戏剧性的故事。对于文学批评来说,解释二者之间的关系常常是作品分析的入手之处。当然,并不是所有的性格与环境都可以称为典型。在马克思主义的现实主义理论家看来,只有那些深刻地蕴涵着社会历史运动趋势的性格和环境才有资格被命名为"典型环境与典型人物"。在这个意义上,文学批评不仅要负责揭示性格如何在环境之中形成,众多性格之间出现如何各种纠葛,同时,还要负责解释这一切在历史进程之中的典型意义。杜勃罗留波夫曾经在《什么是奥勃洛莫夫性格》与《黑暗王国的一线光明》中分析过俄罗斯历史上的几种典型性格。杜勃罗留波夫不仅看到了奥勃洛莫夫和奥尔加·卡德琳娜这些性格的个性特征,同时还看到了这些个性特征在俄罗斯历史之中显示出的意义。总之,批评家的人物分析很大程度上即是将隐藏在性格之中的历史信息提取出来,最终说明这种性格是形成于何种环境之中,具有何种典型性,这种性格的行动又如何构成了事件。从这个意义上,读者能够从性格和情节的必然之中感受到整整一个时代的氛围。

对典型性格的分析成为现实主义文学批评考察作品的一个重要传统。但是,相当长的一段时间里,由于庸俗社会学批评的兴盛,对典型性格的分析日趋狭窄,甚至进入了死胡同。庸俗社会学认为,每一个人物无不从属于特定的阶级,他的性格只能体现出本阶级的阶级属性。典型人物的意义就在于,最为集中地体现出某一个阶级的特征。这种推论的逻辑结果只能是一个阶级一个典型。显而易见,这种观念将在许多作品那里碰壁。如果仅仅将鲁迅笔下的阿Q视为农民阶级的代表,或者,如果仅仅将莎士比亚剧作中的哈姆雷特当做皇室家族的代表,那么,文学批评将无法说明许多作品的巨大魅力。很大程度上,庸俗社会学没有真正理解"人是社会关系的总和"这个深刻的命题。阶级出身无法决定一个人的全部性格特征。一个人可能进入多重复杂的社会关系漩涡,所有的社会关系都可能对他的性格形成程度不同的影响。这导致了典型人物的多重性格层面。文学史上一些著名的典型人物之所以意味无穷,就是因为他们性格形象中的丰富内涵。在这个意义上,文学批评恰是要通过深入的性格分析透视复杂的历史景象,透视特定历史时期内社会关系的构成。

三　从新批评到结构主义

现实主义的文学理论始终是一种重要的势力。尽管如此,现实主义的文学批评仍然对作品之中的某些问题无能为力:作为文学素材的社会历史与出现于文学之中的社会历史有何区别?一些平庸之作可能同样再现了社会,人们根据什么使之与杰作相区分?

事实上,另一些文学批评学派同样对浪漫主义的作家中心观念提出了质疑,只不过他们强调,考察的首要对象是作品的形式。从英美的新批评、俄国形式主义到盛行于法国的结构主义学派,他们不约而同地把文学批评的解剖刀转到了作品的形式上来。例如,新批评阵营的主将之一韦勒克就认为,文学艺术并不是纯粹的"自我表现",个人的感情和经验对于文学的意义是有限的,作品与作家之间存在密切的联系,但是,前者并不是后者的生活摹本。不论人们对于作家生平的兴趣程度如何,文学批评解释的都是文学作品的价值。在文学作品之中,作家的经验仅仅占据了一部分比重。在韦勒克看来,文学形式的成规远比作家的主观感情重要:"无论是一出戏剧,一部小说,或者是一首诗,其决定因素不是别的,而是文学的传统和惯例。""由于受到艺术传统和先验观念的左右,它们都发生了局部的变形。"在这个意义上,文学作品之中体现的形式成规才是文学批评的考察对象,作家本人不该过多地干扰批评家的视线。韦勒克甚至建议,必须对于作家的经验主体与作品做出严格的区分。当然,他们同样对现实主义文学理论表示不以为然。韦勒克争辩说："即使看起来是最现实主义的一部小说,甚至就是自然主义人生的片段,都不过是根据某些艺术成规而虚构成的。特别是藉后来的历史眼光,我们可以看到各种自然主义小说在主题的选择、人物的造型、情节的安排、对白的进行方式上都是何等地相似。我们同样可以看到,就是最具有自然主义本色的戏剧,其场景的构架、空间和时间的处置、认以为真的对白的选择以至于各个角色上下场的方式诸方面都有严格的程式。不管《暴风雨》与《玩偶之家》有多大的区别,它们都袭用这种戏剧成规。"[1]所以,单纯地谈论作品的内容是没有意义的。如果没有特定的形式对素材进行安排和组织,这些素材实际上不会产生任何美学效果。

相对于现实主义的社会学分析,新批评派的引人注目之处在于"细读"的批评方式。"细读"即是排除作品之外的一切干扰,集中精力对于作品字斟句酌,就像用放大镜观察每一个细胞。新批评派主张,文学批评仅仅研究作品的本体。例如,他们就把诗歌分解为两个部分:局部肌质和逻辑结构。所谓的逻辑结构近于诗歌的概念内容,这是几句话就可以概括的;而局部肌质则是指诗歌的具体形式,这是难以尽述的。文学批评应当努力研究后者,研究诗歌语言的含混、反讥、矛盾、张力等等。为了避免作家的精力溢出作品之外,新批评提出的两条著名批评策略即是"意图迷误"和"情感迷误"。但在否认了作家意图的意义和读者情感反应的意义之后,作品已经成为一个孤立的语言晶体而与社会脱离了联系。

俄国形式主义的出发点与新批评相似。俄国形式主义感到,文学研究已经过多地为社会历史问题所占据。他们认为,文学之为文学的特性存在于文学形式之中。"陌生化"是他们考察文学形式的基本尺度。俄国形式主义发源于莫斯科,而后转移到布拉格,最终成为巴黎结构主义的一个源头。如果说新批评对于文学作品形式的考察还是限于

---

[1] 韦勒克、沃伦:《文学理论》第72页,刘象愚、刑培明、陈圣生、李哲明译,三联书店1984年。

单篇作品,那么,结构主义文学批评重新恢复了研究形式系统的信念。结构主义的许多观点来自瑞士语言学家索绪尔的思想。

索绪尔强调语言符号是一个能够自我调节的符号系统,这个系统内部的种种规则使得语言符号能够完善地组合、运行,这个符号系统的自足性已经不需要依赖外部世界。这个思想激动了许多结构主义的批评家。结构主义的批评家提出了这样的观点:种种文学形式来自一个源远流长的形式系统。种种个别的文学形式之所以有意义,恰恰是因为它们属于完整系统的一部分。所以,文学批评的任务就是,通过分析作品的形式,发现支配这个系统的基本规则。

从诗歌的语言到小说的叙述,从电影的符号到文类的历史演变,上述批评学派分别在诸多问题上发表了不少精采之见。更为重要的是,经过这些批评学派的冲击,人们终于意识到了作品形式的存在,意识到了这种存在的意义。对于文学批评来说,这是作品分析的一个前提。

四 作品形式分析的层面

显而易见,作品形式分析并不是一个抽象的口号。要进行这种分析就必须了解文学形式的种种特征,并且说明这些特征的美学意义。在这种分析之中,文学形式往往被拆卸开来,分解为各个层面,进而考察它们所具有的功能。参考了茵加登对于文本的分解的理论之后,韦勒克与沃伦提出了一套相近的标准。① 在他们看来,作品的形式分析必须涉及如下几个层面:

第一,声音层面,即考察作品的谐音、节奏和格律。这方面的考察所要证明的是,语言的声音如何变成了一种艺术事实。例如,押韵在诗歌之中产生了不可替代的作用。在声音层面上,节奏是一个重要的研究对象。某些散文段落的节奏为什么会强烈地吸引读者? 这个简单的

---

① 参阅韦勒克、沃伦:《文学理论》第 12—17 章,刘象愚等译,三联书店 1984 年。

现象包含着复杂的奥秘。此外,格律是文学形式中的一个难题。格律的研究可能涉及音乐、语音学、心理学。总之,声音层面是文学形式中与作品内容相距最远的一个层面。

第二,文体层面。按照韦勒克与沃伦的观点,文体与文学作品的语言结构、风格密切相关。文体学的核心内容之一是将文学作品的语言与当时语言的一般用法进行对照。当然,只有将某种文体的审美意义作为目标的时候,这种研究才是文学研究。文体研究不仅描述某一个语言系统的个性,同时还要描述这个语言系统与其他语言系统的差异。

第三,意象、隐喻、象征和神话。在所有文体之中,意象和隐喻是表达诗意的核心部分。在某种意义上可以说,意象与隐喻表达意义的方式也就是诗歌表达意义的方式。许多时候,意象与隐喻会难以察觉地转换成象征,甚至转换成象征系统。在这方面的研究中,语言学、宗教与心理学很可能共同介入。

第四,叙述性小说的性质和模式。叙述性小说形成了一个自我连贯的形式组织,这是一个可解的、同时又独特的世界,其中包含着情节、人物、背景、叙述语言模式和结构等等。从作品形式的意义上看,叙述性小说具有许多可供研究的环节,例如叙述之中的时间、叙述角度、戏剧性、传奇性、背景之中的"气氛"或"情调",还有母题和寓言等。

对作品形式的研究常常能分离出某种普遍的规则与惯例。某些时候,人们会依据这些规则与惯例对作品进行分类,这就形成了文学或者文本的类型。文学类型同样是形式研究的一个层面。文学类型的理论不是以时间或者地域作为区分的标准,而是以特殊的文学组织和结构类型为标准。这时,形式分析已经将一部作品扩大到一组甚至是一个大部类的作品。这已经十分接近结构主义的初衷了。

的确,从语言学、神话学到文学批评,结构主义的意图常常是,发掘出隐藏在表面结构背后的核心系统。例如,乔纳森·卡勒在《结构主义诗学》的一个章节中就试图提炼出诗歌的程式,找到人们解读诗歌的基本框架。相对地说,普洛普《童话形态学》是一个更为著名的例子。他研究了100个俄罗斯童话,总结出31种功能,如主人公出发探险、与妖魔搏斗、胜利、赢得幸福,等等。他甚至还进一步概括出七个行动范围以及相应的人物。此后,诸如格雷马斯或者托多罗夫这些结构主义的文学理论家,都企图在"情节的语法"或者"叙述的语法"这一类题目之下有所作为。总之,结构主义孜孜以求的目标是纷繁形式背后的一个说明了一切或者派生出一切的总体图式。

从新批评到结构主义,文学批评的作品形式考察基本上都认可了这种观念:一部作品是一个有机整体。然而,这种观念在解构主义文学批评中被抛弃了。解构主义的首领之一德里达不仅从理论上破除了索绪尔的"结构",并且从哲学上瓦解了形而上学的基础。在这个意义上,他否认作品内部具有一个牢不可破的意义等级系统。解构主义的一个基本观念是,语言之中不存在一个终极的所指,作品的意义永远处于不断地生成又不断地消解的过程之中。更为重要的是,人们没有必要维护作品具有一个固定的意义这种传统观念。解构主义的文学批评时常从作品的某一个并不起眼的角落开始,进而分析出作品之中某些出人意料的意义,甚至发现多种意义的矛盾、对立和互相瓦解。罗兰·巴特的《S/Z》是一个极为典型的样本。这部著作将巴尔扎克的小说《萨拉辛》任意地分解为许许多多的碎片,然后根据五种代码予以阐述。这时,作品不再被视为一个稳定的客体。批评家热衷于颠覆通常的意义系统,使作品面目全非,并且从种种破碎的片断之中解读出多种奇特的内涵。除了德里达式的对于语言结构的拆解之外,这种解读方式的一个重要观念是,读者的权利再度得到了伸张。这时,人们可以转向另一个文学批评派别——以读者为中心的文学批评。

第二十四章 文学批评与接受理论

一 接受理论与阐释学

诗无达诂;仁者见仁,智者见智;作者未必然,读者何必不然;一千个读者就有一千个哈姆雷特;说不尽的莎士比亚……这些名言背后,人们逐渐意识到文学阅读中的一个活跃角色——读者。无疑,读者是文学意义的接受者,并且,读者在文学意义的接受之中占据了一个相当主动的位置。这些名言表明,尽管大部分作者都有自己的写作意图,但是,读者是实现文本意义的最后一个环节。在这个意义上,作家的写作完成之日,并非文学产生之时。倘若这部稿子暂时没有读者,那么,它的价值只能潜在地封闭于自身之中;倘若这部稿子永远没有读者,那么,它在文学上的意义甚至未曾诞生,尽管这并不妨碍稿子转化为印刷品而客观地存在。

如果说,浪漫主义的文学观念以作家为中心,新批评、形式主义或者结构主义的文学观念以文本为中心,那么,上述的观点则意味着以读者为中心。所以,R.C. 霍拉勃认为,文学批评之中存在一个"从作家——作品到文本——读者这种普遍的转向"[①]。尽管如此,人们仍然可以在以往的文学理论之中发现强调读者意义的理论胚芽。俄国形式主义的最重要范畴是"陌生化"。然而,"陌生"与否的鉴定无疑依赖于读者的心理感受。无论是俄国形式主义所否定的"自动化"感受还是

---

① 罗勃·C. 赫鲁伯:《接受美学理论》"前言",董之林译,台湾骆驼出版社1994年。

俄国形式主义所赞许的耳目一新之感,在其中读者均是承受的主体。以读者为中心的另一个文学理论先驱是罗曼·茵加登。茵加登曾经表述过一个重要的理论观点:一部文学作品之中存在着某些不确定的"点"或"面"。人们可以以"一个士兵开了一枪"这句话为例简要地说明茵加登的论点。这句话中存在许多模糊不定的地方。人们不知道这个士兵的年龄,头发颜色,枪支型号,射击时的姿势,弹壳落到哪里,如此等等。对于一部作品说来,这种不确定之处比比皆是。在阅读和理解文本的过程中,读者会根据各种语义的暗示和限制自动地用想象来填充这些不确定的部位。这从另一方面证明,文本固定不变,文本的意义是由读者的想象完成的。

20 世纪 70 年代开始,以读者为中心的文学批评出现了一个理论飞跃。由于沃·伊瑟尔和罗伯特·尧斯理论观点的带动,接受理论开始在德国发展起来,这种理论在许多时候被称为接受美学。顾名思义,"接受美学"即是以读者的"接受"作为文学考察的重点。尽管伊瑟尔和尧斯的理论出发点不同,但是,他们都对读者给予了前所未有的关注。不过,在阐述接受理论之前,人们无法忽略另一个至为重要的理论背景——阐释学的转变。可以说,如果不是现代阐释学的革命清除了一系列传统的理论障碍,接受理论绝不可能走得这么远。

阐释是日常生活之中的一个普遍现象。一个事件、一个文本、一个手势或者一部古代典籍都可能需要阐释。通常,阐释就是消除歧义,达成理解。从先秦著作的注疏到一部电影的课堂讲解,这一切都可以称之为阐释。然而,作为一种专门的学问,阐释学的基本意思就是"解释"。由于语言的复杂涵义和时空距离,有各种古代文献需要阐释和考证,考证、解释古代典籍和文献的词汇、语法即是阐释学的最初形态。在中国古代文化中,儒家经典的注释和考证占据着很大的分量。这可以视为中国的阐释学之源。早期西方的阐释学很大程度上是对于圣经的神学解释,解释圣经之中寓含的上帝的意图。这种阐释隐含的前提即是,人们所要理解的内容——即上帝的意图——已经先在地隐藏于经典之中。换言之,这种内容独立于人们的理解,并且在人们的理解开始之前就已经存在，阐释就是调动文字考证、句法分析以及语境阐发等手段，发现隐在作品之中的真意。在这个意义上，还原作品的"原意"是阐释学的根本目标。

如果说，在中国的阐释学中，"六经注我"和"我注六经"代表了不同的阐释方向，那么，这种分歧在西方阐释学中也引起过反复的辩论。文艺复兴以来，大量古希腊的典籍引起了人们的兴趣，这扩大了阐释学的范围——阐释已经远远地超出了圣经。促成这一重要转变的思想家是德国的施莱尔马赫。施莱尔马赫追问有效解释的普遍条件是什么，他强调阐释之中的语义分析与阐释的心理状态，认为阐释者必须进入作者的心境，这样才能复原当初作者的表达意图。这种阐释学相信，阐释者在突破了语言的障碍、克服了自身的历史局限之后，他们就能够重新体验先前作者的心理和精神。如果说，施莱尔马赫被誉为"阐释学的康德"，那么，狄尔泰则被称为"阐释学之父"。狄尔泰致力于"精神科学"。他希望人文学科在人类历史的知识领域能够足以与自然科学的确凿可靠相媲美。他认为，人文学科要用"理解"代替自然科学的因果解说，这种阐释无法与阐释者的经验分离。每一代人只能带着历史赋予自己的经验阐释历史，并且继续在阐释之中展开历史的意义，延伸历史。这时的阐释已经与阐释者的经验、知识联系起来了。

通常认为，为阐释学带来本体论转折的是德国的哲学家海德格尔。在他那里，阐释学所要解释的不是某一种文本，而是解释存在本身。阐释者已经置身于世界之中，与现实世界发生了种种联系，阐释者与所要解释的对象已经共处于同一个关系结构之中，所以，存在的历史性决定了阐释的历史性。阐释者不可能用一个空白的头脑进行阐释，从提出问题到阐释问题，阐释者无不受到文化背景、传统观念、知识水平和思想状况的影响。海德格尔认为，阐释总是植根于人们预先看见的东西；同时，某些对象之所以得到阐释，这意味着这个对象业已事先进入了阐释者的"问题域"；此外，任何解释都包含着某种预设。这一切形成了阐释的"前结构"。阐释者总是在"前结构"的制约之下来解释万事万物。"前结构"集中表明了阐释者与历史环境的联系。

在阐释学的发展史上，海德格尔思想的承传与伽达默尔的《真理与方法》具有很大的关系。伽达默尔继续了海德格尔的思考。他甚至明确地认为，人们的成见构成了人们的存在。伽达默尔将这些历史的规定性称之为"视野"。伽达默尔认识到，阐释者的"视野"是多种多样的，同时，这些"视野"还将因为一代又一代的阐释者而在历史之中不断地变化。在这个意义上，阐释始终是开放的，不存在一个终极的答案。对于特定对象的持续阐释，根据现今的"视野"重新谈论历史之中已有的话题，这是人类对于自己命运的无穷探索。当然，人们没有理由把种种视野视为一系列封闭隔绝的单元。不同的"视野"相互接触、对话、交汇，互相拓展与互相限制，这里包含了后人对于传统的理解，也包含了传统对于后人的制约。伽达默尔将这个过程称为"视野的融合"。显然，"视野的融合"形象地说明了个人与历史、个人与传统之间的纽带。在这种阐释观念之中，人们已经不再认可恒定不变的绝对意义或者权威的唯一解释。

尽管以上仅仅是阐释学历史上的一个极为简略的勾勒，但是，人们已经可以看出，接受理论从中得到了许多有益的理论启示。在某种意义上，人们有理由将文学批评中的接受理论视为现代阐释学的一个分支。

二 读者的积极意义

尧斯是接受理论的代表人物之一。显而易见，尧斯理论中的核心范畴"期待视野"即是脱胎于海德格尔的"前结构"和伽达默尔的"视野"。阅读并不能想象为一部作品注入读者的空白意识。事实上，读者的意识之中已经保存了既定的前理解结构，阅读的效果毋宁说是作品与读者的前理解结构相互角力的结果。这表明，读者并不仅仅在阅读之中扮演一个被动的角色。

尧斯观察到，读者的期待视野并非一成不变。期待视野的形成与特定的历史文化息息相关。各个时代的读者拥有参差不齐的理解水平。这必然导致了一个后果——不同的历史时期,同一部作品可能呈现不同的意义。尧斯正是在这个意义上指出了作品的历史性:"它更像一部管弦乐谱,在其演奏中不断获得读者新的反响,使本文从词的物质形态中解放出来,成为一种当代的存在。"①在尧斯的观念中,正是读者的阅读赋予了作品以无穷的意义,从而让一部作品一代又一代地承传不已。

这无形地赋予了读者一个前所未有的积极地位。用尧斯的话说:"在这个作者、作品和大众的三角关系之中,大众并不是被动的部分,并不仅仅作为一种反应,相反,它自身就是历史的一个能动构成。一部文学作品的历史生命如果没有接受者的积极参与是不可思议的。"②然而,如果读者是历史的、社会的读者,如果这些读者都会根据自己的理解评判一部作品的优劣,那么,另一个根深蒂固的传统观念就会遭到严重的挑战——一部作品是否存在某种不变的客观价值? 的确,一部作品的客观价值是许多文学研究立论的前提。然而,尧斯对于这种观点表示异议。在他看来,并没有一个客观的、超然于历史之外的价值审判席。一部作品的价值本来就是浮动于不同历史时期的读者接受之中。这甚至改变了以往文学史的写作原则。在接受理论看来,所谓的文学史就是文学的接受史。当然,正像消费者的喜好和兴趣必然对生产者发生影响一样,读者的接受程度必然会有力地影响作者的文学生产,尽管人们没有理由简单地将这种影响解释为作者无条件地服从读者。

显然,尧斯的理论很容易引起某种不安——读者的权利如此之大,这是否会导致相对主义的陷阱? 如果读者是作品价值的最后核定者,那么,是不是任何一个读者都有权利推翻既有的文学史论断? 不言而喻,这种彻底的相对主义将会摧毁所有的文学判断。这时,人们必须意

---

① 尧斯:《文学史作为向文学理论的挑战》,见《接受美学与接受理论》第 26 页,周宁、金元浦译,辽宁人民出版社 1987 年。
② 同上书,第 24 页。

识到,尧斯的"期待视野"之中保持了限制这种相对主义的条件。读者的"期待视野"不仅源于已有的文学阅读,包括已有的文学主题与文学形式的记忆,同时,这种"期待视野"还隐含着全部历史文化的记忆。所以,对于某一个历史时期的读者来说,他们的"期待视野"不是无限的。接受什么,肯定什么;拒绝什么,否定什么——特定读者的"期待视野"之中已经存有历史赋予的基本标准。

如果说,尧斯接受理论的重点是读者的"期待视野",那么,文本就是伊瑟尔接受理论的聚焦之处。伊瑟尔认为,文学研究应该集中于三个问题:"一、作品的本文是如何被接受的;二、驾驭接受活动的本文结构是什么;三、文学作品的本文在其与现实世界的关联中具有何种功能。"这三个问题之中,核心的问题在于:"文学作品如何调动读者的能动作用,促使他对本文中描述的事件进行个性的加工?""本文在何种程度上为这样的加工活动提供了预结构?提供了怎样一种预结构?"① 简言之,伊瑟尔关注的是,文本的结构如何向读者敞开。

不难发现,伊瑟尔从茵加登那里获益甚多。他肯定了茵加登有关作品不确定性的思想。在伊瑟尔看来,不确定性本身即是文本发挥交流功能的先决条件和出发点。如果一部文本的意义已经完全确定,交流的动力就会大幅度削减。文本的不确定之处愈多,愈能激发读者的参与,除非这种不确定性超过了一个极限,以至于读者无法解读作品的基本涵义。换句话说,文本必须提供一个基本的结构,这些基本结构的内部存在众多的空隙。阅读的乐趣之一就是,发现种种隐秘的联系从而填满这些空隙。这些联系可能是形象之间的,情节之间的,人物之间的,甚至不同的叙事范围之间的,如此等等。当然,对于文本空白的填充是一个反复的动态过程。某一个层次上的填充可能又在另一个层次上遭到否决;这时,一个新的联系将在不同的基础之上建立起来。这个过程会不断地摧毁读者既有的阅读习惯,形成新的感知模式——读者

---

① 伊瑟尔:《阅读行为》第 21 页,金惠敏、张云鹏、张颖、易晓明译,湖南文艺出版社 1991 年。

因为不确定性而诱发的主动性导致了生气勃勃的阅读过程。

一部文本的意义是得到阅读。这意味着文本之中存在着某种召唤读者的结构。文本为读者预留了种种有利的位置,邀请读者进入。例如,叙事性文本时常为读者提供种种流动的视点,期望读者能够通过各种透视角度的综合发现文本的意义。当然,这种文本结构本身就预示了对于读者的重视。在文本结构现实化过程中的读者仅仅是实际读者的一部分——对于实际读者说来,这是从世俗计较之中分裂出来、专心致志地投入文学阅读的那一部分自我。尽管读者的日常信仰以及种种意识形态仍然会以各种形式介入文学阅读,但是,文学的文本结构时常会产生强大的净化功能。

从尧斯到伊瑟尔,读者终于作为一个不可忽视的维度进入了文学理论。这是文学理论空间的一个重大拓展。以读者为中心的文学批评将一大批意义重大的文学现象纳入视野,同时也带来了另一批深刻的理论问题。

三 问题与展望

"问题与展望"是霍拉勃的《接受理论》这部著作最后一个章节的标题。正如霍拉勃所言:"接受理论的基本假设,一经逻辑延伸,困境便接踵而至。接受理论无疑在引导文学研究的途径上具有巨大的冲击力,左右了文学研究的方法。但接受理论探索的这条道路并没有像我们原先想象的那样开阔和具有多产性。"[①] 如果说,把接受理论形容为"困境"多少有些过甚其辞,那么,人们至少要意识到,接受理论产生的一系列后续问题正在迫使人们重新思考众多的传统预设。霍拉勃在他的著作中提出了十个方面的问题,这些问题分别涉及文本、读者、文学

---

① R.C. 霍拉勃:《接受理论》,见《接受美学与接受理论》第 437 页,周宁、金元浦译,辽宁人民出版社 1987 年。

阐释和文学史。

这些问题之中,文本的稳定性是一个首要的症结所在。人们可以看出,尧斯与伊瑟尔都抛弃了一个传统的观念:文本是文学阐释和文学史的坚实基础。许多时候,对文本的理解变成了一种历史的功能,或者变成了一种阅读的后果。这就是说,文本的确定性消失了。然而,在霍拉勃看来,至少在某些时刻,文本确定性这种观念又会悄悄地潜回尧斯与伊瑟尔的理论之中。尧斯的"期待视野"之中包含着读者以往的文本阅读所遗留的经验。如果这种"期待视野"具有稳定的基本结构,那么,尧斯心目中的这一部分文本显然具有确定的意义。只有确定这些文本的意义,读者现今的阅读才会有一个稳定的参照系统。同样,在某些论述的潜在前提之中,伊瑟尔也无法彻底地否定文本的固定性。霍拉勃发现,伊瑟尔似乎仅仅愿意让读者对于某些无关大局的细节产生不同的理解。也许,这种理论的犹豫表明,众多的理论家都对相对主义的陷阱深怀恐惧。

对于文学批评说来,这并非一个没有意义的怀疑:某些时候,读者——包括批评家——是否会享有过多的权利?他们的理解就能决定一部作品的涵义及其地位吗?一些风靡一时的作品迅速地消没,一些杰作巨著历经冷落,读者并不是在所有的时候都目光如炬。以读者为中心的文学批评如何面对这种缺陷?

也许必须承认,这是一种无可避免的缺陷。一旦文学批评代表了一代读者的观念与情绪,换言之,一旦文学批评是以本时代艺术观念、思想观念、价值体系和感觉方式为后盾,那么,它的长处与它的局限都将成为当代人们文学接受能力的最高限度。无论这些批评的质量如何,文学价值都只能通过它们的评判而为本时代所认可。在钟嵘眼里,陶渊明只是一个二流诗人;在杜勃罗留波夫眼里,屠格涅夫的《前夜》包含了革命的因素;不管是失误的判断还是敏锐的发现,这都意味着一部作品在当时所获得的最高意义。即使批评家与读者对于某些作品待遇不公,作家也无法找到一个绝对公允的艺术法庭可以申冤。无论可悲还是可喜,这都是一个确凿不移的事实:作品最终只能完成于批评家与读者之中。文学批评对于作品是独具只眼还是专制地曲解,最终都只能取决于批评家本身。人们可以赞叹批评家的发现,但是,人们不该忘记的是,批评家也可能以同样的方式对于作品加以歪曲。这种无可奈何的倾斜只能借助一个事实加以弥补——任何批评都不是一铸而定的。只要历史没有停顿,文学批评与读者的阅读就会连绵不绝。只有在这个持续不断的过程中,来自读者与批评家的迟钝、目光短浅和偏颇之见才有可能逐渐被克服,被匡正,被补充。

放弃了一个客观意义的标准答案之后,接受理论必须将标准移交给历史——每一个时代都会提出自己的尺度,并且根据这种尺度来修正过往的种种解读。这从另一方面喻示了文学作品的无穷生命。

后 记

　　文学理论可以初步理解为关于文学的种种知识，例如文学的种种特征、构造、功能、文化位置，如此等等。当然，理论并非知识的堆积——理论必须对各种命题予以严谨的论证。这包含了大量的文学事实、文学经验的概括，还包含着相当程度的理论思辨。追溯到中国的先秦时期，追溯到古希腊文化，文学理论已经拥有悠久的历史。古往今来，众多概念、范畴日积月累，形成了专门的学科术语。如果一批概念、范畴、命题相互联系、呼应，某种理论体系即将出现，这时，文学理论的复杂性就会逐渐显现。

　　所以，对文学理论的了解需要循序渐进。这本著作将文学理论的讲解分为两个阶段：第一，文学是什么；第二，如何研究文学。每一部分的内容之前都附有一篇不长的引言。

　　文学是什么？一旦受到文学的吸引，对诸多问题的探究就会接踵而至：作家、文本、文类、叙事与抒情、修辞以及文学与历史、宗教、民族、地域、道德、性别之间的种种联系。这一切如何组织起来，从而产生非凡的魔力，以至于令人如痴如醉？这是文学理论首先要解决的问题。在这些问题得到了初步的答案之后，人们就有条件登堂入室，从事更为专业化的考察。这时，文学史、文学理论史上的一批重要概念以及各种文学批评流派的特征将会逐渐进入视野。显然，对每一个概念的考证或者对每一个批评流派的描述，背后都隐藏着宽阔的研究领域。

　　数年之前，我主编的《文学理论新读本》出版，我的许多研究生共同参与了写作。这本著作是在《文学理论新读本》的基础上产生的。尽管大部分章节都进行了重写或者做了大幅度修改，但是，我们仍然必须向《文学理论新读本》的作者致谢。我与刘小新、练暑生博士对于这本著作的整体框架以及各个章节的内容进行了详细的讨论,然后分头执笔撰写,再由我最终统稿。

  这本著作包含了两种版本。《文学理论基础》内容简明,论述力求通俗晓畅;《文学理论》不仅多出了两个章节,而且更多地涉及一些理论辨析的难点和文学理论史资料。前者意在阐述一些基本观念,为中文学科提供基础教材;后者系教育部"十一五"国家重点教材,更适合于大学里的文学专业学习。这两种版本均由北京大学出版社出版。

南　帆
2008 年 1 月 7 日